W0281769

Bernhard von Muecklich

DIE NOMADEN DER MEERE

DIE BERNSTEIN-SAGA

-2-

BASTEI LÜBBE

BASTEI LÜBBE TASCHENBUCH
Band 14700

Erste Auflage: April 2002

Vollständige Taschenbuchausgabe

Bastei Lübbe Taschenbücher ist ein Imprint der Verlagsgruppe Lübbe

Originalausgabe
© 2002 by Verlagsgruppe Lübbe GmbH & Co. KG,
Bergisch Gladbach
Umschlaggestaltung: Gisela Kullowatz
Titelbild: Gemälde (Ausschnitt) von David Roberts / Henri Stierlin
Philae-Lepsus (14) © Bildagentur Steffens, BAL, London
Satz: KCS GmbH, Buchholz/Hamburg
Druck und Verarbeitung: Elsnerdruck, Berlin
Printed in Germany
ISBN 3-404-14700-6

Sie finden uns im Internet unter
http://www.luebbe.de

Der Preis dieses Bandes versteht sich einschließlich der
gesetzlichen Mehrwertsteuer.

Für Marc Lewon,
der uns unvergessene Musik
wieder in Erinnerung ruft

Prolog

Die Sonne, die an diesem herrlichen Frühsommermorgen am nahezu wolkenlosen, lichtblauen Himmel stand, hatte ihren mittäglichen Zenit fast erreicht und sandte ihre Strahlen auf das immer noch verwundete Land herab.

Ein steter lauer Wind wehte vom Meer über die Dünen her und spielte in dem schütteren, schlohweißen Haar des alten Mannes, welcher, die Beine wohlig von sich gestreckt, mit seinem Rücken an einem der kleinen grauen Felsblöcke lehnte, die den runden, grasbewachsenen Grabhügel hinter ihm umsäumten. Er hatte über siebzig Winter erlebt, doch dafür war sein Körper noch in erstaunlich guter Verfassung. Tiefbraune, wettergegerbte Haut spannte sich über die immer noch kräftigen Muskelpartien seiner Gliedmaßen, und nur die zahlreichen Fältchen, die ihm das Leben ins Gesicht gezeichnet hatte, zeugten von seinem hohen Alter.

Sein linker Arm lag lose um die Schulter eines etwa neunjährigen Mädchens, welches sich mit angezogenen Knien eng an ihn schmiegte und mit ihrer rechten Hand an dem Amulett spielte, welches der alte Mann an einer schmalen, goldenen Gliederkette um den Hals trug. Das Amulett hatte die Form eines Käfers, dessen Flügel von zwei zu einem flachen Halboval geschliffenen hellblauen Steinen gebildet wurden, die in den Goldkörper kunstvoll eingearbeitet worden waren. Auf der Unterseite des Schmuckstücks waren fremdartige Bildzeichen eingraviert worden, über die das Mädchen die zarten Finger ihrer Rechten andächtig gleiten ließ.

Unvermittelt löste sich ihr Blick von dem Gegenstand ihrer Betrachtung. Sie richtete sich ein wenig auf und wandte ihr von dunkelbraunen, ungebändigten Locken umrahmtes, schmales und sommersprossiges Gesicht dem ruhevollen Antlitz des alten Mannes entgegen. Ihre großen dunklen, von langen seidigen Wimpern umflorten Augen schauten ehrfurchts- und liebevoll auf die zerfurchten Züge des Greises, während sie dessen nervige, blauädrige Hände zu ihren Wangen führte.

»Denkst du auch gerade an Oma Hetep?«, fragte sie leise.

Der alte Mann öffnete blinzelnd seine Lider, hob den Kopf und blickte zunächst kurz zu der jungen Frau, die vor den beiden im hohen Gras kniete und mit ihren langen, feingliedrigen Händen bunte Wiesenblumen behutsam zu einem kleinen Kranz knüpfte.

Sie war von hohem, schlankem Wuchs, und unter dem Stoff ihres ärmellosen Leinenkleides, welches ihr in lockerem Faltenwurf bis zu ihren wohl geformten Waden fiel, hoben sich ihre vollen, festen Brüste reizvoll hervor.

Ihr an sich hüftlanges, dichtes Haar, welches in der Sonne in einem satten, dunklen Kupferrot glänzte, hatte sie mittels eines feinmaschigen, an den Knüpfstellen mit kleinen Bernsteintropfen verzierten Netzes um ihren Nacken zu einer Rolle hochdrapiert.

Das hervorstechendste Merkmal an ihr aber waren ihre mandelförmigen, veilchenblauen Augen, die einen attraktiven Kontrast zu ihrer samtbraunen Hautfarbe bildeten.

Ein feines Lächeln spielte bei diesem Anblick um die Lippen des Greises.

»Sieh nur deine Mutter an, Kind!«, sagte er. »Sie ist das Ebenbild meiner geliebten Frau. Wie könnte ich nicht ständig an sie denken, da meine Tochter mich doch tagtäglich an sie erinnert!«

»Bitte, Großvater, erzähle mir doch noch einmal, wie du Oma Hetep kennen gelernt hast«, bat die Kleine ihn daraufhin.

»Oh nein, Laria!«, ließ sich da die melodiöse Stimme der jungen Frau missbilligend vernehmen, »Großvater hat dir das doch schon wer weiß wie oft erzählt! Lass ihn noch ein wenig ruhen und die Morgensonne genießen!«

»Es ist schon gut, Liebes!«, beschwichtigte sie der Greis. »Wann, wenn nicht am Todestag deiner Mutter, gäbe es wohl einen geeigneteren Zeitpunkt, diese Geschichte zu erzählen?«

Seine Gedanken schweiften darauf weit zurück in jene Zeit, die nun schon fast sechzig Sommer zurücklag.

Geduldig begann er dann ein anderes Mal zu erzählen, wie er als junger Mann zu seiner ersten großen Reise an Bord eines Handelsschiffes über zwei Meere zu jenem so weit im Süden gelegenen Land Khemet aufgebrochen war. Lebendig, gerade so als wäre es erst gestern geschehen, schilderte er, unter welch schicksalhaften Umständen er die Freundschaft des gleichaltrigen Kronprinzen dieses mächtigen Reiches erlangt hatte und vor allem die seiner Schwester, mit welcher er dann, zusammen mit seinen Schiffsgefährten, einen tödlichen Anschlag auf das Leben des Prinzen vereiteln konnte und ihm somit zu seinem rechtmäßigen Thronerbe verholfen hatte.

»Du hast Großonkel Imenhotep sehr geliebt, nicht wahr?«, warf das Mädchen mit verklärtem Blick ein.

Der alte Mann nickte ernst, während ein wehmütiger Zug um seine Lippen erschien.

Wie so oft in der letzten Zeit tauchte das markant melancholische Gesicht seines unglücklichen brüderlichen Schwagers wieder aus dem reichen Schatz seiner Erinnerungen vor seinem geistigen Auge auf.

Während den auf seine erste Reise folgenden zehn Jahren war er dann noch zweimal nach Khemet gesegelt, um ihn zu besuchen, das erste Mal drei Jahre nach Imenhoteps Krönung zum Per-hau. Nie würde er dieses erste Wiedersehen vergessen können. Während der ganzen Fahrt auf dem Hapi nach Uaset wurden die zwei Schiffe der Nordleute von prächtig geschmückten königlichen Prunkbarken eskortiert, und immer wieder tauchten an beiden Ufern Menschenmengen auf, die sie mit frenetischem Jubelgeschrei begrüßten. Als sie schließlich in Uaset festmachten, stand Imenhotep höchstselbst auf der Kaimauer, um sie willkommen zu heißen. Mit Tränen der Freude in den Augen und mit aus glücklicher Fassungslosigkeit versagender Stimme hatte ihn Imenhotep schließlich vor allen Anwesenden lange und fest in die Arme geschlossen, und dann waren sie beide, nachdem sie sich mit einem Augenzwinkern verständigt hatten, wie zwei übermütige Kinder zum Palast gerannt, den Hofstaat und die Menge des Volkes von Uaset in ihrer Verblüffung hinter sich lassend.

Im Palast führte er ihn zunächst zu seiner Mutter, die ihn ebenfalls mit herzlicher Zuneigung empfing. Dann zogen sie sich in den vertrauten Garten zurück, wo ihm Imenhotep mit liebevollem Stolz seine junge Frau Nefertiti und seine zwei Töchter, die sie ihm kurz hintereinander geboren hatte, vorstellte. Er wusste noch genau, was er empfand, als er ihr das erste Mal gegenübergestanden hatte. Es war ein intensives Gefühl von Argwohn und Misstrauen, denn ihre gemeißelte Schönheit und das sanfte Lächeln ihrer sinnlich geschwungenen Lippen konnten über die berechnende Dominanz, die aus ihren kalten Augen blitzte, nicht hinwegtäuschen. Doch Imenhotep konnte – oder wollte diesen gefährlichen Charakterzug seiner Frau zu diesem Zeitpunkt offenbar nicht wahrhaben. Er lebte vielmehr in einer seine schwärmerische Seele berauschenden Harmonie aus vollendetem Glück und allumfassendem Frieden, was nicht nur für seine Familie, sondern vor allem auch für sein ganzes Reich galt. In der kurzen Zeit seiner Regierung hatte er seine politischen und religiösen Visionen konsequent in die Wirklichkeit umgesetzt. So hatte er die Tempel Amuns und aller anderen Gottheiten tatsächlich schließen lassen und dem Volk befohlen, allein dem Schöpfergott Aten und ihm, als seinem irdischen Stellvertreter, göttliche Verehrung zuteil werden zu lassen. Mit den Nachbarländern hatte er langfristige Friedensverträge geschlossen und zudem einige von Khemet unterworfene und tributpflichtige Völkerschaften in die Freiheit entlassen.

So schien alles aufs Beste bestellt zu sein, doch als er ihn sieben Jahre später das zweite und letzte Mal besucht hatte, gestaltete sich dieses Wiedersehen als ein einziger, lastender Albtraum.

Mit der unbeugsamen Schaffenskraft des Visionärs hatte Imenhotep, der sich allerdings nunmehr zu Ehren seines Gottes Echen-aten nannte, Uaset den Rücken gekehrt und eine neue, dem Aten geweihte Hauptstadt nördlich von Uaset, auf halbem Wege zum Mündungsgebiet des Hapi, am Ufer des Flusses aus dem kargen, fruchtlosen Wüstenstaub stampfen lassen. Von dort aus beherrschte er nun sein strahlendes Friedensreich. Imenhotep selbst hatte sich erschreckend an Körper und Geist verändert. Sein Leib war schlaff und vom Wein aufgedunsen, und sein Gesicht, welches von fanatisch glühenden, von den aberwitzigen täglichen Sonnenschauen rot entzündeten Augen beherrscht wurde, war um Nase und Mund von tiefen Falten durchfurcht. Nefertiti hatte er zwischenzeitlich aus seinem Leben in den weitläufigen Harem verbannt, da sie wohl, wie er erklärt hatte, mehrfach die Ehe gebrochen hatte. Nur einmal hatte er sie damals flüchtig in den Gärten des Palastes gesehen, eine früh gealterte, von Ausschweifung und Harm gezeichnete Frau.

Eine neue Frau aber gab es nicht, stattdessen teilte Imenhotep sich die Herrschaft mit Sem-ench-ka-re, einem weibisch wirkenden, kapriziösen jungen Mann, der ihm allerdings wie ein Zwilling glich und den er wie eine Geliebte behandelte.

In einem Gespräch mit Haremhab, der inzwischen das Oberkommando über alle Streitkräfte Khemets führte, erfuhr er dann auch noch, dass im ganzen Land, geschürt von den Priestern des Amun, Mord und Terror tobten und die Feinde des Reiches mit geifernden Lefzen um die Grenzen des Landes streunten, bereit, das geschwächte und zerrüttete Khemet zu zerreißen. Doch Imenhotep stellte sich taub. Gefangen in der arroganten Ignoranz seines religiösen Wahns, predigte er zum Teil unter der widersinnigen Anwendung von Gewalt den Frieden und verbot seinen Truppen, den inneren und äußeren Feinden mit ihren Waffen Einhalt zu gebieten. Stattdessen zahlte er lieber Unsummen an Gold, um den Frieden zu wahren, und leerte somit die Staatskasse, was das Reich unaufhaltsam dem sicheren Ruin entgegenführte.

Mit diesen erschütternden Eindrücken belastet, war er in die Heimat zurückgekehrt und empfahl, da er mittlerweile Sitz und Stimme in der Händlergilde innehatte, dieses zunehmend von Chaos und Verfall gezeichnete Land nicht mehr direkt anzusteuern, sondern die Waren schon in den Handelsniederlassungen im Mündungsgebiet des Hapi, wie etwa Requot, umzuschlagen.

Erst neun Jahre später, zwei Jahre nach der unsäglichen Sturmflut, die zu jener Zeit über das Nordland hereingebrochen war, brachte ein Handelsschiff die Nachricht ins Dorf, dass Imenhotep-Echen-aten just zu dem Zeitpunkt auf mysteriöse Weise verstorben war, als die schützenden Dünen vor den Marschen unter dem monströsen Druck der ungezügelt heranrasenden Wogen zerbarsten. Und wie die Dünen war gleichzeitig auch der Traum des Imenhotep von seinen aufgebrachten Untertanen hinweggefegt worden, und die alten Götter in Uaset herrschten wieder über Khemet. Sein Name wurde von den Priestern auf ewig getilgt, und seine Stadt versank im Staub der Wüste …

»Erzähle mir doch noch einmal von der großen Flut, Großvater!«, ließ sich da die zarte Stimme der Kleinen vernehmen, als hätte sie seine letzten Gedanken erraten. »Oma Hetep hat gesagt, dass die bösen Geister ihrer Heimat Großonkel Imenhotep umgebracht und uns die Flut geschickt hätten um alle, die seine Freunde waren, zu bestrafen.«

Der alte Mann seufzte und schaute wieder kurz zu seiner Tochter, die die beiden kopfschüttelnd, aber lächelnd beobachtete.

Tatsächlich waren damals viele im Dorf dieser Meinung gewesen, obwohl sie selbst, wie übrigens auch die umliegenden Nachbargemeinden, von der Katastrophe weitgehend verschont geblieben waren. Es waren hauptsächlich die weiter im Südwesten gelegenen Küstengebiete, deren Dörfer samt dem sie umgebenden fruchtbaren Weide- und Ackerland von den tagelang heranstürmenden Fluten unwiederbringlich verschlungen wurden. Aber da das furchtbare Ereignis etwa zeitgleich mit dem Tod des in Khemet als Dämon und Gotteslästerer verfluchten Per-hau eintraf, wandte sich der aufgestaute Hass der einheimischen Bevölkerung gegen die Männer und Frauen aus Khemet – darunter eben auch seine Frau Hetep-ibes –, die hier, im Zuge des jahrelangen, regen Handelsverkehrs mit diesem Land, eine neue Heimat gefunden hatten.

Er erinnerte sich noch sehr genau, welch Mühe und

Überredungskunst es bedurft hatte, die Menschen zu besänftigen und ihnen klar zu machen, dass die »Fremden«, wie sie damals abschätzig von den Nordleuten genannt wurden, nicht das Geringste mit dem verheerenden Unheil zu tun hatten, welches sie ja alle heimgesucht hatte. Es war vor allem der Besonnenheit von Männern wie Maeknas, der zu diesem Zeitpunkt den Rang des Dorfältesten bekleidete, und Moruns, des Priesters der heiligen Insel, zu verdanken, dass die aufgebrachten Menschen darüber nachzudenken begannen, dass auch die »Fremden« das Leben ihrer Liebsten, die in den Fluten umgekommen waren, zu betrauern hatten und eher Mitgefühl denn Rache verdient hätten.

»Es war an einem Tag wie diesem«, begann der Greis nun seine Ausführungen. »Die Sonne schien den ganzen Tag von einem wolkenlosen Himmel, und kein Lüftchen rührte sich. Dann kam der Abend, und der Mond begann seine nächtliche Bahn zu ziehen. Das Meer war ruhig, und auf seiner glatten Oberfläche spiegelten sich glitzernd die Sterne. Aber dann, kurz vor Mitternacht, schreckte uns ein lang anhaltendes, unheimliches Grollen aus dem Schlaf. Es klang wie der Ruf jenes großen gelben Raubtieres, von dem ich dir schon öfter erzählt habe und welches die Wüsten Khemets nächtens unsicher macht. Ich war damals einer der Ersten, die auf die Dünen geeilt waren und beobachten konnten, was dann geschah. Über uns funkelten noch immer friedlich die Sterne am nächtlichen Firmament, doch in der Ferne am westlichen Horizont türmte sich eine schwarz drohende, von grell zuckenden Blitzen umwaberte Wolkenwand auf, die sich rasch näherte und den Sternenhimmel aufzufressen schien. Urplötzlich nahm der Wind an Stärke zu und dann ...«

Der alte Mann hielt inne und fuhr sich mit der Hand über sein Gesicht. »Dann begann das Meer sich mit einem Male brodelnd zusammenzuziehen, um sich dann, gepeitscht von dem tosenden Orkan, unvermittelt mit seinen rasend schnell hintereinander herjagenden Wogenmassen auf unser Land zu stürzen. Wie eine entfesselte Herde schwarzer Pferde, deren fliegende Mähnen im Mondlicht fahlweiß lohten, stürmten die Wellen brüllend gegen die Dünen. Und was für Wellen! Hier bei uns waren sie zwar nur wenig höher als unsere Dünen, weshalb sie letztendlich nicht so viel Schaden anrichteten wie etwas weiter im Süden. Dort nämlich zerschlugen berghohe Brecher die schützenden Sandwälle, sodass sich die salzig schäumenden schwarzen Fluten ungehindert ins Landesinnere ergießen konnten und die weiten fruchtbaren Ebenen und alles, was auf ihnen lebte, für alle Zeiten unter dem Schlamm, den sie mit sich herschwemmten, begruben.«

»Wie hoch ist ein Berg?«, fragte die Kleine schüchtern.

Der Alte räusperte sich. »Wir sind doch einmal an der heiligen Insel vorbeigefahren, Laria«, erklärte er dann. »Und da hast du doch die hohe Steilwand gesehen, oder zumindest das, was davon übrig geblieben ist, nach der Flut. Nun, die Wellen, die damals unsere Heimat verwüsteten, waren zum Teil mehr als dreimal so hoch wie jene steile Felswand, bei deren Anblick du mich gefragt hast, ob man im Himmel wäre, wenn man sie erklommen hätte. Und in den fernen südlichen Ländern gibt es Berge, die noch weitaus höher sind.«

Ja, auch die heilige Insel war damals von der wütenden Naturgewalt nicht verschont worden. Die anbrandende Wogenmacht riss die gesamte nordwestliche Landzunge des Felsens mit sich fort, während die Sonnenhalle von den aus dem schwarz-schwefeligen Leib der Sturmwolken unaufhörlich herausbleckenden Blitzen getroffen wurde und, geschürt von dem ohrenbetäubend heulenden Orkan, in hell lodernden Flammen aufging und nahezu restlos niederbrannte. Nur wie durch ein Wunder konnte sich Moruns, der Priester dieser heiligen Stätte, aus dem Inferno retten, doch hatte er den »verfluchten Felskadaver«, wie er es genannt hatte, zeit seines Lebens nicht mehr betreten. Die Sonnenhalle wurde nie wieder aufgebaut, und die zerrissene Insel war bald nur noch ein verödender roter Fels im Meer, den jeder zu meiden trachtete.

Aber der Verlust dieses so wichtigen, über viele Generationen bestehenden geistig-religiösen Mittelpunktes führte dazu, dass die Menschen, so weit sie die Katastrophe überlebt hatten, an der Existenz des Schöpfergeistes zu zweifeln begannen und stattdessen fest daran glaubten, dass das ganze Land verflucht sei. So beschlossen schon wenige Jahre nach der Flut nicht wenige Familien, das Land zu verlassen und sich eine neue Heimat im fernen, warmen Süden zu suchen.

Mit ihrem ganzen Hab und Gut beladen, fuhren sie auf ihren Ochsenkarren in eine ungewisse Zukunft, während diejenigen, die sich entschieden hatten, hier zu bleiben, anfingen, erbittert um das karg gewordene Acker- und Weideland zu kämpfen. In jenen Tagen schufen die Essen der Bronzeschmiede hauptsächlich Schwerter, Lanzenspitzen und Helme, statt Schmuckwaren für den Handel oder die bitter notwendig gewordenen Sicheln für den Ackerbau. Bis zur Flut hatte das Land einen goldenen Frieden erleben dürfen, nun aber erhob sich Bruder gegen Bruder, und an den verkohlten Balken so manchen Dorfes troff das Blut seiner Einwohner. Auch das war ein Grund, warum immer mehr Familien und sogar ganze Dorfgemeinschaften auswanderten. Auch der Handel war seither fast gänzlich zum Erliegen gekommen, und die einst so stolzen Fernsegler wurden zu kampfstarken Kaperschiffen umgebaut, ganz so, wie man es von den Piraten des Südmeeres, den Sherdanu und den Tjeki gelernt hatte. Mit tödlichen, aus Bronze gegossenen Rammspornen am Bug machten diese schnellen Raubschiffe, die allesamt von heimatlos gewordenen, verwegenen Frauen und Männern bemannt waren, das Nordmeer bis hinunter nach Tar'eses unsicher, sodass sich nur noch ganz selten ein keftisches Handelsschiff unversehrt an diese Küste verirrte.

Auch sein eigener erstgeborener Sohn, welchen er nach seinem jüngst verstorbenen Jugendfreund Turuns benannt hatte, befehligte solch ein Kampfschiff, was die beiden ziemlich entzweit hatte. Sein anderer Sohn war mit seiner Familie vor zwei Jahren nach Süden aufgebrochen, seither hatte er nichts mehr von ihm erfahren.

Nur seine Tochter Velia, die mit Kaies, dem Sohn seines Freundes Turuns, verheiratet war, war ihm noch geblieben – und natürlich deren Tochter Laria, die sich jetzt so eng an ihn schmiegte.

Es war einsam um ihn geworden, vor allem seit seine geliebte Frau Hetep-ibes vor nunmehr sieben Jahren zu ihrem »einsamen Weg nach Westen« aufgebrochen war, wie der Tod in ihrer Heimat Khemet beschrieben wurde. Doch wenn er so wie jetzt an ihrem Grab lehnte, war es ihm, als ob sie noch immer um ihn wäre, zumal die Züge seiner Tochter ihn immer wieder an sie erinnerten. Velia und Kaies bestellten einen schönen großen Hof in der dörflichen Gemarkung und brauchten sich um ihre Zukunft keine Sorgen mehr zu machen, denn das Dorf mit seinen Ländereien hatte wie die meisten anderen Gemeinwesen in dieser Region die Sturmflut weitgehend unbeschadet überstanden und aufgrund seiner Wehrkraft bislang jeden Angriff marodierender Banden erfolgreich und nachhaltig abwehren können.

Der alte Mann fühlte mit einem Male ein seltsames Frösteln. Er blinzelte in die nun ganz im Mittag stehende Sonne, und wie damals, vor über siebzig Wintern, als er während seiner Initiation jene schicksalhafte Vision auf der heiligen Insel erlebt hatte, schob sich ganz allmählich schemenhaft ein Gesicht – nein, es waren zwei! – vor die gleißende Sonnenscheibe. Dann konnte er sie endlich erkennen: Es war das jugendlich schöne Antlitz seiner Hetep-ibes, die ihm, zusammen mit ihrem ebenfalls verklärten Bruder Imenhotep, unendlich liebevoll zulächelte. »Komm!«, hörte er die beiden sanft in seinem Herzen raunen. »Komm in unseren Garten! Es ist gar nicht weit …« Und dann löste sich der Schatten eines Falken aus seiner welken Brust, entfaltete seine Schwingen und flog der Sonne entgegen.

»Großvater! Aufwachen, wir wollen nach Hause zum Essen!«, erklang zum dritten Male die Stimme des kleinen Mädchens neben ihm.

»Mutti, Großvater will einfach nicht wach werden!«, wandte sie sich nun Hilfe suchend an die junge Frau.

Diese schreckte kurz hoch und kniete sich für einen Moment sichtlich beunruhigt neben den Greis. Sie fühlte zunächst an seiner Halsschlagader, dann nahm sie das Goldamulett ihres Vaters in die Hand und hielt es mit der flachen Seite gegen seinen Mund. Nachdem sie eine kurze Weile so verharrt hatte, schloss sie für einen Moment die Augen und strich dann ihrer Tochter leicht über das wilde Haar.

»Großvater ist schon heimgegangen, Laria!«, flüsterte sie. »Der große Tarkon ist nun wieder mit seiner Frau und seinen Freunden vereint.«

Kapitel 1

Die beiden aus massiver Bronze gefertigten Flügel des breiten Portals schwangen fast lautlos auf, und augenblicklich erstarb das erregte Gemurmel in dem lichtdurchfluteten, von hohen schlanken, der Lotosblume nachempfundenen blaugoldenen Säulen getragenen Beratungssaales des königlichen Palastes von Uaset. Die zehn Männer, die bislang heftig debattierend um den mit vielen ausgerollten Shefdew belegten Tisch in der Mitte des Saales gestanden hatten, versammelten sich augenblicklich vor dem Tisch, knieten nieder und senkten die Stirn auf den mit goldgesprenkelten Alabasterfliesen ausgelegten Boden. Die meisten von ihnen waren mit ärmellosen, knöchellangen Roben aus gestärktem, blütenweißem Leinen bekleidet, welche vorne, unterhalb des breiten, zumeist vergoldeten Ledergürtels sorgfältig plissiert waren. Auf den Schultern lag ihnen ein über Brust und Rücken reichendes Pektorale aus mehrfach verknüpften, schweren Goldketten oder reichlich mit kostbaren Edelsteinen verziertem Leder. Drei der Männer trugen allerdings nur einen knielangen, rockähnlichen Schurz aus dem gleichen Material, über den ihnen ein am Gürtel befestigtes, rot oder blau gefärbtes Lederstück in Form eines sich zum Schoß hin verjüngenden

Dreiecks hing. Alle, bis auf einen, der sich mit seinem kahl geschorenen Kopf und dem gefleckten Fell über seiner rechten Schulter offenkundig als Priester des Imen-Re auswies, trugen bis zum Nacken reichende, durch das üppig verwendete parfümierte Öl glänzende, schwarzlockige Perücken oder, wie im Falle der drei Rockträger, blauweiß gestreifte, von einem goldenen Diadem um die Stirn gehaltene Leinenkopftücher, deren gestärkter Stoff ihnen hinter den Ohren trapezförmig auf die breiten Schultern fiel und im Nacken in einer goldenen Quaste auslief. Dieser augenfällige Kopfputz, wie auch ihr muskulöser, durchtrainierter Körperbau, ließen den Betrachter unschwer erkennen, dass es sich bei den drei Männern um ranghohe militärische Befehlshaber handeln musste.

Vor dem Portal waren nun eilige, hallende Schritte zu hören, und kurz darauf betrat ein noch junger Mann den Saal, der die vor ihm Knienden wortlos aus zusammengekniffenen Lidern musterte. Bar jeden Schmucks, hatte er sich nur den einfachen weißen Leinenschurz eines Soldaten um die schmalen Hüften geschlungen, und auch seine an den Spitzen hochgebogenen Sandalen stammten aus dem Zeughaus. Die Muskeln seines braun gebrannten Körpers waren sportlich gestählt, und seine Haltung drückte energische Entschlossenheit aus, was er unterbewusst auch darin zum Ausdruck brachte, dass er seinen etwa unterarmlangen Ebenholzstab, dessen spatelförmige Spitze aus purem Gold bestand, ungeduldig gegen die Handfläche seiner Linken schlug. Aus den schwarz umschminkten Lidern blickten wache, etwas auseinander stehende dunkle Augen über den hohen Jochbögen seines oval geschnittenen Gesichtes. Eine gerade, kräftige Nase, deren dünnwandige Flügel bei jedem Atemzug bebten, und ein breites, jetzt spöttisch lächelndes, volles Lippenpaar vollendeten die Züge seines sympathisch wirkenden Antlitzes. Auf eine Perücke hatte er ebenfalls verzichtet, stattdessen hatte er sich gegen alle Konventionen dieses Landes sein lockiges, kastanienfarbenes Haar wachsen lassen. Vom sorgfältig gezogenen Mittelscheitel fielen ihm die dichten, an ihrem unteren Ende gerade abgeschnittenen, drahtigen Locken bis auf die Schultern, was so wiederum an eine Perücke erinnerte. Der Priester hatte sich inzwischen wieder erhoben, beugte jedoch sofort vor dem jungen Mann den Rücken und streckte ihm die Arme entgegen.

»Erkennt euren Herrscher!«, skandierte er mit seiner hohen, näselnden Stimme. »Der Herr des oberen und unteren Nils, Ramesses, geliebt von Amun, geliebt …«

»Geschenkt!«, wurde er da von dem jungen Mann unwirsch unterbrochen. »Ich weiß selbst, wie ich heiße! Stellt euch wieder auf die Beine, und erklärt mir in Res Namen, was in aller Welt euch bewogen hat, mich bei einem herrlichen vormittäglichen Liebesspiel zu stören, um mir jetzt eure langweiligen Gesichter ansehen zu müssen.«

Einer der Männer, die sich mittlerweile wieder erhoben und um den Tisch geschart hatten, räusperte sich vernehmlich und wandte sich dann freimütig, seinem Herrscher gerade in die Augen sehend, an Ramesses. Er mochte etwa sechzig Jahre alt sein, und das Leben hatte sich in die Haut, die sich in einem warmen, olivfarbenen Teint über die Knochen seines schmalen asketischen Gesichtes spannte, unübersehbar eingeschrieben. Aus seinen großen schwarzen Augen sprach die Weisheit und die Erfahrung, die er sich in den vielen Jahren, in denen er als Tja-eti des Per-hau für dessen Regierung mitverantwortlich gewesen war, erworben hatte.

Als junger, begabter Sesh war er damals von dem großen, unvergessenen ruhmreichen Osiris Ramesses, dem zweiten dieses Namens, an den Hof berufen worden. Unter dessen Nachfolgern, zunächst seinem Erstgeborenen Meren-Ptah, der leider viel zu früh verstarb, und dann unter dessen Bruder Se-ti, dem ebenfalls nur eine kurze Regierungszeit vergönnt war, hatte er es bis zum obersten Aufseher der Kornspeicher des Reiches gebracht. Als dann Si-ptah, der völlig debile Sohn des Se-ti den Thron bestiegen hatte, brachen schwere Zeiten für das Reich an. In seiner schon krankhaft anmutenden Selbstverliebtheit hatte er kurzerhand alle altgedienten und kompetenten Ratgeber seines Vaters entlassen, da er sich entschlossen hatte, sich fürderhin nur noch von den Göttern beraten zu lassen. Diese aber schienen davon nicht sonderlich begeistert gewesen zu sein, zumal er für sich die gleiche göttliche Verehrung einforderte, wie sie dem Reichsgott Imen-Re zu Gebote stand. So erwies er sich schon nach kurzer Zeit als völlig unfähig, auch nur eine vernünftige Entscheidung zu treffen, sodass die wirtschaftliche und politische Blüte, die das Reich unter dem zweiten Ramesses und seinen Söhnen erleben durfte, zusehends verwelkte.

Nach seinem von den Priestern des Imen-Re schließlich aus der Not heraus in Auftrag gegebenen

Tod verfiel das Reich unter der gleichermaßen unfähigen Regentschaft seiner großen königlichen Gemahlin Tau-seret endgültig in Chaos und Anarchie. Da war der Zeitpunkt gekommen, dass einige beherzte Männer, zu denen auch er zählte, sich zum Wohle und Erhalt des Reiches unter der Führung seines langjährigen Freundes Sethnacht, der damals den Oberbefehl der Armee innehatte, zusammenschlossen und einen Staatsstreich gegen die Regentin verübten, mit dem Ergebnis, dass Sethnacht, nachdem er sich mit der Segnung der Priesterschaft mit einer Schwester des Si-ptah vermählt hatte, zum neuen Per-hau gekrönt wurde. Dieser verfügte dann auch sofort, dass die ehemaligen Mitglieder des Kronrates, so weit sie noch am Leben waren, wieder in ihre Ämter und Würden zurückberufen wurden. Ihn selbst ernannte der neue Per-hau zum obersten Tja-eti des Reiches und übertrug ihm wenig später überdies noch die Erziehung seines Sohnes, den er zum Andenken an seinen ruhmreichen Ahnherren Ramesses nannte. Es war eben dieser ungestüme junge Mann, der jetzt missgelaunt vor ihm stand.

»Ich bitte, meinen Herrn sprechen zu dürfen«, begann er höflich gemessen seine Rede. »Wir haben uns hier versammelt, um ...«

Weiter kam er nicht, denn der junge Herr, der sich gerade auf den einzigen Stuhl im Saale geworfen hatte und sich ungeniert räkelte, schnitt ihm mit einem kurzen Wedeln seines Stabes das Wort ab.

»Ooch, Ptahmose! Spar dir doch bitte deine Zeit raubenden Floskeln«, sagte er gelangweilt. »Du und ich kennen uns zu lange, um uns mit Hofetikette aufzuhalten! Du weißt doch, dass du jederzeit, auch ohne vorherige Anmeldung mit mir sprechen kannst. Wenn du also, und das gilt auch für die anderen hier im Raume, die Güte hättest, einfach nur zur Sache zu kommen, dann wäre das überaus erfrischend!« Dabei zwinkerte er seinem alten Mentor mit einem kurzen Grinsen zu, um sich dann wieder mit gespielt ernster Miene den anderen Ratsmitgliedern zuzuwenden.

»Majestät!«, setzte Ptahmose ermuntert seine Rede fort, »in der Tat sind uns heute Morgen äußerst beunruhigende Neuigkeiten überbracht worden, welche es auf Grund ihrer bedrohlichen Brisanz für das Reich unabdingbar machten, Euch über deren Inhalt sofort in Kenntnis zu setzen ...«

»Nun mach es doch nicht so spannend: Was ist los?«, fragte Ramesses genervt, wobei er mit seinem Stab unablässig gegen seinen Oberschenkel klopfte.

»Nun gut«, fuhr Ptahmose unbeeindruckt fort. »Wie Ihr wisst, erfährt unser Land schon seit den letzten Jahren der Regierung des ruhmreichen Osiris Ramesses, dem Zweiten dieses Namens, immer wieder Angriffe durch marodierende Piraten, wie etwa den Sherdanu, den Sheklu oder den Tjekern. Bislang wurden die Angriffe dieser schmutzstarrenden Barbaren nur gegen unsere Handelsschiffe oder manchmal auch gegen unsere Handelsposten im Mündungsgebiet des Hapi geführt und richteten einen, sagen wir, überschaubaren Schaden an ...«

»Überschaubaren Schaden, sagst du?«, erwiderte Ramesses lachend. »Du scheinst offenbar vergessen zu haben, dass diese schmutzstarrenden Barbaren vor nicht allzu langer Zeit dem reichen und mächtigen Keftiu das Licht ausgeblasen haben, und zwar so nachhaltig, dass diese gewaltige See-und Handelsmacht es nie mehr schaffen sollte, das einst so strahlende Licht ihrer Kultur wieder zu entzünden! In einem einzigen Handstreich haben sie Keftiu überrannt, ihre Städte und Handelsniederlassungen sowohl dort als auch auf den benachbarten Inseln geplündert und bis auf die Grundmauern niedergebrannt, und das so schnell, dass wir, die wir mit den Keftern seit jeher in Freundschaft verbunden waren, keine Möglichkeit hatten, ihnen zu Hilfe zu kommen! Gehe nur ins Land der Tjeker, und du wirst alle Schätze Keftius in ihren verrauchten, dunklen Festungen aufgehäuft wiederfinden!«

Der alte Tja-eti seufzte und schloss kurz die Augen. »Das, mein Herr, ist mir sehr wohl bewusst«, lenkte er dann ein. »Aber Eure Majestät sollte dabei vielleicht auch die ursächlichen Umstände in Betracht ziehen, die dieses beklagenswerte Fiasko begünstigt haben. Seit vielen Generationen war es den Keftern, ganz im Gegensatz zu uns, erspart geblieben, Krieg mit irgendwelchen missgünstigen Nachbarvölkern führen zu müssen, von der Bekämpfung der sie immer während bedrohenden Piraterie einmal abgesehen. So wähnten sie sich im Laufe der Zeit auf ihren Inseln sicher, wurden darüber hinaus durch ihren unermesslichen Reichtum satt und träge und verschwendeten deshalb auch keinen Gedanken daran, etwa ein stehendes Landheer zur Verteidigung ihres Inselreiches auszubilden. Stattdessen verließen sie sich vollkommen auf den trügerischen Schutz ihrer zweifellos kampfstarken Kriegsgaleeren, welche ständig in großer Anzahl in dem ihre Heimat umgebenden Meer patrouillierten. Den untereinander zerstrittenen, primitiven Stämmen der Sherdanu und Sheklu, die ja ebenfalls auf ein paar Inseln im westlichen Teil des großen Meeres beheimatet sind und sich aufgrund der zumeist unfruchtbaren Böden ihrer Heimat seit jeher fast ausschließlich von Fischfang und vor allem Seeräuberei ernähren, mochte die allgegenwärtige Präsenz der keftischen Flotte jede Lust genommen haben, auch nur ansatzweise darüber nachzudenken, Keftiu direkt anzugreifen.

Die Tjeker nun sind von Natur aus eigentlich keine Seefahrer, sondern im Grunde eine Landmacht wie wir oder wie die Chatti, mit denen sie im Übrigen bis heute verbündet sind.

Etwa in der Regierungszeit des Osiris Thotmesses, dem Ersten dieses Namens, gelangten sie nach einer langen und entbehrungsreichen Wanderung aus ihrer ursprünglich hoch im dunklen Norden der Welt befindlichen Heimat an die Südspitze jenes Festlandes, welches sich nördlich von Keftiu befindet, ihm also gleichsam gegenüber gelegen ist. Die karg besiedelten, fruchtbaren Ebenen dort veranlassten sie, sich dieses Land mit dem sonnigen, milden Klima anzueignen und es zu beherrschen. Es war dann nur noch eine Frage der Zeit, bis sie schließlich mit den keftischen Kaufleuten zusammentrafen und mit diesen Handel zu treiben begannen. Von ihnen haben sie sich dann mit der Zeit wohl auch die Kunst abgeschaut, Schiffe zu bauen und mit ihnen, nunmehr unabhängig von den Keftern, das Meer vor ihren Küsten zu befahren. Angesichts all der Luxusgüter, die sie sich von den Keftern erhandelten, werden sie irgendwann die Überlegung angestellt haben, dass es doch viel sinnvoller wäre, direkt die Quelle all dieser schönen Dinge aufzusuchen statt immer nur mit einem Krug Wasser vorlieb nehmen zu müssen.

Während der Regierung des Osiris Tut-anch-imen war es dann so weit! Wohl unterstützt von ihren alten Freunden aus Chatti, verbündeten sie sich mit den Sherdanu und Sheklu, welche schon lange danach gegiert hatten, ihren Erzfeind zu vernichten, und setzten, ein wohlgerüstetes und kampfstarkes Heer auf ihren Schiffen, nach Keftiu über. Der Ausgang dieser Expedition wurde von Eurer Majestät ja gerade sehr treffend geschildert. Erstaunlicherweise fuhren sie danach aber mit all ihren geraubten Schätzen wieder nach Hause, statt, was doch nahe liegender gewesen wäre, das besiegte Keftiu zu besetzen und auszubeuten. So beschränkten sie sich nur darauf, die Städte zu plündern und niederzubrennen und nahezu die gesamte männliche Bevölkerung zu massakrieren. Wir selbst hätten damals unseren unglückseligen Freunden gar nicht helfen können, da wir, wie heute, nur wenige hochseetüchtige Schiffe besaßen.«

»Was hat dann die Tjeker nur abgehalten, auch noch Khemet einen Freundschaftsbesuch abzustatten?«, sinnierte Ramesses spitz.

»Sie haben es ja einmal versucht«, antwortete Ptahmose. »Damals, als die Chatti ihre Armeen nach Khemet führten und unser ruhmreicher Osiris Ramesses, der Zweite dieses Namens, sich ihnen tapfer entgegengestellt und sie in einer großen Schlacht besiegt hat ...«

»Besiegt?«, konterte der junge Per-hau erzürnt. »Nun, es war doch wohl eher einem glücklichen Umstand zu verdanken, dass diese Schlacht mit einem Unentschieden zu unseren Gunsten beendet wurde. Und dieser glückliche Umstand war eine unserer drei Heeresgruppen, die verspätet zur Schlacht erschien, weil sie sich in der Wüste verlaufen hatte und, da sie zufällig im Rücken des Feindes erschien, bei den Chatti den völlig falschen Eindruck erweckte, sie seien umzingelt, sodass sie sich zurückzogen und um einen Waffenstillstand baten. Tatsächlich waren die zwei anderen Heeresgruppen bereits derart aufgerieben, dass viele Einheiten schon zu flüchten begonnen hatten.« Ptahmose musste lächeln. »Ich sehe, dass Ihr offenbar einen guten Geschichtslehrer hattet, mein Herr!«, sagte er mit einer leichten Verbeugung. »Darf ich jetzt fortfahren? Gut. Also, die Tjeker haben damals die auf Khemet vorrückenden Armeen der Chatti, ihren ewigen Verbündeten, vom Meer aus unterstützt und dabei einige unserer Militärbasen an der Küste der Chabiri geschleift. Danach haben sie es aufgrund des nach der Schlacht geschlossenen Friedensvertrages zwischen Chattusa und Uaset nicht mehr gewagt, uns anzugreifen.«

»Und jetzt wollt ihr mir erzählen, dass sie es sich auf einmal anders überlegt hätten und mit ihren Schiffen schon im Hafen von Uaset eingelaufen sind, nicht wahr?«

»Oh nein, mein König, denn wenn es nur das allein gewesen wäre, hätten wir Euch bei Euren morgendlichen Leibesübungen sicher nicht gestört und Euch diese Lappalie erst beiläufig während des Mittagessens mitgeteilt. Die Tjeker, selbst mit dem Mordgesindel aus Sherdanu und Sheklu an ihren schmutzigen Rockschößen, würden es allenfalls in ihren Träumen wagen, das in der Blüte seiner Macht stehende Khemet derart dreist herauszufordern, zumal sie dies ohne die dafür notwendige Rückendeckung durch ihre Freunde aus Chattusa bewerkstelligen müssten.

Die Chatti beschäftigen zurzeit nämlich ganz andere Probleme. Neben dem immer rauer werdenden Wind, der ihnen ja schon seit geraumer Zeit aus dem benachbarten Assur entgegenweht, werden sie, wie wir erst kürzlich durch unseren Gesandten in Chattusa erfahren haben, nunmehr auch an ihrer westlichen Grenze bedroht, womit wir endlich beim eigentlichen Thema dieser so dringlich einberufenen Versammlung des Kronrates angelangt wären.«

Ramesses sprang daraufhin von seinem Sessel auf, ging wortlos zu dem Tisch und beugte sich über die dort ausgebreiteten Schriftrollen, die er eingehend studierte. Als er damit fertig war, stützte er sich mit seinen Armen an der Tischkante ab und schaute die Umstehenden der Reihe nach aus zusammengekniffenen Lidern an. Dann tippte er mit seinem Stab auf eine rote, pfeilähnliche Markierung, die auf einer großen Schriftrolle eingezeichnet war, welche sehr präzise die Grenzen des Chattireiches wiedergab.

»Ich lese hier, dass Horden namenloser, barbarischer Nordvölker in schier unübersehbarer Anzahl, aus dem Westen kommend, unaufhaltsam gegen die Chatti anstürmen«, sagte er emotionslos. »Hellhäutige, zumeist blonde Menschen von riesenhaftem Wuchs, die sich todesverachtend gegen die eisenstarrenden Heere der Chatti werfen und ihnen, trotz der Überlegenheit dieses neuen Metalls, eine Niederlage nach der anderen bescheren. So weit, so gut! Nur, was hat das mit uns zu tun, frage ich mich? Das alles geschieht fernab von unseren Reichsgrenzen! Ich kann hier beim besten Willen keine Bedrohung für Khemet erkennen!«

Die versammelten Ratsmitglieder tauschten daraufhin vielsagende Blicke untereinander aus, wonach Ptahmose sich mit einem verhaltenen Hüsteln wieder zu Wort meldete.

»Ich möchte Eure Majestät dennoch bitten, Eure Aufmerksamkeit auf die nun folgenden Ausführungen des Generals Hem'iunu zu richten«, formulierte er bedächtig, aber bestimmt, und forderte gleichzeitig den Genannten mit einer winkenden Geste auf zu sprechen.

Hem'iunu war um die vierzig, hoch gewachsen und von schlanker Statur. Unter der hohen Stirn, welche sich über den kantigen, an einen Raubvogel erinnernden Zügen seines glatt rasierten Gesichtes wölbte, blitzte ein hellblau leuchtendes Augenpaar, aus dem gleichermaßen Klugheit wie Sanftheit zu lesen war. Seine schmalen, feingliedrigen Hände vermittelten den Eindruck, dass sie es eher gewohnt waren, über die Darmsaiten einer Leier zu streichen, denn das harte Griffstück eines Schwertes in der Schlacht zu führen. Er trat gelassen neben seinen Per-hau und rollte vor ihm mit einer eleganten Bewegung ein großes, rechteckig geschnittenes Lederstück aus dünner, weich gegerbter Lammhaut auf dem Tisch aus. Darauf war der gesamte Umriss des großen Meeres, in welches der Hapi vielarmig mündete, abgebildet. Außerdem – und gleich mehrfarbig ausgeführt – waren darauf alle bekannten Völker verzeichnet, die in allen vier Himmelsrichtungen dem Meer anrainten oder es auf seinen zahlreichen Inseln bewohnten.

»Dies ist«, begann er mit leiser, sonorer Stimme seinen Bericht, »eine Seekarte keftischen Ursprungs. Die Handelskapitäne aus Keftiu benutzten solche Karten aus diesem strapazierfähigen Material, um ihre Fahrtrouten einzutragen und so bei ihren ausgedehnten Reisen über das offene Meer optimal navigieren zu können. Zur Blütezeit Keftius galten solche Karten als streng geheim, da die keftischen Handelsherren ihr Wissen um die von ihnen im Laufe der Zeit entdeckten Länder und Völker sowie der dort befindlichen Rohstoffquellen, wie etwa Zinn oder Bernstein, eifersüchtig hüteten. Dieses Exemplar hier gehörte einem Kapitän, der – während Keftiu zusammenbrach – bei uns um Asyl gebeten hatte und uns dafür zum Dank unter anderem auch diese Karte übergab.«

»Sehr schön!«, fiel ihm Ramesses gereizt ins Wort. »Nur vermag ich bislang weder aus Euren Worten noch diesem bunt bemalten Lederlappen hier irgendeinen Hinweis auf eine uns existenziell bedrohende Gefahr herauszulesen. Wenn Ihr also bitte auf den Punkt kommen wollt!«

»Wenn Eure Majestät nur noch ein wenig Geduld für mich aufbringen würde, dann könntet Ihr schon sehr bald, just anhand dieser Karte, erkennen, woher uns die Gefahr droht!«, begegnete Hem'iunu gelassen dem Anwurf seines Königs.

Dieser seufzte daraufhin ergeben, runzelte die Stirn und schaute in die Runde.

»Gibt es hier vielleicht einen Becher Wein?«, fragte er dann geplagt. »Ich meine, bei all den trockenen Worten, die ich die ganze Zeit über schlucken musste, ist meine Kehle ausgedörrt und sehnt sich nach einer kühlenden Erfrischung, was im Übrigen gewisslich auch dem Wiederaufkeimen meiner Geduld frommen dürfte!«

Sofort kredenzte der Priester ihm einen bis zum Rand gefüllten Becher, den Ramesses in einem Zug leerte, und ihn ihm dann wieder mit einer ungeduldig auffordernden Geste nach mehr zurückgab.

Nachdem er seinen Becher erneut gefüllt bekommen hatte, wandte er sich wieder Hem'iunu zu und hieß ihn, nunmehr sichtlich gnädig gestimmt, seinen Bericht fortzusetzen.

»Bevor ich zum eigentlichen Thema komme, muss ich einen kurzen Rückblick in die Vergangenheit machen«, begann der General seine Ausführungen, wobei er den Worten einen vorsichtig vergewissernden Seitenblick auf Ramesses folgen ließ.

»Nur zu!«, ermunterte ihn dieser. »Geschichte war schon immer mein liebstes Fach, wie Ihr es von Ptahmose gerade gehört habt!«

»Gut. Also, ich erwähnte vorhin den Handel mit Bernstein, der eine geraume Zeit ausschließlich von den Keftern in unser Land gebracht wurde. Dieses seltene und kostbare Gut stammt von den Küsten eines Landes, das sich hoch im Norden, jenseits der uns bekannten Welt befindet.« Dabei wies er mit seinem Zeigefinger auf einen imaginären Punkt reichlich oberhalb des Randes der vor ihm liegenden Karte.

»An dessen Gestaden brechen sich die Wellen eines ungeheuren Ozeans, der sich wahrscheinlich grenzenlos nach Westen erstreckt. Wie Ihr sehen könnt«, und dabei zeigte er auf eine Stelle am äußersten westlichen Ende der Karte, »gibt es hier, wo die Landmassen von

Nord und Süd, den westlichen Teil unseres Meeres begrenzend, aufeinander stoßen, eine schmale Passage, die in jenen gewaltigen Ozean führt. Jenseits dieser Passage liegt an einer Flussmündung eine einsame, hier blau markierte Handelsniederlassung der Kefter, die Tareschesch, oder so ähnlich – ich kann dieses Keftisch nicht aussprechen –, genannt wird. Aufgrund ihrer extremen Lage war sie, während das übrige Reich der Kefter in Flammen aufging, verschont geblieben. Während der Regierungszeit des Osiris Thotmesses, des Dritten dieses Namens, geschah es nun, dass die Kefter in ihrem Handel mit Bernstein ganz unvermutet Konkurrenz bekamen, und zwar von den Menschen, denen sie es zuvor abgehandelt hatten. Diese Nordleute kamen nun immer häufiger und in regelmäßigen Abständen mit ihren vorzüglich gebauten Schiffen nach Khemet, um ihre Waren bei uns ohne den lästigen Zwischenhandel mit Keftiu loszuschlagen. Doch nach einiger Zeit fingen die Kefter an, diesen Zustand zu akzeptieren, nachdem sie wohl ein Abkommen mit den Nordleuten geschlossen hatten, welches ihnen erlaubte, ihrerseits direkten Handel mit den Nordvölkern zu führen, und zu diesem Zwecke wurde Tareschesch gegründet, sozusagen als Rast- und Umschlagplatz auf der langen Reise von Nord nach Süd und umgekehrt.

Dann aber, während der Regierung des verfluchten Ketzers Imenhotep, der sich selbst Echen-aten nannte, blieben die Schiffe der Nordleute mehr und mehr aus, bis der Handel mit ihnen nach dem Tode des Ketzers gänzlich zum Erliegen kam. Die Kefter berichteten damals von einer verheerenden Sturmflut, die zu diesem

Zeitpunkt über das Nordland hereingebrochen war. Daraufhin hätten die meisten Überlebenden das Land verlassen und seien in langen Trecks mit all ihrer Habe – ähnlich wie vorzeiten die Vorfahren der Tjeker –, gen Osten und Süden abgezogen. Viele von ihnen hatten aber auch die ihnen noch verbliebenen Schiffe bemannt und waren nach Tareschesch abgesegelt, von wo aus sie bis heute sehr lukrativ die Seeräuberei betreiben.

Wie Ihr Euch vielleicht erinnert, wurde eingangs erwähnt, dass die Chatti seit einiger Zeit auch aus dem Westen angegriffen werden. Bei diesen Angreifern handelt es sich aber um niemand anderes als jene durch die Flutkatastrophe heimatlos gewordenen Nordvölker, die, ihres langjährigen Nomadendaseins müde geworden, nun über das in seinen letzten Zügen liegende Chattireich herzufallen beginnen, weil sie wohl dort eine neue Heimat zu finden hoffen.

Heute, in den frühen Morgenstunden, erreichte uns nun eine eilige Geheimdepesche unseres Gesandten in Chattusa, in welcher er uns mitteilt, dass es den Chatti wohl im allerletzten Moment doch gelungen sei, das Schicksal noch einmal zu ihren Gunsten zu wenden. So unglaublich es klingen mag, aber die Chatti haben mit den Führern dieser Nordvölker einen Friedens- und Freundschaftsvertrag abgeschlossen und ihnen, basierend auf diesem Abkommen, einen beträchtlichen Teil ihres Reichgebietes abgetreten.«

»Wenn ich das richtig verstanden habe, sind die schrecklichen Wilden aus dem Norden gezähmt, bauen ihre Dörfer auf, packen ihr Ackergerät aus und pflügen ihre Felder«, sagte Ramesses, nun wieder leicht gereizt. »Was, bei allen Göttern Khemets, ist daran so gefährlich?«

»Wenn ich sprechen darf!«, meldete sich Ptahmose hastig zu Wort. »Das, was Euch Hem'iunu gerade vorgetragen hat, war nur der erste Teil dieser Depesche! Hört also bitte weiter!« Er nickte Hem'iunu zu, welcher ohne Umschweife wieder zur Sache kam.

»Die Chatti waren und sind uns trotz aller Verträge nicht freundlich gesonnen. Ihre stolzen Kriegerseelen haben das Debakel, welches sie damals unter dem zweiten Ramesses haben hinnehmen müssen, nie vergessen. Das erklärt hinreichend, warum sie nunmehr mit Hilfe ihrer neuen Verbündeten, die sich zudem seltsamerweise als ihre ›dankbaren und treuen Vasallen‹, wie hier zu lesen ist, verstehen, auch noch ihre seeräubernden Brüder in Tar'eses, in das Bündnis einzubeziehen suchen. Damit nicht genug, haben sie ihren im wahrsten Sinne des Wortes blauäugigen Freunden aus dem Norden unser reiches, fruchtbares Land derart schmackhaft gemacht, dass in Kürze davon auszugehen ist, dass die Nordleute ihre Ochsenkarren wieder anspannen, das ihnen gerade, der Form halber, wie ich sagen möchte, zugewiesene Land wieder verlassen und sich auf den Weg nach Süden, das heißt nach Khemet machen. Überdies befinden sich just zu diesem Zeitpunkt Unterhändler aus Chattusa auf dem Weg nach Tar'eses, um dort ein Bündnis zwischen ihnen, den nordischen Piraten und den Tjekern, Sherdanu und Sheklu zu schmieden. Wenn den Chatti diese diplomatische Meisterleistung gelingen sollte, denn diese Seevölker vernichten sich augenblicklich gegenseitig in erbarmungslosen Rivalitätskämpfen, dann wird Khemet in Bälde auch von der Seeseite bedroht werden.«

Ramesses, dessen Augen während der letzten Ausführungen immer schmaler geworden waren, begann nun, nachdem der General offensichtlich seinen Rapport beendet hatte, kommentarlos um den Tisch herumzulaufen. Nachdem er so einige Runden gedreht hatte, kehrte er wieder zu seinem alten Platz am Tisch zurück und leerte nachdenklich seinen Becher in mehreren kleinen Schlucken.

»Das ist allerdings ein Grund, mich bei meiner morgendlichen Lieblingsbeschäftigung zu stören«, murmelte er dabei leise und wie zu sich selbst. Dann blickte er seine sich in Geduld fassenden Berater an und ließ den Becher unsanft auf die Tischplatte klirren.

»Ihr wollt mir also, kurz gesagt, klar machen, dass uns in der nächsten Zeit ein Krieg mit den Chatti ins Haus steht, nicht wahr?«

»Nicht direkt mit den Chatti, Eure Majestät!«, ergriff Ptahmose bedächtig das Wort. »Vielmehr glauben wir, dass die Chatti die unbedarften Barbaren dazu benutzen werden, uns den Krieg an ihrer statt ins Land zu tragen, um so den mit uns bestehenden Friedensvertrag offiziell nicht zu brechen. Dieser perfide Plan birgt bei näherem Hinsehen zwei fatale Vorteile für die Herren in Chattusa. Zum einen: Sollten uns die Seevölker besiegen, was wahrscheinlich nur unter sehr hohen Verlusten ihrerseits anzunehmen wäre, hätten sie zwei Fliegen mit einer Klappe geschlagen! Sie bräuchten dann nur noch ihre ausgeruhten Armeen hierher zu schicken und sowohl uns als auch dem zweifellos geschwächten Rest der Seevölker den Garaus zu machen. Würde zum anderen uns der Sieg zufallen, dann würde das Resultat das Gleiche sein. In jedem Fall würde Chatti der lachende Sieger sein.«

Ramesses dachte eine Weile über diese Worte nach.

»Was schlagt ihr also vor?«, fragte er dann.

»Nun, wir bitten Eure Majestät, den Bau von hochseetüchtigen Kriegsgaleeren nach dem uns vorliegenden Muster aus dem untergegangenen Keftiu zu befehlen. Weiterhin plädieren wir für eine Aufstockung unseres Landheeres um mindestens das Sechsfache seiner momentanen Stärke!«, empfahl Hem'iunu kurz und mit spröder Stimme.

Der junge Per-hau, der zum ersten Male in seinem Leben vor einer solch gewichtigen Entscheidung stand, senkte den Kopf und begann, angestrengt nachdenkend, nervös an seiner Unterlippe zu nagen. Dann richtete er sich plötzlich auf und ging verhaltenen Schrittes zu dem Tablett, auf dem der Weinkrug stand. Er füllte seinen Becher und trank ihn gemächlich und genussvoll aus. Darauf wandte er sich wieder den anderen zu, wobei seine Augen spitzbübisch funkelten und ein verschlagenes Lächeln um seine Lippen spielte.

»Aufstockung des Heeres: ja! Nachbau von keftischen Galeeren: nein! Stattdessen: mindestens zweihundert Kampfbarken unserer Bauart auf Kiel legen!«, verkündete er grinsend und nahm seinen Platz am Tisch wieder ein.

»Zur Begründung, meine Herren!«, fuhr er dann, wieder ernst geworden, fort. »Ich weiß, dass ich noch sehr jung und unerfahren solchen Situationen gegenüber bin! Dennoch hatte ich sehr gute Lehrer, gerade in

Sachen Strategie, meinen Vater eingeschlossen! Meines Dafürhaltens wird also ein Teil dieser Seevölker zu Lande über Gaza, sprich nordöstlicher Richtung erwartet. Der andere Teil wird mit seinen Schiffen gleichzeitig versuchen, auf allen größeren Flussarmen, die der Hapi in seinem Mündungsgebiet auszweigt, ins Landesinnere vorzudringen. Da davon auszugehen ist, dass der Feind sich danach irgendwo vereinen will, nehme ich einen Ort an, der ihnen genug Entfaltungsmöglichkeit bietet, vielleicht ein Basislager und einen Hafen.

Wir müssen deshalb etwas Ähnliches planen. Zum einen wird eine unserer Armeen sich bei Gaza einen Hinterhalt suchen, von wo aus sie den heranrückenden Feind in Rücken und Flanke packen kann. Der Rest der Armee wird zentral ins Mündungsgebiet verlegt, aber so, dass er nicht sichtbar ist. Nun zu den Schiffen. Khemet war nie ein Seefahrervolk, und unsere großen Schiffe, wie etwa die der Puntfahrer, taugen allenfalls dazu, in Küstennähe zu operieren, nicht aber das offene Meer zu befahren. Es sind nichts anderes als hoch entwickelte Flussbarken. Und genau das wäre in diesem Falle auch unser Vorteil! Im Gegensatz zu unseren Booten verfügten die Schiffe der Kefter, wie jetzt auch die der Seevölker, über einen nicht unerheblichen Tiefgang, der es ihnen zwar ermöglicht, auf dem hohen Meer bis zu einem gewissen Maße Sturm und Wellen zu trotzen, in flachen Gewässern allerdings die Gefahr birgt, auf Grund zu laufen. So habe ich mir sagen lassen, dass die Handelsschiffe aus Keftiu immer nur den Arm des Hapi benutzt haben, der von Requot aus nach Süden führt. Und selbst bei ihrer Fahrt auf dem Hapi waren sie gezwungen, immer auf der Mitte des Stromes zu fahren, weil dort eben das Wasser am tiefsten ist. Nun, die meisten Gewässer im Mündungsgebiet sind flach, sehr flach sogar. Wenn sie da hineingeraten, kommen sie nie wieder hinaus.«

Ramesses hielt einen Moment inne. Er hatte schnell gedacht und hastig gesprochen, was ihm ein wenig den Atem genommen hatte. Die Gesichter seiner Berater waren während der Ausführungen immer länger geworden, und zum Ende hin hingen ihre Augen förmlich an den Lippen ihres Per-hau. Nur Ptahmose lächelte still und wissend in sich hinein.

»So, meine Herren!«, fuhr er dann weiter fort, nachdem er einen Shefdew, auf dem das ganze Mündungsgebiet des Hapi mit all seinen Haupt- und Nebenarmen und den Dörfern und Städten exakt eingetragen war, vor sich aufgerollt hatte.

»Wenn sich also eure Befürchtungen bewahrheiten sollten, dann werden wir den Feind auf dem Fluss, unterstützt durch unsere Landtruppen, genau hier aufhalten«, sagte er kalt und ließ die Spitze seines Stabes auf einen kleinen, weiß markierten Punkt auf der Karte knallen. »Hier, in die Sümpfe bei Djedet, werden wir den Feind hineinlocken und ihn vernichten!«

Kapitel 2

Die Sterne funkelten hell am klaren, mitternächtlichen Firmament, und der zunehmende Mond zog in seinem fast vollendeten Rund gelassen seine ewige Bahn über die dunklen, waldreichen Ebenen, welche sich unter ihm in unwegsamer Weite bis tief ins Landesinnere erstreckten. Ein namenloser breiter Fluss, dessen sich träge dahinwälzenden Wassermassen im silberfahlen Mondlicht glitzerten, durchzog, von Nordosten kommend, das von Menschenhand weitgehend unberührte und dem Tag entgegenträumende Land, um endlich in das hinter der dünenreichen Küstenregion seicht anbrandende Meer zu münden.

Doch von einer einsam gelegenen Stelle, die sich in einiger Entfernung flussaufwärts der Mündung befand, erfuhr die ansonsten über dem ganzen Land ruhende, blauschwarze Stille der Nacht eine empfindliche Störung.

Am linken Flussufer befand sich eine recht große, amorphe Ansammlung zumeist baufälliger Häuser und verwahrloster Hütten. Überall auf den kleineren und größeren Plätzen am Hafen, wie aber auch im übrigen Stadtgebiet und sogar auf einigen der stinkenden Gassen, loderten prasselnde Feuer, deren Funken stiebender Schein die Stadt mit einer rötlichgelb wabernden Aura umgab. Um die Feuer, über denen sich noch immer ganze Ochsen, Schweine und Schafe drehten, saßen, lagen oder tanzten grölend lärmende Menschen, die pausenlos Bier oder Wein in sich hineinschütteten. Der andauernde, überreichliche Genuss dieser Getränke und anderer berauschender Mittel hatte schon längst jede Hemmschwelle überwinden lassen, sodass man allerorten über Männer und Frauen stolperte, die, unter den lüstern vernebelten Augen und den frenetischen, obszönen Anfeuerungen des sie umlagernden Mobs, in allen nur denkbaren Stellungen und mit ständig wechselnden Partnern kopulierten.

Aber auch in den Häusern wurde orgiastisch gefeiert, vor allem in den nunmehr völlig heruntergekommenen, einstmals so prächtigen Villen der keftischen Kaufleute, die hier, als das stolze Seereich noch existierte, in üppigem Prunk residiert hatten. Jetzt allerdings dienten sie größtenteils jener sich nicht minder stolz dünkenden nordischen Freibeuteraristokratie als Wohnstatt, die seit dem Zusammenbruch Keftius neben ihrem ureigensten Revier, dem großen nördlichen Meer, ihre Herrschaft nun auch unangefochten über die westlichen Teile des Südmeeres ausgedehnt hatte.

Einst war das kühle, ferne Nordland ihre Heimat gewesen, wo ihre Vorfahren in ihren von saftigen Weiden und fetten Äckern umgebenen Dörfern ein friedvolles Dasein fristeten. Schiffe wurden ausschließlich für den Fischfang und später für die weiten Fahrten der Bernsteinhändler nach Khemet auf Kiel gelegt, nie aber für kriegerische Zwecke.

Doch dann, vor mehr als drei Generationen, wurde

ihre ursprüngliche Heimat von einer fürchterlichen Sturmflut heimgesucht, die der friedlichen Idylle ein jähes Ende bereitet hatte.

Viel fruchtbares Land ging und blieb für immer verloren, und die Menschen verließen das verwüstete Land. So kam es, dass viele Nordleute, die mit ihren Schiffen damals der Heimat den Rücken gekehrt hatten, hierher nach Tar'eses kamen, um sich hier eine neue Zukunft aufzubauen. Schon ihre Vorfahren hatten diesen Ort als Zwischenstation auf ihrem langen Wege nach Khemet aufgesucht, wie auch die Kefter und die anderen seefahrenden Völker des Südmeeres.

Doch mit dem Untergang Keftius kam auch der Handel fast vollständig zum Erliegen, und so begannen die Nordleute, die nie gelernt hatten, wie man Äcker zu bestellen hat, der Not gehorchend, mit ihren Schiffen auf Kaperfahrt zu gehen.

Dazu hatten sie ihre schnellen und wendigen Segler mit jener von ihnen entwickelten Waffe versehen, die sehr bald schon sowohl bei den fremden Handelsschiffen als aber auch bei den konkurrierenden Freibeutern des Südmeeres, die es wagten, in ihr Jagdrevier einzudringen, Furcht und Schrecken auslöste. Ihre Schiffbaumeister hatten nämlich die beiden hornartig nach oben gebogenen Holzbalken, in die der Bug ihrer Fahrzeuge auslief und die ursprünglich dazu gedacht waren, die oft sehr hohen Wellen des Nordmeeres zu zerteilen, zugespitzt und mit Bronzeblech verkleidet. Mit diesem doppelten Rammsporn bewehrt, griffen sie, riemenunterstützt, ihre Opfer in schneller Fahrt an der Flanke an und bohrten sie so buchstäblich in den Grund des Meeres.

Die Nordleute in Tar'eses hatten sich, nachdem sie sich dort niedergelassen hatten, einen eigenen, sie einenden Volksnamen gegeben. Sie nannten sich Rasunna und ehrten damit gleichermaßen die Fruchtbarkeit spendende, mütterliche Sonne ihrer verlorenen nordischen Heimat und Ra, den Sonnengott Khemets, der in seinem strafend männlichen Aspekt über ihre neue, dem Süden zugehörige Heimat herrschte.

Untereinander aber teilten sie sich noch einmal grob in zwei große Clans auf. Die einen führten den Stammesnamen Ter'usu, da sie sich der Stadt, in der sie ein neues Zuhause gefunden hatten, verpflichtet fühlten, die anderen nannten sich Pelthtim, zum Andenken an ihren zur Legende gewordenen Urahn Pelthu, der ihre Vorfahren nach der großen Katastrophe und gefahrvollen, entbehrungsreichen Irrfahrten sicher hierher geführt hatte.

Letztere betrachteten sich deshalb auch als die Könige der Meere, was sie äußerlich mit ihren hohen, kronenförmigen Bronzehelmen, die sie in der Schlacht zu tragen pflegten, zum Ausdruck brachten.

An der Spitze dieser Clans stand ein von den jeweiligen Schiffsführern auf Lebenszeit gewählter oberster Kriegsherr, Mechel genannt, welchem zudem der Titel Lukomo, der Erleuchtete also, zustand, da er nach einem uralten, aus dem Norden überlieferten Brauch in seiner Jugend den Schlag eines Blitzes unversehrt überstanden haben musste, was für die Wahl von entscheidender Bedeutung war. Bei den Ter'usu war es Tarkun, Sohn des Tarkun und dessen Frau Iineferti. Die Pelthtim wurden von Truns, Sohn des Larth und dessen Frau Avla, geführt. Die beiden waren schon als

Kinder in ihrer Freundschaft unzertrennlich gewesen, was sich natürlich für den Zusammenhalt der Clans als äußerst förderlich erwies. Jetzt waren sie Mitte dreißig und hatten, seit sie vor sechs Jahren gewählt worden waren, bereits das Doppelte an Beute eingefahren als ihre Vorgänger während der halben Amtszeit.

An diesem Morgen waren sie wieder von einem reichen Fischfang zurückgekehrt. Mit nur vier Schiffen waren sie zunächst weit in das Gebiet der Sherdanu eingedrungen und hatten dort zwei von deren bereits voll mit Beute beladenen Raubschiffen aufgebracht und anschließend versenkt. Danach hatten sie den Sheklu einen Besuch abgestattet und nacheinander fünf ihrer Dörfer an der Küste geplündert. Auf der Rückreise war ihnen dann noch mal ein fettes Sherdanuschiff vor den Bug gefahren, womit dessen Schicksal ebenfalls besiegelt war.

Und seither wurde in der Stadt ausgelassen gefeiert.

Die beiden Mechel hatten sich in Tarkuns Haus eingefunden, einer ehemaligen Keftervilla, die noch einigermaßen gut erhalten war und deren farbenfrohe Wandfresken noch nicht gänzlich abgeblättert waren. Im Kreise ihrer Schiffsführer gaben sie sich dort seit dem frühen Nachmittag gänzlich den Freuden des Leibes hin. Fünf schon vor längerer Zeit von den Sherdanu »entliehene« Musiker, darunter zwei Frauen, welche ursprünglich aus Khemet stammten, spielten in einer schattigen Ecke des Innenhofs unverdrossen ihre Weisen. Tarkun, der jeder Art von Kunst zugetan war, hatte ihnen aufgrund ihres Talentes schon sehr bald nach ihrer Ankunft die Freiheit wiedergegeben, aber offenbar gefiel den Exoten das ungezwungene Leben, das die Menschen hier führten, so sehr, dass sie beschlossen hatten, in der Stadt zu bleiben und ihre Dienste den hiesigen Menschen gegen ein angemessenes Entgelt anzubieten.

Die Tische bogen sich unter der Last der in ununterbrochener Folge aufgetragenen Speisen und Getränke, sodass ein jeder der Gäste nach Herzenslust zulangen konnte, und wenn einer meinte, keinen Bissen mehr zu sich nehmen zu können, steckte er sich einfach eine Feder in den Schlund, erbrach sich und begann sich aufs Neue den Bauch voll zu schlagen.

Auch an weiblicher Gesellschaft herrschte an diesem Freudentag kein Mangel in Tarkuns Haus. Wenn diese nackten oder allenfalls mit einem knappen Tuch um die Hüften bekleideten jungen und ausnahmslos attraktiven Frauen nicht gerade damit beschäftigt waren, den Männern mit Fleisch und anderen Köstlichkeiten aus der Küche aufzuwarten oder Wein nachzuschenken, ließen sie ihre mit duftendem Öl eingeriebenen, biegsamen Körper zu den aufpeitschenden Rhythmen, die die Musiker ihren Instrumenten und ihren Kehlen entlockten, in wilder, die Sinne verwirrender Laszivität zwischen den Zechenden umherwirbeln.

Natürlich schauten die Männer, so weit sie noch nicht selig berauscht und schnarchend am Boden lagen, diesen wild erotischen Tanzdarbietungen nicht lange tatenlos zu, sondern versuchten unausgesetzt, der Mädchen habhaft zu werden, um sie sich auf eine nicht gerade sanft zu nennende Art und Weise für die lustvollen Freuden der Nacht gefügig zu machen. Anfänglich entzogen sich die Mädchen zwar immer wieder geschmeidig den wollüstigen Zugriffen der Männer, doch später dann, als sie selbst von ihrem Tanz und dem reichlich genossenen Wein euphorisiert waren, kamen sie den derben Annäherungsversuchen ihrer Freier umso willfähriger nach, indem sie ihnen entweder in ihre Behausungen folgten oder sich ihrem Trieb an Ort und Stelle hingaben.

Der Morgen graute schon, und die Musikanten hatten Tarkuns Haus längst verlassen.

Der schwach glimmende Rest in den Kohlepfannen tauchte den rauchgeschwängerten Raum in dunkelrotes Wabern.

Statt der Musik waren jetzt nur noch die brünftigen Geräusche der sich paarenden Menschen zu hören, die allenthalben über den ganzen Raum verstreut umherlagen. Truns und Tarkun hatten sich zu diesem Vergnügen jeweils eins der Sheklu-Mädchen ausgesucht, die sie von ihrem gerade beendeten Raubzug mitgebracht hatten. Nachdem man diese nämlich nach einem gründlichen Bade von dem krustenden Schmutz, der ihre Haut bedeckte, und den in ihren Haaren nistenden Läusen befreit hatte, zeigte es sich, dass sie nicht nur ausgesprochen hübsch, sondern über ihre Entführung alles andere als traurig waren.

Während Truns das Fest schon relativ früh mit seiner »Beute« verlassen hatte, hatte sich Tarkun mit seiner Gespielin erst lange nach Mitternacht in sein Schlafgemach zurückgezogen.

Das Mädchen erwies sich als so heißblütig und ausgehungert, dass Tarkun immer wieder aufs Neue erregt wurde und nicht müde wurde, mit ihr all die raffinierten Spielarten der körperlichen Liebe auszuprobieren, die ihrer beider Fantasien mannigfaltig erwuchsen.

Er hatte sich gerade hinter sie gekniet und begann keuchend in den vibrierenden Schoß des unter seinen Stößen hell aufstöhnenden Mädchens einzudringen, als unvermittelt der trennende Vorhang an der Tür ziemlich heftig zur Seite gerissen wurde und zwei Männer den Raum betraten.

Es waren Truns und sein Bruder Gaelath, der als der beste Schiffsführer und Kämpfer der Pelthtim galt. Gaelath war ein vierschrötiger Hüne, der allein mit seinem muskelbepackten Körper das Zimmer auszufüllen schien und seinen nun auch nicht klein geratenen Bruder um Haupteslänge überragte. Er trug einen nach chattischem Vorbild gewobenen, knielangen Fransenrock aus schwarz gefärbter Wolle, welcher unterhalb seines mächtigen, mit vielen Narben übersäten Brustkorbs von einem handbreiten Ledergürtel gehalten wurde. Die von einer dichten blonden Haarmähne und einem gleichfarbigen Vollbart umrahmten, stets irgendwie verdrossen erscheinenden Züge seines breitflächigen Gesichtes täuschten leicht darüber hinweg, dass ihm im Grunde ein gutmütiger Charakter innewohnte. Er liebte die ihm anvertrauten Männer wie seine eigenen sechs Kinder, die ihm seine Frau Iula in den letzten Jahren geboren hatte.

Truns verfügte zwar nicht über den riesenhaften Wuchs seines um zwei Jahre älteren Bruders, doch war seine Erscheinung nicht minder beeindruckend, jedoch auf eine ganz andere Art und Weise. Er war schlank und hochgewachsen, und die durchtrainierten Muskelpartien seines Körpers waren wohlproportioniert, wenn auch nicht so voluminös ausgebildet wie bei Gaelath.

Was den Betrachter allerdings sofort in Bann zog, waren seine großen, leuchtend blauen und leicht schräg stehenden Augen, die sein an einen Wolf erinnerndes, glatt rasiertes Antlitz über der schmalen, geraden Nase beherrschten. Der jetzt zu einem sarkastischen Grinsen verzogene volllippige Mund und das spitze, energische Kinn taten ein Übriges, um diesen Eindruck zu verstärken. Sein langes dunkelblondes Haupthaar hatte er sich zu einem Zopf geflochten und über dem linken Ohr zu einem schneckenartigen Knoten zusammengebunden.

Ähnlich wie sein Bruder war auch er nur mit einem weißen wollenen Rock bekleidet, welcher allerdings um seine Taille von einem prachtvollen, zwei Spannen breiten, rot gefärbten Ledergürtel gehalten wurde, der zudem mit kunstvollen, massiven Goldornamenten besetzt war.

Die Füße beider Männer steckten in schweren, ebenfalls in Chattusa gefertigten, wadenhohen, ledernen Schnürstiefeln, deren Spitzen, wie dort üblich, nach oben gebogen waren.

In seinem wollüstigen Eifer hatte Tarkun das Eintreten der beiden zunächst gar nicht bemerkt, da seine Sinne in diesem Moment vollständig seinem Trieb unterworfen waren, der unbändig danach trachtete, in einem baldigen, ekstatischen Höhepunkt Erlösung zu finden. Erst als das Mädchen vor ihm mit einem spitzen, erschreckten Aufschrei hochfuhr, nahm er allmählich die im Halbdunkel des Raumes vor seinem Bett stehenden Männer wahr.

Sichtlich verwirrt, doch ohne die geringste Spur von Scham zu zeigen, schob er das verängstigte Mädchen mit einer fahrigen Bewegung neben sich aufs Bett. Während er ob seiner so jäh unterbrochenen körperlichen Anstrengung noch heftig nach Atem rang, begann er den unverhofften Besuch aus zusammengekniffenen, leicht verquollenen Lidern ungläubig zu mustern.

»Welch schöne Überraschung!«, sagte er schließlich mit kratziger, immer noch atemloser Stimme. »Was verschafft mir die Ehrc eurer stets geschätzten, wenngleich doch sehr unerwarteten Anwesenheit?«

»Wir wollten uns nur davon überzeugen, dass du die Nacht mit dieser Wildkatze gut überstanden hast!«, gab Truns ihm anzüglich grinsend zur Antwort.

Tarkun kletterte daraufhin umständlich und mit wackligen Beinen aus seinem Bett und baute sich, nackt wie er gerade war, vor den beiden Eindringlingen auf. In Körperbau und Größe glich er Truns wie ein Zwilling, doch sein länglich ovales, fein geschnittenes Gesicht, über welches ihm gerade einige schweißverklebte, wellige Strähnen seines üppigen, schulterlangen, schwarzblauen Haarschopfes herabfielen, bewiesen, dass er der Sohn einer anderen Mutter war.

Seine Mutter Iineferti stammte nämlich aus Khemet und hatte ihm, neben der samtbraunen Hautfarbe, die diesem Volk gemeinhin zu Eigen ist, auch ihre dunklen, mandelförmigen Augen und die schmalrückige, dünnflügelige Nase über dem sinnlich schwellenden Lippenpaar vererbt.

Während er sich mit beiden Händen mehrmals durchs Haar fuhr, um sich der lästigen Strähnen vor seinem Gesicht zu entledigen, ließ er seine Blicke mit einer Mischung aus Ärger, aber auch Neugier zwischen den beiden hin und her schweifen.

»Also … ähem … wirklich!«, unterbrach er dann gereizt die gespannte Stille, da weder Truns noch Gaelath, die immer noch mit einem süffisanten Gesichtsausdruck dastanden, irgendwelche Anstalten trafen, ein erklärendes Wort zu ergreifen. »Ihr wollt mir doch nicht im Ernst erzählen, dass euch nur die bloße Sorge um mein Wohlergehen hierher getrieben hat! Was ist? Steht der Feind im Land, oder brennt einfach nur die Stadt ab, hm?«

Truns wies mit dem Kinn gegen das Mädchen, das sich mittlerweile verschüchtert in ein Laken gehüllt hatte und im Hintergrund am Kopfende des Bettes kauerte.

»Ihr braucht sie nicht zu beachten! Sie versteht kein Wort!«, beruhigte ihn Tarkun. »Wollt ihr übrigens Wein?«

»Was für eine Frage, mein Freund!«, bejahte Truns beglückt das Anerbieten. »Allein der freudige Anlass unseres Störens verlangt, wie du gleich erfahren wirst, nach diesem herrlichen Getränk!«

Tarkun besorgte daraufhin einen Krug Wein und zwei weitere Becher und rückte für seine Gäste zwei Schemel vor das Bett, auf welchem er es sich dann ihnen gegenüber mit überkreuzten Beinen bequem machte.

»Jetzt lasst mal hören, was es so Unaufschiebbares gibt, dass ihr mich zu dieser nachtschlafenden Zeit um meine wohlverdiente Ruhe bringt!«

»Na ja, Ruhe?«, spöttelte Truns gedehnt. »Aber im Ernst!«, fuhr er dann sachlich fort. »Wir haben gerade hohen Besuch bekommen. Von wem, das wirst du mir nicht glauben!«

»Ich habe jetzt keine Lust, Rätsel zu lösen! Wenn du es mir einfach und ohne weitere Umschweife sagen würdest!«

»Ist ja gut! Also, ein königlicher Gesandter aus Chattusa ist eingetroffen und an seinem golden gefransten Rockzipfel die Anführer der Tjeker, Sherdanu und Sheklu! Was sprichst du?«

Tarkun, der gerade einen kräftigen Zug aus seinem Becher genommen hatte, verschluckte sich ob dieser Worte derart, dass er einen Hustenanfall bekam.

»Du … du hast doch gerade etwas von einem … freudigen Anlass verkündet«, röchelte er. »Ich weiß nicht, was daran erheiternd sein soll! Die werden, nehme ich an, ihre Flotte mitgebracht haben, um uns ein herzliches Dankeschön dafür zu sagen, dass wir vor einigen Tagen so nett bei ihnen vorbeigeschaut haben!«

»Wenn du fünf Schiffe eine Flotte nennst, magst du Recht haben«, begegnete Truns fröhlich Tarkuns Befürchtung.

»Nein, die Herren sind hierher gekommen, um mit uns über einen Friedens- und Beistandspakt zu verhandeln! Wenn das kein freudiger Anlass ist?«

»Zumal man bereit ist, in jeder Beziehung auf unsere Wünsche und Vorstellungen einzugehen, vor allem, was das Militärische betrifft!«, mischte sich jetzt auch Gaelath ins Gespräch.

In seiner Verblüffung über diese ungeheuerliche Neuigkeit nahm es Tarkun gar nicht wahr, dass ihm zunehmend Wein auf seinen Schoß troff, da seine den schweren Goldbecher umklammernde Hand sich unkontrolliert zur Seite neigte. Er beugte sich leicht nach vorne und fixierte seine Freunde aus schmalen Lidern.

»Da ist doch ein ganz krummer Haken bei der Sache!«, spie er misstrauisch aus. »Ich meine, seit Generationen dringen wir immer wieder ganz ungeniert in den Machtbereich der Sheklu und Sherdanu ein, um ihre Schiffe auszurauben, ihre Städte zu brandschatzen und ihre Leute zu massakrieren, was uns naturgemäß mit der Zeit deren unversöhnlichen Hass und unstillbare Rachegelüste beschert hat. Und jetzt kommen sie einfach daher und bieten uns ihre Freundschaft an! Ihr verzeiht, wenn ich lache!«

»Du vergisst offenbar, dass sie im Gefolge eines hohen Beamten aus Chatti gekommen sind, welcher uns im Auftrag seines Königs einige wirklich interessante Angebote zu unterbreiten hat!«, erinnerte ihn Truns nachdrücklich.

Tarkun schloss daraufhin die Augen und lehnte sich zurück, wobei er bemerkte, dass er keinen Wein mehr hatte. Nachdem er sich nachgegossen und mehrmals intensiv nachdenkend an seinem Becher genippt hatte, wandte er sich wieder den beiden Brüdern zu.

»Hm, mag wohl sein«, sagte er bedächtig. »Nur möchte ich in diesem Zusammenhang gerne wissen, weshalb sich auch Abgesandte der Tjeker, mit denen wir doch bislang so gut wie nichts zu schaffen hatten, hierher bemüht haben!«

»Sollst du erfahren, wenn du dich nur endlich dazu bequemen würdest, dir etwas überzuziehen und uns zu unseren Gästen zu begleiten«, schlug ihm Truns aufgeräumt vor.

»Wo sind sie untergebracht?«, wollte Tarkun noch wissen.

»In meiner bescheidenen Hütte!«, beantwortete

Truns die Frage. »Ich denke, sie laben sich gerade an kaltem Braten und kühlem Bier!«

Nachdem Tarkun sich eilig gewaschen und sich mit einer tiefblau gefärbten, mit Goldfäden durchwirkten Leinentunika bekleidet hatte, machten sie sich gemeinsam auf den Weg zu Truns' Haus, welches nur wenige Gassenzüge entfernt gelegen war.

Die Sonne war gerade aufgegangen, und ihre vom Morgendunst gefilterten Strahlen ließen die weiß getünchten Wände von Truns' gepflegtem Anwesen in einem zarten Blassrosa erstrahlen.

Als sie den lichten Speisesaal, der direkt an den offenen Innenhof angrenzte und gleichzeitig als Empfangsraum diente, betraten, erhoben sich die bis dahin um einen reichlich mit Speisen und Getränken gedeckten Tisch lagernden Fremden und verneigten sich achtungsvoll vor dem Hausherren und seinen zwei Begleitern. Es waren vierzehn Männer, von denen zwei sich allein schon durch ihre äußere Erscheinung ziemlich deutlich von den anderen abhoben.

Bei dem einen war es Tarkon sofort klar, dass es sich um den Gesandten Chattusas handeln musste, wohingegen er den zweiten zunächst nicht zu identifizieren vermochte.

»Meine Herren, darf ich Euch mit Tarkun bekannt machen, dem Mechel-Rasnal der Tur'usu aus dem hoch achtbaren Geschlecht der Maeknies!«, gab Truns in diesem Moment mit erhobener Stimme kund, worauf sich die Männer ein weiteres Mal verbeugten. Dann begann er, Tarkun die Führer der vier Gesandtschaften der Reihe nach vorzustellen.

»Tarkun, begrüße als Erstes Fürst Arsili, den Abgesandten seiner Majestät Hattusili, des mächtigen Königs in Chatti.«

Nach chattischer Gepflogenheit überkreuzte Tarkun höflich seine Arme zum Gruße vor der Brust und neigte leicht den Kopf, ohne indes den Blickkontakt zu seinem es ihm gleichtuenden Gegenüber zu verlieren.

Arsili besaß die kräftige, muskulöse Statur eines kampferprobten Kriegers. Er mochte vielleicht um die fünfzig Jahre zählen, doch war sein wahres Alter aufgrund seines straffen, jugendlich wirkenden Körperbaus nur schwer schätzbar. Bekleidet war er mit einem knapp sitzenden, bis zur Mitte seiner Oberschenkel reichenden schwarzen Wollrock, der mit goldenen Fransen betresst war. Dazu trug er goldverzierte Schnabelstiefel in der gleichen Machart, wie sie auch Truns und Gaelath besaßen. Sein über der Stirn streng gescheiteltes goldblondes Haar, welches an den Schläfen schon einige graue Strähnen aufwies, hatte er sich im Nacken zu einem wulstigen Knoten zusammengebunden. Über der kühn geschwungenen Raubvogelnase seines bartlosen, sonnengebräunten Gesichtes funkelten zwei stechend blaue Augen, in denen sowohl verschlagene Intelligenz als auch schneidende Arroganz zu lesen waren.

Für einen Moment blieben ihre Blicke ineinander verhaftet, und Tarkun spürte fast schon körperlich die kalt berechnende Intensität, mit welcher der Chatti versuchte, auf mentalem Wege seine Persönlichkeit abzutasten. Doch Tarkun ließ sich davon nicht beeindrucken, sondern lächelte ihn nur wissend an, um sich dann in aller Ruhe dem nächsten Gast zuzuwenden.

Es war dies jener unbekannte Fremde, der ihm bei

seinem Eintreten neben dem Gesandten aus Chattusa sogleich aufgefallen war. Der Mann war starkknochig und untersetzt und trug einen aus mehreren sich überlappenden Bronzeblechen geschmiedeten, ungefügig wirkenden Brustharnisch, dessen ragende Halsberge ihm fast bis zu den Ohren reichte.

Vor ihm auf dem Tisch lag sein ebenfalls aus Bronze gefertigter, kalottenförmiger Helm, an dessen sich nach oben verjüngender Spitze ein rot gefärbter Rossschweif befestigt war.

Zusätzlich war der Helm außen mit flach geschliffenen Eberhauern verstärkt worden, was wohl die diesem Tier zugesprochene, brachiale Aggressivität versinnbildlichen sollte. Daneben lagen in ihren Scheiden ein kurzes Schwert und ein Dolch, deren Griffe mit stilisierten Tierfiguren aus Perlmutt intarsiert waren. Das rotbraune Haupthaar fiel dem etwa vierzigjährigen Mann lang hinter den Ohren und den ausrasierten Schläfen bis über die Schulterblätter. Das breitflächige Gesicht mit den grün schimmernden, tief unterhalb der niedrigen Stirn liegenden Augen und der offenbar durch einen Schwerthieb gebrochenen, ehemals wohl geraden, nun aber unförmig fleischig wirkenden Nase, wurde von einem sorgsam gestutzten Bart geziert, welcher ihm von den Wangen herab über Kinn und Oberlippe wuchs.

»Das ist Ajas, ein Polemarch der Tjeker, oder besser Achäer, wie sie sich in ihrer Sprache zu nennen pflegen«, erklärte Truns.

Rasch ergriff Tarkun die ihm dargebotene, nervige Rechte des Mannes, der ihn dabei freundlich lächelnd aus seinen faszinierenden grünen Augen ansah.

»Ich habe schon viel von dir gehört, Tarkun, Sohn des Tarkun!«, sagte der Tjeker mit seiner rauchigen Bassstimme. »Du wirst bei uns als tollkühn und verwegen im Kampf gerühmt! Wir schätzen diese Eigenschaften sehr, denn sie zeichnen den wahren Krieger aus. Und tapfere und wagemutige Krieger werden bei unserem Volk als Helden hoch geehrt. Nun bin ich glücklich, dir endlich einmal persönlich die Hand reichen zu können!«

»Ich habe zwar noch nie etwas von deinen zweifellos ruhmvollen Taten vernommen«, erwiderte Tarkun ein wenig überrascht die unerwartet wohlwollende Begrüßung des Polemarchen, »doch auch ich freue mich, dich kennen zu lernen, zumal ich aufgrund dieser Zusammenkunft ahne, dass ich schon sehr bald die Gelegenheit haben werde, dich im Kampfe zu sehen, um so ebenfalls von deinem Kriegermut berichten zu können!«

»Deine Ahnung trügt dich nicht«, bestätigte ihm Ajas. »Doch hoffe ich, dass du dies nach unseren Verhandlungen nicht als mein Gegner erleben musst, sondern als mein Waffengefährte im Krieg gegen einen gemeinsamen Feind!«

»Und damit diese Verhandlungen endlich beginnen können, bitte ich dich, nun auch Lunus von den Sheklu und deinen geliebten Feind Triskes von den Sherdanu willkommen zu heißen«, unterbrach Truns lachend die Unterhaltung der beiden Männer.

Widerstrebend und mit sehr gemischten Gefühlen trat Tarkun darauf seinen zwei Erzfeinden gegenüber, wobei er sich, nach den dunklen Andeutungen Ajas, allerdings gleichzeitig zu fragen begann, um welchen ominösen Feind es sich wohl handeln könnte, der offenbar so Furcht erregend war, dass die bislang mit dem Nimbus der Unbezwingbarkeit behafteten Chatti sich herabließen, einen hochrangigen Diplomaten zu entsenden, der ausgerechnet mit den von ihnen so verachteten Seevölkern einen Bündnispakt abschließen sollte. Mit den Tjekern und den Rasunna allein wäre das auch kein großes Problem gewesen, da sich die beiden Völker in der Vergangenheit kaum ernsthaft ins Gehege gekommen waren. Aber dass sie auch die Sherdanu und Sheklu, die nicht nur untereinander völlig zerstritten waren, sondern darüber hinaus auch noch seit Menschengedenken mit den Tjekern und Rasunna in Blutfehde lagen, in diese Bündnisverhandlungen mit einbezogen, zeugte entweder von ignoranter Unwissenheit der großmächtigen Herren in Chattusa, oder aber es war ihnen tatsächlich ein Feind erwachsen, der für sie eine ernst zu nehmende Bedrohung darstellte. Letzteres würde allerdings erklären, warum sie sich gezwungen fühlten, sich mit einem Male mit Völkerschaften zu verbünden, die sie bislang eher mit Geringschätzigkeit betrachtet hatten, denn aufgrund ihres aggressiven Machtstrebens, mit dem sie in der Vergangenheit ihre Nachbarn brutal unterjocht hatten, verfügten sie über so gut wie keine Freunde.

Mit diesen Überlegungen trat er nun seinen beiden Todfeinden gegenüber. Sich innerlich überwindend streckte er Lunus und Triskes wortlos seine Hand entgegen, die diese wahrscheinlich ebenso widerwillig ergriffen.

Es war schon ein seltsamer Zug des Schicksals, dachte er bei sich, dass er heute mit zwei Männern an einem

Tisch sitzen sollte, mit denen er noch vor einigen Tagen bis aufs Blut die Klinge gekreuzt hatte.

Während Lunus den Gruß mit steinerner Miene entgegennahm, loderte aus Triskes schwarzen Augen unverhohlener Hass.

»Nachdem nun alle Formalitäten erledigt sind, sollten wir wieder Platz nehmen und hören, was Fürst Arsili bewogen hat, eine so lange und gefahrvolle Reise zu unternehmen und uns hier zusammentreffen zu lassen«, schlug Truns vor, während er sich gleichzeitig auf seinen Stuhl setzte, sich entspannt zurücklehnte und die Arme hinter dem Kopf verschränkte.

Der Chatti, der sich unterdessen bereits wieder niedergelassen hatte und gerade an einem Hühnerbein nagte, erhob sich daraufhin und begann, die Zeigefinger an die Nasenflügel gelegt, um den Tisch herumzuwandern. Dann, nach einigen nachdenklichen Runden, stellte er sich neben Truns und breitete wie beschwörend die Arme aus.

»Mein Gebieter hat mich mit einer äußerst heiklen Mission beauftragt!«, begann er, seine Worte behutsam wählend. »Es ist ja kein Geheimnis, dass unser Volk sich seit einiger Zeit der unausgesetzten und immer dreister werdenden Überfälle assyrischer Truppen erwehren muss. Es ist zwar noch nicht zum offenen Krieg gekommen, doch das ist nur noch eine Frage der Zeit. Nun wäre das für sich gesehen kein Anlass, dass wir uns nach Verbündeten umschauen müssten, da Assur allein gegen uns kaum bestehen kann. Wie unsere Spitzel aber jüngst herausgefunden haben, erhalten die Assyrer von Khemet, mit dem wir offiziell einen Freundschaftsvertrag haben, massive Unterstützung in Form von Gold und Getreide, aber auch von militärischen Beratern, was zwar keinen direkten Bruch dieses Vertrages bedeutet, ihn aber auf eklatante Weise unterläuft. Wir haben uns deshalb entschlossen, diesem unsauberen Treiben Khemets nachhaltig einen Riegel vorzuschieben, indem wir Uaset mit den gleichen Methoden unter Druck setzen, wie sie es mit uns versuchen, ohne dabei unsererseits den Vertrag zu verletzen.«

Während Arsili seine Ausführungen an dieser Stelle bedeutungsvoll unterbrach, um genüsslich von seinem Wein zu trinken, konnte er zu seiner Zufriedenheit feststellen, dass seine Worte erwartungsgemäß auf fruchtbaren Boden gefallen waren, denn in den Gesichtern seiner Zuhörer begann sich mehr und mehr ein Ausdruck von wölfischer Gier abzuzeichnen. Er wusste sehr genau, dass diese Nomaden der Meere schon immer danach trachteten, das alte und unsagbar reiche Land am Hapi endlich einmal im großen Stile zu überfallen, in sein Herz vorzudringen und seiner märchenhaften Schätze zu berauben. Nun bot er ihnen die Gelegenheit dazu, denn in diesem Sinne zum ersten Male vereint und ausgerüstet mit dem Besten, was die chattischen Waffenschmieden zu bieten hatten, nämlich Schwerter und Lanzen aus Eisen, jenem grauen, harten Metall, dessen Herstellung zu den bestgehüteten Geheimnissen Chattis zählte, wären sie durchaus im Stande, den Koloss am Hapi in die Knie zu zwingen. Oder ihn zumindest so weit zu schwächen, dass er nicht mehr in der Lage wäre, irgendwelche Hilfeleistungen nach Assur zu entsenden.

Natürlich beinhaltete dieser ausgeklügelte Plan

noch einen anderen, für die Chatti weitaus wichtigeren Aspekt. Sollte die Saat nämlich aufgehen, wären die Seevölker aller Wahrscheinlichkeit nach gleichermaßen angeschlagen und würden den nachrückenden chattischen Truppen keinen nennenswerten Widerstand mehr leisten können, wenn diese, wie es der Plan in seiner zweiten Stufe vorsah, Khemet endgültig annektieren und in das chattische Reichsgefüge eingliedern würden.

»Wenn ich deine Worte richtig deute, so ermunterst du uns Barbaren, wie ihr uns zu bezeichnen pflegt, mit eurer selbstlosen Unterstützung eine Invasion Khemets vorzubereiten und es, wenn uns damit Erfolg beschieden wäre, hernach unter den wohlwollend geschlossenen Augen deines Herrschers Hattusili ausgiebig zu plündern!«, ergriff Truns schließlich das Wort und beendete damit die von Arsili absichtlich herbeigeführte Gesprächspause.

»Ich bin beauftragt worden, euch genau darum zu bitten«, bestätigte Arsili gelassen. »Und mehr noch! Die zum Besten gefüllten Waffenkammern Chattusas stehen euch offen, solltet ihr euch während dieser Zusammenkunft einig werden, eure Zwiste vergessen und unseren Vorschlägen zustimmen!«

»Nun mal sachte«, wandte sich nun Tarkun an Arsili. »Das, was du uns vorgeschlagen hast, klingt in der Tat so verlockend, dass …«, er hielt kurz inne und bedachte Lunus und Triskes mit einem verächtlichen Seitenblick, »dass wir uns sogar vorstellen können, zu diesem zweifellos gewinnträchtigen Zwecke eine Allianz mit den Sheklu und Sherdanu einzugehen. Doch«, und dabei wurde seine Stimme schärfer, »doch traue ich dem uns angebotenen Braten nicht! Ich kenne dein Volk zu gut, um nicht zu wissen, dass sich hinter deinem uneigennützigen Angebot etwas verbirgt, was uns auf kurz oder lang nur zum Nachteil gereichen wird!«

Er ließ seine Worte wirken, während er gleichzeitig in die Runde schaute und zu seiner Genugtuung feststellen konnte, dass alle, bis auf Arsili, ihm beifällig zunickten. Davon bestärkt, setzte er seine Rede weiter fort.

»Weißt du, was ich vermute, Fürst Arsili, treuer Hofhund seiner Majestät Hattusili? Ich denke, dass wir für euch die Drecksarbeit machen sollen, und wenn alles zu eurer Zufriedenheit geregelt ist, marschiert ihr seelenruhig nach Khemet, entledigt euch dessen, was von uns übrig geblieben ist, und heimst die Früchte ein, die wir für euch gepflückt haben! Und deshalb …«, er fasste dabei den mit ausdrucksloser Miene zuhörenden Chatti scharf ins Auge, »deshalb fordere ich als Gegenleistung für unsere Bemühungen einen geschützten und unabhängigen Stützpunkt für unsere Schiffe an der Südküste eures Reichsgebietes. Zum einen wäre ein solcher, Khemet nahe gelegener Hafen schon deshalb wichtig, damit wir von dort aus, sollten wir überhaupt auf deinen Vorschlag eingehen, unsere Heere und den Nachschub für die Invasion bereitstellen können, und zum anderen würde er ein wertvolles Faustpfand für uns darstellen, wenn ihr wirklich auf die Idee kommen solltet, uns in den Rücken zu fallen.«

»Ich finde die Forderung Tarkuns absolut vernünftig und nur billig, gemessen an dem Aufwand und den Kosten, die uns für die Vorbereitung und Durchführung eines so gewaltigen Unternehmens entstehen werden«, pflichtete ihm Ajas begeistert bei. »Ich meine, es handelt sich immerhin um das mächtige Khemet, dass es zu erobern gilt! Auch teile ich die Bedenken, die Tarkun in Bezug auf eure Loyalität hat, in vollem Maße, und deshalb verlange ich sogar noch ein weiteres Entgegenkommen speziell für die Achäer, denn, im Gegensatz zu den vornehmlich in Seegefechten geübten Rasunna, Sheklu und Sherdanu, verfügen allein wir über eine im Landkampf erprobte Streitmacht, die es gut und gerne mit den Soldaten des Per-hau aufnehmen kann.«

Während sich die meisten der Anwesenden nach diesen Worten erregt von ihren Plätzen erhoben und eine lautstarke Debatte über das Für und Wider eines so kühnen und gewaltigen Unternehmens eröffneten, lehnte sich Arsili, der äußerlich völlig ruhig wirkte, auf seinem Stuhl zurück und faltete die Hände vor dem Gesicht, während unter seinen verengten, halb geschlossenen Lidern ein gefährliches Glitzern erschien.

Es dauerte eine geraume Weile, bis alle sich schließlich einig geworden waren und allmählich wieder Ruhe eintrat. Verlockt durch die Vorstellung, sich vielleicht bald schon an den sagenhaften Reichtümern Khemets erfreuen zu können, hatten sich die Sheklu und Sherdanu sogar dazu durchgerungen, ihre uralte Feindschaft mit den Rasunna zu begraben, um fürderhin als treue Bundesgenossen, Seite an Seite mit ihnen und den Tjekern, den gewaltigen Plan in Angriff zu nehmen.

Nachdem die Männer sich wieder um den Tisch versammelt hatten, teilte Truns Arsili mit knappen Worten das Ergebnis ihrer Besprechung mit, worauf sich aller Augen erwartungsvoll auf den Chatti richteten.

Arsili, der die hitzige Diskussion die ganze Zeit über stumm und wie teilnahmslos auf seinem Stuhl lehnend verfolgt hatte, ließ plötzlich die Kuppen seiner Zeigefinger unterhalb der Nasenflügel leise gegeneinander klopfen und wandte seinen Kopf dabei unmerklich Ajas zu, der rechts neben ihm saß. Es war ihm klar, dass er einen schweren Fehler gemacht hatte, indem er davon ausgegangen war, es würde diesen primitiven Barbaren in ihrer Gier nach Gold gar nicht auffallen, dass sie im Grunde nur als Handlanger der Interessen Chattusas angeheuert und letztendlich geopfert werden sollten. Spätestens als dieser Fuchs Tarkun seine Forderung nach einem Flottenstützpunkt auf dem heiligen Boden Chattis gestellt hatte, die ihn völlig überrumpelte und überdies tief erschreckte, war ihm schmerzlich bewusst geworden, dass er diese Leute gehörig unterschätzt hatte. Nun galt es, wenn ihm nicht alle Felle davonschwimmen sollten, gute Miene zum bösen Spiel zu machen. Und er hätte wahrlich einen schlechten Diplomaten abgegeben, wäre ihm aufgrund dieser für ihn neuen und unerwarteten Sachlage nicht geistesgegenwärtig eine für alle Beteiligten halbwegs gangbare Lösung eingefallen. Es kam jetzt vor allem darauf an, welches »Entgegenkommen« der Tjeker erwartete, denn davon machte er es abhängig, wie er weiter zu verhandeln hatte.

»Ich bin glücklich und dankbar zu hören, dass ihr euch einig entschlossen habt, das Hilfeersuchen, welches ich euch im Namen meines Herren Hattusili zu unterbreiten hatte, anzunehmen«, begann er in heiterem Tonfall zu sprechen. »Ich bin mir sicher, dieses kühne Unternehmen mit vereinten Kräften zu einem erfolgreichen und am Ende für alle lohnenden Abschluss bringen zu können. Dass ich eingangs sträflich versäumt habe, euch einen Stützpunkt auf unserem Territorium anzubieten, bitte ich mir nachzusehen, da wir, als reine Landmacht, bei unseren Überlegungen überhaupt nicht bedacht haben, dass Völker, die das Meer ihre Heimat nennen und überdies so weit entfernt von uns leben, selbstverständlich einen sicheren Hafen an unseren Küsten benötigen, um eine Invasion Khemets vorzubereiten. Ungeachtet dessen, dass ich diese durchaus berechtigte Forderung zunächst meiner Regierung vorzulegen habe, hege ich keinerlei Zweifel, dass man diesem Wunsche bedingungslos nachkommen wird. Allerdings würde es mich nun in diesem Zusammenhang interessieren, an welches Entgegenkommen unsererseits der edle Ajas eigentlich gedacht hat.«

Dieser räusperte sich daraufhin mehrmals und begann umständlich an den Lederriemen seiner Rüstung zu nesteln.

»Ich bin kein Mann vieler Worte«, sagte er endlich, und es klang trotzig. »Wenn die Achäer sich an diesem Kriegszug beteiligen sollen, fordern wir Wilusa!«

Jetzt war es heraus, und Arsili hatte Mühe, seine Erleichterung zu verbergen. Wilusa war eine große, befestigte Stadt, die an der nordwestlichen Grenze Chattis gelegen war. Die Stadt kontrollierte eine Meerenge, die die Handelsschiffe passieren mussten, welche sich auf dem Weg zu oder von den Völkern befanden, die an den namenlosen Gestaden des sich hinter der Meerenge weit nach Osten erstreckenden Meeres lebten.

Die Einwohner Wilusas waren keine Chatti, sondern ein aus dem Westen zugewandertes Volk und mit den Achäern verwandt, doch ihr Stadtoberhaupt war ein treuer Vasall Chattusas, der immer darauf bedacht war, seine nicht unbeträchtlichen jährlichen Tribute pünktlich zu entrichten. Durch die hohe Maut, die Wilusa den Händlern für die Durchfahrt abverlangte, war die Stadt reich geworden, und der blühende Handel zwischen Ost und West garantierte, dass sie immer reicher wurde. Doch obwohl Wilusa den Hof Hattusilis ständig mit großzügigen Geschenken bedachte, waren die Derdanu, wie sie von den Chatti genannt wurden, nicht sonderlich beliebt. Seit ein paar Jahren wurden die hohen Mauern Wilusas in regelmäßigen Abständen von seeräubernden Horden, darunter vor allem Tjeker, berannt, bislang allerdings ziemlich erfolglos, da die Stadt im schlimmsten Falle Hilfe aus Chattusa erwarten konnte. Wenn also die Tjeker so sehr erpicht darauf waren, Wilusa in ihre Hände zu bekommen, so mochten sie es haben! Chattusa hatte zurzeit andere Sorgen, als sich helfend um eine Stadt zu kümmern, die zwar viele Steuergelder einbrachte, aber alles in allem doch sehr lästig war.

Arsili schmunzelte in sich hinein. Er hatte geglaubt, Ajas würde Berge von Gold verlangen oder, was viel wertvoller gewesen wäre, das Geheimnis des Eisens für sein Volk erfahren wollen. Das Erstere hätte zu dieser Zeit arge Probleme bereitet, da Hattusili fast alle seine Goldreserven verbraucht hatte, um gegen Assur und Khemet zu rüsten. Das Zweite wäre schlichtweg unmöglich zu erfüllen gewesen, da es nicht nur ein tödliches Sakrileg bedeuten, sondern vor allem den Lebensnerv der Chatti bedrohen würde. So aber wollte er nur den Fall von Wilusa. Wenn die Tjeker für diesen leicht zu verschmerzenden Preis ihr Leben nach Khemet tragen würden, so wäre damit seine Mission doch noch von Erfolg gekrönt, denn die vage Zusage über ein paar Hufe Küstenland für einen Hafen konnte er vor Hattusili leicht vertreten, wenn damit nur die Invasion Khemets durch die Seevölker besiegelte Sache war. Danach konnte man immer noch sehen …

Er ließ sich seinen Triumph nicht anmerken, sondern tat eine Weile so, als müsste er angestrengt nachdenken. Schließlich drehte er sich ganz zu Ajas herum, breitete seine Arme aus und täuschte eine hilflos wirkende Miene vor.

»Nun, Wilusa ist uns ein treuer Verbündeter, ich glaube nicht, dass …«

»Rede nicht lange herum, Arsili!«, unterbrach ihn Ajas hart. »Gehst du auf meine Forderung nicht ein, wird kein Achäer nach Khemet ziehen!«

»Ich müsste das aber erst einmal meinem König vortragen! Du wirst verstehen …«

»Ich verstehe nur, dass du Zeit schinden willst. Zeit, die die Chatti nicht mehr haben!«, fuhr der Polemarch ihm wieder heftig ins Wort. »Entweder du entscheidest dich jetzt und hier, oder wir vergessen das Ganze!«

Wieder tat Arsili so, als dächte er nach. Schließlich aber schlug er mit der Faust auf den Tisch.

»Du hast Recht, Ajas! Ich habe für einen Moment vergessen, dass ich nicht nur Diplomat, sondern in erster Linie Soldat bin«, sagte er mit fester Stimme. »Ein Mann also, der gelernt hat, lebenswichtige Entscheidungen notfalls ganz allein fällen zu müssen. Und so sage ich dir, dass ihr Wilusa haben könnt! Ich brauche dafür keine Rücksprache mit meinem König, denn als sein Gesandter vertrete ich ihn ja an diesem Ort.«

»So gefällst du mir, Arsili!«, erwiderte Ajas lachend und schlug dem Chatti derb auf die Schulter. »Die Sprache der Krieger ist einfach und ehrlich! Abgemacht also, wir werden nach Khemet kommen!«

»Dann sollten wir alle auf unser neues Bündnis trinken!«, rief Truns und erhob seinen Becher, den er gleich den anderen in einem einzigen Zuge leerte.

»Wenn ihr erlaubt!«, meldete sich Arsili noch einmal zu Wort. »Ich darf mich jetzt zurückziehen und die Verträge vorbereiten, sodass sie euch heute Abend zur Besiegelung vorgelegt werden können. Sicher habt ihr aber untereinander auch noch Einzelheiten zu besprechen, die meiner Anwesenheit nicht bedürfen!«

Er erhob sich, verneigte sich und verließ gemessenen Schrittes den Raum, wobei es ihm sehr schwer fiel, nicht in lautes Lachen auszubrechen.

Kapitel 3

Tarkun blieb noch eine ganze Weile auf der Mole stehen und sah den drei Sherdanu-Schiffen nach, die vorhin, mit Fürst Arsili und seiner persönlichen Begleitung an Bord, abgelegt hatten. Die Sheklu waren etwas früher abgefahren und würden jetzt wohl schon das offene Meer erreicht haben.

Man hatte sich mit Triskes und Lunus dahingehend verständigt, dass der erste Schiffsverband, den die Rasunna entsenden würden, im Heimathafen der Sherdanu einen Zwischenhalt einlegen und dann vereint mit der Flotte ihrer neuen Verbündeten weiter nach Chatti segeln sollte, um dort den neuen Stützpunkt zu errichten.

Truns und die anderen, die Arsili gemeinsam mit ihm verabschiedet hatten, waren schon gegangen, doch da ihm der in der vergangenen Nacht zu reichlich getrunkene Wein immer noch arge Kopfschmerzen bereitete, wollte er noch eine Weile die frische, salzige Meeresluft genießen, die eine stete Brise von der gerade einsetzenden Flut den Fluss hinaufwehte.

Wie alles gekommen war! Seit gestern Abend besaßen die Rasunna nicht nur einen schriftlichen Bündnisvertrag mit den Chatti, sondern unglaublicherweise auch noch mit den Tjekern, Sheklu und Sherdanu!

War es die Hoffnung auf das Gold Khemets, was sie mit einem Male zu Bundesgenossen hatte werden lassen? Nach all dem Leid, das diese Völker sich in der langen Vergangenheit gegenseitig immer wieder zugefügt hatten, all den verbrannten Städten und geschändeten Frauen, erschien Tarkun dies wie ein Wunder.

Nun, es würde in der nahen Zukunft wieder Brand und Mord geben, nur dass diesmal das Volk von Khemet darunter zu leiden haben würde, welches schon sehr bald die gewaltige Macht der verbündeten Seevölker, wie sie sich offiziell seit ihrem gestern besiegelten Pakt stolz benannten, zu spüren bekommen würde.

Als Seevölker und Nomaden der Meere wurden sie schon von den längst untergegangenen Kefti abschätzig genannt, nun aber empfanden sie diese mit Verachtung behaftete Bezeichnung als Ehre, wenngleich es sicher noch einige Zeit brauchte, bis man sich gänzlich damit identifizieren würde.

Er musste an die freudig tumultartigen Szenen denken, die sich überall in der Stadt abgespielt hatten, als sich die Nachricht wie ein Lauffeuer verbreitete, dass die Rasunna nunmehr ein dauerhaftes Bündnis mit ihren ehemaligen Feinden geschlossen hatten, um einen gemeinsamen Feldzug gegen Khemet zu planen. Und obgleich sie schon die vorhergehende Nacht hindurch ausgelassen gefeiert hatten, wurde dieses Ereignis als willkommener Anlass genommen, mit dem einmal begonnenen festlichen Treiben einfach weiterzumachen.

Der Wein floss in Strömen, und die Leute verbrüderten sich allerorten mit den Besatzungsmitgliedern der elf vor der Pier auf Reede liegenden Schiffe, mit denen die Unterhändler der Chatti, Tjeker, Sheklu und Sherdanu am frühen Morgen des gestrigen Tages angereist waren. Seitdem Tar'eses fest in der Hand der Rasunna war, hatte noch nie ein Schiff dieser Völker freiwillig in diesem Hafen festgemacht, es sei denn, es wurde als Prise hierher gebracht.

Niemand hätte es sich je träumen lassen, ausgerechnet mit den verhassten Sheklu und Sherdanu irgendwann ein gemeinsames Freudenfest zu feiern, doch selbst Tarkun hatte in der vergangenen Nacht in weinseliger Stimmung Arm in Arm mit Lunus und Triskes alte, schmutzige Seemannslieder gesungen, um sich hernach mit ihnen unter Tränen ewige Freundschaft zu schwören.

Im Nachhinein konnte er es kaum fassen, dass er gestern mit demselben Mann, Triskes nämlich, dem er noch vor gar nicht allzu langer Zeit den erstgeborenen Sohn samt dessen Schiff und Besatzung auf den Grund des Meeres geschickt hatte, einträchtig zusammengesessen und unausgesetzt Brüderschaft getrunken hatte.

Tarkun fuhr sich mit der Hand über das Gesicht.

Den Menschen wohnte wirklich eine recht sonderbare Natur inne, dachte er, während er gleichzeitig beobachten konnte, dass auf den drei Schiffen, die wohl schon weit genug an den Wind gerudert worden waren, damit begonnen wurde, die Segel zu setzen.

Nicht zu verzeihender Liebe ratende Vernunft hatte diesen plötzlichen Frieden bewerkstelligt und alte, lebenslange Rachegelüste vergessen lassen, sondern ausschließlich die aus reiner Gier erwachsene und dazu auch noch ziemlich unsichere Hoffnung, sich irgendwann in geraubtem Gold und Edelsteinen baden zu können, die vom Blut vieler Unschuldiger besudelt waren.

Er schüttelte den Kopf.

Welch einem Wahnsinn war er nur erlegen!

Die Rasunna waren noch nie in irgendwelche kriegerischen Auseinandersetzungen mit Khemet verwickelt gewesen, dafür lag es auch viel zu weit entfernt. Anders ihre neuen Verbündeten, die immer wieder wie lästige Mücken in den Leib des Riesen am Hapi gestochen hatten, ohne dabei allerdings nennenswerte Erfolge erzielt zu haben. Deren Angriffe hatten sich bislang lediglich darauf beschränkt, gelegentlich eine schwach bewachte Handelsniederlassung Khemets im weit verzweigten Mündungsgebiet des Hapi zu überfallen oder ein unvorsichtiges Handelsschiff aufzubringen, welches sich ohne ausreichende Bewaffnung seiner Besatzung auf die offene See gewagt hatte.

Seine Mutter kam aus Khemet, und die hatte ihm nur Gutes über dieses fremde Land mit seiner alten und hoch entwickelten Kultur erzählt. Von seinem Vater hatte er erfahren, dass die Altvorderen der Rasunna, die damals noch in ihrer ursprünglichen Heimat an den Küsten des Nordmeeres gelebt hatten, einen regen Handel, vor allem mit dem nur dort vorkommenden Bernstein, mit Khemet betrieben hatten. Darüber hinaus hatten sich in jener Zeit nicht wenige Angehörige dieser beiden Völker in Liebe verbunden, denn in den langen Listen ihrer Ahnen, die von den meisten Familien seiner Landsleute, eingeschlossen seiner eigenen, seit Generationen sorgsam überliefert und schon begonnen wurden, bevor die große Flut sie aus ihrer angestammten Heimat vertrieben hatte, fanden sich immer wieder Namen von Männern und Frauen, die in Khemet geboren worden waren. Einer seiner Urahnen, Tarkon, Sohn des Lareth, hatte sogar eine Tochter des Per-hau von Khemet geheiratet. Sie hieß Hetepibes, und nach ihr wurden späterhin noch etliche weibliche Mitglieder seiner Familie benannt.

Heutzutage aber fuhren nur noch selten Schiffe der Rasunna nach Khemet, um dort, wie ihre Vorfahren, Handel zu treiben, nur dass die Ware, die sie anzubieten hatten, nicht mehr Bernstein war, sondern bedauernswerte schwarze Sklaven, die sie bei ihren ausgedehnten Raubzügen erbeuteten, die sie von Zeit zu Zeit in das Innere des südlich vor der Küste Tar'eses gelegenen Südlandes unternahmen.

Alles in allem gab es, nachträglich betrachtet, eigentlich gar keinen Anlass für sein Volk, sich an einem Kriegszug gegen Khemet zu beteiligen. Aber da es nun einmal beschlossene Sache war, galt es, das Beste daraus zu machen.

Die Segel der Sherdanu-Schiffe waren mittlerweile am Horizont verschwunden, und Tarkun machte sich auf den Weg, Truns und die verbliebenen Unterhändler der Tjeker zu treffen, um mit ihnen das weitere Vorgehen zu diesem aberwitzigen Plan zu besprechen.

Er fand sie alle wenig später, wie erwartet, im Hause Truns versammelt.

Als er den Raum betrat, kam er gerade recht, um Zeuge einer heftigen und wortstarken Auseinandersetzung zwischen Truns und Ajas zu werden.

Er setzte sich neben Gaelath, der, ebenso wie Triskes und Lunus, die offensichtlich schon etwas länger anhaltende und ziemlich scharf geführte Diskussion mit angespannter Miene verfolgte.

»Nett, dass du doch noch den Weg zu uns gefunden hast, mein Freund!«, wandte sich Truns, den sich gerade in einem gestenreichen Wortschwall ergehenden Ajas barsch unterbrechend, in kampfeslustiger Stimmung an ihn. »Dieser maßlose Tjeker hier verlangt von uns, dass wir ihn und noch einige andere Stammesführer seines Volkes zunächst bei der Eroberung dieses unseligen Wilusa, wo immer das sein mag, unterstützen sollen, bevor diese feinen Herren sich bequemen würden, mit uns gen Khemet zu ziehen! Was sagst du dazu?«

Tarkun erinnerte sich schwach daran, dass Ajas ihm gestern eine anrührende Geschichte erzählt hatte, in welcher er erklärt hatte, weshalb die Fürsten der Tjeker so sehr daran interessiert waren, Wilusa in ihre Gewalt zu bekommen. Da ging es wohl um einen der Söhne des Königs dieser reichen Stadt, der den Besuch bei einem mit Ajas eng befreundeten Edlen zum Anlass genommen hatte, dessen wunderschöne Frau zu entführen. Das lag wohl schon einige Jahre zurück, und seitdem belagerten die Tjeker Wilusa und rannten unausgesetzt gegen die hohen, dicken Mauern an, mit denen die Stadt ringsum geschützt war. Doch obwohl der Tod auf beiden Seiten reiche Ernte gehalten hatte und die Einwohner Wilusas obendrein zunehmend über Nahrungsmittelknappheit zu klagen hatten, war es den Tjekern bisher nicht gelungen, die Stadt einzunehmen.

Ajas hatte aber dabei immer wieder schwärmerisch von den immensen Reichtümern berichtet, die in den Schatzkammern Wilusas angehäuft waren, sodass Tarkun sich schließlich des Eindrucks nicht erwehren konnte, dass es den Tjekern in erster Linie nur darum ging, dieser Schätze habhaft zu werden, statt, wie Ajas stets treuherzig beteuert hatte, einen vor vielen Jahren verübten Frauenraub zu rächen.

Während Tarkun so über das Gespräch nachdenken musste, welches er mit Ajas in der vergangenen Nacht geführt hatte, fiel ihm ein, dass sein Vater ihn kurz vor seinem Tod einmal über die Hintergründe aufgeklärt hatte, die zum Falle des einst so mächtigen Keftu geführt hatten. Es war nämlich die brutale und räuberische Habgier der Tjeker gewesen, die unwiderruflich den restlosen Untergang dieser strahlenden Kultur besiegelt hatte.

Auf kurz oder lang, das wurde ihm dabei in aller Deutlichkeit bewusst, würden die Tjeker deshalb den Sieg über Wilusa davontragen. Die Rasunna hatten sich nun gestern mit den Tjekern verbündet, warum sollten sie sich also nicht jetzt schon an deren Kriegszug beteiligen, um so unter anderem in Erfahrung bringen zu können, wie man eine fest ummauerte Stadt erfolgreich zu belagern und sie letztendlich in seinen Besitz zu bringen hatte, was für die danach folgende Eroberung Khemets sicher von unschätzbarer Bedeutung sein würde.

»Ich wüsste ehrlich gesagt nicht, was dagegen sprechen würde, wenn wir die Tjeker auf ihrem Feldzug begleiten«, antwortete Tarkun ruhig.

»Ich schon!«, herrschte Truns ihn zornig an. »Erstens haben wir uns nur mit ihnen verbündet, um Khemet zu bekriegen, und nicht, um irgendwelche Privatfehden für sie auszufechten! Zweitens scheinst du nicht mehr daran zu denken, dass wir einen Stützpunkt in Chatti zu errichten haben! Das heißt, dass wir mehrfach dieses verdammte Meer in seiner ganzen Länge zu durchqueren haben, bis wir all unsere Leute auf dem Fleckchen Erde versammelt haben, das uns die Chatti freundlicherweise abtreten werden. Sodann müssen wir einen Hafen bauen und Werften, damit wir die Schiffe auf Kiel legen können, die nötig sind, um diese Invasion in Angriff zu nehmen. Kurz gesagt: Wir haben keine Zeit, irgendwo zwischendurch auch noch ein wenig Krieg zu spielen!«

Tarkun, der seinen Freund während dessen Rede aufmerksam betrachtet hatte, ließ darauf seinen Blick zu Ajas wandern, der mit grimmiger Miene dasaß und irgendetwas vor sich hin murmelte.

Was Truns gesagt hatte, war vollkommen richtig, dennoch missfiel Tarkun die Art und Weise, mit der Truns ihn hier vor allen anderen zurechtgewiesen hatte. Auch verfluchte er insgeheim die Starrköpfigkeit des Polemarchen, der stur an seinem Vorhaben festhielt, zuerst Wilusa zu zerstören, bevor er und sein Volk sich an der Eroberung Khemets beteiligen würden. Das war insofern fatal, da das ganze stolze Vorhaben damit gefährdet war, denn in einem Punkt hatte Ajas vollkommen Recht: Ohne die im Landkampf ausgebildeten Truppen der Tjeker würde sich die Invasion nicht durchführen lassen!

Er bemerkte, dass alle Augen gespannt auf ihn gerichtet waren, und ihm wurde klar, dass seine nächsten Worte über den Bestand des gerade erst geschlossenen Bündnisses entscheiden würden.

»Ich bin derselben Meinung wie Truns«, begann er

schließlich. »Aber«, fuhr er mit erhobener Stimme weiter fort, als sein Blick auf den empörten Gesichtsausdruck des Polemarchen fiel, »aber wiewohl ich nicht ganz einzusehen vermag, weshalb es Ajas so sehr daran gelegen ist, vorab Wilusa einzunehmen, eine einzelne Stadt also, deren Schätze sich, gemessen an denen, die wir uns in einem so reichen Land, wie es Khemet nun einmal ist, erobern werden, doch eher bedeutungslos ausnehmen, habe ich ihm dennoch gestern meine Waffenhilfe gegen Wilusa zugesagt.«

»Darüber brauchst du dir keine Sorgen zu machen, mein Freund«, wurde er von Truns jäh unterbrochen, der dazu bösartig auflachte. »Das Wort eines Betrunkenen zählt nicht in einer so wichtigen Angelegenheit! Und, glaube mir, Tarkun, du warst gestern sehr betrunken!«

»Ich habe mich deshalb entschlossen«, setzte er seine Rede unbeirrt fort, »euch folgenden Vorschlag zu unterbreiten. Uns allen ist wohl bewusst, dass wir uns, angesichts dieser ungeahnten Gelegenheit, die uns hier geboten wird, ein Auseinanderbrechen unseres Bündnisses nicht leisten können – und es auch nicht wollen! Um dies also zu verhindern und dabei trotzdem allen Beteiligten in dieser verzwickten Situation gerecht zu werden, schlage ich vor, dass unser Volk, gemeinsam mit den Sheklu und Sherdanu, unter der Führung Truns zu den Chatti fährt, um dort unseren Stützpunkt auszubauen und die Vorbereitungen für die geplante Invasion Khemets zu treffen. Ich selbst werde Ajas mit einer handverlesenen Schar Freiwilliger vor die Mauern Wilusas folgen, um dort zu erfahren, wie man befestigte Städte, die wir ja auch in Khemet reichlich vorfinden werden, zu belagern und einzunehmen hat.«

Für eine Weile herrschte nach diesen klaren Worten Stille im Raum, und alle bis auf Tarkun, der mit unbewegter Miene die Reaktion seiner Zuhörer erwartete, schauten sich mit einer Mischung aus Betretenheit und erstaunter Verblüfftheit an.

»Würde dich ... äh ... dieser Vorschlag zufrieden stellen?«, wandte sich Truns lauernd an den Tjeker.

Dieser warf einen kurzen, bewundernden Blick zu Tarkun hinüber und lehnte sich dann entspannt zurück. »Würde es!«, antwortete er knapp, wobei ein breites, zufriedenes Grinsen auf seinem Gesicht erschien.

Alle atmeten daraufhin hörbar und befreit auf und begannen sowohl Ajas als auch einen nunmehr sehr erleichtert wirkenden Tarkun mit immer lauter werdenden Beifallsbekundungen hochleben zu lassen. Wein wurde herbeigeschafft und dann wurde kräftig auf den so letztlich doch noch geretteten Erhalt des Bündnisses und ein glückliches Gelingen all ihrer zukünftigen Unternehmungen angestoßen.

Später dann, es war schon Abend geworden, konnte Truns Tarkun zu einem gemeinsamen Spaziergang gewinnen, der sie, den Fluss entlang, in einen lichten Wald außerhalb der Stadt führte. Unter einer knorrigen alten Eiche ließen sie sich nieder und lauschten eine Weile schweigend dem Gezirpe der Grillen, welches die warme, würzige Luft von dem dichten Ried, das sich vor dem Wald an der Flussaue erstreckte, zu ihnen herübertrug.

»Was du heute erreicht hast, mein Freund, ist schlichtweg bewundernswert!«, eröffnete Truns schließlich behutsam die Unterhaltung. »Wenn du nicht diesen genialen Einfall gehabt hättest, wäre das schöne Abenteuer Khemet schon in seinem Ansatz zum Scheitern verurteilt gewesen.«

»Vielen herzlichen Dank! Das habe ich heute schon oft genug zu hören bekommen«, wehrte Tarkun lachend das Lob ab. »Aber mal ernsthaft! Die Wahrheit ist, dass es mir für die Zukunft unseres Volkes wirklich nicht ganz unwichtig erscheint, wenn wir uns ein wenig mehr von den Taktiken zu Eigen machen würden, deren sich eine vorwiegend auf dem Lande kämpfende Streitmacht, wie etwa die der Tjeker, bedient, um gegen einen Feind, selbst wenn er sich hinter hohen Mauern verschanzt, erfolgreich vorzugehen.«

»Da stimme ich dir voll und ganz zu!«, pflichtete ihm Truns unumwunden bei. »Aber ich bin vielleicht zu sehr mit dem Meer verhaftet, als dass ich mir bislang darüber Gedanken gemacht hätte. Und es ist immer noch so, dass ich lieber meiner Mannschaft, der See und meinem Schiff vertraue, wenn ich in den Kampf ziehe.«

»Du hast mich doch nicht hierher gelockt, um dich bei mir das zehnte Mal für meinen Verhandlungserfolg zu beglückwünschen oder mit mir die Vorteile des Seekriegs zu erörtern?«, fragte Tarkun misstrauisch.

Truns richtete sich ein wenig auf und schaute seinem Freund lange in die fragenden Augen, während er intensiv an einem Grashalm kaute.

»Nein«, entgegnete er dann leise. »Ich wollte mich bei dir für das große Vertrauen bedanken, mit welchem du mich geehrt hast, indem du mich für die Zeit, in der du vor Wilusa kämpfen wirst, mit der Führung deiner Ter'usu beauftragt hast.«

Tarkun schüttelte darauf nur leicht den Kopf und erwiderte lächelnd den offenen, geraden Blick seines Gegenübers.

»Wem, wenn nicht dir, könnte ich wohl das Schicksal meiner Leute sonst in die Hände legen?«, sagte er heiter. »Seit unserer Kindheit verbindet uns eine tiefe Freundschaft, mehr noch, wie Brüder stehen wir zusammen, was ja auch von vielen Fremden angenommen wird, wenn sie uns das erste Mal gemeinsam erleben. Und wie es zwischen Brüdern bisweilen vorkommt, haben wir uns schon so manches Mal herzlich gestritten, in unserer Jugend um Spielzeug und heute, wenn es um die Interessen unserer beiden Stämme geht. Aber ein ernstes Zerwürfnis zwischen uns hat es nie gegeben – und wird es auch nie geben. Auch haben wir immer alles brüderlich geteilt, Mädchen, Beute, eben all das, was uns das Leben bisher an Freuden und Sorgen beschert hat.

Also kannst du dich meinethalben dafür bedanken, dass es mir gelungen ist, den Erhalt des Bündnisses zu sichern, aber doch nicht für die Selbstverständlichkeit, dir meine Ter'usu anvertraut zu haben!«

Obwohl Truns genauso dachte und fühlte wie Tarkun, nahm er dessen schlichte Darstellung ihres Verhältnisses dennoch sichtlich bewegt auf. Die beiden Männer standen auf und umarmten sich innig. Dann trat Truns einen Schritt zurück, wobei er aber seine Hände noch auf Tarkuns Schultern ruhen ließ, und sah ihm fest in die Augen.

»Du hast ja Recht, mein Freund!«, brachte er mit

rauer, brüchiger Stimme hervor. »Wäre ich in deiner Lage, würde ich ebenfalls nicht zögern, meine Pelthtim deiner Obhut zu unterstellen. Trotzdem …«, dabei sickerten ihm einige Tränen über die Wangen, »trotzdem hat es mir gut getan, von dir einmal so deutlich zu hören, wie sehr du mich und unsere Freundschaft schätzt. Auch ich liebe dich wie einen Bruder, und ich verspreche dir, dass ich selbst aus der Anderswelt herbeieilen werde, um dir in Gefahr zur Seite zu stehen!«

Tarkun grinste ihn darauf mit einem schalkhaften Augenzwinkern an. »Wie? Du würdest dich wegen mir sogar aus den ranken Armen der wunderschönen Frauen reißen wollen, denen du dort in den himmlischen Gefilden des Sonnenlandes zweifellos ohne Hülle und in üppiger Fülle begegnen wirst? Das setzt im Übrigen voraus, dass du vor mir den Tod fändest, was ich wiederum, solange ich lebe, mit allen mir zu Gebote stehenden Kräften zu verhindern wüsste! Schon allein deswegen«, fügte er dann noch in einem weinerlichen Tonfall hinzu, »weil es für mich eine grauenhafte Vorstellung ist, mich, bis wir uns dereinst wiedersehen würden, allein vor meinen Becher zu hocken und mich auf dein Wohl zu betrinken!«

»Du bist ein elendes Schandmaul, Tarkun!«, fuhr Truns ihn in gespielter Entrüstung an. »Wenn ich dich so gotteslästerlich daherreden höre, fürchte ich, dass du nach deinem Ableben eher im wein- und frauenlosen Schattenreich schmachten wirst, statt es dir unter dem ewig blauen Himmel der goldenen Welt mit mir gemütlich zu machen!«

»Da du gerade von Gemütlichkeit sprichst, in deinem Haus harren unsere neuen Bundesgenossen wahrscheinlich schon ungeduldig unserer baldigen Rückkehr entgegen, da sie sich vermutlich, genau wie ich, nach einem deftigen Abendessen sehnen!«

»Du bist nicht nur ein Lästermaul, du bist dazu auch noch ein rechter Geizkragen!«, polterte Truns empört. »Es wäre doch nun eigentlich mal an dir, uns ein gutes Mahl in deinen vier Wänden zu bereiten!«

»Und du beweist gerade wieder einmal, wie wenig du mich kennst!«, versetzte ihm Tarkun fröhlich. »Ich sagte lediglich, dass unsere Gäste in deinem Hause warten, ich habe jedoch nicht gesagt, wo wir essen werden!«

So traten sie in bester Stimmung den Heimweg an.

Kapitel 4

In Tar'eses wusste nun auch der Letzte seiner Bewohner, auf welch gewaltiges Abenteuer sich die Rasunna und ihre neuen Verbündeten eingelassen hatten, und seit deren Abreise herrschte in der Stadt euphorische Betriebsamkeit.

Neue Schiffe wurden auf Kiel gelegt, und schwitzende Bronzeschmiede standen seit Tagen ununterbrochen vor ihren glühenden Essen und produzierten in großer Stückzahl Helme und Schwerter, Pfeil- und Lanzenspitzen, da die Nachfrage für diese Gerätschaften sich in den letzten Tagen naturgemäß über das normale Maß hinaus gesteigert hatte.

Die Ältesten der Ter'usu und Pelthtim traten täglich zu Beratungen zusammen, die, von den beiden Mechel geleitet, nicht selten bis tief in die Nacht andauerten.

An diesen Beratungen nahmen auch die Priester der neuen Götter teil, die bei den Rasunna zunehmend zur Verehrung gekommen waren, seit diese ihre ursprüngliche, nordische Heimat verlassen mussten und sich in Tar'eses niedergelassen hatten.

Ihre Vorfahren im Norden hatten ausschließlich zu einem namenlosen Schöpfergeist gebetet, dessen weiblicher Aspekt die die Erde mit Fruchtbarkeit segnende

Sonne war, während der kühle Mond seinen männlichen Aspekt symbolisierte.

Doch die enge Nachbarschaft zu den Völkern des Südmeeres hatte mit der Zeit bewirkt, dass sich deren völlig anders gearteten Glaubensvorstellungen mit denen der Rasunna allmählich zu einer neuen Religion verschmolzen hatten.

Ähnlich wie in Khemet wurde die Welt der Rasunna nunmehr von einem Geschlecht von Göttern beherrscht, die direkten Einfluss auf die Geschicke der Sterblichen nahmen.

Viele Gegebenheiten der Natur wie das Meer, die Erde und die Sonne wurden einer Gottheit zugeordnet, der man sich so im persönlichen Gebete zuwenden konnte. Das galt auch für all die bis dahin nicht fassbaren Eigenschaften und Fähigkeiten, die den Menschen seit jeher innewohnten und ihnen halfen, ihr Überleben in der oft feindlich gesonnenen Umwelt zu gewährleisten.

So wurde Turan als die Göttin der Liebe, Tecum als Göttin der Weisheit und Laran als Gott des Krieges verehrt, während die Erde und das Meer das Reich des Gottes Neth waren und die Göttin Cath die Sonne ihre strahlende Bahn ziehen ließ.

Sie alle waren Kinder des strafenden, Blitze schleudernden Göttervaters Tins und seiner Frau Uni, von der die Frauen Fruchtbarkeit erflehten.

Doch über allen schwebte der namenlose Schöpfergeist, der immerwährend mit fügender Hand das allmächtige Schicksal schuf, dem sich sowohl die Menschen als auch die Götter bedingungslos zu unterwerfen hatten.

Den Priestern oblag es, sich ausschließlich um die Sorgen und Nöte der Bevölkerung zu kümmern, und es war ihnen ausdrücklich verwehrt, sich in die Regierungsgeschäfte des Ältestenrates oder gar der beiden Mechel, die ja über die alleinige Entscheidungsgewalt verfügten, einzumischen.

Ungeachtet dessen wurde Kilnies, der Priester des Tins, des Öfteren von Tarkun und Truns aufgesucht, da er nicht nur als besonnen und weise galt, sondern zudem auch noch der Onkel Tarkuns war, der sich aufopfernd um die Erziehung seines Neffen gekümmert hatte, als dieser mit vier Jahren Vater und Mutter während jener verheerenden Seuche verloren hatte, die damals weit über die Hälfte der Einwohner Tar'eses' hingerafft hatte.

Er war jetzt Tarkuns einziger Verwandter, denn die zwei älteren Brüder, die er gehabt hatte, waren beide erschlagen worden, als sie sich an einem Überfall auf eine Sherdanu-Siedlung beteiligten.

Aufgrund der großen Tragweite der Entschlüsse, die von Tarkun und Truns in diesen Tagen zu fassen waren, hatten sie es durchgesetzt, dass neben Kilnies auch Voltuns, der Priester des Laran, und Avli, die Priesterin der Uni, die für die Frauen und Mütter in Tar'eses sprechen sollte, an den Versammlungen des Ältestenrates teilnehmen durften. Eigentlich hatten sowohl die Ter'usu als auch die Pelthtim jeweils ihren eigenen Rat, aber da dieses Unternehmen das zukünftige Schicksal beider Stämme betraf, hatte man sich darauf geeinigt, aus den Mitgliedern der zwei Gremien einen einzigen, gemeinsamen Ältestenrat zu bilden, was schon deshalb notwendig gewesen war, da Tarkun sein Amt für die Zeit, die er vor Wilusa verbringen würde, an Truns übergeben hatte und somit die Befehlsgewalt über die zwei Stämme nur von einer Person ausgeübt wurde.

Der Ort, an dem sie sich versammelten, war eine einfache, in ihrem Grundriss quadratisch angelegte Halle, deren vier Wände aus rund belassenen Eichenbalken bestanden, die in Blockbauweise etwa drei Männer hoch gezimmert worden waren. Ein zeltartiges, vierflächiges Reetdach, gestützt von fünf mächtigen Holzsäulen, die mit kunstvollen, verschnörkelten Schnitzereien verziert waren, deckte die Halle ab. Der Boden bestand aus gestampftem Lehm, in den flächendeckend bunte Muschelschalen eingelassen worden waren, die – insgesamt betrachtet – ein großes, aus verschlungenen Mustern gebildetes Mosaik ergaben. Das Gebäude stammte noch aus der Zeit, als sich ihre Vorfahren nach Tar'eses geflüchtet hatten, um sich hier eine neue Heimat zu schaffen, und wies deshalb in seiner Bauweise noch unverfälscht die gleichen, traditionellen Stilelemente auf, wie sie vor Zeiten im Nordland üblich gewesen waren. Vor der gegenüberliegenden Wand des Eingangsportals, das mit zwei aus dicken Bohlen gefertigten Torflügeln versehen war, erhob sich ein dreistufiges, aus blank gehobelten Schiffsplanken zusammengefügtes Podest. Darauf standen mit sich überkreuzenden Beinen zwei schmucklose Holzstühle ohne Lehne, deren lederne Sitzfläche jeweils mit einem roten, goldbetressten Kissen belegt war. Diese Stühle waren traditionsgemäß nur den amtierenden Mechel vorbehalten, die von dort aus den Ratsversammlungen vorsaßen.

Die Ratsmitglieder saßen dabei auf zwei langen, ledergepolsterten Bänken, die in einigem Abstand neben dem Podest vor den beiden Seitenwänden der Halle standen, wobei es mit der Zeit zu einer Gepflogenheit geworden war, dass die Ältesten der Ter'usu die vom Podest aus gesehen linke Bank für sich beanspruchten, die der Pelthtim dagegen die rechte. Direkt vor dem Podest, mit Blickrichtung zu den beiden Mechel, hatte man nun zusätzlich noch drei hochlehnige Sessel hingestellt, welche für die Priester bestimmt waren, die aufgrund dieses für die Zukunft der Rasunna so bedeutsamen Vorhabens zum ersten Mal zu den Beratungen gebeten worden waren.

Es war der Tag vor Tarkuns geplanter Abreise nach Wilusa, und schon in aller Frühe hatte sich der gemeinsame Rat wieder in der Halle eingefunden, um sich jetzt eingehend mit Tarkuns geplanter Überantwortung seiner Befehlsgewalt an Truns zu befassen. Wie immer, wenn es sich um einen offiziellen feierlichen Anlass oder eben um eine solch wichtige und in ihrer Tragweite für das Volk so folgenschwere Entscheidung handelte, waren alle Ratsmitglieder in der dazu vorgesehenen Amtstracht erschienen.

Diese Tracht bestand aus einem kurzärmeligen, weit geschnittenen Hemd, welches unterhalb des Halsansatzes zwei in Gold gefasste Bernsteinknöpfe aufwies, sowie einem bis zur Mitte der Oberschenkel reichenden Rock, welcher von einem schmalen, vergoldeten Ledergürtel um die Taille gehalten wurde. Die beiden Kleidungsstücke waren aus einem besonders feinen, blutrot gefärbten Wollstoff gewebt worden, der zudem an den breiten Säumen mit üppigen Goldstickereien verziert war. Darüber wurde ein ovaler, mantelähnlicher Überwurf aus schwerer, blütenweißer Wolle getragen, der über den Schultern gerafft, im losen Rund über Brust und Rücken bis knapp zu den Knien fiel und gleichfalls mit handbreiten, erhaben aufgenähten Ornamenten aus Goldfäden umsäumt war.

Truns und Tarkun waren ähnlich bekleidet, mit dem Unterschied, dass auch der Überwurf rot eingefärbt war. Einem uralten Brauch folgend, hatten sie außerdem noch ihre Gesichter mit roter Farbe bemalt, was versinnbildlichen sollte, dass ihre individuelle Persönlichkeit, die sich unter dieser Maske verbarg, gänzlich ausgelöscht blieb, solange sie ihr Amt ausübten und über die Belange ihres Volkes zu befinden und letztlich zu entscheiden hatten.

Es war schon später Vormittag, als die Ratsversammlung schließlich die Amtsübergabe Tarkuns an Truns einhellig billigte. Tarkun hatte aufgrund der Tatsache, dass seine Entscheidung ja einen nicht unerheblichen Einfluss auf die zukünftigen Geschicke seines Stammes hatte, seinem Ältestenrat ausnahmsweise anheim gestellt, darüber abzustimmen und gegebenenfalls einen neuen Mechel zu wählen, würde die Mehrheit sein Vorhaben ablehnen. Er selbst hatte nämlich keine Wahl mehr, denn er stand bei Ajas im Wort, und dieses einzulösen war für ihn eine persönliche Ehrenpflicht. Doch trotz einiger durchaus zu Recht vorgebrachter Einwände und Bedenken, auch von Seiten der Pelthtim, hatte ihm der Rat letztendlich sein Vertrauen ausgesprochen und Truns für die Zeit, in der Tarkun abwesend sein würde, als alleinigen Oberbefehlshaber bestätigt.

Nachdem dieser Punkt somit zur allgemeinen Zufriedenheit geklärt worden war, ging man nun eilig daran, sich mit all den bislang noch nicht zur Sprache gekommenen Problemen und Details zu befassen, die für die Planung und Ausführung des Feldzuges gegen Khemet von grundsätzlicher Bedeutung waren und die deshalb in jedem Fall von Tarkun, solange dieser noch in Tar'eses weilte, mit entschieden werden mussten. Dieser war nämlich nicht davon abzubringen, sich am nächsten Morgen mit der ersten Flut einzuschiffen und sich mit einer auserwählten Schar Freiwilliger, die sich sowohl aus den Reihen der Ter'usu als auch der Pelthtim voller Enthusiasmus dazu gemeldet hatten, auf den Weg nach Wilusa zu machen. Mit ihnen sollten auch Ajas und seine Gefolgsleute fahren, die schon ungeduldig darauf harrten, vor Wilusa wieder zu den ihren zu stoßen und der verhassten Stadt endlich den von ihnen so lang ersehnten Garaus machen zu können.

Gleich zu Beginn ergriff der greise Calisnies das Wort, um stellvertretend für alle Ratsmitglieder eine Frage an Truns und Tarkun zu stellen, die den Ältesten der beiden Stämme schon seit Bekanntgabe des kühnen Unternehmens sorgenvoll auf der Seele lag. Calisnies, der dem Rat der Ter'usu angehörte, hatte schon mehr als achtzig Sommer gesehen und alle Rasunna zollten ihm ehrfurchtsvollen Respekt, da er in seiner Erfahrenheit und seinem unbestechlichen Wesen stets Gutes für sein Volk bewirkt hatte. Nur selten ließ er seine Stimme im Rat vernehmen, doch wenn er sich zu einer Sache äußerte, dann hörten alle aufmerksam zu, denn wie kein anderer vermochte er den Dingen auf den Grund zu gehen, und seine scharfsinnige Urteilskraft war Legende.

Auch Tarkun und Truns, die doch wie ihre Vorgänger durch ihr Amt mit der absoluten Befehlsgewalt über ihre Stämme ausgestattet worden waren, begegneten dem alten Mann mit großer Achtung und hatten bisher seinen Empfehlungen, die er rückhaltlos und ohne jede Scheu vorzutragen pflegte, immer anstandslos Folge geleistet.

»Ich möchte die Mechel der Rasunna zunächst im Namen aller hier Anwesenden zu ihrem weisen Entschluss, mit unseren ehemaligen Feinden Frieden zu schließen, noch einmal aufrichtig beglückwünschen!«, begann er mit seiner durch das hohe Alter bedingten zittrigen Stimme. »Es ist wahrlich an der Zeit gewesen, dem unseligen und seit Generationen anhaltenden, gegenseitigen Blutvergießen ein Ende zu bereiten. Obwohl unser Volk in der Vergangenheit eigentlich stets gute und in gewisser Weise sehr fruchtbare Beziehungen zu Khemet unterhalten hat, findet der Plan, sich an einem Kriegszug gegen dieses satte, reiche Land zu beteiligen und es um einige seiner überreichlich vorhandenen Schätze zu erleichtern, dennoch meine Zustimmung, wenn auch nur bedingt, wie ich im Weiteren noch erläutern werde. Was allerdings die wahren Intentionen und die Bündnistreue der Chatti anbetrifft, so habe ich da zwar noch meine Bedenken, doch wenn sie uns wirklich, wie es Arsili versprochen hat, ein günstig an der Küste gelegenes Stück ihres Landes für einen Hafen übereignen sollten, dann würden sie ihre lauteren Absichten beweisen und uns dazu die Gelegenheit geben, von dort aus endlich wieder friedlichen Handel mit all den wohlhabenden Völkern zu treiben, die in den östlichen Ländern beheimatet sind. Nach der Vertreibung unserer Väter von den mit Fruchtbarkeit gesegneten Äckern des Nordlandes hat uns das Schicksal auf die kargen Böden um Tar'eses verbannt, und mit der Zeit haben wir es verlernt, Händler zu sein, so wie es einst unsere Vorfahren waren. Hier gibt es keinen Bernstein oder andere Bodenschätze, die wir hätten ausbeuten können, um damit zu handeln. Um zu überleben, haben wir, die Nachfahren eines einst in seinem Wohlstand blühenden Volkes von Bauern, Fischern und Kaufleuten, damit begonnen, stattdessen das blutige und würdelose Handwerk der Seeräuberei auszuüben. Wir haben unentwegt die Küsten unserer ebenso darbenden Nachbarn, wie etwa den Sheklu und Sherdanu, heimgesucht, um ihnen ihre mageren Erträge an Früchten und Getreide zu stehlen und ihre Frauen und Kinder in die Sklaverei zu verschleppen. Wir haben ihre Schiffe auf offener See gekapert und ihnen ihr gleichfalls durch Piraterie gewonnenes Beutegut abgejagt.«

Er hielt einen Moment inne, schloss die Augen und atmete ein paar Mal tief durch, da ihn die lange Rede, die er bis dahin mit zunehmender Verve geführt hatte, sichtlich angestrengt hatte.

Keiner der Anwesenden wagte einen Laut von sich zu geben, sondern ein jeder, einschließlich der beiden Mechel, deren etwaige mimische Gefühlsregungen unter ihrer maskenhaft starren Gesichtsfärbung verborgen blieben, hielt seine Blicke wie gebannt auf die Lippen des Greises geheftet und fieberte mit kaum verhohlener Spannung dessen nächsten Worten entgegen.

Doch dann entspannten sich die asketisch gefurchten Züge seines von der Sonne tiefbraun gegerbten und von schlohweißen Haaren umflorten Gesichtes. Calisnies öffnete seine Lider und sah Truns und Tarkun geradewegs in deren halb geschlossene Augen.

»Das hat nun glücklicherweise ein Ende!«, setzte er dann, wieder ruhiger und wie zu sich selbst sprechend, seine Ausführungen fort. »Was aber nun den Krieg gegen Khemet angeht«, und dabei erhielt seine Stimme einen scharfen, warnenden Unterton, »einem Land, das uns, und ich wiederhole es, in der Vergangenheit nie feindlich gesonnen war, so befürworte ich ihn auch nur deshalb, weil er mir im Moment als die einzig gangbare Möglichkeit erscheint, dass die Rasunna, sollten sie mit Hilfe der Götter wirklich den Sieg davontragen, wieder zu der achtbaren Lebensweise unserer Ahnen zurückfinden. Wir würden wieder fruchtbares Acker- und Weideland besitzen, mit dem wir und die uns nachfolgenden Generationen dauerhaft Nahrungsmittel erwirtschaften könnten, und die dort vorkommenden Bodenschätze, wie Gold, Edelsteine und andere wertvolle Materialien, würden uns einen ertragreichen Handel bescheren.

Soweit ich weiß, bin ich der Einzige unseres Volkes, der jemals in Khemet gewesen ist, und so sage ich euch, dass dieser Krieg gewiss kein Honigschlecken wird. Dieses Land wird zwar, wie ich unlängst gehört habe, seit einiger Zeit von einer schweren Regierungskrise erschüttert, aber nichtsdestoweniger verfügt es über kampfstarke, im Landkampf geschulte Armeeeinheiten, welche uns zweifellos erbitterten Widerstand leisten werden. Wir werden uns in einem fremden Land behaupten müssen, wohingegen sie ihre Heimat verteidigen. Arsili wollte euch glauben machen, dass Khemet den Zenit seiner Macht längst überschritten hat und nun – im Schatten seiner einstigen Größe – von Dekadenz zerfressen in Agonie dahindämmert. Ich für meinen Teil teile diese gefährliche Ansicht nicht, denn sie verführt dazu, den Gegner leichtfertig zu unterschätzen.

Und aus diesem Grunde frage ich die ehrenwerten Mechel der Rasunna, ob sie unter diesen Voraussetzungen tatsächlich gewillt sind, Tar'eses gänzlich aufzugeben, wie es ihre in den letzten Tagen vorgebrachten Äußerungen vermuten lassen, und unser Volk einer solch ungewissen Zukunft preiszugeben?«

Seine Worte waren verklungen, doch alle, die sie gehört hatten, verharrten danach noch eine geraume Zeit in einem, die Halle lähmend ausfüllenden, betretenen Schweigen. Schließlich erhob sich Tarkun von seinem Sitz, stieg von dem Podest herunter und stellte sich direkt vor die drei Priester.

»Schließen sich die Vertreter der Götter der Meinung des verehrten Calisnies an?«, fragte er sanft, wobei er seinen Blick insbesondere auf Kilnies ruhen ließ.

»Nein, durchaus nicht!«, rief Voltuns mit schneidender Stimme, während er von seinem Sessel aufsprang.

»Es ist besser, alles zurückzulassen und zu verbrennen, was uns an die Zeit erinnert, in der unser Volk in Tar'eses sein trauriges Dasein fristen musste. Denn in einem pflichte ich der Ansicht Calisnies bei, dass wir nämlich viel zu lange nichts anderes als gemeine Räuber gewesen waren, die eine Schmutz starrende Stadt ihr Zuhause nannten. Nun aber werden wir Krieger sein, die ausziehen, um sich in ruhmvollen Kämpfen ein ganzes Reich zu erobern, in welchem unser Volk ohne Sorgen und in Wohlstand leben kann.«

Voltuns war im gleichen Alter wie Truns und Tarkun und von athletischer Statur. Sein kurzes, welliges hellblondes Haar bildete einen augenfälligen Kontrast zu seiner an Kupfer erinnernden Hautfarbe und den hellgrünen Augen, die aus seinem hübschen, glatt rasierten Antlitz leuchteten.

Aufgrund seines ästhetischen Äußeren und seiner jungenhaften Art flogen ihm die Herzen der Frauen zu, was Voltuns auch weidlich auszunutzen verstand, ihm aber verständlicherweise unter den Männern der Rasunna, die oft lange auf See bleiben mussten, nur wenig Freunde bescherte.

Seine eifernden Worte hatten ihre Wirkung nicht verfehlt, denn fast alle Ratsmitglieder begannen daraufhin beifällig zu klatschen, sodass sich Tarkun irgendwann genötigt sah, den immer lauter werdenden Beifallsäußerungen mit einer herrischen Geste Einhalt zu gebieten, um sich selbst Gehör zu verschaffen.

»Dein Mangel an Ehrfurcht vor einem in der Weisheit des Alters ergrauten Haupt, den du gerade so offenkundig bewiesen hast, macht es notwendig, dass ich dir Folgendes erwidere:

Solltest du es in diesem Hause noch einmal wagen, deine vorlaute Stimme vor einem Älteren zu erheben, bist du die längste Zeit Priester gewesen und kannst dich ganz deinen üblen Weibergeschichten zuwenden!«, herrschte Tarkun ihn aufgebracht an, worauf sich Voltuns, der während dieser demütigenden Zurechtweisung zunehmend bleicher geworden war, wortlos auf seinen Platz begab.

Im Grunde stimmte Tarkun zwar mit der Meinung des Laranpriesters überein, aber er konnte und wollte dessen peinliche Respektlosigkeit in keinem Falle hinnehmen, zumal er schon immer eine herzliche Aversion gegen Voltuns hegte. Tarkun wandte sich nun an Kilnies und Avli, die dieser Szene nicht ohne Häme beigewohnt hatten.

»Nachdem wir gerade die laute Lure des Laran vernommen haben, mögen nun auch Uni und Tins zu Wort kommen«, forderte er Avli und Kilnies auf, ihre Ansichten vorzutragen.

Die beiden schauten sich kurz an, worauf sich als Erstes Avli erhob, nachdem Kilnies ihr mit einem leichten Kopfnicken den Vortritt gelassen hatte. Die Priesterin der Uni war zwar schon Ende vierzig, doch ihre zierliche, schlanke Figur wies immer noch reizvolle weibliche Proportionen auf, welche unter ihrem langen, mit einer scheibenförmigen Bronzeschließe versehenen breiten Gürtel, bis zu den Knöcheln lose fallenden, weißen Leinenkleid auf sehr erotische Weise zur Geltung kamen. Jugendlich straffe, nur leicht gebräunte Haut spannte sich über die fein geschnittenen Züge ihres ovalen Gesichtes. Oberhalb des Grübchens ihres gerundeten Kinns spielte ein herzförmiges volles Lippenpaar unter der kleinen, keck aufgeworfenen Nase. Tiefblau schimmernde Augen und ihr nackenlanges, sorgfältig um den Kopf frisiertes graublondes Haar vollendeten die Erscheinung dieser schönen Dienerin der Uni.

»Ich stehe hier für die Frauen der Rasunna«, begann

sie mit ihrem angenehmen, warmen Alt zu sprechen, »Frauen, die unter Schmerzen Kinder gebären, um sie hernach mit aufopfernder Liebe großzuziehen. Auch kümmern sie sich darum, dass das Feuer in den Herden nicht ausgeht und somit genügend Essen auf den Tisch kommt. Die meisten von ihnen müssen dies alles allein auf sich gestellt tun, da ihre Männer zur See fahren und bisweilen von dort auch nicht mehr zurückkommen. Es sind die Frauen, denen es obliegt, ein behagliches Heim zu schaffen, damit alle, die darin wohnen, sich wohl fühlen können.

Das Leben, das wir bisher in Tar'eses geführt haben, war nie einfach, aber wir hatten wenigstens ein Zuhause, auch wenn es dem einen oder anderen schmutzstarrend vorkommt. Die Aussicht auf bessere Lebensbedingungen in einer neuen Heimat mag vielen deshalb reizvoll und erstrebenswert erscheinen, setzt aber zwei Dinge voraus, die mit viel Leid und Entbehrungen verbunden sind. Wir müssten uns zum einen von all dem trennen, was unsere Vorfahren nach ihrer langen Wanderung aus dem Norden hier mühselig geschaffen haben, zum anderen werden in dem vor uns liegenden Krieg viele unserer Männer sterben und ihre Frauen zu Witwen und die Kinder zu Waisen machen. Und wenn wir diesen Krieg auch noch verlieren sollten, würden diese Frauen und Kinder das Joch der Sklaverei zu erdulden haben. Dazu kommt die lange Überfahrt nach Khemet! Wie viele von uns werden wohl den Tod in den Fluten finden, wenn ein Sturm unsere Schiffe zerschmettert und auf den Grund des Meeres reißt? Nein, ich kann es nicht gutheißen, dass unser ganzes Volk sich an einem Unternehmen beteiligt, dessen Ausgang mir mehr als fragwürdig erscheint! Mehr habe ich nicht zu sagen!«

Damit setzte sie sich wieder hin, wobei sie ihren Blick provokativ auf die beiden Mechel geheftet ließ, die sich ihrerseits nur kurz ansahen und das soeben Gehörte mit einem Stirnrunzeln und einem kurzen Schulterzucken quittierten.

Jetzt war es an Kilnies, seine Meinung zu äußern. Dieser machte jedoch keine Anstalten, von seinem bequemen Sessel aufzustehen, sondern zog es offenbar vor, seine Sichtweise im Sitzen darzulegen.

Kilnies hatte vor einigen Tagen seinen siebzigsten Geburtstag gefeiert. Er war ein stiernackiger, groß und schwer gebauter Mann, dessen unübersehbare Leibesfülle beredtes Zeugnis dafür gab, dass er dem guten Essen und Trinken nicht abhold war. Seine kleinen, listig funkelnden Augen über den schweren Tränensäcken verschwanden fast gänzlich zwischen den Fettpolstern seines aufgedunsenen, breitflächigen und stoppelbärtigen Gesichtes. Eine fleischige, vom reichlichen Weingenuss rot und blau geäderte Nase reckte sich kühn über seine wulstigen, breiten Lippen, die in ihrer Form dem Betrachter den Eindruck vermitteln konnten, dass Kilnies immerwährend selbstzufrieden zu lächeln schien. Dies und die spärlichen eisgrauen Haarbüschel, die seine schweißglänzende Glatze von den Schläfen über den feisten Hinterkopf herum wirr umrankten, verführte natürlich dazu, dass die Leute ihren gutmütigen Spott mit ihm trieben und ihn liebevoll das »Weinfass des Tin's« zu nennen pflegten, was aber nicht darüber hinwegtäuschte, dass er sich aufgrund seiner Weisheit und der selbstlosen Hingabe, mit der er sich ständig seiner in Not geratenen Mitmenschen annahm, größter Beliebtheit erfreute.

Gekleidet war er in einer bis zu den Knöcheln reichenden weißen Leinenrobe, über welcher er einen himmelblauen Überwurf aus demselben Material trug und der in seinem Schnitt dem Kleidungsstück ähnelte, welches den Ratsmitgliedern heute um die Schultern lag.

»Ich habe dem, was Avli gesagt hat, nichts Wesentliches hinzuzufügen!«, ließ er seine dröhnende Bassstimme ertönen, »außer, dass ich persönlich das ganze Unterfangen, Khemet erobern zu wollen, für ein absurdes Abenteuer halte! Wenn es nämlich wirklich nur darum geht, sich einen neuen, besseren Lebensraum zu erschließen, warum suchen wir ihn uns dann nicht in einer Gegend an den Küsten dieses großen Südmeeres, die uns näher gelegen ist und die nicht oder nur wenig besiedelt ist? Khemet hat eine alte, großartige Kultur, die der unseren weitaus überlegen ist. Habt ihr vergessen, dass es selbst den kriegserfahrenen Chatti bis zu diesem Tage nicht gelungen ist, jenes mächtige Reich in die Knie zu zwingen? Weshalb, so frage ich, brauchen sie da noch unsere Hilfe? Um was zu tun? Selbst wenn in Khemet jetzt Dekadenz und Verfall Einzug gehalten haben, wie es Arsili so wortreich geschildert hat, warum nützen sie nicht einfach die Gunst der Stunde und erledigen die Angelegenheit allein? Im Vergleich zu den wohl gerüsteten Streitkräften der Chatti, wie übrigens auch der Khemets, nehmen wir uns, und damit meine ich auch unsere neuen Verbündeten, doch eher wie Strauchdiebe aus. Und sollte es diesen Strauchdieben durch eine Laune des Schicksals beschieden sein –

ich weiß nicht, was morgen für ein Tag ist – die Heere des Per-hau zu besiegen, dann heißt das noch lange nicht, dass wir dieses Land erobert haben, geschweige denn besiedeln oder ausbeuten können! Die Bevölkerung Khemets würde sich auf kurz oder lang gegen die Fremden, die ihren geheiligten Boden mit dem Blut ihrer Landsleute besudelt haben, einhellig erheben und uns in endlosen Kleinkriegen derart zermürben, bis wir freiwillig das Land verlassen!

Und dann? Zurück in das verbrannte Tar'eses? Oder gar zu den Chatti, die uns in diesem Falle, da bin ich mir ganz sicher, ebenfalls die Tür weisen werden? Nein, wir würden gleich unseren Ahnen wieder heimat- und hoffnungslos auf dem Meere herumirren, bis diejenigen, die das überlebt haben, vielleicht an ein Stückchen Land gespült werden, wo sie sich verkriechen können. Lasst die Sänger der Pelthtim kommen, sie werden euch ein Lied dazu singen. Tarkun soll meinethalben nach Wilusa fahren und lernen, wie man geordnet zu Lande kämpft und eine Stadt erobert. Das mag ja noch nützlich sein für den Fall, dass, wenn wir Kunde von einem nicht so entlegenen und unseren Ansprüchen genügenden Gebiet erhielten, wir in der Lage wären, dieses in Besitz zu nehmen und den etwaigen Widerstand seiner Einwohner erfolgreich zu brechen. Mir ist nämlich nicht bekannt, dass es außer den Chatti, Khemet und möglicherweise auch den Tjekern, kein Volk gibt, mit dem wir es nicht aufnehmen könnten. Entsendet von mir aus auch eine Flotte mit all jenen Männern, die abenteuerlustig und beutegierig genug sind, den Waffengang mit Khemet zu wagen, um damit eurer Bündnisverpflichtung nachzukommen, aber gebt um Tins' willen auf keinen Fall Tar'eses auf!«

Nach dieser langen Rede, die ihn sichtlich erschöpft hatte, lehnte er sich zurück, schloss die Augen und verschränkte die Hände auf seinem dicken Bauch.

Für einen Moment herrschte absolute Stille in der Halle, doch dann schnellten die Emotionen in die Höhe, und die Ratsmitglieder machten ihren gegensätzlichen Meinungen lautstark Luft. Eine Weile ließen die beiden Mechel sie gewähren, doch dann stand Truns ostentativ von seinem Sitz auf und streckte, Ruhe heischend, die Arme über dem Kopf aus. Augenblicklich klang der tumultartige Lärm in der Halle ab, und alle Blicke ruhten erwartungsvoll auf Truns und Tarkun, der seinen Platz auf dem Podest inzwischen wieder eingenommen hatte.

»Die Mechel der Rasunna werden sich jetzt zur Entscheidungsfindung zurückziehen!«, verkündete Truns nur lapidar und verließ gemeinsam mit Tarkun die Halle.

Vor der Halle hatte sich nahezu die gesamte Einwohnerschaft Tar'eses' versammelt, die dem Ausgang der Beratungen mit bebender Spannung entgegenfieberte und die jetzt vor den Mechel achtungsvoll schweigend auseinander wich, um ihnen eine Gasse zu bilden, durch die sie ungehindert ihren Weg zu dem Ort ihres Gedankenaustauschs fortsetzen konnten.

Die beiden gingen zu Tarkuns Haus, wo sie sich um einen kleinen runden Tisch im Lichthof niederließen und sich zunächst gierig über die eilig herbeigebrachten gebratenen Hühnerschenkel und den kühlen Wein, der ihnen dazu gereicht wurde, hermachten.

Nachdem sie so ihren ersten Heißhunger gestillt hatten, lehnten sie sich entspannt zurück und sahen sich schmunzelnd an.

»Na, was denkst du?«, fragte Truns aufgeräumt. »Ich finde, Kilnies hat vollkommen Recht!«

»Das sehe ich auch so!«, erwiderte Tarkun. »Trotzdem werden wir nicht umhin kommen, einen großen Teil unserer Handwerker samt ihren Familien mit zu den Chatti zu schicken, damit sie dort den Stützpunkt für unsere Kämpfer aufbauen und bewirtschaften können. Im Übrigen aber bin ich auch der Meinung, Tar'eses nicht aufzugeben und das Leben hier weitgehend ungestört seinen gewohnten Lauf nehmen zu lassen.«

»Dann sind wir uns ja einig, mein Freund!«, sagte Truns lachend und erhob seinen Becher. »Auf die Strauchdiebe der Rasunna, die es wagen werden, den Riesen am Hapi in den Arsch zu kneifen!«

Sie leerten ihre Gefäße und machten sich wohl gelaunt wieder auf den Weg zurück zur Ratshalle.

Dort angelangt, stellten sie sich vor ihren Sitzen auf, worauf sich alle, einschließlich der Priester, von ihren Plätzen erhoben, um den Schiedsspruch ihrer Mechel entgegenzunehmen.

»Die Mechel rasunnal haben wie folgt beschlossen und für gut befunden«, leitete Tarkun mit heller, getragener Stimme nach althergebrachter Tradition die Bekanntgabe ihrer Übereinkunft ein.

»Die Rasunna werden sich an dem Feldzug gegen Khemet mit einem Aufgebot ihrer besten Krieger beteiligen«, führte Truns weiter aus. »Zu ihrer Unterstützung werden sie von Handwerkern aller Zünfte begleitet, die die Aufgabe haben, den uns zugewiesenen

Stützpunkt im Lande der Chatti so auszubauen, dass all denen, die sich noch entschließen werden, Tar'eses zu verlassen, um sich dort mit der Hoffnung auf eine bessere Zukunft niederzulassen, eine neue Heimstatt geboten werden kann. Tar'eses selbst wird nicht aufgegeben, damit es uns im Falle einer Niederlage als sichere Zufluchtsstätte erhalten bleibt. Da sowohl Tarkun als auch ich die Absicht haben, unsere Streitmacht im Krieg gegen Khemet persönlich anzuführen, legen wir die Regentschaft über Tar'eses vertrauensvoll in die Hände Calisnies' und Kilnies', die damit auch ermächtigt sind, im Falle unseres Todes zwei neue Mechel für die Wahl zu bestimmen.

So ist es beschlossen, so wird es geschrieben!«

»Ach, da wäre doch noch etwas!«, entfuhr es Tarkun. »Voltuns wird uns selbstverständlich auf unseren Feldzügen begleiten, um unseren Kriegern im Kampf beizustehen und ihnen als leuchtendes Vorbild voranzuschreiten.«

Während der Laranpriester nach diesen Worten erneut blass wurde, brachen die Übrigen, nun befreit, in beifälliges Gelächter aus.

Es war später Nachmittag geworden, und da seine Anwesenheit nun nicht mehr vonnöten war, verließ Tarkun die Versammlung und suchte wieder sein Haus auf, um sich von dort, nachdem er sich umgezogen und gewaschen hatte, auf den Weg zum Hafen zu machen, wo er von seinen Leuten, die ihm nach Wilusa folgen sollten, bereits erwartet wurde. Die Schiffe lagen vertäut am Pier, und es gab noch viel zu tun, bis am nächsten Morgen in aller Frühe die Flut einsetzen würde.

Kapitel 5

Knapp neun Tage waren vergangen, seit die kleine Flotte unter Tarkuns Kommando in Tar'eses die Anker gelichtet hatte und mit Kurs auf Wilusa in See gestochen war.

Der Verband bestand aus zwölf großen Kampfschiffen mit jeweils vierzig Mann Besatzung.

Jedes dieser aus widerstandsfähigem Eichenholz gezimmerten Fahrzeuge maß von Bug über Heck mehr als achtzig Ellen, und die Dollborde lagen zwei Mann hoch über der Wasserfläche. Mittschiffs betrug die lichte Breite zwischen den Bordwänden etwa vierzehn Ellen. Vorn und achtern ragten die lotrecht nach oben weisenden und an ihrem Topp mit kunstvollen Vogelköpfen verzierten Steven noch einmal zehn Ellen über das Deck. An dem Mast, der sich mittschiffs von seinem in der Bilge befestigten Schuh bis zum Mastkorb vierzig Ellen hoch in den Himmel erhob, war die aus zwei Rundhölzern zusammengefügte Rah angeflanscht, deren Länge in etwa mit der des ganzen Bootskörpers übereinstimmte. Daran angeschlagen war das große rechteckige Segel, welches aus mehreren doppelt gelegten und senkrecht aneinander genähten Bahnen bestand, die wiederum aus einem dichten Gemisch aus

Wolle und Leinen gewebt und danach mit Bienenwachs getränkt worden waren.

Die Takelung bestand zum einen aus einem dicken, lederverstärkten Strecktau, welches, vom Achter- zum Vordersteven straff gespannt und den Mast zwischen Rah und Krähennest umschlingend, die Aufgabe hatte, dem Rumpf jene Elastizität zu verleihen, die ihm gerade bei schwerer See ermöglichte, über die oft haushohen Kämme der heranstürmenden Wogen zu »reiten«, ohne auseinander zu brechen.

Zum anderen waren steuerbords und backbords an der Reling jeweils drei Brassen belegt, die fächerförmig nach oben zur Rah liefen und dort in gleichmäßigen Abständen zueinander befestigt waren. Diese Brassen dienten dazu, die Rah mit dem Segel vor den Wind zu stellen. Da die Rah um nahezu einhundertachtzig Grad drehbar war, wurde gewährleistet, dass auch von dwars angreifende Winde ausgenutzt und sogar gegen den Wind gekreuzt werden konnte.

Diese Eigenschaft, zusammen mit dem in Klinkerbauweise beplankten, stromlinienförmigen Rumpf, welcher am Bug überdies in dem gefürchteten, die Wogen durchpflügenden doppelten Rammsporn auslief, machte diese großen Schiffe nicht nur sehr wendig, sondern auch extrem schnell, zumal zur Unterstützung auch noch fünfzehn lange Riemen an jeder Seite ausgebracht werden konnten.

Es war Frühsommer, und die ruhigen Wetterverhältnisse, die zu dieser Jahreszeit über dem gesamten Raum des Südmeeres vorherrschend waren, sowie die damit einhergehenden, beständig aus West oder Südwest wehenden Winde hatten ihre Fahrt bisher begünstigt.

Tag und Nacht segelnd waren sie so zügig vorangekommen und wollten ihre Fahrt nun für ein paar Tage unterbrechen, da Ajas darauf bestanden hatte, dass die Flotte die von ihm regierte Insel Salamis, welche sich ohnehin nur wenig abseits ihres Kurses befand, anlaufen sollte, damit die Männer dort für eine Weile ausruhen und seine Gastfreundschaft genießen könnten.

Tarkun, der den wortkargen, rauen und etwas zur Schwermut neigenden Achäer während der vergangenen Tage auf See schätzen gelernt hatte und sogar freundschaftliche Gefühle für ihn zu hegen begann, hatte dessen großzügiges Anerbieten auch gerne angenommen. Zum einen, weil er selbst sehr daran interessiert war, zu sehen, wie die Tjeker lebten, zum anderen gönnte er seinen Leuten diese Ruhepause an Land, damit sie, nach den zwar nicht sehr anstrengenden, aber doch recht eintönigen Tagen und Nächten auf See, ein wenig Zerstreuung fänden. Des Weiteren bot sich dabei die Gelegenheit, ihre gerade zur Neige gehenden Lebensmittelvorräte zu ergänzen.

Salamis war eine größere Insel, die in Sichtweite des sich nach Norden erstreckenden Festlandes lag, welches die Tjeker ihre Heimat nannten. Der kleine, gut ausgebaute Hafen bot gerade genug Platz, dass die Schiffe Seite an Seite an der Kaimauer festmachen konnten. Außer ein paar Fischerbooten ankerten dort nur noch zwei Kriegsschiffe der Tjeker, die sich in ihrer Größe und Bauweise deutlich von den Fahrzeugen der Rasunna unterschieden. Der viel schmalere Rumpf maß nur etwas mehr als die Hälfte der Länge der Kampfschiffe aus Tar'eses, und auch die Bordwände erreichten nur deren halbe Höhe.

Der gerundete Achtersteven beugte sich mit seinem zu einem stilisierten Fischschwanz geschnitzten Ende zum Achterdeck, und auf den Vordersteven hatte man ganz verzichtet. Der kurze Mast, dessen Rah auf dem Deck lag, war zum Bug hin leicht schräg gestellt. An beiden Seiten des messerscharfen Bugs, oberhalb des nur knapp aus dem Wasser ragenden Rammsporns, waren zwei große Augen aufgemalt, die, wie Ajas erklärt hatte, zur Abschreckung der Seedämonen dienten. Trotz der sehr eingeengten Raumverhältnisse, pflegten die Tjeker diese Boote mit bis zu dreißig Leuten zu bemannen, von denen zwanzig die zehn Riemen führten, die an jeder Seite ausgebracht wurden. Überhaupt deutete die ganze Konstruktion des Schiffskörper, sowie die dürftige Takelage mit dem lächerlich kleinen Ledersegel darauf hin, dass diese Schiffe in erster Linie mit Ruderkraft bewegt wurden und dem Segel nur unterstützende Bedeutung zukam.

Als Tarkun am Abend ihrer Ankunft in Salamis mit Ajas in dessen Haus gemütlich beisammensaß und es sich vor dem offenen Feuer mit Wein und Hirschbraten gut gehen ließ, befragte er ihn dahin gehend, wonach Ajas ihm das nicht nur bestätigte, sondern dazu auch noch eine plausibel klingende Erklärung abgab. Anders als die Rasunna, hatten die Tjeker nämlich keine althergebrachte, seemännische Tradition. Als ihre Vorfahren einst, aus dem Norden des Festlandes kommend, an diese Küsten gelangten und ihre Dörfer und Burgen bauten, trafen sie schon bald auf die Händler aus Keftu, die sie nicht nur mit für sie bis dahin nie gekannten Luxusgütern versorgten, sondern auch berichteten, dass der ganze östliche Teil des Südmeeres von Völkern bewohnt wurde, die im Reichtum nur so schwelgten. Die Verlockung, sich dieser Reichtümer, die die Kefter ihnen ins Land brachten, in den Ländern ihrer Erzeuger selbst zu bemächtigen, wurde mit der Zeit dann so groß, dass damit begonnen wurde, Schiffe nach dem Vorbild der Kefti zu bauen, mit denen man sich immer weiter auf das offene Meer hinauswagte, um herauszufinden, wo diese Länder denn genau gelegen waren. Dabei stellten sie bald fest, dass das Meer nach Osten und nach Süden mit einer Vielzahl von größeren und kleineren Inseln geradezu übersät war, die oft so dicht beieinander lagen, dass die Überfahrt von einer zur anderen zumeist in weniger als einem halben Tag zu bewerkstelligen war. Aufgrund dieser Tatsache, wie aber auch der unberechenbaren Windverhältnisse, die in diesem Gebiet zu jeder Jahreszeit vorherrschend waren – es konnten beispielsweise Flauten einsetzen, die oft über Tage hinweg anhielten –, wurden die Schiffe in ihrer Bauweise so konzipiert, dass sie leicht zu rudern waren und das Segel vornehmlich zum Manövrieren benutzt wurde, wie es ja auch bei den Keftern üblich war.

Aber Ajas erzählte noch mehr. Angespornt von dem Interesse, welches Tarkun ganz offenkundig seinem Volk entgegenbrachte, begann er in geradezu poetischer Wortgewalt die jüngste Vergangenheit der Achäer zu schildern.

Nachdem diese sich also auf jene beschriebene Weise vorgetastet hatten, gelangten sie schließlich an die Küste des Festlandes, welches das Südmeer im Osten begrenzte, als aber auch nach Keftu, was nur zwei Tagereisen auf See von ihnen entfernt gelegen war.

Daraufhin nun beendeten die Fürsten der Achäer, die sich bis dahin untereinander in ständigen Rivalitätskämpfen um die Vormachtstellung in ihrer neuen Heimat befehdet hatten, ihre Streitigkeiten und schlossen ein Bündnis, welches zunächst dem Zweck diente, ihre Krieger zu vereinen, um dann mit der geballten Heeresmacht nach Keftu überzusetzen und es gleichsam im Handstreich zu nehmen. Begünstigt wurde dieses Vorhaben vor allem dadurch, dass die Kefter, die zu dieser Zeit das gesamte Südmeer mit ihren Kriegs- und Handelsschiffen beherrschten, sich auf ihrer Insel völlig sicher vor einem Angriff auf ihr Reich wähnten, da sie sich gänzlich auf die Kampfstärke ihrer Seestreitkräfte verließen, die überall auf dem sie umgebenden Meer präsent waren, und deshalb die Aufstellung eines Landheeres als unnötig betrachteten. Denn von den beiden einzigen Großmächten, die es mit ihnen damals wirklich hätten aufnehmen können, den Chatti und Khemet nämlich, drohte ihnen keine Gefahr, da die Chatti sich in keinster Weise für Schiffbau oder gar maritime Eroberungen interessierten und das Reich am Hapi zu keiner Zeit Ambitionen gezeigt hatte, den Keftern ihren für Khemet so bequemen Seehandel streitig zu machen.

So kam es, dass die Achäer, nachdem sie mit weit über sechzig Schiffen und mehr als tausend Kriegern in Keftu gelandet waren, ohne auf nennenswerten Widerstand zu treffen, tief ins Landesinnere vorstoßen konnten, Städte, die ihnen schutzlos preisgegeben waren, zu plündern und sie bis auf die Grundmauern niederzubrennen. Im Rausch ihres so leicht errungenen Sieges schlachteten sie überdies noch nahezu die gesamte männliche Bevölkerung ab und führten nur die Frauen mit sich fort, die ihnen schön genug erschienen, um als Bettgenossinnen zu dienen.

»Mein Vater war damals dabei«, sinnierte Ajas, »und ich war noch nicht geboren. Doch als ich dann später auf seinen Knien saß, erzählte er mir sehr oft davon, und ich erinnere mich, dass in seinen Augen dabei immer ein Leuchten war.«

»Habt ihr nie daran gedacht, euch Keftu untertan zu machen und auszubeuten, anstatt es auf Dauer zu zerstören?«, fragte Tarkun.

»Seltsamerweise nicht«, erwiderte der Polemarch. »Ich glaube, dass wir einfach das Interesse an dieser Insel verloren hatten, nachdem sie all ihrer Reichtümer beraubt worden war. Außerdem erhielten wir damals auch sehr bald die Nachricht von unseren Kundschaftern, dass es an der Küste des im Nordosten gelegenen Festlandes eine große Stadt gäbe, die aufgrund ihrer günstigen Lage vor einer Meerenge, die das Südmeer mit einem anderen, sich weit nach Osten erstreckenden Meer verbindet, den Seehandel zwischen den Völkern des Ostens und Westens unangefochten kontrollierte und dadurch ungeheuer reich geworden war.«

»Ich nehme an, dass es sich hierbei um Wilusa handelte, nicht wahr?«, warf Tarkun ironisch ein.

»Genau! Und seit nunmehr zehn Jahren bemühen sich die Achäer, diese verdammte Stadt zu Fall zu bringen!«, ereiferte sich Ajas.

»Hast du nicht in jener Nacht, in der wir unser Bündnis begossen haben, irgendetwas von einem Frauenraub gefaselt, der von euch zum Anlass genommen wurde, diesen Krieg zu beginnen?«

»Na ja! So ganz stimmt das natürlich nicht«, wand sich Ajas verlegen. »Dieses Weibsstück ist ihrem wilusischen Prinzen ganz freiwillig gefolgt, was sogar verständlich ist, wenn du erst einmal Menelaos, ihren Ehemann, kennen lernen wirst. Er ist nicht nur ausgesprochen hässlich und grobschlächtig, sondern neigt darüber hinaus auch zur Gewalttätigkeit und hat sie behandelt wie eine seiner unzähligen Kebsen. Aber er ist nun einmal ein Fürst der Achäer, und einem solchen entführt man nicht ungestraft seinen Besitz! Dennoch gebe ich zu, dass das nur ein sehr fadenscheiniges Argument für einen Krieg ist, der unser Volk schon so viele Opfer gekostet hat.«

»Also ist es doch nur schnöde Beutegier, die euch in den vergangenen zehn Jahren immer wieder vor Wilusa getrieben hat, wo ihr euch bei den Versuchen, dessen Mauern zu erstürmen, bisher nur blutige Köpfe eingehandelt habt!«

»Hmm!«, brummte Ajas nur und bestätigte damit den Verdacht, den Tarkun schon seit jener Nacht insgeheim gehegt hatte.

Tarkun sah sich in dem Raum, in welchem sie gerade saßen, ein wenig um. Er hatte eine quadratische Grundfläche, und die fensterlosen Wände, die mit luftgetrockneten Tonziegeln hoch gemauert und an ihrer Innenseite mit Kalk verputzt worden waren, wiesen auf ihrer gesamten Fläche bunte Pflanzen- und Tierornamente auf. Die niedrige, rußgeschwärzte und durch mächtige Balken verstärkte Decke, die über dem offenen Feuer von einer viereckigen Rauchabzugsöffnung durchbrochen wurde, ruhte auf vier hölzernen, runden Säulen, welche man in einem satten

Rot übermalt hatte. Zwei aus Stein gehauene, hochlehnige Sessel, die nebeneinander an der Wand hinter der in der Mitte des Raumes angelegten Feuerstelle etwas erhöht standen und der einfache, runde Holztisch, um den sie gerade auf ihren mit Leder überzogenen Bronzestühlen saßen, waren das einzige Mobiliar, mit dem diese Halle ausgestattet war. In der der Feuerstelle gegenüberliegenden Wand befand sich der schmale, türlose Eingang, zu dem von innen drei Stufen führten, da der aus gestampftem Lehm bestehende Boden des Raumes tiefer gelegen war als der Innenhof, der sich daran anschloss.

Insgesamt bestand das Anwesen, das Ajas stolz als seinen Palast bezeichnete, aus vier niedrigen, flachdachigen Gebäuden, die sich um den mit Steinplatten ausgelegten Innenhof gruppierten und von einer dicken, aus groben Feldsteinen gefügten Mauer kreisförmig umgeben waren. In dem einen waren neben der Vorratskammer auch die Ställe für Schweine, Rinder und Schafe untergebracht. Daneben schloss sich im rechten Winkel das Gesindehaus mit der Küche an. Dem Komplex gegenüber befand sich, ebenfalls rechtwinklig zueinander angeordnet, der Herrschaftsbereich mit den Schlafräumen und dem Megaron, wie Ajas die Halle nannte, in der sie sich gerade befanden. Hier pflegte der Fürst von Salamis gemeinsam mit seiner Frau seine Gäste zu empfangen, die Huldigungen seiner Untertanen entgegenzunehmen und Recht zu sprechen. Doch über allem lag der penetrant süßliche Gestank menschlicher und tierischer Fäkalien, der von den Misthaufen herrührte, die sich rund um die Stallungen erhoben, und den das in den Kohlebecken verbrannte Räucherharz auch nur sehr unzureichend zu überdecken vermochte.

»Da wir gerade von Frauen sprachen, gibt es keine Frau an der Seite des Ajas?«, fragte Tarkun ganz unverblümt seinen Gastgeber und wies auf die zwei leeren Thronsessel.

Dieser schwieg für eine Weile und trank mehrmals hastig aus seinem Becher. »Nein!«, brachte er schließlich gequält hervor. »Meine Frau ist vor vier Jahren während der Geburt unserer Tochter gestorben. Und auch sie hat ihre Mutter nicht überlebt.«

»Oh, das … das … vergib mir meine …«

Tarkun war ob der leidvollen Gefühlsäußerung des Polemarchen sichtlich berührt, zumal er die Tränen wahrnahm, die dem hartgesottenen Krieger jetzt ungehemmt über die Wangen rannen.

Für eine Weile blickten sie nur in das prasselnde Feuer und tranken ihren schweren roten Wein.

Unwillkürlich spielten Tarkuns Finger über die wundervoll gearbeiteten Figuren – Fische und Weinblätter –, die umlaufend in das massive Gold seiner zweihenkligen, hochwandigen Trinkschale getrieben worden waren.

»Gefällt sie dir?«, hörte er da Ajas raue Stimme. »Mein Vater hat sie aus Keftu mitgebracht und pflegte immer aus ihr zu trinken! Nun gehört sie dir! Sie wird dir helfen, mich nicht zu vergessen, wenn du wieder bei deinen Leuten bist, und wenn ich vor dir in das Schattenreich gehe, magst du mir ein Trankopfer aus ihr darbringen!«

Tarkun verschlug es zunächst die Sprache, handelte es sich dabei doch nicht nur um ein selten kostbares

Stück, was Ajas ihm da offerierte, sondern darüber hinaus noch um ein sehr persönliches Andenken an seinen Vater. Überzeugt davon, dass Ajas sich nur der Laune einer momentanen, von Trunkenheit beseelten Gefühlsregung hingab, wollte er schon den Mund aufmachen, um das Geschenk mit wohlgesetzten Worten zurückzuweisen, als er gerade noch rechtzeitig den fast flehentlichen Ausdruck in den Augen des Polemarchen bemerkte.

»Ich werde diese Schale in Ehren halten und sie immer mit mir führen«, sagte er stattdessen, und wie um es zu bekräftigen, leerte er das eben gefüllte Gefäß in einem einzigen Zug. Danach nestelte er sich, einer spontanen Eingebung folgend, seinen Dolch vom Gürtel und legte ihn vor Ajas auf den Tisch. Die Waffe war in einem Stück aus Bronze gegossen worden. Der Griff war zudem mit gerieftem Goldblech umhüllt und schloss am Knauf mit einem oval geschliffenen Bernstein ab. Die vergoldete, zweischneidige Klinge steckte in einer üppig mit Bernstein verzierten Lederscheide, an welcher zwei aus kleinen Bronzegliedern gefügte Ketten befestigt waren, die, an einen schmalen, flachen Haken geschmiedet, als Wehrgehenk dienten.

»So nimm denn dies von mir an, damit auch du dich meiner erinnerst, wenn unsere Wege sich eines Tages trennen sollten«, sagte er heiser, denn auch er konnte sich jetzt der Tränen nicht mehr erwehren.

Ajas nickte nur kurz und nahm die Waffe auf. Er zog sie aus der Scheide und ließ seine Finger bewundernd über die scharfe, blank polierte Klinge gleiten. »Das ist freilich eine prachtvolle Arbeit. Woher hast du sie?«, fragte er schließlich leise, wobei sein staunender Blick anerkennend auf den Dolch geheftet blieb.

»Sie wurde zu jener Zeit für meinen Urahn geschmiedet, als unser Volk noch an den Küsten des Nordmeeres lebte, und seither hat sie sich ständig vom Vater auf den erstgeborenen Sohn vererbt. Da meine Eltern schon sehr früh verstarben, erhielt ich die Waffe von meinem Onkel an dem Tag, an dem ich meine Jugend beendete und zu den Erwachsenen gezählt wurde.«

»Dann darf ich sie nicht annehmen, denn deine Ahnen und dein Sohn, solltest du dereinst einen haben, würden es sicher nicht gutheißen, wenn du diese Kostbarkeit einem Fremden schenkst!«

Die beiden sahen sich eine Weile intensiv an.

»Nicht, wenn du mein Bruder wärst«, flüsterte Tarkun. Er goss wieder Wein in seine Schale und nahm entschlossen den Dolch aus Ajas Händen. Mit einem raschen Schnitt führte er die Klinge quer über seinen Unterarm und ließ das hervorquellende Blut in den Wein tropfen. Dann reichte er die Waffe wieder Ajas. Dieser, die Geste wohl verstehend, ergriff sie auch und folgte dem Beispiel Tarkuns, worauf beide das Gefäß bis zur Neige leerten.

Danach versanken beide in einem lange anhaltenden Schweigen, denn das sie nun verbindende, erhabene Glücksgefühl über das soeben Erlebte machte alle Worte überflüssig.

Tarkun wusste nicht, wie viel Zeit vergangen war, doch irgendwann schreckte er aus seinen Gedanken hoch, da Ajas geräuschvoll seinen Becher auf den Tisch gestellt und seinen Stuhl zurückgeschoben hatte.

»Lass uns schlafen gehen, Tarkun!«, gähnte er und räkelte sich wohlig. »Morgen gibt es viel zu tun.«

Während der darauf folgenden zwei Tage, die ihnen vor ihrer Weiterreise noch verblieben, nahm Tarkun, wann immer er konnte, die Gelegenheit wahr, die Insel gemeinsam mit Ajas zu erkunden, um mehr über das Leben der Tjeker zu erfahren.

So hatte er schon ganz zu Anfang, als die einlaufende Flotte von den Inselbewohnern begrüßt wurde, festgestellt, dass der Frauenanteil der Bevölkerung ungleich höher als der der Männer war, was im Nachhinein den Besatzungen der Rasunna-Schiffe während ihres Aufenthaltes in Salamis nur zum Vorteil gereichte.

Außer Knaben und Greisen gab es nur eine Hand voll Krieger, denen der Schutz der Insel übertragen war.

Als Tarkun ihn am letzten Abend vor ihrer Abreise daraufhin befragte, hatte ihm Ajas erklärt, dass sich alle wehrfähigen Männer seines Volkes mit ihm schon seit Beginn des unseligen Krieges vor den Mauern Wilusas befänden und erst, so weit sie nicht vorher der Schlachtentod ereilen würde, nach dem Fall der Feste heimkehren würden.

»Aber«, wandte Tarkun ein, »dann müsste es doch um den männlichen Nachwuchs schlecht bestellt sein.«

»Keinesfalls«, entgegnete Ajas freimütig. »Aus Knaben werden Männer, und bevor wir sie gen Wilusa schicken, dürfen sie sich hier noch nach Herzenslust nützlich machen.«

»Und im Übrigen«, fügte er anzüglich grinsend hinzu, »haben deine Leute, wie mir scheint, bereits ebenfalls ihr Bestes gegeben, damit mein Volk nicht ausstirbt!«

»Und du selbst?«, griff Tarkun das heikle Thema nochmals auf. »Hast du dir nie eine andere Frau erwählt? Ich meine, nach allem, was ich gesehen habe, gibt es hier eine Menge schöner Frauen, die nur darauf warten, deine einsamen Nächte zu versüßen!«

»So spricht ein Mann, der noch nie das erfüllende Glück ehelicher Liebe erlebt hat!«, seufzte Ajas ergeben. »Halte mich meinethalben für einen Narren, aber glaube mir, weder in Khemet noch bei den Chatti oder vor Wilusa, geschweige denn hier, ist mir eine Frau begegnet, die sich mit ihrem Körper, vor allem aber mit dem geistvollen Witz meiner Lysia hätte messen können. Und wenn es nur um den Trieb ginge, so habe ich eine gesunde rechte Hand! Aber du, scheint mir, bist von anderer Art. Warum erfreust du dich nicht an einer der Schönen meines kleinen Reiches, wie es doch deine Männer seit ihrer Ankunft mit Freuden tun?«

»Ich hatte, wie du weißt, bislang keine Gelegenheit dazu«, bekannte Tarkun verlegen.

»Es ist nur recht, dass du mir diesen Mangel meiner Gastfreundschaft vorwirfst!«, erwiderte Ajas lachend. »Aber warte nur ab! Die Nacht ist noch lang, und erst morgen brechen wir auf!«

In der Tat erwartete Tarkun, nachdem er sich nach einem opulenten Mahl, welches er an diesem letzten Abend in Salamis gemeinsam mit Ajas eingenommen hatte, in sein Schlafgemach zurückgezogen hatte, eine angenehme Überraschung. In dem nur spärlich von zuckenden Talglichtern beleuchteten Zimmer gewahrte er schemenhaft eine nackte, weibliche Gestalt auf seinem Bett, die ihn, halb aufgerichtet auf der Seite liegend, die Beine leicht angewinkelt und den Kopf auf ihren linken Ellenbogen gestützt, aus ihren faszinierend großen Augen anschaute. Ihr dichtes, langes, von Duftöl schwarz glänzendes Haar ringelte sich vorne in Strähnen von den Schläfen über ihre vollen, festen Brüste, die jedoch nur unzureichend bedeckt wurden.

Tarkun rieb sich die Augen, dachte an ein Trugbild, was ihm seine Weinseligkeit vorgaukelte, doch dieses Wesen mit der im Halbdunkel schimmernden, alabasternen Haut war Wirklichkeit.

Er befand sich in jenem Zustand der Trunkenheit, in welchem die Sinne überaus geschärft, die körperliche Reaktionsfähigkeit aber schon merklich gemindert ist, was in diesem Falle allerdings nur vorteilhaft war.

Wie im Traum entledigte er sich fahrig seines Rockes und hockte sich zu Füßen der Frau, sodass er ihr ihn betörendes, fein geschnittenes Gesicht mit der kleinen, zarten Nase und dem kirschförmig schwellenden Lippenpaar betrachten konnte. Irgendwie kam es ihm seltsam vertraut vor, und er erinnerte sich, dass es in seinem Haus in Tar'eses, welches einst von Keftern bewohnt worden war, ein verblasstes Fresko gab, auf dem unter anderem eine Frauengestalt abgebildet war, die in ihrer Körperform und ihrem Antlitz dieser Fremden fast bis aufs Haar glich.

Kein Wort war bisher zwischen ihnen gesprochen worden, und nur das Prasseln des warmen Sommerregens, der schon früh am Abend eingesetzt hatte, drang von draußen in die von dem schweren, herb-süßlichen Duft ihres Parfums geschwängerte Schwüle, die in dem niedrigen Raum lastete.

Unendlich zärtlich, wie um nichts zu zerbrechen, begann er mit den Fingerspitzen seiner Rechten über die vom Öl glänzende Haut ihrer makellos geformten Beine zu streicheln. Das Gefühl, das er dabei verspürte, ließ ihn lustvoll erschauern und das Blut in seine Lenden schießen. Aber auch sie wurde unter seinen forschend tastenden Berührungen sichtlich erregt, denn ihr Atmen wurde schneller und zunehmend heftiger. Gleichzeitig öffnete sie leicht ihre Schenkel und legte ihre schmale Hand auf die nur spärlich behaarte Wölbung ihres Schoßes.

Tarkun, der sich nun nicht mehr bezähmen konnte, wollte sich gerade auf sie werfen, als sie sich seinem fordernden Zugriff entwand und in einer einzigen, fließenden Bewegung auf seinen Oberschenkeln zu sitzen kam. Sie fasste seine Schultern mit beiden Händen und drückte den Widerstrebenden sachte, aber unnachgiebig rücklings auf die Laken. Dann lachte sie leise und legte ihm den Zeigefinger auf die Lippen. Tarkun gab sich daraufhin seufzend drein und überließ ihr ergeben die Initiative.

Nachdem sie dies mit einem kehligen Schnurren zur Kenntnis genommen hatte, glitt sie auf seinen Schenkeln bis zu seinen Füßen hinunter und umfasste, ihn dabei nicht aus den Augen lassend, den Schaft seines zum Bersten erigierten Gliedes.

Dann aber senkte sie ihr Gesicht darüber und ließ ihre langen, seidigen Wimpern auf dessen hochsensibler Spitze tanzen. Kurz bevor Tarkun, den diese so nie erfahrene erotische Spielart fast um den Verstand brachte, seinem Drang, sich zu entladen, nachgeben konnte, hielt sie inne und gab ihn für einen kurzen Moment frei. Sie schwang sich über ihm herum und bot nun seinem Mund ihren feuchten, duftenden Schoß dar, während sie ihn ihrerseits mit ihren Lippen umschloss und rhythmisch an ihm zu saugen begann. Erst im letzten Moment ließ sie von ihm ab, richtete sich auf ihren Knien auf und barg sein Glied in ihrer heißen, pulsierenden Scheide.

Heiser stöhnend und ganz langsam begann sie ihn jetzt, ihm den Rücken zuwendend, zu reiten. Es war das Letzte, was Tarkun bewusst wahrzunehmen vermochte, denn bald schwanden ihm die Sinne, und er trieb unaufhaltsam auf den rasenden, scharlachfarbenen Wellen der Lust seinem Höhepunkt entgegen, den er schließlich in einer Kakophonie gleißender Lichtblitze, die in seinem Hinterkopf explodierten, erleben durfte.

Als er irgendwann, es war noch vor Morgengrauen, wieder aus einem kurzen, traumlosen, aber erfrischenden Schlaf erwachte, fand er sie friedlich schlummernd und dicht an ihn geschmiegt neben sich liegen.

Sanft strich er ihr eine Strähne aus dem Gesicht, worauf sie ihre Lider halb öffnete und ihn lächelnd aus traumverschleierten Augen ansah.

Sie schlang ihre Arme um seinen Nacken, zog ihn auf sich und küsste ihn zum ersten Mal lang und innig. Wie von selbst drang er wieder in sie ein, und beide gaben sich erneut einem zwar weniger ekstatischen, dafür aber langen und intensiven Liebesspiel hin.

Danach lagen sie glücklich erschöpft und schweißgebadet nebeneinander, und wie zuvor wagte es keiner von beiden, den Zauber der soeben gemeinsam erlebten Harmonie mit dem Missklang des gesprochenen Wortes zu zerstören.

Während die Fremde indes kurz darauf wieder selig

in seine Arme gekuschelt einschlief, blieb er hellwach und starrte regungslos zur Zimmerdecke hinauf.

Irgendetwas war in dieser Nacht mit ihm geschehen, etwas, das eine ihm bis dahin unbekannte Saite der Harfe seiner Seele zum Erklingen gebracht hatte, deren warmer, sanfter Ton nun machtvoll seinen Körper bis in die letzte Faser durchdrang. Das tiefe Glücksgefühl, das ihn dabei zunehmend erfüllte, verwirrte ihn aber auch gleichermaßen und ließ ihn fieberhaft nach der Ursache dafür fragen. Wieder betrachtete er lange die friedvollen Züge der Schlafenden in seinen Armen. Ganz ohne Zweifel hatte erst die Begegnung und das lustvolle Zusammensein mit ihr dieses Gefühl in ihm ausgelöst, doch das war es nicht allein. Er hatte schon so viele schöne Frauen in seinem Leben besessen, doch keine war seinem Innersten je so nahe gekommen wie diese geheimnisvolle Fremde, zumal er dies bis zu diesem Zeitpunkt auch nicht zugelassen hatte. Nein, er hatte bislang vielmehr die Frauen nur benutzt, um sie dann wieder wie ein Spielzeug achtlos wegzuwerfen, wenn er ihrer überdrüssig geworden war.

Gewiss, auch sie war von erlesener Schönheit, und die Virtuosität, mit der sie die Kunst der körperlichen Liebe beherrschte, konnte wohl nicht übertroffen werden, doch darüber hinaus strahlte sie etwas aus, was seine rastlose Seele zum ersten Mal Ruhe und Geborgenheit in den Armen einer Frau finden ließ.

Er musste an die Worte Ajas' denken, mit denen er seine große Liebe geschildert hatte, die ihn mit seiner Frau bis heute verband, und er begann darüber nachzudenken, ob er wohl auch in der Lage sein würde, solches zu empfinden.

Kapitel 6

Tarkun war danach doch noch einmal für eine Weile eingenickt, und als er, von dem morgendlich lärmenden Treiben bei den Ställen aufgeschreckt, auf seinem Bett hochfuhr, musste er zu seiner schmerzvollen Überraschung feststellen, dass er nur mehr allein im Zimmer war. Seine Gefährtin der Nacht war schon fort, und immer noch wusste er nicht ihren Namen.

Mit einem nachdenklichen und bedauernden Kopfschütteln stand er schließlich auf und ging nackt und mit taumeligen Beinen hinaus zu dem im Innenhof befindlichen Brunnen, wo er sich, nachdem er sich zunächst zwei Kübel mit dem frischen kalten Wasser über den Kopf gegossen hatte, ausgiebig wusch.

Erquickt kleidete er sich an und begab sich ins Megaron, wo er auf einen sehr fröhlichen und vor Unternehmungslust sprühenden Ajas traf.

»Ah! Da bist du ja endlich!«, rief dieser ihm vergnügt zu und fuhr sich mit dem Handrücken über die fetttriefenden Lippen. »Setz dich zu mir und koste von diesem herrlichen Schweinebraten! Ich hoffe doch, dass du eine gute Nacht verbracht hast!«

»Habe ich!«, bejahte Tarkun. »Doch deshalb, oh Ajas, der du doch der Fürst über Salamis bist«, setzte er, die zuweilen epische Redeweise und den Tonfall seines Gastgebers sarkastisch nachäffend, hinzu, »erweise mir die Ehre, mir den Namen jenes wundersamen Geschöpfes zu nennen, welches du beliebt hast, mir für die vergangene Nacht zuzugesellen!«

Für einen Moment stutzte der Polemarch ob dieser Worte und schien kurz in sich hineinzuhorchen, dann aber brach er in schallendes Gelächter aus.

»Hast mich erwischt, mein Bruder!«, grölte er. »Rede ich wirklich so geschwollen daher? Na, sei's drum! – Aber nun mal im Ernst!«, fuhr er, sich rasch wieder mäßigend, weiter fort, »so Leid es mir tut, ich kann dir beim besten Willen nicht sagen, wer diese Schönheit ist! Weißt du, sie spazierte gestern Nachmittag – du warst gerade bei den Schiffen – einfach hier in den Palast und verlangte mich zu sprechen. Als ich sie empfing, nannte sie auch ihren Namen, den ich aber aufgrund meiner Verwirrtheit, die mich bei ihrem Anblick und ihrem selbstsicheren Auftreten verständlicherweise überkommen hat, wieder vergessen habe. Ich weiß nur, dass es so ähnlich wie Tecme oder Ticme klang, und auch das konnte ich nur behalten, da das wilusische Weib, mit dem ich im Kriegslager das Bett teile, Tekmessa heißt. Jedenfalls verlangte sie von mir, dass ich sie für die Nacht in deinem Schlafgemach unterbringen sollte, da sie, wie sie mir eröffnete, in göttlicher Mission zu dir gesandt worden wäre. Nun, ich habe Respekt vor den Göttern, und so habe ich ihrem Begehren willfahren. Aber eins weiß ich gewiss, sie zählt nicht zu meinen Untertanen, denn die kenne ich alle!«

Tarkun sah Ajas daraufhin eine Weile gleichermaßen irritiert wie misstrauisch in die Augen.

»Mir ist jetzt wirklich weder nach Scherzen noch nach Rätselraten zumute!«, knurrte er ihn dann unwirsch an. »Du willst mich doch nicht ernsthaft glauben machen, dass gerade du einer dir völlig unbekannten Person Zugang zu deinem Palast gewährst, die dir zu ihrer Legitimation lediglich ihre ominöse Sendung der Götter vorweisen konnte! Ich genieße deine Gastfreundschaft, Mann! Was aber wäre, wenn sie die Absicht gehabt hätte, mich umzubringen?«

»Hatte sie aber offensichtlich nicht!«, entgegnete ihm Ajas heiter und gelassen, den aggressiven Unterton Tarkuns einfach ignorierend und unverdrossen an seiner Schweinshaxe nagend.

»Und nun halt den Mund zu, nimm Platz und iss endlich etwas!«, setzte er lachend hinzu, als er Tarkuns verdutzten Gesichtsausdruck bemerkte. »Im Übrigen bist du nicht mein Gast, sondern mein brüderlicher Freund! Als Fürst dieser Insel und als Kriegsherr habe ich mir mit der Zeit genug Menschenkenntnis erworben, um einem Fremden, selbst wenn es sich dabei um eine wunderschöne Frau handelt, nicht sofort anzusehen, ob er oder sie Böses im Schilde führt. Wenn ich auch nur den geringsten Zweifel an ihr gehabt hätte, hätte ich sie meinen Hunden zum Fraß vorgeworfen. Dass sie aber in gewisser Weise schon nach deinem Leben getrachtet hat, will ich gar nicht in Abrede stellen, und deine Reaktion beweist mir, dass ihr dies auch gelungen ist. Der Dolch, den sie dir ins Herz gestoßen hat, war getränkt mit dem süßen Gift der Liebe! Es ist ihr wahrhaftig gelungen, den großen Tarkun, den fürchterlichen Herrn der Meere und Verächter aller Frauen zu bezwingen. Welch ein Tag!«

»Jetzt mach aber mal halblang!«, erwiderte Tarkun gereizt. »Ich habe eben mal eine Nacht mit ihr verbracht, die zugegebenermaßen die schönste und erfüllendste meines Lebens war, doch haben wir weder miteinander gesprochen, noch weiß ich ihren Namen. Selbst wenn sie also meine Liebe zu ihr entfacht hätte, was nützt es mir, dieses Feuer zu schüren, sehe ich sie wohl doch nie wieder!«

»Wer kann das schon wissen, mein Freund?«, entgegnete ihm Ajas nachdenklich. »Gerade du, als Angehöriger eines Volkes, welches sich streng dem Schicksal unterwirft, solltest wissen, dass nichts ohne Sinn geschieht. Wenn es bestimmt ist, dass ihr zusammenfinden sollt, dann werden sich eure Wege mit Sicherheit wieder kreuzen. Aber genug davon! Die Schiffe sind fertig zum Auslaufen! Lass uns zum Hafen aufbrechen und unsere Gedanken auf die vor uns liegende Fahrt nach Wilusa richten.«

Seither waren zwei Tage und Nächte vergangen, in denen die kleine Flotte vor einem beständig aus Südwest wehenden Wind ihrem Fahrtziel schon erheblich näher gekommen war.

Heute, am frühen Morgen ihres dritten Tages auf See, hatten sie eine größere Insel passiert, die, wie Ajas erklärt hatte, Lemnos hieß und sich fast schon in Sichtweite zu jenem Küstenstreifen des östlichen Festlandes aus dem Wasser erheben würde, an dessen nördlicher Spitze Wilusa gelegen war.

Die Schiffe segelten leicht seitlich versetzt in Reihe hintereinander.

An der Spitze des Verbandes fuhr Tarkuns Schiff, der *Stolz der Ter'usu*. Tarkun selbst stand schon eine geraume Zeit breitbeinig achtern neben dem Rudergänger und beobachtete amüsiert, wie Ajas, der selbstvergessen am Vordersteven lehnte, sich mit seinem genießerisch der Sonne zugewandten Gesicht den Fahrtwind um die Ohren sausen ließ.

»Auf euren Schiffen zu segeln«, so hatte er ihm unlängst einmal gesagt, »bereitet mir ein nie gekanntes Vergnügen! Im Vergleich zu diesen Sturmmöwen nehmen sich unsere Ruderboote wie flügellahme Enten aus. Es ist, als ob die Götter selbst sie über das Wasser schieben würden!«

Tarkun wandte sich nach achtern und ließ seinen Blick auf der in Kiellinie folgenden Flotte ruhen. In der Tat, dachte er nicht ohne Stolz bei sich, sie ähneln wirklich diesen großen Seevögeln, wie sie so ruhig mit ihren Schwingen gleich ausgebreiteten, vom Wind geschwellten Segeln über die gischtenden Wogenkämme gleiten. Unwillkürlich musste er dabei, wie schon so oft in den vergangenen zwei Tagen, wieder an die schöne Unbekannte denken, von der er mittlerweile inniglich hoffte, dass er sie doch noch einmal wiedersehen könnte.

Er drehte sich wieder um und schaute aufs Deck. Da die See ruhig war und aufgrund des seit Tagen beständig aus einer Richtung blasenden Windes kein Segelmanöver anstand, gaben sich die Männer seiner Besatzung dem Müßiggang hin. Einige bereiteten zwar noch ihre Waffen auf den bevorstehenden Einsatz vor, die meisten aber dösten lang ausgestreckt auf den Planken und ließen sich von der Sonne verwöhnen.

Plötzlich aber, es war schon um die Mittagszeit, wurde diese ruhevolle Idylle durch den gellenden Ruf des Gasten im Krähennest unterbrochen.

»Land und Stadt! Zwei Strich an Backbord voraus!«

Derart aus seinen Gedanken gerissen, spähte Tarkun nun angestrengt, die zusammengekniffenen Augen mit der Rechten vor den grellen Sonnenstrahlen schützend, in die angegebene Richtung.

Und dann sah er es.

Etwas weiter im Landesinneren war über der zum Meer steil abfallenden Felsenküste eine Ansammlung von hohen, würfelförmigen Gebäuden auszumachen, die von einer nach außen angeschrägten und mit Türmen bewehrten Mauer umschlossen waren. Der weiße Verputz, mit welchem die Wände der Gebäude, wie übrigens auch der Mauer, versehen waren und in regelmäßigen Abständen von einer Reihe roter Ziegel unterbrochen wurden, strahlte hell in der gleißenden Sonne und hob sich so kontrastreich vor dem tiefblauen Himmel ab. Aus den Beschreibungen Ajas' wusste er, dass es sich hierbei aber lediglich um die auf einem Hügel errichtete Oberstadt Wilusas handelte, die neben dem Palast nur noch die Tempel und die Häuser des Adels barg. Die weitläufige Unterstadt mit der gewaltigen Hafenanlage hingegen lag jenseits der vor ihnen ragenden, schroffen Küstenbarriere in einer Ebene, die sich zu Füßen des Palasthügels erstreckte.

»Besatzung klar zum Halsen!«, befahl Tarkun, worauf die Männer sofort zu den Brassen an Back- und Steuerbord eilten.

Er wartete noch einige Augenblicke, bis die Flotte

nah genug unter Land gelaufen war, um das Segelmanöver durchzuführen.

»Brassen los an Steuerbord! Ruder hart Backbord!«, rief er dann laut.

Knirschend flog die Rah herum, das Segel flappte kurz, während der Rumpf leicht nach Lee krängend beidrehte, um sich danach wieder auf dem neuen Kurs vor dem Winde zu blähen.

Für die ganze Strecke von Salamis bis hierher hatte ein nordöstlicher Kurs angelegen, nach dem Halsen segelten sie nun dwars der Küste nach Norden.

»Brassen belegen! – Recht so!«, beendete Tarkun das Manöver, welches von den übrigen Schiffen fast zeitgleich mit durchgeführt worden war.

»Diese Felsenküste hier läuft in einer Landzunge aus«, wies Ajas, der sich inzwischen zu Tarkun aufs Achterdeck gesellt hatte, diesen ein. »Wilusa liegt, wie ich dir bereits gesagt habe, in einer von zwei Flüssen durchzogenen, lang gestreckten Ebene, die ringsum von einem flachen Gebirge umsäumt wird und sich nur an einer schmalen Stelle, die sich an einer hinter der Landzunge gelegenen Bucht zum Meer hin öffnet. In dieser Bucht haben wir unsere befestigten Lager errichtet und ihnen somit den direkten Zugang zum Meer versperrt.«

»Du wirst mir doch nicht weismachen wollen, dass sie ihren für sie doch lebensnotwendigen Hafen nicht ausreichend gesichert hatten und er euch so einfach in die Hände gefallen ist, während ihr euch andererseits seit zehn Jahren vergeblich die Zähne an ihren Mauern ausbeißt?«, äußerte sich Tarkun erstaunt.

»Oh, der Hafen ist sogar ausgesprochen gut geschützt, wie du bald sehen wirst!«, entgegnete Ajas ernst. »Es handelt sich nämlich um einen Binnenhafen, dessen Becken von den beiden Flüssen gespeist wird, die auch die übrige Stadt mit ihrem Wasser versorgen.«

»Aber hast du mir nicht gerade erklärt, dass diese Bucht der einzige direkte Zugang zum Meer ist?«, hakte Tarkun konsterniert nach.

»Stimmt ja auch!«, gab Ajas lachend zu, »aber wart's nur ab! Gleich wirst du staunen!«

Sie waren danach nur eine kurze Zeitspanne weiter entlang der Steilküste gesegelt und hatten schon fast deren Ende erreicht, als Ajas ihm auf die Schulter klopfte und voraus auf eine Stelle wies, an welcher der massive Fels plötzlich auseinander klaffte und einen breiten und ziemlich langen Durchlass freigab, welcher zwischen seinen Felswänden gerade so viel lichten Raum bot, dass ihn vier Schiffe der Ter'usu bequem nebeneinander fahrend passieren könnten.

Das Merkwürdige daran war nur, dass der Boden dieser steinernen Pforte sich über den Meeresspiegel erhob, sodass man gleichsam trockenen Fußes auf die andere Seite gelangen konnte.

Als Tarkun in diese Kluft hineinschaute, gewahrte er vor deren Ausgang eine glitzernde Wasserfläche, die sich vor den weiter im Hintergrund erkennbaren Wohn- und Hafenanlagen, vor denen auch einige Schiffe lagen, ausdehnte. Außerdem konnte er noch zwei mächtige Radkonstruktionen erkennen, die sich links und rechts des Ausganges befanden. Jeweils zwei durch mehrere Speichen mit der Nabe verbundene Holzräder, deren Durchmesser wohl mindestens drei Manneslängen betragen musste, lagen mit einigem Abstand zwischen sich übereinander auf einem aus Stein gehauenen, trapezförmigen Sockel, der etwa hüfthoch sein mochte.

Doch da waren sie auch schon vorbeigefahren, und Tarkun wandte sich mit einem hilflosen Schulterzucken wieder Ajas zu.

»Und was … was sollte das jetzt darstellen?«, fragte er und deutete mit dem Daumen über die Schulter nach achtern.

»Das war die Einfahrt zu ihrem Hafen!«, antwortete Ajas nur knapp.

»Aber so weit ich das sehen konnte, fehlt dieser Einfahrt etwas ganz Entscheidendes: das Wasser! Also, ich für meinen Teil habe noch kein Schiff gesehen, welches in der Lage wäre, über massives Felsgestein gerudert oder gesegelt zu werden!«

Ajas brach in schallendes Gelächter aus, als er den zunehmend ratlosen Ausdruck in Tarkuns Gesicht wahrnahm.

»Ich auch nicht!«, wieherte er, »aber das ist auch nicht nötig! Du hast doch sicher die riesigen Räder am Ende der Kluft bemerkt. Mit ihrer Hilfe werden die Schiffe durch die Einfahrt bis in das Hafenbecken gezogen!«

»Gezogen?«, rief Tarkun entgeistert aus. »Du meinst, sie … äh … befestigen einfach ein paar Taue an den Rumpf und schleifen das Schiff mitsamt seiner Ladung über den ganzen langen, felsigen Weg bis zu der gegenüberliegenden Seite, wo sie es dann wieder zu Wasser lassen? Na, was Blöderes habe ich noch nie gehört! Warum in aller Welt sollten die Wilusier sich zu einem solchen Wahnsinn verstiegen haben, wenn sie doch die Möglichkeit hatten, ihren Hafen weniger aufwändig in jener Bucht direkt am Meer anzulegen?«

Ajas war auf den Ausbruch Tarkuns hin unvermittelt wieder ernst geworden.

»Das will ich dir sagen«, begann er geduldig zu erklären. »Wie du weißt, schließt sich hinter der vor uns liegenden Landzunge nach Osten hin eine von Gebirgen umsäumte, lang gezogene Meerenge an. Nun wehen hier fast das ganze Jahr über bisweilen sehr heftige Nordwinde, welche dazu noch in der Enge eine anhaltend kräftige Meeresströmung gen Westen verursachen, was die Einfahrt natürlich überaus erschwert und nicht selten sogar unmöglich macht. Aufgrund dieser besonderen Wetterbedingungen sind die Wilusier folgerichtig auf die Idee gekommen, die bereits vorhandene Felsenspalte, die ihren Anfang ja an der windgeschützten Seite der Felsenküste hat, künstlich zu erweitern und die nun binnengelegene, ebenfalls künstlich geschaffene Hafenlagune anzulegen. Mit dieser einfallsreichen, wenn auch zugegebenermaßen höchst aufwändigen Lösung haben sie aber gewährleistet, dass jedes aus Ost oder West ankommende Schiff einen sicheren und bei jedem Wetter zugänglichen Hafen vorfinden kann, um dort seine Güter ohne großen Zeitverlust umzuschlagen, was sich die Wilusier selbstverständlich in Gold haben aufwiegen lassen.«

Tarkun sah Ajas daraufhin schräg von der Seite an.

»Aha!«, kommentierte er dann das Gehörte in ungläubiger Trockenheit. »Wenn du mir jetzt nur noch auf eine einigermaßen nachvollziehbare Art und Weise darlegen würdest, wie die Schiffe aus diesem Hafen wieder herausfahren können, wäre ich bereit, dir diese haarsträubende Geschichte abzunehmen! Denn«, fügte er sanft hinzu, »ich habe sehr wohl bemerkt, dass dieses Räderwerk am Ende der Kluft allenfalls dazu taugen könnte, die Schiffe hereinzuziehen, nicht aber, um sie auf dem gleichen Wege wieder hinauszubugsieren!«

»Was bist du doch für ein scharfsinniger Mensch!«, lobte ihn Ajas amüsiert. »Und deshalb will ich dir auch nicht vorenthalten, dass es in der Tat eine Fahrrinne gibt, die vom Hafen entlang der Landzunge bis zu der Bucht, die wir wiederum besetzt halten, gegraben worden ist. Somit ist es ihnen unmöglich geworden, den Seehandel aufrechtzuerhalten, und auch über Land gelangen nur wenige Versorgungsgüter in die Stadt, da unsere Krieger die Nachschubwege weitgehend kontrollieren und außerdem die Bauernhöfe in der Umgebung niedergebrannt haben.«

»Aber dann müsste die Bevölkerung der Stadt doch längst an Hunger gestorben sein«, folgerte Tarkun darauf.

»Müsste sie, ist sie aber nicht! Aus irgendwelchen für uns unerfindlichen Gründen ist es ihnen bis heute gelungen, innerhalb ihrer Mauern so viel Nahrungsmittel zu erzeugen, dass die Menschen einigermaßen davon leben können. Außerdem trafen bislang auch hin und wieder einmal Hilfslieferungen der Chatti ein, die von schwer bewaffneten Eskorten bewacht wurden, gegen die unsere Patrouillen machtlos waren.«

»Na, dieses Problem stellt sich euch ja nun nicht mehr, nachdem die Chatti ihre schützende Hand von

Wilusa genommen haben«, bemerkte Tarkun sarkastisch.

»Den Göttern sei dafür auch Dank!«, pflichtete Ajas ihm bei, den leisen Spott geflissentlich überhörend. »Diese Nachricht wird den Kampfeseifer unserer Krieger sicherlich verdoppeln, schon bald werden die Mauern dieser verfluchten Stadt unter unserem Ansturm bersten, und wir alle können endlich daran denken, mit reicher Beute belohnt wieder in die Heimat zurückzukehren.«

»Das wünsche ich euch von Herzen, denn diesen Erfolg habt ihr euch nach all den entbehrungsreichen Jahren auch redlich verdient«, sagte Tarkun gönnerhaft und klopfte seinem Gegenüber aufmunternd auf die Schulter. »Nun aber musst du mich entschuldigen, denn wie du siehst, haben wir das Kap an der Landzunge erreicht, und ich muss meine Schiffe für das nächste Segelmanöver klarmachen!«

Er wartete noch ab, bis sein *Stolz der Ter'usu* an dem Kap vorbeigeglitten war, dann gab er seine Befehle.

»Alle Mann an die Brassen! Klar zum Halsen nach Steuerbord!«

Doch kaum war das Schiff kurz darauf in die Meerenge eingebogen, als sich schon die von Ajas beschriebene starke Gegenströmung bemerkbar machte. Der Wind wehte zwar weiter aus Südwest, aber die Strömung hemmte die Fahrt des Schiffes derart, dass es schien, als ob sie sich nicht vom Fleck bewegen würden.

»Bringt die Riemen aus!«, brüllte Tarkun schließlich ungeduldig. »Und jetzt pullt, was das Zeug hält, Männer!«

Polternd fuhren die langen Riemen über die Dollborde, und die Männer begannen unter dem Zuruf des Rudergängers gleichmäßig ihren Schlag aufzunehmen.

Unterstützt von der Kraft des Windes in ihren Segeln nahm die Flotte so allmählich wieder Fahrt auf und lief in breiter Formation, einer Kette Wildgänse gleich, in die sich nun an Steuerbord auftuende Bucht ein. Schon von weitem war das schwärzliche Gewimmel der vielen Menschen auszumachen, die sich schreiend und wild gestikulierend vor dem Mastenwald ihrer auf der ganzen Länge des Strandes gezogenen Schiffe versammelt hatten, um sie willkommen zu heißen.

»Verdammt, da ist ja kaum noch Platz für uns!«, entfuhr es Tarkun bei diesem überwältigenden Anblick. »Mir ist nicht recht wohl bei dem Gedanken, meine Schiffe in den zweifellos von Untiefen durchzogenen Strandgewässern auf Reede gehen zu lassen. Da braucht es bei diesen launischen Wetterverhältnissen nur einen kleinen Sturm, um die Fahrzeuge vom Anker zu reißen und kentern zu lassen!«

»Halte auf die linke Seite der Bucht zu«, riet ihm Ajas. »Siehst du diese hohen, schroffen Klippen, die den Strand dort begrenzen? Der Meeresboden davor weist keine Untiefen auf, und das Wasser erreicht an seinen seichtesten Stellen etwa Schulterhöhe. Außerdem ist diese Stelle relativ windgeschützt und bietet genügend Ankerplatz für deine Schiffe!«

Daraufhin ließ Tarkun die Segel streichen, sodass die Schiffe jetzt nur noch von den Riemen getrieben auf die ihnen gewiesene Landmarke zusteuerten.

»Auf – Riemen!«, rief Tarkun, kurz bevor sie diese erreicht hatten. Durch die letzten kraftvollen Ruderschwünge beflügelt, glitten die Boote nun mit schäumender Bugwelle in das immer flacher werdende Gewässer ihres Zielgebietes hinein.

»Klar bei Riemen! Und – Halt!«, befahl er schließlich, worauf die Rudergasten an beiden Seiten gleichzeitig die breiten Blätter ihrer Riemen in einer zur Fahrtrichtung gegenläufigen Bewegung in das dabei rauschend aufwirbelnde Wasser tauchen ließen, wodurch der immer noch schnelle Lauf der Schiffe hart abgebremst wurde.

Als die Flotte dann wenig später nahezu bewegungslos im seichten Wasser dümpelte, veranlasste Tarkun, über Steuerbord beizudrehen und die aus schweren Felsbrocken bestehenden Anker fallen zu lassen. Am Ende lagen die Schiffe so miteinander von Bordwand zu Bordwand lose vertäut auf Reede, dass ihre Vordersteven wieder auf den Ausgang der Bucht gerichtet waren.

Unterdessen hatten sich am Strand eine große Anzahl zum Teil schwer bewaffneter Männer eingefunden, die das Ankermanöver mit argwöhnischem Schweigen verfolgt hatten.

»Du solltest dich bei deinen Landsleuten vielleicht bemerkbar machen, sonst ziehen sie womöglich noch die falschen Schlüsse über unser Eintreffen hier«, raunte Tarkun Ajas ins Ohr.

»Hmm!«, brummte dieser nur kurz, um dann neben dem Achtersteven Aufstellung zu nehmen und der in schimmernder Bronze geschienten Phalanx zuzuwinken.

»Es ist Ajas von Salamis, der zu euch spricht!«, rief er ihnen zu. »Diese von unerschrockenen und sieggewohnten Kriegern bemannten Schiffe, die mit mir hierher gekommen sind, um uns im Kampf gegen Wilusa zu unterstützen, gehören unseren neuen Verbündeten, den stolzen und ruhmreichen Seekönigen von Tar'eses. Heißt sie deshalb mit der ihnen gebührenden Ehrerbietung willkommen!«

»Meint der uns?«, fragte Licinies, der Rudergänger und Stellvertreter Tarkuns, leise seinen Befehlshaber.

»Scheint wohl so!«, entgegnete Tarkun herb, seine aufkeimende Heiterkeit nur mühsam verbergend. »Und so Unrecht hat er ja nun auch wieder nicht! Schau nur, wie sie sich jetzt auf einmal anstrengen, uns zu gefallen!«

In der Tat mussten die schwülstigen Worte des Polemarchen ganz offenkundig einen mächtigen Eindruck auf seine Stammesgenossen gemacht haben, denn vom Strand her erscholl darauf ein vielstimmiges und lang anhaltendes »Oh«- und »Ah«- Rufen. Dazu schlugen sie mit ihren Waffen rhythmisch gegen ihre lederbespannten Schilde, wobei das dumpfe Klirren dieser bewundernden Ehrenkundgebung einen besonderen Ausdruck verlieh.

»Ich denke, dass es nun an der Zeit ist, deinen Freunden unsere Aufwartung zu machen!«, schlug Tarkun Ajas fröhlich vor. »Ich bin schon sehr gespannt, nun auch die anderen Fürsten der Tjeker ... äh ... Achäer kennen zu lernen! Außerdem bin ausgesprochen hungrig auf den saftigen Wildschweinbraten, den du mir in Aussicht gestellt hast, wenn wir hier ankommen würden!«

Bevor sie von Bord gingen, übertrug er Licinies noch die Befehlsgewalt über die Flotte und schärfte ihm ein, dass keiner die Schiffe verlassen dürfte, bis er selbst wieder zurückgekehrt wäre und das Ausschiffen anordnen würde.

Dann sprang er gleichzeitig mit Ajas über die Reling in das ihnen bis ans Kinn reichende Wasser, und beide wateten an Land.

Kapitel 7

Als Tarkun und Ajas den Strand erreicht hatten, wurden sie von drei in leichte Lederharnische gekleideten Männern erwartet, um die sich unterdessen die übrige Menge der achäischen Krieger in achtungsvollem Abstand geschart hatte.

»Wir freuen uns, dass der Fürst von Salamis wieder bei uns ist«, begann der Mittlere der drei mit tragender Stimme zu sprechen, »und heißen auch den edlen Fremden, der ihn hierher begleitet hat, in unseren Reihen willkommen!«

»Ich danke dir für deine herzlichen Worte«, erwiderte Ajas gemessen den förmlichen Gruß. »Es ist mir eine große Ehre, euch Tarkun, den hohen Mechel der Ter'usu vorstellen zu dürfen, der mit seiner erlesenen Streitmacht den weiten Weg von Tar'eses hierher gesegelt ist, um an unserer Seite gegen Wilusa zu kämpfen!«

Daraufhin erdröhnte das beifällige Schlagen der Schwerter gegen die Schilde, bis die erhobene Rechte des Mannes, der sie eingangs begrüßt hatte, dem ohrenbetäubenden Lärm Einhalt gebot.

»So erlaube mir, Mechel Tarkun, dir die Namen der drei Männer zu nennen, die ab heute tief in deiner

Schuld stehen werden. Zu meiner Rechten steht mein Bruder Menelaos, Fürst von Sparta, und zu meiner Linken Odysseus, Fürst von Ithaka. Ich selbst bin Agamemnon, Fürst von Mykene und oberster Feldherr der Achäer!«

Während nun ein jeder der Genannten nacheinander auf ihn zutrat, um ihm die Hand zu reichen, nahm sich Tarkun die Muße, sie eingehend zu betrachten.

Das Erste, was ihm sofort auffiel, war, dass die beiden Brüder zumindest äußerlich kaum etwas gemein hatten. Neben der würdevollen Eleganz, die Agamemnon mit seiner schlanken Figur und den markanten, von einem gestutzten Vollbart umrahmten Zügen seines schmalen, von einer hohen Stirn und großen, dunklen Augen geprägten Gesichtes verkörperte, nahm sich Menelaos mit seiner untersetzten und zur Korpulenz neigenden Statur tatsächlich so ungeschlacht aus, wie es Ajas ihm ja schon beschrieben hatte. Dieser Eindruck wurde noch verstärkt durch das fettige, von grauen Strähnen durchzogene, dünne schwarze Haar, welches ihm ungekämmt vom Kopf bis auf die Schultern fiel. Auch der stechend blaue Blick aus seinen unter der niedrigen, fliehenden Stirn hervorquellenden Schweinsaugen sowie die ungefüge, fleischige Nase über dem breiten, schieflippigen Mund lösten bei dem Betrachter eher Abscheu oder allenfalls Mitleid aus.

Ein ähnliches, von starkem Misstrauen geprägtes Unbehagen befiel Tarkun, als er Odysseus gegenüberstand.

Dieses Gefühl wurde aber weniger von dem durchaus ansprechenden äußeren Erscheinungsbild des Fürsten von Ithaka hervorgerufen, als vielmehr durch die kalte Verschlagenheit, die in dem Blick seiner grünlichen Augen zu lesen war.

Er war etwas kleiner als Tarkun und von drahtig grazilem Wuchs. Im Gegensatz zu den meisten Männern seines Volkes war sein flammend rotes Haar kurz um den Kopf geschoren, und auch auf die Zierde eines Bartes hatte er verzichtet. Das Grübchen seines Kinns als auch die kleine gerade Nase und der sinnlich aufgeworfene Mund verliehen den Zügen seines ovalen Gesichtes einen Ausdruck femininer Arroganz.

Ganz offensichtlich wurde die spontane Antipathie, die Tarkun Odysseus gegenüber empfand, von diesem auf das Innigste erwidert, denn der Fürst von Ithaka schaute ostentativ zur Seite, während er Tarkun kurz und fahrig die Hand schüttelte.

»Wir haben in unserem Lager Raum für eure Zelte geschaffen«, beeilte sich Agamemnon von der Peinlichkeit dieser Situation abzulenken. »Außerdem ist genügend Feuerholz für euch bereitgestellt worden, und auch für das leibliche Wohl deiner Männer ist bestens gesorgt! Ich nehme an, dass du nun Zeit brauchst, um das Ausschiffen deiner Männer zu veranlassen und den Lagerplatz einzurichten. Meine Leute sind angewiesen, euch dabei in jeder Weise behilflich zu sein. Danach jedoch möchte ich dich und deine Unterführer zu einem Gastmahl in mein Zelt einladen, um unser Bündnis ausgiebig zu feiern.«

»Ich danke dir für deine freigebige Unterstützung und nehme gerne deine Einladung an! So werde ich nun mit deiner Erlaubnis wieder an Bord gehen, um meinen Besatzungen den Befehl zum Ausschiffen zu erteilen und die dafür notwendigen Vorbereitungen zu überwachen«, erwiderte Tarkun erleichtert darüber, dass diese von aggressiver Aversion erfüllte Zusammenkunft ein moderates Ende gefunden hatte.

Während er kurz darauf gemächlich zu seinem Schiff zurückschwamm, wurde ihm in aller Deutlichkeit bewusst, dass ihm mit Odysseus und Menelaos, obwohl er mit ihnen bislang noch kein Wort gewechselt hatte, zwei unversöhnliche Widersacher erwachsen waren, vor denen es galt, sich zukünftig in Acht zu nehmen.

Wieder an Bord, verdrängte er diese schwarzen Gedanken und begann sofort damit, seine Besatzung und die übrigen Schiffsführer, die sich unterdessen an Deck der *Stolz der Ter'usa* eingefunden hatten, in die neue Lage einzuweisen. Als er damit fertig war, befahl er, dass von jedem Schiff ein paar Männer mit ihm an Land gehen sollten, um dort Flöße zu bauen, mit denen er später die Waffen und die anderen Ausrüstungsgegenstände, die zum Aufbau ihres Lagers notwendig waren, zum Strand gebracht werden konnten. Die Übrigen sollen inzwischen die Schiffe fest miteinander vertäuen und alles zum Entladen vorbereiten.

Nachdem er sich vergewissert hatte, dass ein jeder seine Befehle verstanden hatte, kehrte er zum Strand zurück, wo er bereits von Ajas erwartet wurde, welcher ihn zu dem Ort führte, der ihnen für ihr Lager zur Verfügung gestellt worden war.

Unterwegs dorthin blieb Ajas plötzlich stehen und sah Tarkun scharf in die Augen.

»Ich konnte vorhin deinen Widerwillen, den du gegenüber Menelaos und Odysseus so offenkundig zur Schau gestellt hast, fast schon körperlich spüren!«, sagte er ernst. »Und den meisten anderen von uns ging es ebenso. Einmal abgesehen davon, dass auch diese beiden gegen dich voreingenommen waren, so haben sie doch ihre Abneigung besser verbergen können. Wie dem auch sei, du hast dir heute jedenfalls die zwei mächtigsten und einflussreichsten Fürsten der Achäer zu Feinden gemacht! Eine reife Leistung, wenn ich bedenke, dass du gerade erst hier eingetroffen bist, während ich dazu ein halbes Leben gebraucht habe!«

»Was soll's!«, entgegnete Tarkun und zuckte unbeeindruckt mit den Schultern. »Wir sind Verbündete, und wie immer sie persönlich zu mir stehen mögen, sie werden nicht so töricht sein, den Bestand dieses Bündnisses durch eine Blutfehde mit mir zu gefährden.«

»Oh nein, das werden sie mit Sicherheit nicht«, stimmte ihm Ajas mit einem boshaften Lachen zu. »Aber dennoch gebe ich dir den brüderlichen Rat, von jetzt an immer auf der Hut zu sein! Menelaos neigt in seinem Stumpfsinn zu maßloser Gewalttätigkeit. Odysseus hingegen ist äußerst intelligent und ein Meister der Ranküne. Beides zusammen macht sie zu gefährlichen, weil unberechenbaren Gegnern. Offen werden sie dir also kaum gegenübertreten, aber ein Pfeil in der Dunkelheit oder ein Speer im Schlachtgetümmel – wer kann da wissen, welche Hand ihn gegen dich entsandt hat? Glaube mir, ich weiß, wovon ich spreche!«

Tarkun sann eine Weile Ajas' düsteren Worten nach, dann nickte er bedächtig mit dem Kopf.

»Du wirst wohl Recht haben, mein Freund!«, dankte er ihm leise. »Ich werde deine Warnung beherzigen und mich befleißigen, diese beiden Bastarde nicht noch einmal leichtfertig zu provozieren.«

Schweigend setzten sie daraufhin ihren Weg, der sie quer durch das achäische Lager führte, weiter fort.

Noch nie hatte Tarkun ein so gewaltiges Heerlager gesehen. Hinter den auf den Strand gezogenen Schiffen erstreckte sich über nahezu die gesamte Breite der Ebene vor Wilusa, dessen helle Mauern und Türme sich im dunstigen Hintergrund erhoben, ein schier unüberschaubares Meer von Zelten und Hütten, welches von einem Gewirr schmaler Gässchen durchzogen wurde und von einem hohen, mit Palisaden bestückten Schutzwall umgeben war.

Überall um sie herum herrschte eine lärmend brodelnde Betriebsamkeit. In das unablässige Geschrei und Gelächter der Menschen mischte sich das Wiehern der Pferde und das scharfe, metallische Klingen, welches aus den Schmieden drang, die sich in beträchtlicher Anzahl auf das ganze Lager verteilten.

Das allgegenwärtige Geruchsgebräu aus Metall, Leder, Holz und Fäkalien, welches zusammen mit dem beißenden Qualm der Essen und Kochfeuer die ohnehin schon stickig heiße Luft über der Zeltstadt erfüllte, legte sich schwer auf die Lungen und reizte die Augen zu Tränen.

»Mit der Zeit gewöhnst du dich daran«, erklärte Ajas nur achselzuckend, als Tarkun ihn angewidert darauf aufmerksam machte.

Endlich gelangten sie zu einem freigeräumten Gelände, das direkt hinter dem das Lager im Norden begrenzenden Schutzwall gelegen war.

»So, hier könnt ihr euch häuslich einrichten«, verkündete Ajas mit einer einladenden Gebärde. »Noch weiter weg von meinen Schiffen ging es wohl nicht«, kommentierte Tarkun missmutig die Wahl des Platzes.

»Was willst du?«, ereiferte sich Ajas mit scheinbarer Betroffenheit. »Die Luft ist hier viel besser als sonst wo im Lager! Und dann die herrliche Aussicht! Von hier aus schweift der Blick ungehindert über das Schlachtfeld bis hinüber nach Wilusa. Sehr bald, vielleicht schon morgen, werdet ihr von diesen Wällen herunter zuschauen können, wie unsere tapferen Krieger die Feinde das Fürchten lehren. Sag selbst, ist das nicht eine besonders großherzige Geste, dass Agamemnon, auf des Ithakers Rat hin, euch diesen privilegierten Ort für eure Zelte überlassen hat?«

Tarkun, der inzwischen den Wall erklommen und über die Palisade hinweg das sich vor ihm ausbreitende Gelände in Augenschein genommen hatte, fuhr nach diesen Worten abrupt herum.

»Oh, zu viel der Ehre für den Fremden!«, höhnte er und spie verächtlich aus. »Nicht in meinen kühnsten Träumen hätte ich mich zu der Annahme verstiegen, dass die tapferen und gefürchteten Achäer unseren Mut höher einschätzen als den ihren.« – »Sag mal«, schrie er dann mit überschnappender Stimme, »auf welcher Seite steht dieser rothaarige Hurensohn eigentlich?«

»Kann es wirklich sein, dass dir dieser lauschige Platz, den Odysseus dir blutenden Herzens überlassen hat, nicht zusagt?«, entgegnete Ajas und setzte eine Unschuldsmiene auf. »Sage mir, was dein Missfallen erregt hat, und ich werde den Stein deines Anstoßes sogleich entfernen lassen!«

Diese in gespielter Treuherzigkeit vorgebrachten Worte ließen den anfänglichen Zorn Tarkuns rasch verrauchen und rangen ihm sogar ein gequältes Lachen ab, da er die ihnen innewohnende, doppelsinnige Anspielung sehr wohl verstanden hatte.

»Das wird dir, wie du ja sehr wohl weißt, nicht gelingen, selbst wenn du das gesamte Heer dafür heranziehen würdest!«, knurrte er sarkastisch und deutete mit dem Kopf über die Palisade.

Der Gegenstand, an dem sich der heftige Unmut Tarkuns entzündet hatte, war der flache Ausläufer einer mit Krüppelgehölz bewachsenen Felsnase, welche sich, von dem die Bucht im Norden begrenzenden Küstengebirge abzweigend, in unmittelbarer Nähe parallel vor dem Wall in die Ebene hineinzog.

»Zumindest ist mir jetzt klar geworden, weshalb ihr diese Fläche ausgespart habt. Selbst ich, der ich auf dem Meer zu Hause und mit der Kriegsführung zu Lande nur wenig vertraut bin, weiß, dass sich ein Feind im Schutze dieses verdammten Felsens ungesehen bis dicht vor die Palisade schleichen kann. Wenn hier also eigene Kräfte lagern würden, könnten sie leicht überrascht werden, sodass sie kaum noch in der Lage wären, Maßnahmen für ihre Gegenwehr zu ergreifen. So aber würde ein feindlicher Angriff zunächst ins Leere stoßen, und es bliebe euch genug Zeit, den Widerstand zu organisieren. Wenn du mich fragst, wollen uns deine ehrenwerten Freunde den Hunden zum Fraß vorwerfen, denn jedem militärischen Trottel ist ersichtlich, dass eine Truppe, die hier lagert, Tag und Nacht in Alarmbereitschaft sein muss, was für die Erhaltung der Kampfkraft nicht gerade förderlich ist.

Wenn es nicht um den Erhalt des Bündnisses ginge und um das Versprechen, das ich dir gab, hätte ich große Lust, den Kram hinzuschmeißen und wieder nach Hause zu fahren!«

Ajas bedachte ihn darauf mit einem seltsamen Blick, aus welchem sowohl stolze Freude als auch anerkennende Bewunderung sprach.

»Du bist wahrlich hohen und edlen Mutes, Tarkun!«, sagte er dann. »Mit feinem Gespür hast du die Arglist, die sich in dem Plan des ränkeschmiedenden Ithakers verborgen hielt, entlarvt und stehst dennoch zu deinem Wort, welches schon jetzt von unserer Seite auf so perfide Weise gebrochen wurde. Du hättest demnach wirklich allen Grund, davonzusegeln, denn eigentlich hast du mit unserem Krieg hier nichts zu schaffen. Da ich natürlich sofort wusste, welche Absicht Odysseus hegte, als er Agamemnon beschwatzte, euch hier lagern zu lassen, habe ich dich persönlich hierher begleitet, um dir die Wahrheit zu enthüllen und dich davon zu überzeugen, dass es nunmehr nichts Ehrenrühriges wäre, dieser Stätte des Verrates den Rücken zu kehren und mit den deinen die Heimreise anzutreten. Nun aber beschämst du mich und uns alle mit einer Hochherzigkeit, wie ich sie ihresgleichen noch bei keinem Sterblichen erfahren durfte.«

»Gemach, mein Feund! Du scheinst dabei nicht zu berücksichtigen, dass ich allein bei dir im Worte stehe, und ich habe nicht die Absicht, mich dieser Ehrenschuld zu entziehen, nur weil es sich ein paar eitle, durch meine Abneigung ihnen gegenüber missgelaunte Männer zur Aufgabe gemacht haben, mir nach dem Leben zu trachten. Nein, wenn ich jetzt das Feld räumte, würde ich einen ungleich höheren Verrat begehen, den Verrat nämlich an unserer mit Blut besiegelten Freundschaft! Und diesen Triumph will ich ihnen, koste es, was es wolle, nicht gönnen!«

Ajas' Augen waren ob dieser Rede feucht geworden, und als Tarkun geendet hatte, schloss er ihn fest in seine Arme.

»Ich preise Äolos auf ewig, dass seine Winde mich zu dir gesandt haben«, brach es tränenerstickt aus ihm heraus. »Was bin ich doch von den Göttern begünstigt, dass sie dich mir zum Bruder gegeben haben! Nun, da ich weiß, dass es dein unumstößlicher Wille ist, dein Lager, allen bösen Machenschaften zum Trotz, auf diesem widrigen Ort aufzuschlagen, verspreche ich dir, noch heute mit meinen Kriegern hierher zu kommen, um unsere Zelte neben den euren zu errichten. Unsere Augen und Waffen werden euren Schlaf schirmen, auf dass euch keine Gefahr drohe vor dem heimtückischen Schrecken der Nacht!«

»Dann bring auch gleich ein paar von deinen so üppig besungenen Frauen mit, auf dass sie meinen Männern die Träume versüßen, wenn sie schon ihre Hälse an diesem von den Göttern verfluchten Ort riskieren sollen!«, entgegnete Tarkun, die blumige Ausdrucksweise Ajas nachahmend.

»Das hatte ich ohnehin vor, du Lästerer!«, bekannte Ajas grinsend. »Denn ein Mann kämpft doppelt so gut, wenn er zuvor die lustvollen Freuden eines weiblichen Schoßes genossen hat!«

»Was du nicht sagst! Aber vor diesem Vergnügen gibt es heute noch viel Arbeit für uns. Ich werde mich jetzt jedenfalls wieder zum Strand begeben, um meine

Leute abzuholen und sie hierher zu führen, während du sicherlich die nächste Zeit damit beschäftigt sein wirst, deine Krieger davon zu überzeugen, dass sie sich in Zukunft mit uns die Herdfeuer zu teilen haben.«

Ajas nickte nur kurz zustimmend, dann machte er sich eilig davon, während Tarkun, nachdem er ihm noch eine Weile nachdenklich hinterhergeschaut hatte, zurück zu den Schiffen schlenderte.

Dort angekommen, stellte er zu seiner Zufriedenheit fest, dass der größte Teil der Ausrüstungsgegenstände bereits an Land gebracht worden war. Die Sonne stand nämlich schon tief am Himmel, und um keine weitere Zeit zu verlieren, hieß er die Männer die Sachen aufnehmen und führte sie dann zu jenem Platz, wo sie sofort damit begannen, ihr Lager zu errichten. Die Leute arbeiteten schnell, und als die Nacht hereinbrach, waren die Zelte aufgeschlagen. An den davor lodernden Feuern brieten sie sich das Fleisch der Schafe, von denen die Achäer ihnen eine kleine Herde nebst mehreren Fudern Wein überlassen hatten. Auch hatte Ajas sich an sein Versprechen gehalten und war mit seinen Kriegern sowie einer nicht unbeträchtlichen Anzahl weiblicher Sklaven zu ihnen umgezogen.

Erst nachdem sich Tarkun davon überzeugt hatte, dass seine Männer auf das Beste versorgt waren, machte er sich mit Ajas und seinen Schiffsführern auf den Weg zu Agamemnon, nicht ohne zuvor die Obhut des Lagers den bewährten Händen Licinies' anzuvertrauen.

Als sie das stattliche, in mehrere hohe Räume aufgeteilte Zelt des achäischen Feldherrn betraten, wurden sie von ihrem Gastgeber mit überschwänglicher Herzlichkeit in Empfang genommen und zu ihren Sitzen geleitet, doch gleichwohl spürte Tarkun sofort, dass die hier Anwesenden von einer nervösen Angespanntheit beherrscht wurden, welche bisher wohl auch keine rechte Feierstimmung hatte aufkommen lassen. Statt sich jener fröhlich trunkenen Ausgelassenheit, wie sie mit einem solchen Gelage gemeinhin einherzugehen pflegt, hinzugeben, hockten die Gäste in beklommenem Schweigen um den Tisch und schütteten sich unausgesetzt große Mengen Wein in ihre Kehlen, als wollten sie ihre Seelen damit ertränken.

»Was ist denn in euch gefahren?«, wandte sich Ajas in entrüsteter Betroffenheit an Agamemnon. »Ist das die gebührende Art und Weise, unsere neuen Bundesgenossen zu ehren, die den weiten, gefahrvollen Weg über das Meer auf sich genommen haben, um uns gegen Wilusa beizustehen? Dies ist jedenfalls nicht das freudvolle Fest, das du ihnen zu ihrer glücklichen Ankunft auszurichten versprachst, sondern, so will es mir scheinen, ein Leichenbegräbnis, mit dessen üblem Omen du sie, und damit auch mich, beleidigst!«

»Sei nicht voreilig in deinem Zorn, Sohn des Telamon!«, versuchte Agamemnon ihn zu besänftigen. »Keinem von uns würde es einfallen, mit unserem Verhalten wissentlich den Unmut unserer Freunde aus dem fernen Tar'eses heraufzubeschwören! Doch wisse, dass es sehr wohl einen Grund für unsere Niedergeschlagenheit gibt. Während du dem edlen Tarkun bei der Errichtung seines Lagers mit Rat und Tat zur Seite gestanden hast, überbrachte uns ein Kundschafter eine Meldung, die mehr als besorgniserregend für uns alle ist!

Heute Nachmittag ist nämlich ein starkes Truppenkontingent aus Khemet in Wilusa eingetroffen. Der Befehlshaber ist Prinz Men-amun, ein Bruder des regierenden Per-hau Ramesses. Ich hoffe, ihr werdet einsehen, dass diese schlimme Neuigkeit unsere Freude auf dieses Fest verständlicherweise sehr gedämpft hat!«

Tarkun und Ajas sahen sich daraufhin für einen Moment betreten an.

»Das ist in der Tat eine böse Überraschung«, murmelte Ajas, leerte seinen Becher in einem hastigen Zug und senkte dann, von gleicher Trübsal wie die anderen ergriffen, den Kopf. Plötzlich aber fuhr er hoch und ließ seinen prüfenden Blick über den Becherrand in die Runde schweifen.

»Hab ich's mir doch gedacht!«, grollte er schließlich. »Wo, bei allen Göttern, ist eigentlich Achilleus? Ihr würdet doch hier nicht in ratlosem Jammer herumsitzen, wenn ihr den Göttergleichen noch in eurer Mitte wüsstet! Hast du ihn um ein anderes Mal mit deiner unersättlichen Habgier vergrätzt, oh du unseliger Atride, und er ist nun endgültig in seine Heimat Phtia zurückgekehrt? Oder«, und dabei wandelte sich seine Stimme zu einem zagenden Flüstern, »oder hat ihn sein Schicksal noch vor meiner Rückkunft ereilt und er ist dem Hektor ins Schattenreich gefolgt?«

»Nichts von beidem!«, ließ sich da die Stimme des Odysseus vernehmen. »Er ist vor drei Monden einfach nur mit seinen ›Ameisen‹ auf Beutezug ins Landesinnere gegangen und bisher noch nicht wieder zurückgekehrt. Aber ich habe ...«

In diesem Moment war vor dem Zelt ein immer lauter werdendes Stimmengewirr zu hören, anschließend schwere Schritte, die sich dem Eingang eilig näherten. Im nächsten Augenblick wurde das den Zugang zum Versammlungsraum schließende Stierfell von harter Hand zur Seite gerissen, und ein breitschultriger Hüne in schwarzsilberner Rüstung trat ein, der sogleich den ganzen Raum auszufüllen schien. Er baute sich mit seinen in die Hüften gestemmten, muskulösen Armen vor dem Tisch auf und richtete seine blau funkelnden Augen mit einem Ausdruck von arroganter Belustigung auf die darum Versammelten. Dann fuhr er sich mit der nervigen Rechten durch sein dichtes, glänzend schwarzes Haar, welches ihm, wie es Mode bei Achaias Männern war, langlockig über den Rücken fiel.

»Was muss ich da hören?«, begann er mit samtweicher Stimme zu sprechen. »Da zieht ein Prinz aus dem schwarzen Land mit seinen Soldaten durch die Tore Wilusas, und schon fangt ihr an zu zittern und zu beben wie die Weiber, nur weil des Peleus' Sohn gerade einmal nicht unter euch weilt! Seid ihr wirklich solche Memmen, dass ihr es nicht wagen wolltet, auch ohne mich gegen sie anzutreten? Hat dich dein Löwenmut beim Anblick von Men-amuns strahlender Kriegerschar verlassen, Diomedes? Und welch kläglichen Eindruck mag der männermordende Fürst von Salamis bei unseren neuen Verbündeten hinterlassen, die er doch selbst im Vertrauen auf unseren sicheren Sieg hierher geführt hat! Sollten sich diese herrlichen Kämpfer, die es, wie ich denke, allemal allein mit den Sandratten aus Khemet aufnehmen können, den Mühsalen der langen Seereise umsonst unterzogen haben? Ich könnte es ihnen wahrlich nicht verdenken, wenn sie jetzt, enttäuscht von eurer Zaghaftigkeit, wieder ihre Schiffe bemannen und in ihre Heimat zurücksegeln würden! Doch will ich sie dazu selbst zu Wort kommen lassen. Wie also, ihr ruhmreichen Helden der Meere, wird eure Entscheidung, angesichts dieser sich im Selbstmitleid suhlenden Fürsten der Achäer, ausfallen? Es ist Achilleus, Fürst von Phtia, der euch dies fragt!«

Aller Augen wandten sich nach dieser flammenden Rede des Peliden erwartungsvoll Tarkun zu. Dieser aber sah zunächst seine Schiffsführer der Reihe nach an, um sich dann, nachdem ihm ein jeder von ihnen auf seine unausgesprochene Frage bejahend zugenickt hatte, umständlich von seinem Platz zu erheben.

»Es ist Tarkun, der Sohn des Tarkun und hoher Mechel der Ter'usu, der dir antworten wird!«, stellte er sich als Erstes dem Phtier selbstbewusst vor. »Ich muss zugeben«, fuhr er dann, seine Worte mit Bedacht wählend, weiter fort, »dass ich in der Tat erwogen habe, unsere Mission hier kurzfristig abzubrechen, da ich den Eindruck gewonnen hatte, dass unsere Ankunft von nicht wenigen aus euren Reihen mit Missfallen aufgenommen wurde, was sich unter anderem darin zum Ausdruck gebracht hat, dass man uns einen Lagerplatz an einer strategisch äußerst gefährlichen Stelle zugewiesen hat.«

Er musste innehalten, da er durch lautstarkes Murren von Seiten der Achäer unterbrochen wurde.

»Wollt ihr Ruhe geben!«, donnerte da die Stimme des Achilleus'. »Schon wieder vergeht ihr euch an dem Gesetz der Gastfreundschaft, indem ihr das heilige Recht der Redefreiheit verletzt! – Welchen Ort hat man euch für eure Zelte gewiesen?« Er stellte diese

Frage zwar ruhig und gefasst, doch in seinem Blick, der dabei auf Agamemnon und Odysseus geheftet blieb, glühte unverhohlene Wut.

Nachdem Tarkun ihm die Stelle beschrieben hatte, spie er vor den beiden aus und umfasste den Griff seines Schwertes. »Ich hätte nicht übel Lust, euch alle zu erschlagen!«, zischte er zornentbrannt. »Ihr seid nicht nur feige, sondern zudem auch noch von neidvoller Arglist erfüllt! Mit dieser ruchlosen Tat habt ihr nicht nur die Götter beleidigt, sondern auf immer unsere Waffenehre beschmutzt! Darüber hinaus ist es auch in eurer maßlosen Eigensucht gelungen, das so mühsam errungene Bündnis mit den stolzen Wölfen der Meere zunichte werden zu lassen und damit auch den kühnen Platz, dereinst Khemet zu erobern! Komm mit mir, Tarkun, wir werden nach Hause segeln und diese Ehrlosen ihrem verdienten Schicksal überlassen!«

Sprach's und schickte sich an, das Zelt zu verlassen, während die übrigen Achäer angesichts dieser grimmigen Worte erbleichten und in namenlosem Entsetzen auf ihren Stühlen versteinerten.

»Auf ein Wort noch, edler Pelide!«, rief ihm Tarkun hinterher, worauf sich Achilleus noch einmal zu ihm umdrehte. »Ich hatte meine Rede noch nicht beendet! Wisse also, dass die Anwesenheit von mir und meinen Männern nicht das Geringste mit dem Inhalt unseres Bündnisvertrages zu tun hat. Es war allein meine persönliche Entscheidung, als ich Ajas mein Wort gab, an seiner Seite vor Wilusa zu fechten. Und ich gedenke nicht, mich gerade jetzt dieser Verpflichtung ihm gegenüber zu entziehen. Selbst wenn wir hier fallen sollten, wird der Bestand unseres Bündnisses in keiner

Weise gefährdet. Was unseren Lagerplatz betrifft, so habe ich zwar gesagt, dass er äußerst ungünstig gelegen ist, was aber nicht heißt, dass wir nicht in der Lage wären, ihn bei einem etwaigen Angriff wirkungsvoll zu verteidigen. Außerdem, selbst wenn ich ob dieser Misslichkeiten anfangs wirklich daran gedacht habe, meine Männer wieder nach Hause zu schicken, so hat mir jedenfalls die Nachricht über das Eintreffen der Krieger aus Khemet jeglichen Zweifel an dem Sinn unseres Aufenthaltes hier genommen, da dies eine gute Gelegenheit ist, etwas über die Kampfesweise dieser Leute zu erfahren, was uns späterhin mit Gewissheit sehr zum Vorteil gereichen wird. Wir werden also hierbleiben, vergessen, was gewesen ist, und mit euch gegen Wilusa streiten!«

Nach diesen klaren Worten herrschte für einen Moment absolute Stille, doch dann standen alle wie ein Mann auf und machten ihrer Erleichterung, aber auch ihrer Bewunderung begeistert Luft.

Selbst Odysseus kam zu ihm und umarmte ihn mehrmals voll Inbrunst.

»Ich weiß jetzt, dass ich zu Unrecht gegen dich eingenommen war!«, bekannte er freimütig. »Und wenn ich deshalb an dir gefehlt habe, dann bitte ich dich inständig, mir dies großmütig nachzusehen und mich von nun an zu deinen Freunden zu zählen!«

Als allmählich wieder Ruhe eingekehrt war, ergriff Achilleus noch einmal das Wort.

»Voll des tapferen Mutes bist du, Tarkun, und nur wenige von deiner Art wandeln unter den Sterblichen! So lass mich dir sagen, dass unserem Heere keine größere Ehrung hätte zuteil werden können, als dass du und deine wehrhaften Waffengefährten in unserer Mitte den Feind das Fürchten lehren! Und noch in ferner Zukunft, wenn unsere Knochen schon längst in ihren Gräbern vermodert sind, werden Dichter und Sänger unseren Nachfahren von dem Heldenruhm des Tarkun und der Ter'usu künden und ihre Taten auf ewig preisen! Lasst uns jetzt den Göttern opfern und hernach freudig auf unser Schlachtenglück trinken!«

Eigenhändig tötete er dann den Widder, den man zum Opfer auserkoren und ihm zugeführt hatte. Nachdem er den Kadaver dem Feuer überantwortet hatte, goss er dazu noch Wein in die Flammen, wobei er die Götter laut anflehte, ihnen im Kampfe beizustehen und ihnen zu einem baldigen und endgültigen Sieg zu verhelfen.

Erst als dieser frommen Pflicht Genüge getan war, besannen sich die Männer, dass auch sie hungrig und durstig waren, und setzten ihr Festgelage nunmehr in bester Laune weiter fort. Bis tief in die Nacht zechten sie so ausgelassen, und Achäer wie Ter'usu tranken sich unausgesetzt einander zu und versicherten sich immer aufs Neue ihrer gegenseitigen Treue und Verbundenheit.

Kapitel 8

Der durchdringende, lang gezogene Klang vieler Signalhörner sowie der vielstimmige Ruf »Zu den Waffen« rissen Tarkun früh am nächsten Morgen unsanft aus dem Schlaf. Er konnte sich zunächst nicht erklären, wie er nach dieser weinseligen Nacht in sein Zelt gelangt war, doch dann fiel sein Blick auf Ajas, der laut schnarchend neben ihm lag, und er erinnerte sich schwach, dass dieser ihn, obwohl auch er sich kaum hatte auf den Beinen halten können, unter dem grölenden Absingen irgendwelcher achäischen Kampflieder hierher geschleift hatte.

In diesem Augenblick steckte Licinies seinen Kopf durch den Eingangsschlitz des Zeltes.

»Aufstehen, ihr Herren!«, bellte er. »Der Feind schickt sich an, uns einen Besuch abzustatten!«

»Ist ja gut!«, presste Tarkun gequält hervor und hielt sich die Ohren zu. »Warum musst du nur so schreien? Willst du die Hörner übertönen?«

»Entschuldige, Tarkun, doch mir scheint, dass Eile geboten ist!«

»Wir sind ja schon auf dem Weg! – He, du Weinfass, aufwachen!«, brüllte er jäh los und schüttelte Ajas heftig durch, worauf dieser augenblinzelnd zu sich kam.

»Ich dachte, ich hätte diesen furchtbaren Lärm nur

geträumt«, brummte er, »aber offenbar neiden uns die Wilusier unseren Schlaf!«

Er rappelte sich auf, und beide torkelten nach draußen, wo sie ihre schmerzenden Schädel erst einmal in das kühle Wasser des hölzernen Zubers tauchten, der neben dem Zelt aufgestellt worden war. Das erquickende Nass ließ sie auch rasch wieder so weit nüchtern werden, dass sie einigermaßen in der Lage waren, ihre Umgebung wahrzunehmen und einen klaren Gedanken zu fassen. Um sie herum gellten die Befehle der tar'esischen Schiffsführer, die ihre Besatzungen zum Sammeln riefen, und die Krieger kamen dem auch rasch nach. Abteilung um Abteilung trabte waffenklirrend an Tarkun und Ajas vorbei, nicht ohne ihrem Feldherrn ein fröhlich schallendes »Guten Morgen« herüberzurufen.

»Alle Achtung! Das nenne ich Disziplin!«, entfuhr es Ajas unwillkürlich, während er dies beobachtete. »Die Morgenröte hat gerade begonnen, mit ihren rosigen Fingern über den Himmel zu streicheln, da sind deine Leute beim ersten Alarmruf schon hellwach und wohlgerüstet.«

»Das raue Leben auf See hat sie gestählt«, erklärte ihm Tarkun stolz. »Wir brauchen wenig Schlaf und sind sofort einsatzbereit, wenn ein Unwetter oder eben ein Feind sich nähert!«

»Da fällt mir ein, dass ich ja gar nicht bei meinen Leuten bin«, sagte Ajas und schlug sich vor den Kopf. »Außerdem muss ich noch meine Waffen anlegen, was dir übrigens auch gut anstehen würde! Warte mit deinen Leuten hier, wir holen euch ab!« Damit rannte er zu den seinen hinüber, die ihre Zelte unterdessen, wie abgesprochen, in direkter Nachbarschaft zu den Ter'usu aufgeschlagen hatten.

Tarkun ging darauf zurück in sein Zelt und rüstete sich zum Kampf. Seine Brust umhüllte er mit einem aus drei Lagen Leder gefertigten Koller, der zusätzlich außen noch mit einem dichten Gewirke aus eng ineinander geschmiedeten Bronzeringen verstärkt war und ihm bis zu den Oberschenkeln reichte. Um die Hüften schlang er sich einen breiten, bronzebeschlagenen Gurt, an dessen Wehrgehenk sein langes, lanzettförmiges Schwert in seiner Scheide hing.

Dann stülpte er sich den schweren, mit Stierhörnern verzierten Bronzehelm über den Kopf, was ihm, zusammen mit der silbernen Augenmaske, ein dämonisches Äußeres verlieh.

Zum Schluss ergriff er noch seinen runden, aus Holz und Leder gearbeiteten Schild, sowie zwei lange Stoßlanzen und machte sich auf den Weg zu seinen Männern.

Diese erwarteten ihn, nach Besatzungen geordnet, an der Grenze zu Ajas' Lager.

»Fünfzig Mann zur Bewachung der Schiffe und weitere fünfzig zur Sicherung des Lagers abgestellt«, meldete ihm Licinies akkurat. »Dreihundert Meerwölfe hecheln danach, dem Feind an die Gurgel zu fahren!«

»Gut so!«, erwiderte Tarkun lachend und musterte seine Streitmacht voller Stolz und unsagbarem Glück.

»Wir werden heute zum ersten Mal einem übermächtigen Feinde zu Lande gegenübertreten, meine Brüder!«, rief er ihnen mit weithin hallender Stimme zu. »Das ist zwar nicht die Art zu kämpfen, wie ihr sie gewohnt seid, aber verhaltet euch dennoch so, als ob ihr auf den schwankenden Planken eines Schiffes zu fechten habt! Drängt den Gegner unnachgiebig zurück und gebt keinen Fußbreit Boden nach, dann wird uns der Sieg zufallen! Ich werde euch vorangehen, und wenn ich falle, wird Licinies euch anführen. Ihr aber werdet erst dann weichen, wenn nur noch hundert von euch am Leben sind!«

Die Ter'usu quittierten die anfeuernde Ansprache ihres Mechel mit einem wild tosenden Triumphgeschrei, welches aber bald schon in ihrem auf den Meeren gefürchteten Schlachtruf einmündete: Tini vel Laran, Tini vel Laran!

Dabei stampften sie im Rhythmus zuerst mit dem Schaft ihrer Speere auf den Boden, um ihn dann gegen ihre Schilde zu schlagen.

Während sie sich so in ihre Kampfesstimmung steigerten, beobachtete Tarkun besorgt, dass die Sonne aufging und von Ajas immer noch nichts zu sehen war. Zu guter Letzt aber traf er doch noch mit seinen Salamisiern bei ihnen ein.

»Hast dir aber ganz schön Zeit gelassen, oh starker Sohn des Telamon!«, spottete Tarkun und grinste wissend.

»Tekmessa«, rang Ajas nach Luft, »wir haben uns mehr als drei Monde nicht gesehen! Und gerade jetzt, einen Tag nach meiner Rückkehr, muss ich wieder ins Feld! Du verstehst …?«

»Wie sagtest du neulich? Ein Mann kämpft besser, wenn er vorher … na ja! Hauptsache ist, dass du deinem Wahlspruch treu geblieben bist! Jetzt will ich sehen, zu welchen anderen großen Taten du außerdem fähig bist!«, forderte Tarkun ihn augenzwinkernd auf und wies mit dem Speer über die Palisade.

»Folgt mir zu den anderen! Sie werden sich, so vermute ich, wie immer vor den zwei mittleren Ausfalltoren versammelt haben!«, rief Ajas laut und lief dann gemeinsam mit Tarkun an der Spitze ihrer ihnen in geschlossenen Viererreihen folgenden Krieger zu der besagten Stelle, wo sie bereits ungeduldig erwartet wurden.

»Da seid ihr ja endlich!«, begrüßte sie Agamemnon unleidlich. »Es hätte nicht viel gefehlt, und wir wären ohne euch hinausgezogen, denn ihr Heer ist schon dabei, aus den Toren in die Ebene zu strömen. Wir haben deshalb keine Zeit mehr zu verlieren. Hört also meinem Plan genau zu! Achilleus und ich werden gegen ihr Zentrum vorstoßen, während Nestor und Diomedes die rechte Flanke übernehmen. Ihr deckt die linke Flanke und nutzt dabei den Vorteil, dass ihr diese Felsnase im Rücken habt, die von den Odysseus-Mannen besetzt ist. Falls es mir also nötig erscheint, werde ich ein Täuschungsmanöver befehlen, bei welchem der linke Flügel langsam über die Hügelkette zurückweicht, um dann, verstärkt durch die dort verborgenen Ithaker, zu einem für den Feind überraschenden Gegenangriff überzugehen. Das wär's! Blast die Hörner, der Tanz kann beginnen!«

Auf das erste Hornsignal hin schwangen die mächtigen Torflügel des Schutzwalles auf, und die Achäer fluteten heraus. Sogleich nahmen sie vor der Palisade ihre Schlachtformation ein, bewegten sich aber nicht von der Stelle, sondern beobachteten schweigend den in einer hoch wirbelnden Staubwolke auf sie zurückenden Feind. Für Tarkun und seine Männer war dies ein nie gesehener und dazu atemberaubender Anblick. Vor der Mitte der dicht gestaffelten wilusischen Phalanx marschierten stolz die Kader der Truppen aus Khemet, angeführt von Men-amun, der ihnen mit einem Pulk leichter und wendiger Streitwagen, die von jeweils zwei grazil gebauten Pferden gezogen wurden, voranfuhr. Überhaupt hoben sich die Krieger des Perhau schon mit ihrer Bekleidung und Bewaffnung deutlich von den dagegen eher unscheinbar wirkenden Wilusiern ab. Die Gemeinen trugen leuchtend weiße Leinenröcke, ihre Offiziere dazu noch blaue oder blauweiß gestreifte Kopftücher mit goldenen Stirnbändern. Men-amun selbst hatte über seinem knöchellangen, weiß plissierten Gewand einen vergoldeten Brustharnisch angelegt. Ein mit Edelsteinen besetztes Pektoral, welches ihm um die Schultern lag, und ein hoher blauer Lederhelm vollendeten seine Achtung gebietende Erscheinung. Mit einem schwermütigen, getragenen Gesang auf den Lippen kamen sie daher, und die vergoldeten Spitzen ihrer Lanzen und sichelförmigen Bronzeschwerter blitzten gleißend in der Morgensonne.

Die Wilusier hingegen trugen zumeist Rüstungen chattischen Zuschnitts, die vorwiegend in Schwarz oder Braun gehalten waren. Auch ihre Streitwagen, welche sich gegenüber den zierlichen, auf hohen, bronzenen Speichenrädern dahinbrausenden Fahrzeugen aus Khemet ziemlich plump ausnahmen, stammten zweifellos aus den Arsenalen Chattusas.

»Ich möchte zu gerne wissen, wie es Men-amun gelungen ist, mit einer solch glänzenden Streitmacht unter den Augen unserer chattischen Verbündeten ungehindert bis nach Wilusa vorzudringen!«, wandte sich Tarkun tief beeindruckt von dem, was sich gerade vor seinen Augen abspielte, an Ajas.

»Du scheinst vergessen zu haben, dass die Chatti offiziell noch immer durch einen Freundschaftsvertrag an Khemet gebunden sind! Hätten sie sich zu diesem Zeitpunkt gegen die Truppen des Per-hau gestellt, käme das einer Kriegserklärung gleich, und Khemet wäre somit vielleicht zu früh vor unserem eigentlichen Vorhaben gewarnt gewesen!«

In diesem Augenblick erschallten erneut die achäischen Signalhörner, worauf sich das Heer langsam gegen den nun schon bedenklich nahe gekommenen Feind in Bewegung setzte.

Allen voran mit wippendem Helmbusch und den Speer in der hoch erhobenen Rechten fuhr auf seinem rotgoldenen Streitwagen der Pelide, das Zentrum mit seinen Myrmidonen schirmend.

Plötzlich schleuderte er seine Waffe kraftvoll gegen den heranstürmenden Men-amun und gab damit das Zeichen zum Angriff. Auf beiden Seiten ließen die Bogenschützen ihre Sehnen schnellen, und die Pfeile fuhren mit einem furchtbaren Zischen in den blauen Himmel, um sich gleich einer dunklen, todbringenden Wolke auf den Gegner zu stürzen. Salve auf Salve folgte rasch der ersten, und viele gute Männer sanken so zu Tode getroffen dahin, noch bevor der Kampf richtig begonnen hatte.

Doch dann prallten die Heere dumpf klirrend aufeinander.

Mit ihrem wütenden Ansturm waren die Truppen

Men-amuns tief in die Mitte der Achäer gestoßen, wo sie mit ihren sausenden Sichelschwertern blutige Ernte unter den sich verzweifelt wehrenden Kriegern des Agamemnon hielten. Die flinken Streitwagen Khemets, die nahezu unangefochten kreuz und quer über das Schlachtfeld jagten und mit ihren in Gruppen durchgeführten, rasenden Attacken die Reihen der achäischen Schwerbewaffneten immer wieder auseinander rissen, wirbelten dabei so viel Staub auf, dass die Sicht immer schlechter und das Atmen zur Qual wurde. So konnte Achilleus, dessen schwungvoll vorangetriebener Angriff das Herz der wilusischen Kerntruppen getroffen hatte, und unter denen er nun, dem Kriegsgotte gleich, mit seinen Myrmidonen wütete, auch nicht wahrnehmen, dass die eigentlich von ihm zu schützende Hauptmacht der Achäer unter dem Druck der unnachgiebig vordrängenden Khemettruppen zurückwich und sich aufzulösen drohte. In dieser höchst dramatischen Situation musste Agamemnon wohl das Eingreifen des rechten Flügels befohlen haben, denn die bis dahin nur in Plänkeleien verwickelten Verbände Nestors und Diomedes' schwenkten herum und griffen die Truppen des Men-amun massiv in ihrem Rücken an. Doch der Prinz aus Khemet erwies sich wiederum als Herr das Lage und preschte mit seinen Streitwagen gerade noch rechtzeitig dazwischen, sodass die vehement ausgeführte Flankenbewegung ins Stocken geriet und der greise Nestor sich unversehens Men-amun selbst gegenübersah.

Tarkun und Ajas, die bis dahin noch keine Feindberührung gehabt hatten, verfolgten diese Szene mit zunehmender Besorgnis.

»Der alte Narr!«, knurrte Ajas. »Wie oft haben wir ihm gesagt, dass die Zeit des Kampfes für ihn vorbei ist! Andererseits hat er sich immer gewünscht, mit dem Schwert in der Hand zu sterben. Nun, ich denke, dieser Wunsch wird ihm jetzt sicher in Erfüllung gehen.«

»Sieh doch!«, wies Tarkun erregt in das Getümmel. »Da kommt ihm jemand zu Hilfe!«

Tatsächlich hatte sich ein Krieger vor den Pylier geworfen und wehrte mit seinem Schild den Lanzenstoß des Prinzen ab. Doch dieser war schneller als ein Blitz und rammte seine Waffe, eine Lücke in der Deckung des mutigen Kämpfers nutzend, in dessen Hals, sodass sein Blut hell aufspritzte und er leblos vor dem Greis in den Staub fiel.

»Bei den Göttern!«, schrie Ajas auf. »Es ist Antilochos, des Nestors ältester Sohn, der sich da für den Vater geopfert hat! Weh uns! Wie viele von unseren Besten und Edelsten wird dieser Dämon aus Khemet noch zu den Schatten schicken?«

Doch vielleicht war es das hohe Alter, was Menamun letztlich davon abhielt, sein blutiges Werk zu beenden, denn er wandte sich von Nestor ab und suchte sich andere Ziele unter den vor ihm in Panik zurückweichenden Achäern.

Die entsetzlichen Schreie der Sterbenden und Verwundeten, die den Schlachtenlärm an dieser Stelle mittlerweile schon übertönten, drangen nun wohl auch in die Ohren des Peliden, denn er hielt in seinem Morden plötzlich inne und raste wie ein Sturmwind, gefolgt von seinen unbezwingbaren Myrmidonen, herbei, um seine nunmehr vom Feinde gänzlich umzingelten Landsleute vor ihrem sicheren Untergang zu bewahren. Wie die Schneide einer Axt, die sich in den Stamm eines Baumes frisst, zersprengte er den ehernen Ring, und die Krieger Khemets, wie auch die Wilusier, stoben unter seinen gewaltigen Hieben auseinander wie die Spreu im Wind.

Zielstrebig suchte er Men-amun in dem Gewühl, und auch dieser lenkte seine Pferde wutentbrannt gegen den furchtbaren Peliden. Schließlich rasselten sie zusammen, und beide sprangen mordlustig von ihren Wagen. Achilleus packte sogleich einen schweren Stein und warf ihn gegen den Prinzen, der ihn aber mit einem Schild, welchen er vom Boden aufgelesen hatte, gerade noch ablenken konnte. Gleichzeitig stieß er mit seiner Lanze zu und stach Achilleus in den rechten Oberarm. Dieser, der Wunde nicht achtend, zog sein Schwert, ergriff auch seine schwere Lanze und drang hasserfüllt auf seinen Gegner ein. Eine ganze Weile umkreisten sie sich so und versuchten mit allen erdenklichen Finten eine Schwachstelle bei ihrem Gegenüber zu entdecken. Obwohl beide unablässig und machtvoll aufeinander einhieben und -stießen, schienen ihre Kräfte nicht zu erlahmen, sondern steigerten sich im Gegenteil noch in dem Maße, wie sie immer wieder erfolglos ins Leere treffen mussten. Zudem wurden sie von den Kriegern beider Seiten, die das Kämpfen mittlerweile eingestellt hatten, um dem einsamen Waffengang zwischen ihren Heroen zuzuschauen, durch deren johlendes Geschrei zu äußerster Rage angestachelt. Immer irrwitziger tanzten sie diesen tödlichen Reigen, bis Achilleus schließlich zornwütig sein Schwert in das Gesicht Men-amuns schleuderte. Dieser fuhr darauf unwillkürlich mit der Rechten hoch, um es mit seiner Waffe abzufangen, doch dieser kurze Moment der Ablenkung genügte dem Peliden, seine Lanze so gewaltvoll in die ungedeckte Brust des Prinzen zu bohren, dass deren Spitze am Rücken wieder herausfuhr. Jäh verstummte das Geschrei um sie her, und eine lähmende Stille senkte sich kurzzeitig über das Schlachtfeld, während Men-amun, dem das Blut aus dem Mund sprudelte, noch für ein paar Atemzüge stehend verharrte und den Peliden ungläubig anstarrte, bevor seine Augen brachen und er röchelnd zur Seite hin in den Staub sackte. Kaum aber war der dumpfe Hall seines Falles verklungen, da stürzten sich die Achäer mit gellendem Triumphgeheul auf die immer noch von Fassungslosigkeit befangenen gegnerischen Scharen, trieben sie vor sich her und mähten sie reihenweise nieder.

Doch schon bald erwachten diese aus ihrer Agonie, hemmten ihre kopflose Flucht und setzten sich so gut es ging zur Wehr. Der Tod des Men-amun hatte die Kampfmoral seiner Truppen zwar erschüttert, aber nicht gebrochen. Unter der beherzten Führung ihrer Offiziere begannen sie dann auch, gemeinsam mit ihren wilusischen Verbündeten, den auf sie einstürmenden Achäern zunehmend erbitterten Widerstand zu leisten. Aber es half nichts. In ihrem Siegestaumel war es den Achäern gelungen, einen breiten Keil zwischen die Wilusier und die Khemet-Krieger zu treiben, sodass deren Verteidigungslinie zusammenbrach und sie ihrerseits zu fürchten hatten, eingekesselt zu werden. In dieser ausweglosen Lage gaben die Wilusier ihren Widerstand auf und flohen, verfolgt von Achilleus und der Hauptmasse des achäischen Heeres, hinter die rettenden Mauern ihrer Stadt.

Den Kämpfern des unglücklichen Men-amun hingegen blieb nur noch die Möglichkeit, sich in Richtung der Hügelkette abzusetzen, vor der Tarkun und Ajas mit ihren Streitern in Stellung gegangen waren. Agamemnon erschien es offenbar vordringlicher, die günstige Gelegenheit auszunutzen und mit allen ihm in der Nähe zur Verfügung stehenden Kräften die Tore Wilusas zu berennen, als sich um die ohnehin schon stark dezimierten Verbände des Men-amun zu kümmern. So kam es, dass der von Ajas und Tarkun befehligte linke Flügel nun doch noch zum Einsatz kam, obgleich die Schlacht eigentlich schon für diesen Tag entschieden war.

Nahezu unbehelligt rückten nun die stolzen Krieger des Per-hau heran und gingen auch sofort, nachdem sie der vor den Hügeln wartenden Truppen ansichtig geworden waren, zum Angriff über. Gleichsam aus der Bewegung heraus formierten sie sich zu drei Kolonnen, von denen die rechte und linke zangenartig gegen die Flanken vorstieß, während die mittlere in breiter Formation, mit den Streitwagen voraus, auf das Zentrum zuhielt. Das alles ging so schnell, dass Ajas und Tarkun kaum Zeit hatten, sich auf diese unerwartete Strategie einzustellen.

»Tarkun!«, entschied Ajas entschlossen, »du hältst unsere Mitte, während ich unsere Flanken decke! Gegen deine großwüchsigen Piraten werden diese Zwerge kaum standhalten können, zumal sie bei eurem hörnerbewehrten Anblick gewiss zu der Überzeugung gelangen werden, den schlimmsten Dämonen der Hölle gegenüberzustehen. Im Übrigen befindet sich Odysseus hinter uns, der uns den Rücken stärken wird.«

Bis dahin hatten nämlich die Ter'usu und die Salamisier nebeneinander gestanden, nun aber, auf des Ajas' Geheiß, gruppierten sich seine Leute rasch um Tarkuns dräuende Schar.

Sie hatten dieses Manöver gerade erfolgreich beendet, da war der Feind schon heran.

Als Tarkun die Streitwagen in voller Karriere auf sich zurasen sah, gefror ihm zunächst das Blut in den Adern, doch er fasste sich schnell, wenngleich ihm die Kaltblütigkeit zu seinem Nutzen erhalten blieb.

»Auf die Knie hinter eure Schilde!«, brüllte er seinen Männern zu. »Rammt die Schäfte eurer Speere in den Boden und lasst sie sich daran aufspießen!«

In der Tat zerschellte wenig später der wuchtige Angriff an der lanzenstarrenden Wand der Ter'usu, und nicht wenige Pferde wälzten sich davor in ihrem Blute, während ihre Lenker und die Wagenkämpfer unter den Schwertern der Ter'usu ihr Leben aushauchten. Noch zweimal wagten sie diese todesmutige Attacke, doch der Erfolg blieb ihnen auch dabei verwehrt.

In dem Moment, als sich die den Streitwagen folgenden Fußtruppen anschickten, gegen die Stellung Tarkuns vorzugehen, erschien bei diesem ein blutverkrusteter Melder Ajas'.

»Der Druck des Feindes ist zu groß«, hechelte er. »Wir können ihm nur noch kurze Zeit standhalten! Ajas ersucht dich deshalb, ihm, so schnell es geht, Entsatz zu schicken, bis die Ithaker die Hügel heruntergekommen sein werden!«

»Woll'n sehn, was sich machen lässt!«, bestätigte Tarkun knapp die Nachricht und reichte dem armen Tropf seine mit Wein gefüllte Schafsblase. »Trink erst mal und ruhe dich aus! Dann eile zu deinem Fürsten und berichte ihm, wie du uns hast kämpfen sehen! Ich denke, dass er dann sorglos auf unsere Unterstützung verzichten kann! – Licinies!«, schrie er dann unvermittelt, »lass die Männer den Kampfkeil bilden und dann – auf sie!«

Nur wenige Augenblicke später war seinem Befehl Folge geleistet worden, und er selbst setzte sich an die Spitze seiner ihm zujubelnden Männer.

»Tini vel Laran!«, gab er den Schlachtruf vor und wies mit seinem Schwert gegen die heranmarschierenden Khemet-Krieger. »Hier kann nur einer gewinnen, und das werden wir sein! Noch niemand hat bisher gegen uns bestehen können, also zeigt ihnen, wer wir sind!«

Auf diese anfeuernden Worte hin setzte sich der schilddichte Keil der Ter'usu mit eingelegten Lanzen und dem weithin dröhnenden »Tini vel Laran« in Bewegung. Gnadenlos brachen sie so in den Gegner ein und richteten ein wahres Blutbad unter ihm an.

»Vorwärts!«, gellte Tarkuns Stimme ohne Unterlass. »Verfolgt und vernichtet sie! Es gibt keine Gefangenen!«

Er selbst ließ seine Klinge wahllos unter den Feinden wüten. Mit sturer Beharrlichkeit bahnte er sich seinen blutgetränkten Weg durch die nunmehr vor schierem Entsetzen zurückweichenden Krieger aus Khemet. Er hörte nicht mehr die nach Erbarmen flehenden Schreie der Verwundeten, noch scherte er sich an dem übel riechenden Gestank der Gedärme, die unter seinen wohlgezielten Streichen hervorquollen.

»Tini vel Laran! Tini vel Laran! Tini vel Laran!«

Und dann war es plötzlich vorbei! Es gab keinen Feind mehr, der ihnen Widerstand zu leisten vermochte, denn dieses Schlachten hatte kein Khemet-Krieger überlebt.

»Weiter, ihr Seewölfe!«, schrie Tarkun mit überschnappender Stimme. »Jetzt gilt es, Ajas zu Hilfe zu eilen!«

Mit einem infernalischen Heulen warfen sich die im Blutrausch schwelgenden Männer herum und stürmten in zwei Säulen zu den an den Flanken stehenden Salamisiern. Doch dort war der Kampf bereits beendet worden, denn angesichts des kompromisslosen Schicksals ihrer Kameraden hatten Men-amuns Krieger die Waffen gestreckt und sich auf Gedeih und Verderb Ajas und Odysseus ausgeliefert. Diese beiden fielen Tarkun auch in die Arme, als sie sahen, dass er willens war, mit seinem bluttriefenden Schwert über die entwaffneten und apathisch dastehenden Südländer herzufallen.

»Genug!«, schrien sie ihn an. »Komm zu dir! Sie haben sich ergeben!«

Da erst lichtete sich der rote Nebel in seinem Hirn, und er senkte seine erhobene Waffe. Er sah erst lange in die schmutzigen und verängstigten Gesichter der Khemet-Krieger, dann schaute er abwechselnd Odysseus und Ajas an.

»Es gibt für uns heute wohl nichts mehr zu tun, nicht wahr?«, flüsterte er matt. »Ich fühle mich so schrecklich müde.«

Dann ließ er seine Klinge über dem Kopf kreisen, was für seine Männer bedeutete, ihm zu folgen. Wortlos drehte er sich auf dem Absatz herum und machte sich mit seinen Seewölfen auf den Weg zurück zu seinem Lager.

»Ein seltsamer Mann!«, stellte Odysseus fest, als Tarkun gegangen war.

»Ein schrecklicher Mann!«, ergänzte Ajas voller Bewunderung. »Es waren ungleich mehr Khemet-Krieger, die gegen ihn gestürmt sind, und nicht einer von seinen Männern wurde bei dem Angriff getötet. Hast du gesehen, wie sie die Schwarzländer zermalmt haben? Soweit ich das erkennen konnte, ist dort keiner mit dem Leben davongekommen. Hätten die Ter'usu heut Agamemnons Platz eingenommen, wäre die Schlacht schon gleich zu Anfang zu unseren Gunsten entschieden worden. Achilleus' Ungestüm gepaart mit der kalten Überlegenheit eines Tarkun – welchen Feind bräuchten wir da noch zu fürchten?«

»Schau! Wir bekommen hohen Besuch!«, raunte Odysseus und wies mit dem Kopf in Richtung Ebene.

Es waren Agamemnon und Nestor, die mit einem Streitwagen zu ihnen fuhren. Als sie angekommen waren, ließen sie ihre erstaunten Blicke zunächst über den Kampfplatz schweifen, der mit den Leichen der gefallenen Krieger aus Khemet übersät war. Dann erspähten sie die Gefangenen, die schicksalergeben mit gesenkten Häuptern zusammenhockten.

»Wir konnten beobachten, was hier geschehen ist!«, erklärte Agamemnon. »Doch wir wollten nicht glauben, wessen wir Zeuge geworden waren. Das massive Vorgehen und der schallende Schlachtruf der Ter'usu, welcher selbst vor der Stadt noch vernommen wurde, hat sogar uns Furcht eingeflößt. Es war, als ob Zeus seine Titanen aus dem Tartaros befreit hätte. Wo sind Tarkun und seine Recken eigentlich?«

»Sie sind abgezogen und haben sich meines Erachtens schlafen gelegt, was nach allem, was sie heute geleistet haben, nur zu verständlich wäre!«, antwortete Ajas.

»Dann richte Tarkun, wenn du ihn vor uns triffst, in aller Achäer Namen Dank für seine gewaltige Tat aus. Wir werden ihn später noch zu ehren wissen«, sagte Nestor, dem äußerlich nicht anzumerken war, dass er heute seinen Sohn verloren hatte.

»Ihr könnt jetzt ebenfalls von hier abziehen und euch in euren Zelten ausruhen«, setzte Agamemnon hinzu. »Die Gefangenen mögt ihr zunächst auf die Agora bringen, bis wir über sie entschieden haben. Wir werden nun auch den Angriff gegen die Stadt abblasen, um ihn morgen, in aller Frühe fortzusetzen. Findet euch heute Abend in meinem Zelt zu einer Besprechung ein, an der, wenn es geht, auch Tarkun teilnehmen sollte.«

Nach einem kurzen Gruß preschten die beiden Fürsten wieder zurück zum Hauptheer, und alsbald bliesen die Hörner zum allgemeinen Rückzug.

Kapitel 9

Als Ajas wieder ins Lager zurückgekehrt war, wusch er sich ausgiebig und ging dann mit kaltem Braten und einem Krug Wein hinüber zu Tarkuns Zelt. Es war schon später Nachmittag, und wie er vermutet hatte, fand er seinen Freund schlafend vor. Er wollte sich schon leise davonmachen, als Tarkun die Augen aufschlug und ihn lächelnd ansah.

»Komm, setz dich zu mir«, bat er ihn, »und lass mich deinen Wein probieren. Ich habe Lust, mich zu betrinken.«

»War die Schlacht ein so schreckliches Erlebnis für dich, dass du es in Wein ertränken musst?«

»Im Gegenteil! Ich fühle mich so gut wie nie! Außerdem war das meine erste große Schlacht zu Lande, und ich bin sehr stolz, wie gut sich meine Männer geschlagen haben! Sag selbst, ist das kein Grund zu trinken?«

»Nun, euch im Kampf zu beobachten war großartig, aber auch in gewisser Hinsicht unheimlich. Wir haben jedenfalls Vergleichbares noch nicht erlebt! Kurz nachdem du abgezogen warst, kamen Nestor und Agamemnon und wollten dich auszeichnen. Auch sie zeigten sich mehr als beeindruckt von eurem unglaublichen Kampfesmut! Aber das werden sie dir selbst sagen, wenn du nachher an der Lagebesprechung teilnimmst.«

Später dann, nachdem sie noch eine Weile geschwatzt und dabei gut gegessen und getrunken hatten, brachen sie zum Zelt des Agamemnon auf. Es war schon Abend geworden, und im ganzen Lager herrschte relative Stille, da die meisten Krieger, von ihrem blutigen Tagewerk ermüdet, entweder frühzeitig ihre Betten aufgesucht hatten oder einfach nur ihren Rausch ausschliefen.

So sollte auch die Besprechung nicht lange währen, da es beschlossene Sache war, ganz früh am nächsten Morgen das Haupttor Wilusas, welches das »Skäische« genannt wurde, anzugreifen und aufzubrechen. Diese Aufgabe wurde Achilleus übertragen, während Tarkuns Leute den Rücken der Angreifenden gegen etwaige Ausfallsversuche der Wilusier decken sollten. Als dies geklärt worden war, wurde Wein herbeigeschafft, und alle tranken auf das Wohl Tarkuns und der Ter'usu. Ein jeder der achäischen Fürsten umarmte ihn, beglückwünschte ihn zu seiner heldenhaften Tat und zollte ihm neidlos Bewunderung und Achtung.

»Möge den Achäern nie ein Feind erwachsen, der auch nur annähernd so tödlich und Furcht erregend ist, wie es die Ter'usu sind!«, schloss Agamemnon endlich die Versammlung und reichte Tarkun noch einmal die Hand.

Tarkun und Ajas waren gerade vor das Zelt getreten, als Achilleus sie von hinten rief.

»Auf ein Wort noch, meine Freunde!«, sprach er sie an. »Bevor ich euch eine gute Nachtruhe wünsche, wollte ich euch nur sagen, dass ich den Göttern dankbar bin, euch auf unserer Seite zu wissen. Wenn ich morgen fallen sollte, dann könnte ich mit dem ruhigen Gedanken sterben, dass der Sieg und das zukünftige Heil der Achäer nicht gefährdet sind. Nun also geht und findet noch ein wenig Schlaf! Wir sehen uns morgen, am skäischen Tor!« Damit wandte er sich um und entschwand in der Dunkelheit.

»Was meinst du, wirkte der Pelide nicht etwas bedrückt?«, fragte Tarkun Ajas, während sie gemächlich und die kühle Nachtluft genießend zu ihrem Lager schritten.

»Du hast Recht!«, erwiderte Ajas nachdenklich. »Irgendetwas stimmt nicht mit ihm. Ich habe ihn noch nie so erlebt. Aber zerbrechen wir uns jetzt nicht den Kopf darüber. Die Nacht ist kurz, und wir brauchen unseren Schlaf. Im Übrigen wirst du nicht allein schlafen, denn Tekmessa war so freundlich, dir in der Zwischenzeit eine kleine Aufmerksamkeit von mir zu schicken, welche dein Bett gewiss schon angewärmt haben wird! Du kennst ja meinen Wahlspruch ...«

Er klopfte Tarkun aufmunternd auf die Schulter und bog dann zu seinem Zelt ab, während Tarkun neugierig zu dem seinen strebte. Als er es betrat, erwartete ihn dort tatsächlich eine junge, gut gebaute Frau mit herben, aber dennoch aparten Gesichtszügen. Sie saß mit gekreuzten Beinen vor seinem Bett und hielt ihm, als er eintrat, einen mit Wein gefüllten Becher entgegen.

Schweigend trank er eine Weile mit ihr und betrachtete sie eingehend.

»Du bist aus Wilusa?«, fragte er sie schließlich.

»Ja!«

»Wie heißt du?

»Nenne mich Heteira! Meinen richtigen Namen habe ich vergessen!«

Darauf erhob sie sich, nahm ihm den Becher aus der Hand und zog ihn aufs Bett. Während sie sich bald wollüstig auf ihm bewegte, hatte Tarkun den Eindruck, dass die Konturen ihres Gesichtes zunehmend verschwammen und sich allmählich zu einem anderen, ihm nur zu gut bekannten Antlitz veränderten. Er sah mit einem Male wieder die schöne Namenlose vor sich, welcher er auf Salamis begegnet war, und so schloss er die Augen und gab sich ganz dem immer inniger und heftiger werdenden Liebesspiel hin.

Noch ein paar Mal liebten sie sich in dieser Nacht, bevor er nach einem kurzen, aber tiefen und erholsamen Schlummer von den Signalhörnern geweckt wurde. Während er sich rasch rüstete, räkelte sie sich glücklich in den Laken.

»Wirst du noch hier sein, wenn ich zurückkomme?«, fragte er sie und sann einen Moment erschreckt über das »Wenn« nach.

»Sicher!«, antwortete sie mit einem girrenden Lachen. »Ajas hat mich dir ja zum Geschenk gemacht. Also werde ich dir eine gute Mahlzeit bereiten und hier ein wenig für Ordnung sorgen.«

Er küsste sie zum Abschied und eilte dann zu seinen Männern, die bereits vollzählig vor seinem Zelt angetreten waren. Nachdem er sie begrüßt und ihnen ihre heutige Aufgabe dargelegt hatte, führte er sie im Laufschritt zu dem großen Lagertor, vor dem sich das Heer der Achäer schon eingefunden hatte. Als Erstes verließen die von Achilleus geführten Sturmtruppen das Lager, danach folgten, in einigem Abstand, die zur Rückendeckung eingeteilten Verbände, darunter auch die Ter'usu. In Bogenschussweite zur Mauer bezogen sie in breiter Front ihre Stellungen, während der Pelide mit seinen Kampfgefährten, die ihm wie ein Hornissenschwarm folgten, gegen das ragende Stadttor vorrückte. Er war auch der Erste, der es erreichte. Als hätten ihm die Götter auf einmal übermenschliche Kräfte verliehen, begann er mit bloßen Händen an den mächtigen Torflügeln zu reißen, gerade so, als wollte er sie ganz allein aufbrechen. Inzwischen hatten die Wilusier die Zinnen besetzt und ließen einen wahren Hagel von Steinen, Speeren und Pfeilen auf die Angreifer herniederregnen.

Die Bogenschützen der Deckungseinheiten erwiderten sogleich den Beschuss, und nicht wenige der Verteidiger stürzten tödlich getroffen über die hohe Mauer. Aber auch die Geschosse der Wilusier fanden ihre Ziele, und bald häuften sich vor dem Tore die Leiber der Toten und Verwundeten, die den Boden mit ihrem Blute tränkten. Doch das steigerte nur die Entschlossenheit der Achäer, die das Holz des Tores mit ihren Äxten bearbeiteten.

Plötzlich jedoch erscholl ein grässlicher, markerschütternder Schrei, der die Kampfhandlungen auf beiden Seiten für einen Augenblick vollständig lähmte. Dann aber drang lautes Wehklagen vom Tor zu den rückwärtig stehenden Heeresteilen herüber, während gleichzeitig die Verteidiger in ein frenetisches Triumphgeheul ausbrachen, welches sich rasch über die ganze Stadt ausbreitete.

»Was bedeutet das?«, wollte Tarkun einigermaßen irritiert von Ajas wissen.

»In jedem Fall nichts Gutes! Sieh dort!«

Ein einzelner Myrmidone rannte wild gestikulierend und immer wieder den Namen des Peliden rufend auf ihre Stellungen zu. Ihm entgegen liefen Agamemnon und die übrigen Fürsten der Achäer.

»Komm, Tarkun!«, rief Ajas. »Ich denke, auch wir sollten hören, was der Mann uns zu berichten hat!«

Ohne noch ein weiteres Wort zu verlieren, hastete Tarkun dem davoneilenden Ajas hinterher. Zeitgleich mit den anderen trafen sie nur wenig später mit dem vor Anstrengung keuchenden und völlig verstört wirkenden Melder zusammen.

»Achilleus«, ächzte er. »Mein Herr ist von einer Schlange in die Ferse gebissen worden! Noch lebt er, aber das Gift zeigt schon Wirkung!«

In diesem Moment öffnete sich das Tor, und die Wilusier quollen siegestrunken daraus hervor.

»Zum Angriff!«, brüllte daraufhin Agamemnon und stürmte, dem nachsetzenden Heere voraus, dem Tore zu.

Als sie dort eintrafen, bot sich ihnen ein unwirklicher und herzzerreißender Anblick.

Der Pelide hatte sich nach seinem ersten Schmerz, der ihn wohl kurzzeitig wie betäubt hatte zu Boden sinken und die Wilusier triumphieren lassen, unverhofft wieder aufgerappelt und war unter die aus dem Tor hervorbrechenden Feinde gefahren wie der Löwe in eine Schafherde. Als Agamemnon nun mit dem übrigen Heer zum Entsatz herangeeilt war, musste er zu seinem Erstaunen feststellen, dass mit einem Male das

Kämpfen eingestellt wurde und sowohl die Wilusier als auch die eigenen Leute offenbar vor irgendetwas Schrecklichem zurückwichen.

Die Achäerfürsten, darunter auch Tarkun, mussten sich rücksichtslos einen Weg durch die Reihen der Krieger bahnen, die in bebendem Entsetzen erstarrt waren. Vor dem Tor, in dessen Schutz sich die Wilusier angstvoll zusammendrängten, stand Achilleus. Er hatte sich schwer auf eine Lanze gestützt, und sein rasselnder Atem war weithin zu hören. Um ihn herum lag eine große Anzahl teilweise noch zuckender Leiber, die alle wilusische Rüstungen trugen. Er selbst war mit Blut überströmt, doch war es nicht das eigene, was ihm von den Händen troff. Sein Blick trübte sich zusehends, sodass er die Freunde nicht mehr erkannte.

»Flieht nur, ihr Feiglinge!«, donnerte seine Stimme in einem letzten Aufbäumen noch einmal gegen den Feind. »Aber glaubt nicht, dass ihr dem Speer meiner Rache entgehen könnt, selbst wenn ich zu den Schatten fahre!«

Die Wilusier stöhnten bei diesen Worten in dumpfer Verzweiflung auf, und nicht wenige flüchteten sich in die Stadt, da sie annahmen, Achilleus sei gar nicht dem Tode nahe, sondern werde bald erneut mordend über sie herfallen.

Doch da durchlief ein fröstelndes Zittern seinen gewaltigen Körper, und unendlich langsam sank der große Mann zu Boden, um nie wieder aufzustehen.

Sein Tod löste den furchtbaren Bann, mit dem die Wilusier noch während seines Sterbens belegt waren, denn kaum dass er seinen letzten Atemzug getan hatte, frohlockten sie befreit und begannen frech gegen die immer noch im Schock verharrenden Achäer vorzugehen, um sich vor allem des Leichnams des Peliden zu bemächtigen, dessen Rüstung sie erbeuten wollten.

Es war Ajas, der in dieser gefährlichen Situation als Erster aus diesem tranceartigen Zustand erwachte. Wie ein Wahnsinniger raste er zwischen die völlig überraschten Wilusier und trieb sie zunächst ganz allein wieder zum Tor zurück. Dann stellte er sich über den Leib des Achilleus und drohte den Wilusiern den sicheren Tod an, wenn sie es wagen sollten, sich ihm zu nähern.

Durch sein Beispiel hatten nun auch alle übrigen Achäer die lähmende Starre abgeschüttelt, und die Fürsten selbst scharten sich mit ihren Waffen um den Telamonier.

Doch auch die Wilusier hatten wieder zu ihrer Angriffslust zurückgefunden und warfen sich wutschnaubend auf den waffenstarrenden Ring, den die Achäer um ihre Fürsten bildeten. »Tarkun! Jetzt hast du Gelegenheit, diesen geifernden Hunden das zu bieten, was sie gestern versäumt haben!«, forderte Ajas ihn auf. »Macht ihnen den Garaus, ich schließe mich euch an!«

Sofort bildeten die Ter'usu auf seinen Befehl wieder ihren Keil und setzten sich in Richtung des Tores in Bewegung. An ihrer Spitze schritten Schulter an Schulter Tarkun und Ajas, welcher begeistert in ihr dröhnendes und Furcht einflößendes »Tini vel Laran!« einstimmte.

Die Wilusier dagegen mussten sehr schnell feststellen, dass sie gegen diese dämonenhaften Fremden nichts auszurichten vermochten. Jeder Angriff auf diese schwer gepanzerte Kampfformation war zum Scheitern verurteilt, und die wilusischen Krieger fielen den langen Schwertern und scharfen Lanzen der Ter'usu gleich scharenweise zum Opfer. In wilder Panik strömten sie denn auch wieder hinter ihre Mauern, als sie schreckerfüllt erkannten, wie bedrohlich nahe die fremden Krieger ihrem immer noch geöffneten Stadttor gekommen waren.

Schon wollte Tarkun den Sturm auf die Stadt befehlen, als der helle Klang der Signalhörner ihm den sofortigen Rückzug befahl.

»Das kann doch wohl nicht wahr sein!«, schrie Ajas enttäuscht und schleuderte zornig einen Speer zwischen die gerade zuschwingenden Torflügel. »Noch ein paar Schritte, und wir hätten dieses verfluchte Tor eingenommen und für die unseren offen gehalten!«

Doch, wie sie bald erfuhren, hatte Agamemnon seine guten Gründe gehabt, diesen Erfolg versprechenden Angriff vorzeitig abzubrechen.

»Es wäre unter diesen tragischen Umständen ein sehr riskantes Unterfangen, die zweifellos günstige Gelegenheit wahrzunehmen, in die Stadt einzudringen und sie zu erobern«, erklärte er ihnen später, als sie wieder ins Lager zurückgekehrt waren. »Zu tief ist unseren Männern der Schock über den Tod des Achilleus, der ihnen als göttergleich und somit unbezwingbar galt, in die Knochen gefahren und hat sie mutlos werden lassen. Und genau das hätte zwangsläufig dazu geführt, dass sie nicht in der Lage gewesen wären, den für einen solch entscheidenden Angriff dringend notwendigen Schwung zu entwickeln. Tarkun allein hätte trotz der ungeheuren Schlagkraft seiner Truppe die Stadt in keinem Falle nehmen können.

Ich habe mich deshalb entschieden, einen dreitägigen Waffenstillstand mit den Wilusiern auszuhandeln, damit beide Seiten ihre Toten in allen Ehren bestatten können.«

Er verkündete noch, dass er die Beisetzung und die Leichenspiele zu Ehren des Peliden für den morgigen Tag anberaumt habe, dann verließ er mit Nestor und Odysseus das Lager, um die Bedingungen für den Waffenstillstand mit dem wilusischen König Priamos auszuhandeln.

Als Tarkun am Abend mit Ajas in dessen Zelt speiste, erkundigte er sich, was es mit diesen Leichenspielen auf sich hätte, denn er hatte bislang noch nie etwas von einem derartigen Brauch gehört.

»Es ist eine uralte Sitte bei uns«, führte Ajas ihm geduldig aus, »dass wir das Andenken an einen großen, in der Schlacht gefallenen Helden mit einer Reihe von Wettkämpfen feiern, bei denen die Besten von uns gegeneinander antreten, um ihre Kräfte und Fähigkeiten zu messen. Die Spiele beginnen traditionsgemäß mit dem Wettlauf. Dann folgen der Ringkampf und der Faustkampf. Danach schließen sich das Bogenschießen und das Diskuswerfen an. Den Abschluss bildet das Wagenrennen. Als Preis erhält der Sieger in der jeweiligen Disziplin einen kostbaren Gegenstand aus der persönlichen Hinterlassenschaft des Toten.«

»Kann ich auch an diesen Spielen teilnehmen?«, wollte Tarkun wissen. »Denn auch ich möchte ihn ehren, da er sich so rückhaltlos auf unsere Seite stellte, als man uns bei der Ankunft so unfreundlich behandelte!«

»Leider nicht, mein Freund«, bedauerte Ajas, »obgleich du gewiss die meisten Kämpfe für dich entscheiden würdest. Aber die Teilnahme ist nur uns Achäern gestattet.«

Noch bis in die späte Nacht saßen sie so beisammen, und Ajas erzählte von den ruhmvollen Taten des Achilleus, die dieser seit Beginn des Krieges vollbracht hatte. Doch dann machten sich die Anstrengungen des vergangenen Tages bemerkbar, und beide suchten ihre Bettstatt auf, um Erholung in einem ruhevollen Schlaf zu finden.

Mit dem Sonnenaufgang wurden sie von einem lang gezogenen, tiefen Hornsignal geweckt, welches sie mit all ihren Männern auf die große, in der Mitte des Lagers gelegene Agora rief. Dort waren mehrere Scheiterhaufen errichtet worden, die sich alle um einen besonders großen gruppierten, auf dem der Leichnam des Achilleus, angetan mit prächtigen Gewändern, aufgebahrt lag. Nachdem sich alle, nach Stämmen geordnet, darum aufgestellt hatten, traten Agamemnon und Nestor in die Mitte und sprachen gemeinsam ein feierliches Totengebet für die Gefallenen. Darauf wurde das mit wohlriechendem Öl getränkte Holz der Scheiterhaufen gleichzeitig mit Fackeln entzündet, und während die Flammen hoch aufloderten und schwarzer Rauch in den jungfräulich blauen Morgenhimmel stieg, begann Nestor mit lauter Stimme die Taten jedes Einzelnen, der hier verbrannt wurde, darunter auch sein Sohn Antilochos, in Versen zu preisen. Zum Schluss stellte er sich zusammen mit Agamemnon vor den Scheiterhaufen des Peliden, und abwechselnd rühmten sie dessen verwegene Kühnheit und hohe Gesinnung.

Als sie geendet hatten, gossen sie Öl und Wein in die prasselnden Flammen und flehten den Geist des Toten an, ihnen auch in Zukunft in ihrem Kampf gegen Wilusa beizustehen und ihnen zum Sieg zu verhelfen. Auf den Befehl Agamemnons führte man nun elf gefesselte Offiziere des Men-amun herbei und ließ sie nebeneinander vor dem Scheiterhaufen niederknien.

»Was soll das bedeuten?«, raunte Tarkun, dem Übles schwante, Ajas ins Ohr.

»Sie werden als Sühneopfer für Achilleus hingerichtet!«, erwiderte dieser teilnahmslos.

»Das kann ich nicht glauben«, zischte Tarkun angewidert zurück, doch da hatte Agamemnon schon sein Schwert gezogen und es dem Ersten in der Reihe in den Hals gestoßen, sodass sein Blut hell in das Feuer spritzte.

»Hör sofort damit auf, Agamemnon!«, brüllte Tarkun in überschäumender Wut. »Ich denke, es ist genug Blut geflossen! Mit deinem abscheulichen Tun spuckst du dem Toten und den Göttern ins Gesicht! Ich werde diesem Hinschlachten wehrloser Männer nicht untätig zusehen! Wenn du davon nicht auf der Stelle ablässt, dann, das schwöre ich, werde ich dir den Krieg erklären.«

Auf dieses machtvolle Wort hin verharrten alle in atemlosem Schweigen und blickten gleichermaßen nervös und entsetzt auf die beiden Feldherren.

»Bist du wahnsinnig geworden?«, flüsterte Ajas erregt. »Was immer du auch davon halten magst, es ist nun einmal unser althergebrachter Brauch, hochrangige Gefangene zu opfern, um den Geist des Toten gnädig zu stimmen!«

Doch bevor Tarkun sich dazu äußern konnte, hatte Agamemnon schon das Wort ergriffen.

»Wie kannst du es wagen, mit deiner aberwitzigen Drohung diese heilige Totenfeier zu stören, du Unseliger!«, schrie er ihn an. »Weißt du nicht, dass wir euch zahlenmäßig überlegen sind und es nur eines Fingerzeigs von mir bedarf, um dich und deine Piraten zu zermalmen?«

»Wenn du das wagst, oh du weiser Sohn des Atreus, wird dein Volk sich wünschen, dass du nie geboren wurdest!«, erwiderte Tarkun mit einem kalten Lächeln. »Du konntest dich ja selbst davon überzeugen, wie gut unser Volk das Handwerk des Tötens versteht. Solltest du also in deiner maßlosen Verblendung wirklich Hand an uns legen, dann sei gewiss, dass du damit euren Untergang heraufbeschwörst. Die Kriegsflotte der Rasunna, deren Stärke und Macht du nicht ahnst, wird ausschwärmen, eure armseligen Barken in den Grund des Meeres bohren und eure Küsten und Städte verheeren! Sei also gewarnt und drohe mir nicht länger!«

»Ich glaube kaum, dass jemals die Kunde in deine Heimat gelangen wird, unter welchen Umständen du und deine Männer zu euren räudigen Ahnen geschickt worden seid!«, entgegnete Agamemnon darauf lachend.

Das war genau ein Wort zu viel und wie ein Mann zogen die Ter'usu mit ihrem gellenden Schlachtruf blank und scharten sich schützend um Tarkun. Auch die Achäer entrissen daraufhin ihre Schwerter den Scheiden und machten Anstalten, die Drohung ihres Fürsten in die Tat umzusetzen. Da aber sprang Ajas in gewaltigen Sätzen neben den Atriden, packte den Überraschten mit seinen nervigen Armen und setzte ihm die Spitze seines Dolches an die Kehle, während sich seine Krieger ostentativ an die Seite der Ter'usu stellten.

»Weg mit den Waffen! – Alle!«, rief er mit schneidender Stimme. »Wenn einem von Tarkuns Männern auch nur die Haut geritzt wird, dann, bei den Göttern, wirst du als Erster dein elendes Leben unter meiner Klinge aushauchen!«

Unter lautstarkem Protest und unflätigen Schmährufen gegen die Ter'usu kamen die achäischen Krieger, wenn auch widerstrebend, dem Befehle des Telamoniers nach und verblieben in ohnmächtiger Wut auf ihren Positionen.

»Welcher böse Geist ist nur in dich gefahren, Ajas, dass du die Tollheit besitzt, Hand an deinen Feldherren zu legen?«, krächzte Agamemnon zitternd und schreckensbleich. »Du bist doch ein Achäer und achtest unsere Bräuche und Gesetze! Willst du wirklich wegen dreister Seeräuber, die mit ihrem unwürdigen Verhalten diesen traurigen Festtag so schamlos entweiht haben, Verrat an mir und deinem Volke begehen?«

»Ein Achäer bin ich wohl«, entgegnete ihm Ajas sarkastisch, »doch beginne ich mich zu fragen, ob mir das noch zur Ehre gereicht. Denn in Wahrheit warst du es, der letztlich Schmach und Schande über unsere Häupter gebracht hat! Wie konntest gerade du, der du doch von uns allen mit größter Besonnenheit beseelt sein solltest, dich derart vergessen, dass du das nicht minder heilige Gastrecht erneut mit Füßen trittst und das auch noch im Angesicht des toten Peliden, der sich jüngst selbst vor die Ter'usu gestellt hatte, um dir die

Missachtung dieses Rechtes in harschen Worten vorzuwerfen!«

»Bist du taub, Ajas, oder ist dir entgangen, dass Tarkun unsere Totenfeier empfindlich gestört hat und mir sogar den Krieg erklären wollte? Also war er es doch, der gegen das Gastrecht verstieß, indem er mich, den Gastgeber, auf so infame Weise provoziert und beleidigt hat!«, verteidigte sich der Atride eigensinnig.

»Es mag wohl sein, dass er formell gegen unsere Gesetze verstoßen hat, doch gedenke der Unkenntnis des Fremden, der von unserem Brauch, zu Ehren eines heldenhaften Toten Menschen zu opfern, nichts wissen kann. So, wie ich ihn und sein Ehrgefühl kenne, wollte er einfach nur verhindern, dass wir wehrlose Männer ermorden, die vordem gegen uns auf dem Schlachtfeld mit großer Tapferkeit und beispiellosem Mut, welchen sie gerade während ihrer Niederlage bewiesen haben, angetreten sind. Die Ter'usu wissen so etwas in hohem Maße zu würdigen und schonen deshalb den Feind, der sich ihnen ergeben hat! Wenn ich darüber nachdenke, gewinne auch ich die Überzeugung, dass es ehrenhafter ist, einem solchen Gegner Milde widerfahren zu lassen, statt ihn abzuschlachten wie Vieh! Wisse also, dass ich die Soldaten des Per-hau von nun an mit meinem Leben schützen werde!«

Auf diese kühne Rede hin waren neben einem entrüsteten Murren auch vermehrt Rufe zustimmenden Beifalls zu hören, worauf der greise Nestor beschwichtigend die Arme erhob und um Ruhe bat.

»Hört mich an!«, begann er seine Ausführungen. »Wir haben uns heute hier versammelt, um unsere Toten zu verbrennen und in Frieden von ihnen Abschied zu nehmen und nicht, um sie mit unseren nichtigen Zwistigkeiten zu beleidigen. Ich höre schon das Hohnlachen der Wilusier, wenn wir uns jetzt, so kurz vor unserem Sieg, in einer blutigen Bruderfehde zerfleischen würden! Mein hohes Alter lässt mich, der ich an der Schwelle des Todes stehe, die Dinge mit einigem Abstand, vor allem aber mit Vernunft betrachten. Wie ihr alle hier, habe auch ich anfangs die Einmischung Tarkuns als verwerflich erachtet, doch rechtfertigt uns das in der Tat nicht, die ihm von uns gebotene Gastfreundschaft, die Ajas mit Recht angemahnt hat, zu missachten, zumal er sich mit seinem untadeligen Kampfesmut an unserer Seite ausgezeichnet hat! Und obwohl ich als Achäer in unseren Traditionen verhaftet bin, muss ich dennoch zugeben, dass ich die edle Denkweise Tarkuns, die sich mir durch den Mund des Ajas offenbart hat, durchaus nachvollziehen kann. Es bedarf nun eines klärenden Schiedsspruches, um diesen unglückseligen Konflikt zu beenden. Ich bin als der Älteste in eurer Mitte bereit, das Amt des Richters in dieser Angelegenheit zu übernehmen, wenn ihr alle euch damit einverstanden zeigt!«

Er sah die Stammesfürsten nacheinander an, worauf ein jeder ihm stumm zunickte. Auch ließ Ajas nun von Agamemnon ab und steckte seinen Dolch wieder in die Scheide.

»So vernehmt denn meinen Spruch!«, fuhr Nestor dann weiter fort. »Unser vordringlichstes Bestreben muss es sein, das Bündnis mit den Seevölkern zu erhalten, damit unser gemeinsames Vorhaben, nach dem Fall Wilusas gegen Khemet ins Feld zu ziehen, nicht gefährdet wird. Deshalb rate ich, die gefangenen

Soldaten des Men-amun unverzüglich in die Obhut Tarkuns zu überstellen, da es genau genommen der Verdienst der Ter'usu war, dass sie ihre Waffen gestreckt haben. Unserem Brauch ist in gewisser Weise ebenfalls Genüge getan worden, da einer der Gefangenen bereits durch die Hand des Agamemnon zu Tode gekommen ist. Folgt nun also meinem Urteil und lasst uns dann in Frieden weiter unsere Toten ehren!«

»Ich danke dir, Nestor, für dein weises Urteil!«, sprach Agamemnon und verneigte sich leicht vor dem Greis. »Bist auch du mit dieser Entscheidung zufrieden?«, wandte er sich dann an Tarkun. »Ich jedenfalls bin es, und darüber hinaus möchte ich dir die Hand zur Versöhnung reichen, indem ich dich für mein unziemliches Verhalten, mit dem ich dich und deine tapferen Männer beleidigt habe, um Verzeihung bitte!«

Tarkun schaute dem Atriden darauf scharf in die Augen, doch las er dort nichts, was ihn hätte argwöhnisch werden lassen. Es mochte Agamemnon zwar eine große Überwindung seines Stolzes gekostet haben, aber er meinte es in diesem Falle zweifelsfrei ehrlich.

»Ich nehme deine Hand, Agamemnon«, verkündete er, »und auch Nestors Urteil findet meine volle Zustimmung. Für mich ist dieser Zwist damit beigelegt, und ich werde dir diese Sache auch in Zukunft nicht nachtragen!« Damit ging er dem Mykener entgegen, und beide schüttelten sich vor den befreit aufjubelnden Kriegern beider Völker die Hände. Danach schritt er zu den immer noch gefesselten und vor Todesangst bebenden Kriegern aus Khemet.

»Versteht einer von euch meine Sprache?«, fragte er sie. Aber sie sahen ihn nur verständnislos aus ihren schreckgeweiteten Augen an.

»Gibt es unter den Achäern einen Mann, der der Zunge Khemets mächtig ist?«, rief er darauf in die Menge, und tatsächlich meldeten sich gleich vier Krieger, welche auch sogleich zu ihm eilten.

»Sag ihnen, dass ihnen kein Leid geschehen wird, und frage, wer von ihnen den höchsten Rang innehat!«, befahl er einem von ihnen, der sich ihm als Meriones vorgestellt hatte.

»Es ist dieser Mann hier!«, sagte Meriones wenig später und zeigte auf einen schlanken, drahtigen Offizier, der etwa vierzig Jahre alt war. »Er heißt Irinefer und ist der Stellvertreter des Prinzen Men-amun.« Trotz des mit Blut und Schweiß vermischten Schmutzes, der auf seinem ausgezehrten, angsterfüllten Gesicht krustete, konnte Tarkun gleichwohl die aristokratischen Züge wahrnehmen, welche ihm auch jetzt noch, da der Mann seine tiefste Demütigung hinnehmen musste, respektvolle Achtung abnötigten.

»Übermittle ihnen nun genau meine Worte, Meriones«, wies er den Achäer an. »Ich, Tarkun, Sohn des Tarkun und hoher Mechel der Ter'usu, schenke dir, Irinefer, und all deinen Soldaten die Freiheit! Meine Männer werden euch nun in unser Lager geleiten, wo ihr mit allem versorgt werdet, was ihr benötigt, um euch zu erholen. Dich, Irinefer, möchte ich bitten, für heute Abend mein geehrter Gast zu sein. Morgen dann mögt ihr in Frieden mit euren Waffen wieder nach Khemet ziehen.«

Noch während Meriones übersetzte, machte sich

Tarkun daran, den Gefangenen mit seinem Schwert ihre Fesseln zu durchschneiden.

Aber obgleich sie bald ihrer Fesseln ledig waren und vernommen hatten, dass sie unbehelligt wieder in ihre Heimat zurückkehren durften, standen sie einfach nur da und starrten Tarkun unsicher und auch ungläubig an. Doch als dieser sie aufmunternd anlächelte und sie mit einer winkenden Geste dazu aufforderte, seinen Männern zu folgen, zischte Irinefer einen kurzen Befehl, worauf sich seine Leute vor Tarkun in den Staub warfen und er selbst sich mit vor der Brust gekreuzten Armen mehrmals tief vor ihm verbeugte. Erst danach gingen sie, eskortiert von Licinies, Meriones und sechs weiteren Ter'usu, in die angewiesene Richtung davon.

Nachdem die peinliche und würdelose Unterbrechung der Totenehrung damit doch noch ein glimpfliches Ende gefunden hatte und Ruhe und Ordnung wieder hergestellt worden waren, verkündete Nestor, dass die Leichenspiele nunmehr begonnen werden sollten, und lud Tarkun ausdrücklich dazu ein, sich daran zu beteiligen.

Als Erstes fand der Wettlauf statt, zu dem sich Tarkun auch sofort meldete. Sein Gegner war der flinke Fürst der Lokrer, welcher auch Ajas hieß. Nach dem Startzeichen rannten sie unter dem anfeuernden Gejohle der Krieger eine Weile Schulter neben Schulter einher. Doch kurz vor dem Ziel strauchelte Tarkun so unglücklich, dass er der Länge nach hinfiel und Ajas unangefochten als Sieger ins Ziel stürmte.

Danach folgte der Ringkampf, den Ajas von Salamis und der Tydide Diomedes untereinander bestritten. Beide rangen gewaltig miteinander, doch wollte es keinem gelingen, die Oberhand zu gewinnen, sodass sie zum Schluss von Nestor zu gemeinsamen Siegern erklärt wurden und sich den Gewinn – es handelte sich dabei um vier hübsche, junge Sklavinnen – teilen mussten.

Auch der Faustkampf, der sich daran anschloss, ging unentschieden für die beiden Kontrahenten, die Achäer Epeos und Akamas, aus, die als Prämie jeweils einen silbernen Mischkrug erhielten.

Für das Bogenschießen bewarb sich nun Ajas zusammen mit Tarkun, der seine Scharte von vorhin wieder auszuwetzen suchte. Der Pfeil des Telamoniers traf zwar das Metall des Helmes, der als Ziel diente, doch das Geschoss Tarkuns durchtrennte den Rossschweif, mit dem der Helm geziert war, was die Zuschauer zu einem lautstarken, bewundernden Applaus veranlasste. Für diese großartige Leistung erhielt Tarkun die kostbare Rüstung und die Waffen, die einst einem gefallenen wilusischen Prinzen gehört hatten.

Derart herausgefordert, trat Ajas nun mit etlichen anderen Achäern zum Diskuswerfen an, doch keiner vermochte die schwere Scheibe so weit zu schleudern wie er. Seine Siegestrophäe waren die Waffen und der vergoldete Brustharnisch des Men-amun, der ihm wie auf den Leib geschnitten war, als er ihn anlegte.

Die Spiele endeten mit dem Wagenrennen, an dem sich fünf achäische Fürsten, nämlich neben Menelaos noch Thoas, Euryalos, Polypoetes und Eumelos mit ihren Gespannen beteiligten. Angespannte Stille herrschte über dem Wettkampfplatz, während die Helden noch ein letztes Mal die Räder und Deichseln ihrer Wagen sowie das Geschirr der Rosse überprüften.

Dann bestiegen sie, nur mit einem Lendenschurz bekleidet und den Helm zum Schutze auf dem Kopf, ihre Fahrzeuge und warteten, die nervös tänzelnden Gespanne angestrengt zügelnd, auf das Startzeichen. Nestor hob den rechten Arm, doch noch bevor er ihn wieder herunterschlagen konnte, gingen die Tiere des Eumelos durch und stoben ungestüm nach vorne, was von einem raunenden Aufstöhnen der Menge begleitet wurde. Es brauchte eine geraume Zeit, bis Eumelos wieder die Kontrolle über sein Gespann erlangt und sich neuerlich neben die anderen eingereiht hatte. Als dies geschehen war, konnte Nestor ohne eine nochmalige Störung endlich das Zeichen geben.

Nach dem nunmehr glücklich erfolgten Start flogen die Wagen nur so über die Ebene, und unter den donnernden Hufen der Pferde wirbelten dichte Staubwolken in den Himmel. Die Zuschauer brachen dabei in ein anhaltendes, frenetisches Begeisterungsgeschrei aus und skandierten lautstark den Namen ihres jeweiligen Favoriten.

Das Rennen war auf vier Runden ausgelegt, und die Gespanne fuhren zunächst in fast geschlossener Formation. Schon zweimal hatten sie jetzt schon in enger Verfolgungsjagd das Blachfeld umrundet, da geriet der Wagen des Euryalos zu dicht an den des Polypoetes. Die ehernen Naben berührten sich mehrmals mit einem metallischen Kreischen, bis sich schließlich die Nabe des Euryalos mit einem mahlenden Prasseln in den Speichen seines Rivalen verfing. Wutentbrannt hieb Polypoetes nun mit seiner Geißel auf Euryalos ein, doch diesem wollte es nicht mehr gelingen, sich von dessen Wagen zu lösen, worauf die beiden in ihrer

Fahrt stetig hinter den anderen zurückfielen. Während sich Euryalos also noch der Schläge erwehrte und sich dabei gleichzeitig bemühte, seinen Wagen wieder auf Abstand zu bringen, hatte die Radnabe seines Gefährts ihr zerstörerisches Werk vollendet und unter einem hellen, hölzernen Rattern zerbarsten die Speichen im linken Rad des Polypoetes, worauf dessen Wagen zur Seite sackte und er, krampfhaft das Gleichgewicht haltend, sein Gespann zur Mitte der Bahn ausscheren ließ, wo es mit bebenden Flanken zum Halten kam.

Euryalos hatte indes wieder Fahrt aufgenommen, doch konnte er den mittlerweile doch erheblich gewordenen Abstand zwischen ihm und den drei anderen bis zum Schluss nicht mehr aufholen. Das Feld wurde nun von Eumelos angeführt, dicht gefolgt von Thoas, und als Letzter stachelte Menelaos seine Schimmel mit schnalzenden Geißelhieben zur Höchstleistung an. In dieser Reihenfolge durchrasten sie die dritte Runde, ohne dass sich daran etwas änderte. Als sie in die vierte und letzte einschwenkten, zeigten die stolzen Braunen des Thoas jedoch erste Ermüdungserscheinungen, sodass Menelaos mit einem gewagten Manöver an ihnen vorbeiziehen konnte. Dadurch irritiert, stolperte plötzlich das an der Innenbahn rennende Zugpferd des Eumelos. Verzweifelt versuchte dieser mit aller Kraft, seiner sich aufbäumenden Pferde Herr zu werden, doch es war vergebens. Mit angelegten Ohren brachen die Rosse in ihrer Panik so heftig nach links aus, dass die Deichsel brach, der Wagen umstürzte und Eumelos unter sich begrub. Das alles ging so schnell, dass Menelaos nicht mehr in der Lage war, sein Gespann an der Unglücksstelle vorbeizulenken. Mit einem gewaltigen Satz sprangen die Rosse einfach über das unvermittelt aufgetretene Hindernis hinweg, sodass der Wagen samt seinem mit schreckgeweiteten Augen sich an dem Haltegurt festklammernden Lenker mit polternden Rädern über das Wrack schrammte, während sich ein angstvoller Aufschrei aus den Reihen der Zuschauer erhob.

Doch der Wagen blieb heil, und Menelaos gelang es schnell, seine Pferde wieder unter Kontrolle zu bringen, sodass es ihm schließlich vergönnt war, als strahlender Sieger über die Ziellinie zu fahren und den aus massivem Gold gearbeiteten Pokal des Peliden als Preis entgegenzunehmen.

Als die Siegerehrung vorüber war, trat Nestor vor und bat alle Anwesenden um Gehör.

»Es ist nun meine traurige Pflicht, den letzten Willen des Achilleus zu erfüllen!«, sprach er. »Es war des Peliden Wunsch, dass seine herrlichen Waffen einst demjenigen gehören sollten, der seinen Leichnam vor dem Zugriff des Feindes bewahren und ihn sicher vom Schlachtfeld tragen würde. So trete der Mann nun vor mich, der sich dessen rühmen kann!«

Darauf eilte Ajas, der Telamonier, zu dem Greis und erhob stolz seinen Anspruch auf die Waffen, indem er dazu noch Agamemnon als Zeugen für seine Tat benannte.

Doch da meldete sich Odysseus zu Wort und legte schlau und wortreich dar, dass ihm eigentlich das Erbe des Achilleus zugesprochen werden müsste, da er doch mit seinem Schwert verhindert hätte, dass die Wilusier sich des Leichnams bemächtigen konnten, und berief dafür ebenfalls Agamemnon als Zeugen.

Wutentbrannt wandte Ajas sich ihm zu.

»Du ehrloser, ränkesüchtiger Bastard!«, schrie er ihn an. »Wie kannst du es wagen, mir mein verdientes Recht streitig zu machen? Schau dich doch an, du schwachknochiger Zwerg! Willst du uns wahrhaftig glauben machen, du wärest in der Lage gewesen, den mächtigen Körper des Peliden mitsamt seinen Waffen allein hierher zu tragen, wo du doch noch nicht einmal im Stande warst, dessen eherne Lanze vom Boden aufzuheben? Halte also deine Zunge im Zaume, auf dass du nicht weiter meinen Zorn erregst und ich dir dein kotbesudeltes Maul mit meinem Schwerte stopfe!«

»Du bist zwar von gewaltigem Wuchs, Ajas, aber es mangelt dir ganz offenbar an Geist und Verstand!«, schmähte ihn darauf des Laertes Sohn höhnisch. »Ich habe ja nicht behauptet, dass ich den edlen Toten auf meinen Schultern ins Lager getragen habe, sondern dass ich ihn mit meinem Leben gegen einen übermächtigen Feind beschirmt habe, welcher seiner habhaft werden wollte, um ihn im Triumphe seinen Hunden zum Fraße vorzuwerfen! Du aber, wenn ich mich recht erinnere, warst ja derweil damit beschäftigt, deine persönliche Ruhmsucht zu stillen, indem du diesen sinnlosen Angriff auf das skäische Tor mit geführt hast. Zudem scheinst du vergessen zu haben, dass es allein meiner mir von den Göttern gegebene Klugheit und Weitsichtigkeit zu verdanken ist, dass uns so manche Niederlage in diesem unseligen Krieg erspart geblieben ist, denn war nicht ich es, der das Herz des Achilleus, unseres tapfersten Helden, gerührt und ihn bewogen hat, sich von seiner liebreizenden Frau loszureißen, um mit uns gegen Wilusa zu ziehen? Siehe doch ein, dass ich es mehr als du verdient habe, die unsterblichen Waffen des Peliden zu besitzen!«

Während die beiden so fortfuhren, sich vor allen mit ihren Heldentaten zu brüsten, steckten Nestor und Agamemnon die Köpfe zusammen und berieten, wie diesem eitlen Streiten mit einer für beide befriedigenden Lösung ein Ende gesetzt werden könnte.

»Ganz gleich, wem wir jetzt die Waffen zusprechen«, gab Agamemnon zu Bedenken, »der Benachteiligte wird in jedem Fall seine Zelte hier abbrechen und diesem Feldzug den Rücken kehren. Das Fatale daran ist nur, dass wir gerade jetzt, nach dem Tode des Achilleus', weder auf den einen noch auf den anderen verzichten können. Was also schlägst du vor?«

»Ich gebe dir unumwunden Recht, Agamemnon!«, erwiderte Nestor nachdenklich. »Doch fällt mir da eine gangbare Möglichkeit ein, die uns der undankbaren Aufgabe enthebt, diesen folgenreichen Richtspruch selbst zu fällen. Wir haben doch einige hochgeborene wilusische Gefangene. Sollen diese doch, als Unparteiische gleichsam, darüber befinden, wem das Vermächtnis des Peliden letztlich zugesprochen werden soll.«

»So soll es geschehen, oh du Weisester der Achäer!«, stimmte ihm der Atride freudig zu und veranlasste, die Gefangenen auszuwählen, sie mit ihrer Aufgabe vertraut zu machen und sie herbeizuführen, während Nestor mit lauter Stimme den Beschluss ihrer Beratungen kundgab. Zähneknirschend fanden sich die beiden Streithähne mit dieser Entscheidung ab und machten sich bereit, ihre Argumente den inzwischen eingetroffenen Wilusiern vorzutragen.

Diese nahmen ihr Amt ernst und lauschten aufmerksam dem, was die beiden zu dieser Angelegenheit zu äußern hatten. Am Ende aber kamen sie einhellig überein, dass dem Odysseus die Waffen zugebilligt werden müssten, da dessen in gefällige Worte gekleidete Argumentation bei ihnen besser ankam als die plumpe und unwirsche Ausdrucksweise des Telamoniers.

Dieses Urteil traf den Stolz des Ajas bis ins Mark, und während er tatenlos mit ansehen musste, wie der Ithaker jauchzend seine Hand auf die aufgehäuften Waffen des Peliden legte, wallte in seiner verwundeten Seele allmählich die purpurrote Flamme des Wahnsinns auf und brannte sich tief in sein Gehirn. Am ganzen Leibe zitternd und mit bebenden Lippen stand er da und erkannte mit seinen tränenverschleierten Augen auch nicht, dass Tarkun sich vor ihn gestellt hatte und ihn, die Arme um ihn legend, mit beruhigenden Worten zu trösten suchte. Mit einem grauenvollen Stöhnen stieß er ihn schließlich von sich und rannte schreiend in Richtung seines Zeltes davon.

Als Tarkun ihm besorgt folgen wollte, hielt ihn Agamemnon energisch zurück.

»Lass ihn toben, Tarkun!«, empfahl ihm der Atride. »Sein unbändiger Stolz ist zwar getroffen worden, doch wird er wieder zur Besinnung kommen, wenn er seinen Kummer mit genügend Wein heruntergespült hat. Morgen schon wird er wieder genesen sein und seinen Hass an den Wilusiern auslassen. Gehe du nur und kümmere dich um deine Gäste, es wird sich schon alles finden!«

Tarkun nickte nur, grüßte knapp und rückte dann an

der Spitze seiner Männer in sein Lager ab. Wie vereinbart, traf er am Abend mit Meriones und Irinefer zusammen, und gemeinsam nahmen sie eine gute Mahlzeit ein, die von Heteira liebevoll zubereitet worden war. Plötzlich, es war schon spät in der Nacht, war Lärm vor seinem Zelt zu hören, und eine weibliche Stimme rief laut seinen Namen.

Irritiert ging er nach draußen und fand eine völlig in Tränen aufgelöste Tekmessa vor, die schluchzend vor dem Eingang kniete und von zwei Wachen festgehalten wurde.

»Lasst sie los!«, befahl er. »Das geht in Ordnung!«

Er wollte sie aufheben und in sein Zelt führen, doch sie schüttelte den Kopf und wimmerte immer nur: »Ajas, Ajas …!«, wobei sie mit der ausgestreckten Rechten zu dem Ort wies, wo Tarkun das Zelt des Ajas' wusste. Wie eine glühend heiße Nadel schob sich in diesem Moment eine fürchterliche Ahnung in sein Herz, und er stürmte mit fliegenden Füßen zum Zelte des Ajas.

Doch er kam zu spät.

Ajas hatte sich seinen Dolch, dernselben, den Tarkun ihm einst geschenkt hatte, in die Brust gestoßen und lag nun leise röchelnd und mit blutigem Schaum vor den Lippen am Boden.

Tarkun, aschfahl geworden, kniete sich neben ihn und ergriff die Hand des Sterbenden.

Ajas öffnete daraufhin noch einmal seine Lider und sah ihn mit großen strahlenden Augen an.

»Was hast du, mein Bruder?«, flüsterte er, als er bemerkte, dass Tarkun hemmungslos weinte. »Die Natur des Menschen ist es, irgendwann zu sterben. Daran ist doch nichts Ungewöhnliches! Ich habe mir nur den Zeitpunkt meines Todes selbst ausgesucht.«

»Aber warum denn nur?«, fragte Tarkun ihn mit tränenerstickter Stimme.

»In diesem Leben ist mir die Ehre auf ewig genommen worden! Möglich, dass ich sie im nächsten wieder finde! Nimm diesen Dolch wieder an dich, und wenn du ihn dereinst an deinen Sohn weitergibst, dann erzähle ihm, dass der edle Ajas, des Telamons Sohn, für kurze Zeit die Ehre hatte, ihn zu tragen. Mag ja sein, dass ein wenig von der Kraft, die der Dolch durch mein Blut aufgenommen hat, an ihn übergeht!« Er unterbrach sich, da er stark husten musste.

»Du bist nun bar jeder Verpflichtung, da wir Seite an Seite gekämpft haben, wie wir es uns einst geschworen haben«, fuhr er dann, immer leiser werdend, fort. »Fahre denn wohl, alter Pirat, und denke an mich, wenn ...!«

Seine Augen brachen, während ein letztes Zittern seinen Leib erbeben ließ.

In fassungslosem Schmerz schloss Tarkun ihm die Augen und strich ihm Abschied nehmend über die Stirn. Dann zog er ihm behutsam den Dolch aus der Wunde, steckte ihn, ohne die Klinge abzuwischen, in die Scheide und befestigte ihn wieder an seinem Gürtel. Nachdem er noch eine geraume Weile neben dem Toten ausgeharrt und all der Dinge gedacht hatte, die sie beide verband, stand er entschlossen auf und nahm den Becher, aus dem Ajas vor seiner Tat getrunken hatte, füllte ihn mit Wein und leerte ihn in einem Zug.

»Ich trinke auf dein Wohl, großer Ajas!«, rief er laut. »Wo du jetzt bist, wirst du es gewiss besser haben, und kein Leid wird dir jemals mehr zugefügt werden. Und wenn mir wirklich einmal ein Sohn geschenkt werden sollte, so wird er deinen stolzen Namen tragen, das schwöre ich dir!«

Erneut trank er ihm zu, dann verließ er das Zelt, ohne sich noch einmal umzusehen. Als er ins Freie trat, trafen gerade Agamemnon und die anderen Fürsten ein.

»Was ist geschehen?«, fragte ihn Agamemnon bestürzt.

Doch Tarkun sah ihn, sah sie alle nur wortlos an und ging, sie einfach ignorierend, an ihnen vorbei.

Kapitel 10

Holt mir Licinies und die anderen Schiffsführer!«, befahl er den Wachen, als er in dieser Nacht wieder zu seinem Zelt kam, in welchem Meriones und Irinefer immer noch auf ihn warteten.

»Meriones, sage Irinefer, dass ich mich bei ihm entschuldige, denn eine dringende Angelegenheit bedarf meiner Entscheidung. Führe ihn jetzt zu seiner Unterkunft, wir werden uns morgen sehen!«

Die beiden waren kaum gegangen, als Licinies mit den übrigen hierher Befohlenen eintrat.

»Ich will es kurz machen, Männer«, sagte er gefasst, »Ajas hat sich das Leben genommen! Es gibt nun keinen Grund mehr, hier länger zu verweilen. Weckt eure Leute, brecht das Lager ab und macht die Schiffe klar zum Auslaufen. Es geht wieder nach Hause. Wir segeln morgen bei Sonnenaufgang. Licinies, du holst mich hier ab, wenn alles bereit ist. So, und jetzt lasst mich allein!«

Die Schiffsführer hasteten davon, und bald darauf war die Nacht erfüllt von geschäftigem Lärmen.

Tarkun setzte sich zu Heteira, die auf seinem Bett hockte und ihn erwartungsvoll ansah.

»Du bist frei, Mädchen!«, sagte er liebevoll. »Du magst gehen, wohin du willst!«

»Allein?«, fragte sie ihn spöttisch.

»Nein! Ich dachte mir, dass du morgen Früh gemeinsam mit Irinefer und seinen Soldaten das Lager der Achäer in Richtung Wilusa verlässt. Ich bin mir sicher, dass Irinefer dir gerne seinen Schutz gewähren wird. Nimm dir aus dem Zelt, was dir nützlich erscheint, denn ich lasse sowieso alles hier zurück!«

»Willst du mir denn keinen Abschiedskuss geben, wenn du dich schon entschlossen hast, mich nicht mit dir zu nehmen?«

»Natürlich, aber nach mehr steht mir jetzt nicht der Sinn, wie du dir vielleicht denken kannst. Schlafe gut! Ich wecke dich morgen Früh.« Er küsste sie innig und eilte dann, die Kühle der Nacht kostend, den Strand hinunter, um das Beladen der Schiffe zu beaufsichtigen. Er wollte so schnell wie möglich diesen grauenvollen Ort des Verrates verlassen und sehnte sich nach der ehrlichen Weite des Meeres.

Den Männern ging die Arbeit auch flink von der Hand, und mit dem ersten rosa Streifen am Firmament meldete Licinies ihm die Schiffe seeklar.

»Ich habe noch etwas zu erledigen!«, sagte Tarkun zu Licinies. »Wenn die Sonne über dieser Bergkette steht und ich bis dahin nicht zurückgekehrt sein sollte, dann segelt ohne mich ab.«

Er ging noch einmal zu seinem, jetzt ziemlich einsam dastehenden Zelt zurück, um Heteira endgültig Lebewohl zu sagen und auch die Soldaten aus Khemet in ihre Heimat zu entlassen, die sich gerade, ihn wohl erwartend, vor dem Eingang des Zeltes in Reih und Glied aufgestellt hatten.

Jetzt, wo sie abmarschbereit zusammenstanden,

konnte Tarkun sehen, dass es immer noch eine zahlenmäßig stattliche Truppe war. Mit Meriones' Hilfe verabschiedete er sich freundschaftlich von Irinefer, dem er dazu noch Heteira anvertraute, was dieser wohl auch, nach ihren begehrlichen Blicken zu urteilen, die sie dem attraktiven Mann zuwarf, nicht unangenehm war.

Irinefer legte ihm nun seine Hände auf die Schulter und schaute ihn lange an. Dann redete er etwas länger, und Meriones begann zu übersetzen.

»Er sagt, dass er nie einen ehrenhafteren Soldaten kennen gelernt hat als dich. Da er nichts besitzt, was er dir zum Dank für deine Großherzigkeit und als Erinnerung überreichen könnte, bleibt ihm nur, dir zu sagen, dass er dir für immer verbunden sein wird. Außerdem will er nach seiner Rückkehr nach Khemet seinem Per-hau persönlich von deiner gnadenvollen Güte berichten, auf dass dein Name ewig gepriesen wird in den zwei Ländern.«

Tarkun verneigte sich darauf leicht vor Irinefer und hob die Hand zum Abschiedsgruß.

»Lebe wohl, Tarkun! Mögen die Götter dich schützen!«, erwiderte Irinefer den Gruß überraschend in der Sprache der Ter'usu, wobei es ihm sichtlich schwer gefallen war, die fremden Worte, die ihm Meriones wohl beigebracht hatte, richtig auszusprechen.

Dann setzte sich die Truppe auf das Zeichen Irinefers in Bewegung und zog wohl geordnet in Richtung des Haupttores ab.

Tarkun sah ihnen noch einen Moment nach, dann machte er sich wieder auf den Weg zurück zu den Schiffen. Am Strand angelangt, traf er, wie er vermutet hatte, auf die in vollem Waffenschmuck versammelten Fürsten der Achäer, welchen natürlich nicht entgangen war, dass die Ter'usu ihre Schiffe wieder bemannt und sich zum Auslaufen bereit gemacht hatten.

Da standen sie nun und sahen ihn mit finsteren Mienen an.

»Gibt es einen besonderen Anlass, der dich zwingt, uns so eilig zu verlassen?«, fragte Agamemnon mit aufgesetzter Freundlichkeit.

»In der Tat!«, entgegnete ihm Tarkun knapp. »Unsere Expedition hierher war freiwillig und beruhte auf einer persönlichen Abmachung zwischen Ajas und mir! Jetzt, da er tot ist, gibt es für mich keinen erkennbaren Grund, unseren Aufenthalt hier zu verlängern, da er selbst, kurz bevor er sein Leben aushauchte, mich von meiner Verpflichtung ihm gegenüber entbunden hat!«

»Aber als unsere Verbündete könntet ihr doch jetzt, wo unser Sieg in greifbare Nähe gerückt ist, diesen Krieg gemeinsam mit uns beenden«, insistierte der Atride hartnäckig.

»Oh ja!«, lachte Tarkun böse auf. »Verbündete sind wir und werden es auch bleiben. Nur war es zu keiner Zeit Teil des Bündnisvertrages, dass mein Volk mit euch gegen Wilusa kämpfen sollte. Wir sind, wie ich schon sagte, freiwillig hierher gekommen, und freiwillig werden wir nun auch wieder gehen. Ein guter Gast weiß immer, wann es Zeit ist, aufzubrechen! Also lasst uns jetzt in Frieden voneinander Abschied nehmen und uns in guter Erinnerung behalten, bis wir uns in Khemet wiedersehen werden!«

»Er hat Recht, Agamemnon!«, ließ sich da Nestor begütigend vernehmen. »Die Ter'usu haben ihre Verpflichtung in allen Ehren und mit heldenhaftem Mut erfüllt. Wenn es also ihre Entscheidung ist, nunmehr in die Heimat zurückzusegeln, dann sollten wir auch nicht versuchen, sie daran zu hindern, denn sie werden gewiss triftige Gründe dafür haben.«

Agamemnon nickte bedächtig mit dem Kopf. »Würdest du uns vielleicht diese Gründe für eure, sagen wir, doch sehr überstürzte Abreise nennen?«, fragte Agamemnon lauernd.

Weil ihr schuld am Tode des Ajas seid, wollte Tarkun ihnen in einer Aufwallung von Zorn entgegenschleudern, doch er bezähmte sich noch rechtzeitig.

»Nun, wie ihr wisst, ist unser Volk gerade dabei, im Süden dieses Landes einen Stützpunkt für unsere Invasion nach Khemet zu errichten«, antwortete er stattdessen in betonter Sachlichkeit. »Und dazu werden alle verfügbaren Kräfte dringend benötigt, wie ihr es euch vielleicht vorstellen könnt, zumal dieser Stützpunkt späterhin auch euch dienen wird!«

»Das ist allerdings wahr«, stimmte ihm der Atride nachdenklich zu, worauf sich die Mienen der übrigen Achäer wieder entspannten. »Wenn es also dein fester Entschluss ist, uns jetzt zu verlassen, dann danke ich dir und deinen tapferen Männern im Namen von uns allen für eure wertvolle Waffenhilfe, die ihr uns, wenn auch leider nur für eine kurze Zeit, habt angedeihen lassen. Segelt denn in Frieden und kehrt wohlbehalten nach Tar'eses zurück!«

»Auch ich danke dir für deine Gastfreundschaft und wünsche euch allen, dass ihr bald siegreich in die Mauern Wilusas einziehen werdet!«, erwiderte Tarkun und bemühte sich, seine Worte nicht allzu spöttisch klingen zu lassen. Dann warf er sich, ohne ein weiteres Wort zu verlieren, in die Fluten und strebte mit schnellen Schwimmstößen seinem Schiff entgegen, auf welchem schon, wie bei den anderen auch, die Riemen ausgebracht waren.

Kaum war er an Deck, begannen die Männer sich in die Riemen zu legen und ruderten die Schiffe in Reihe aus der Bucht. Als sie das offene Fahrwasser der Meerenge erreicht hatten und auf südwestlichen Kurs eingeschwenkt waren, ließ Tarkun die Riemen streichen und die Segel setzen, wonach die Schiffe unter dem kräftigen, stetig aus Nordost wehenden Wind schnell Fahrt aufnahmen und schon wenig später die Mündung der Meerenge passiert hatten.

Fast den ganzen Vormittag stand Tarkun einsam an den Vordersteven gelehnt und blickte traumverloren in das weiß gischtende Bugwasser. Keiner von der Besatzung, selbst Licinies nicht, wagte ihn dabei zu stören. Schließlich, die Sonne stand schon hoch im Zenit, raffte sich Licinies auf und kam mit einem Becher Wein zu ihm.

»Du solltest etwas trinken, Herr«, machte er auf sich aufmerksam. »Es ist sehr heiß, und deine Kehle muss ausgedörrt sein. Der Wein hier wird dir gut tun!«

Dankbar nahm Tarkun den Becher entgegen und nippte mehrmals daran.

»Möchtest du nicht ein wenig mit mir reden, denn ich sehe wohl, dass dich etwas bedrückt!«

Tarkun verharrte zunächst in seinem Schweigen, doch als Licinies sich anschickte, mit einem resignierenden Achselzucken wieder seinen Platz auf dem Achterdeck einzunehmen, hielt Tarkun ihn zurück.

»Nein, mein Freund, ich will ja mit dir sprechen. Hole uns nur noch einen Krug Wein, dann lässt sich das besser an.«

»Habe ich die richtige Entscheidung getroffen?«, wollte er von Licinies wissen, als sie kurz darauf mit ihren Bechern über der Reling lehnten.

»Ja, Herr!«, antwortete dieser ihm unumwunden. »Ein jeder von uns war erleichtert, als du unseren Aufbruch befohlen hattest! Denn weißt du, es war eine zunehmende Belastung für uns, an der Seite von Männern zu kämpfen, die ihre Ehre auf der Zunge tragen statt in ihren Herzen! Wie wollen sie jemals einen Gegner besiegen, wenn sie mit sich selbst uneins sind?«

»Wohl gesprochen, Steuermann!«, pflichtete Tarkun ihm bei. »Das denke ich auch! Wenn ein Achäer dir von seinem Stolz spricht, so meint er damit seine persönliche Missgunst, die er gegen jeden hegt, der besser sein könnte als er selbst. Und deshalb währt dieser Krieg gegen Wilusa auch schon so lange, da sie sich ständig wegen ihres eitlen Haders untereinander zerfleischen, statt sich einig der Eroberung dieser Stadt zu widmen. Ajas, der nach Achilleus noch der Anständigste und Mannhafteste unter ihnen war, wurde von Odysseus in den Tod getrieben, weil dieser fürchtete, dass der Ruhm des Telamoniers den seinen überschatten könnte, wenn die Stadt wirklich einmal fallen wird.«

»Verzeih mir, aber ich bin nur ein einfacher Mann, Herr, und es steht mir nicht an, mich in die Angelegenheiten der Hochgeborenen zu mischen. Doch finde ich es schändlich, solch unwürdige Streitereien auf dem Rücken der Gemeinen auszutragen, die schon so lange von ihren Familien getrennt leben und ihr Blut für die selbstsüchtigen Interessen ihrer adligen Führerschaft vergießen müssen.«

Tarkun bedachte ihn darauf mit einem seltsam prüfenden Blick, dem Licinies jedoch mit seiner ihm eigenen, arglosen Offenheit standhielt.

»Da hast du mir aber eine gute Lehre erteilt, mein treuer Licinies!«, sagte er dann und trank ihm in aufrichtiger Bewunderung zu. »Es ist nämlich in Wahrheit an mir, euch alle um Verzeihung zu bitten, denn auch ich habe mich von meiner Selbstsucht fortreißen lassen, indem ich trunken über eure Köpfe hinweg jenen unseligen Pakt mit Ajas abgeschlossen habe, der uns diese gefahrvolle Mission hat unternehmen lassen. Wenn doch nur mehr Männer deiner Art Sitz und Stimme im Ältestenrat hätten, die uns immer wieder gemahnen, die Rechte und Interessen der einfachen Bevölkerung zu achten! Aber ich habe glücklicherweise die Macht, dies zu veranlassen. Von nun an sollen auch meine Schiffsführer an unseren Beratungen teilnehmen, um die Belange der ihnen anvertrauten Leute rückhaltlos zu vertreten.«

Licinies nickte nur zustimmend und leerte seinen Becher in einem Zuge.

»Damit erweist du dich erneut als der weitsichtige Fürst, den wir alle so lieben und dem wir selbst in die Hölle folgen würden«, sagte er dann bedächtig. »Du wirst deinen Entschluss jedenfalls nicht bereuen!«

»Na, das will ich doch hoffen«, erwiderte Tarkun lachend und schlug ihm derb auf die Schulter. »Wem, außer euch, könnte ich wohl mehr vertrauen, nach all dem, was wir schon gemeinsam durchgemacht haben?«

Sie besprachen sich nun eingehend, wie Tarkun sein Vorhaben den übrigen Ratsmitgliedern, die von ihm dabei nur als Speichellecker bezeichnet wurden, schmackhaft machen könnte, da diese sich wahrscheinlich wenig begeistert zeigen würden, auf die Stimme von Männern zu hören, die sie weit unter ihrem Stande schätzten.

So verging die Zeit, und das anhaltend gute Wetter bescherte ihnen auch während der nächsten Tage einen beständig aus Nordost wehenden Wind, der sie rasch vorankommen ließ.

Es war am späten Vormittag ihres dritten Tages auf See, und sie befanden sich etwa auf der Höhe von Salamis, das Tarkun anlaufen lassen wollte, um die traurige Botschaft vom Tode des Ajas zu überbringen und zugleich die Vorräte zu ergänzen, als der gellende Ruf des Toppgasten die dösende Ruhe an Deck zerschnitt:

»Segel am Horizont voraus! Zwei, drei, fünf – da kommt eine ganze Flotte auf uns zu!«

»Freund oder Feind?«, schrie Tarkun ihm zu.

»Kann ich noch nicht ... doch, es sind die unsrigen!«

Diese Meldung löste bei den Besatzungen Tarkuns einen wahren Freudentaumel aus, und obgleich die Schiffe noch ziemlich weit entfernt waren, drängten die Männer sich an den Relingen und winkten ihnen jubelnd entgegen.

Die Flotte kam schnell näher, und bald konnte Tarkun das an der Spitze des Verbandes segelnde Fahrzeug genau ausmachen. Es war die *Pelths Zorn*, Truns Flaggschiff!

Tarkun wurde bei diesem vertrauten Anblick von

heißer Wiedersehensfreude erfüllt und konnte es kaum erwarten, seinen Jugendfreund in die Arme zu schließen.

»Streicht die Segel!«, befahl er heiser. »Ruder hart Steuerbord! Bring uns querab zu ihnen, Licinies!«

Truns musste in diesem Moment wohl das gleiche Kommando gegeben haben, denn auch auf seinen Schiffen wurden die Segel gerefft, sodass sie mit ihrer Restfahrt langsam herantrieben.

Wenig später waren die Boote längsseits gekommen und dümpelten in einem dichten Pulk auf dem ruhigen Wasser.

Die turbulente Euphorie, mit der sich die Männer begrüßten, wandelte sich rasch zu einem spontanen Fest, welches sie über alle Decks hinweg, ausgelassen und mit reichlich fließendem Wein, feierten.

Tarkun und Truns hatten es sich irgendwann auf dem Achterdeck von Truns' Schiff bequem gemacht, um sich in Ruhe auszutauschen.

In aller Ausführlichkeit berichtete Truns, dass er schon am selben Tag, der Tarkuns Aufbruch nach Wilusa gesehen hatte, die Vorhut der Invasionsflotte unter dem Befehl Gaelaths zu den Sheklu und Sherdanu in See hatte stechen lassen, mit dem Auftrag, gemeinsam mit ihnen weiter zu den Chatti zu segeln, um das zugesagte Gelände für ihren Stützpunkt zu erkunden und zu sichern. Sobald das geschehen sein würde, sollte Gaelath ihm ein Kurierschiff entgegenschicken, um ihn, der er genau drei Tage später mit der Hauptmacht der Armada Tar'eses verlassen hatte, auf etwa halbem Wege zu treffen und sie zu jenem Ort zu führen. Zu seiner Besorgnis war dieses Schiff allerdings bisher noch nicht gesichtet worden, sodass er sich schon für einen Augenblick erleichtert gefühlt hatte, als ihm das erste Segel von Tarkuns Verband gemeldet wurde.

»Jetzt sag mir nicht, dass du enttäuscht darüber bist, auf uns gestoßen zu sein, statt auf den von dir so sehnlichst erwarteten Boten!«, warf Tarkun in gespielter Entrüstung ein.

»Im Gegenteil!«, entgegnete ihm Truns beglückt. »Denn so segeln wir gemeinsam weiter, da ich in Tar'eses, wie abgesprochen, alles auf das Beste geregelt habe und es deshalb dort auch nichts mehr für dich zu tun gibt! Und was den Kurier angeht, bin ich mir sicher, dass wir ihm spätestens morgen begegnen werden.«

»Wir haben kaum noch Trinkwasser und Nahrungsmittel an Bord«, gab Tarkun zu bedenken. »Eigentlich wollte ich …«

»Eigentlich wolltest du mich fragen, ob ich dir etwas von meinen abgeben könnte?«, unterbrach ihn Truns fröhlich. »Kann ich! Wir haben uns nämlich heute Morgen in Salamis reichlich mit Proviant eingedeckt. Na, was sagst du zu meiner unübertroffenen Gabe, die Dinge vorauszusehen?«

Im Stillen dankte Tarkun den Göttern für diese unerwartete Wendung, da ihm so erspart blieb, den bemitleidenswerten Salamisiern die Nachricht vom Tode ihres geliebten Fürsten zu überbringen, was diese vielleicht zum Anlass genommen hätten, vor lauter Wut und Trauer über ihn und seine Leute herzufallen. Das wiederum zwänge ihn, sich zu wehren und das Blut der Untertanen seines toten Freundes zu vergießen.

»Ich bin wirklich beeindruckt von deinen Fähigkeiten!«, fing er dankbar den Ball auf, den Truns ihm unwissentlich zugespielt hatte. »Es ist Mittagszeit, und da wir doch gerade so einträchtig miteinander vertäut sind, am Himmel keine Anzeichen für ein nahendes Unwetter zu sehen ist und wir alle so herrlich feiern, könnten wir doch bis morgen Früh hier ausharren und auf den Boten Gaelaths warten.«

»Das ist eine prächtige Idee, Tarkun!«, stimmte er ihm freudig zu. »Und bei dieser Gelegenheit könntest du mir vielleicht auch erzählen, was dir so auf der Seele liegt!«, fügte er unvermittelt hinzu. »Ich kenne dich schon zu lange, um nicht sofort bemerkt zu haben, dass dir vor Wilusa etwas widerfahren sein muss, was dich zutiefst getroffen hat! Warte, ich hole uns noch etwas Wein, und dann magst du mir dein Herz ausschütten.«

Nachdem er das Versprochene herbeigeschafft hatte, setzte er sich Tarkun gegenüber, worauf dieser freimütig von seinen Erlebnissen zu berichten begann.

Truns, der ihm während der ganzen Zeit aufmerksam und ohne ihn zu unterbrechen zugehört hatte, legte, als Tarkun geendet hatte, nur die Stirn in Falten und schaute ihn eine Weile schweigend an.

»Was sind das nur für Menschen?«, machte er schließlich seiner Empörung Luft. »Mit solchen Verbündeten lässt sich doch kein Krieg gewinnen, geschweige denn ein so gewaltiges Unternehmen, wie es die Invasion Khemets darstellt! Wenn ich damals auch nur ansatzweise geahnt hätte, welch widerwärtiger und zersetzender Geist diesen Leuten innewohnt, würde ich diesem Bündnis nie und nimmer zugestimmt haben, und wir würden jetzt alle noch friedlich in Tar'eses sitzen und uns unseres althergebrachten Lebens freuen. Es ist nur gut, dass ihr alle das unbeschadet überstanden habt. Aber es ist ja noch nicht zu spät. Wenn du willst, kündigen wir das Bündnis auf und befehlen Gaelath in die Heimat zurück!«

»Ich weiß es ehrlich gesagt nicht«, entgegnete Tarkun grüblerisch. »Vielleicht sollten wir erst einmal unsere Schiffsführer zu Rate ziehen, bevor wir eine solch folgenschwere Entscheidung treffen.«

»Das soll sofort geschehen!«, rief Truns und sprang tatenlustig auf. »Ich werde sie sogleich hierher holen!«

Es dauerte auch nicht lange, bis alle Männer informiert waren und sich vollzählig auf dem Achterdeck eingefunden hatten. Nachdem sie sich dort im Halbkreis um ihre beiden Mechel niedergelassen hatten, kam Truns ohne Umschweife zur Sache und umriss ihnen in groben Zügen die Problematik, über die sie nun mit zu befinden hätten.

Bis in die Nacht hinein währte die von allen Beteiligten äußerst hitzig geführte Diskussion, doch obgleich nicht wenige mit gewichtigen Argumenten gegen den Verbleib im Bündnis und für die sofortige Rückführung aller Streitkräfte nach Tar'eses plädierten, überwogen am Ende doch die Stimmen derer, die sich ebenso wohlbegründet für eine Fortsetzung des geplanten Feldzuges aussprachen. Es waren dies vor allem diejenigen, die mit Tarkun vor Wilusa gekämpft hatten und überzeugend darlegen konnten, dass die Schlagkraft der tar'esischen Krieger der der Achäer ebenbürtig, wenn nicht sogar überlegen sei.

Davon ermutigt ließen dann auch die letzten von denen, die sich anfänglich vehement gegen die Weiterführung des Unternehmens gewandt hatten, ihre Bedenken fahren, sodass sie schließlich alle einhellig übereinkamen, sich trotz der Vorbehalte, die sie gegenüber ihren achäischen Verbündeten hegten, auf das Abenteuer der Eroberung Khemets einzulassen.

Nachdem dies also beschlossen und von Truns und Tarkun bestätigt worden war, widmeten sie sich dem, was sie noch in ihren Bechern und Krügen fanden und tranken sich in bester Stimmung auf das gute Gelingen ihres waghalsigen Unternehmens ein.

Irgendwann bei Morgengrauen wurden Tarkun und Truns, die auf den Planken ausgestreckt ihren Rausch ausschliefen, von einer der Schiffswachen geweckt, die ihnen das Eintreffen des Kurierschiffes meldete. Um vollends wach zu werden und um ihre dröhnenden Schädel zu besänftigen, sprangen die beiden kurzerhand über die Reling in das erfrischend kalte Meereswasser. Nachdem sie ein paar Mal tief hinuntergetaucht waren, begannen sie mit ruhigen Zügen mehrere Runden längs der sich in der Morgendünung sanft wiegenden Schiffe zu schwimmen.

Als sie danach wieder an Deck geentert hatten, war das Kopfweh verschwunden und sie fühlten sich so taufrisch wie der mit der soeben aufgehenden Sonne beginnende Tag. Rasch schlangen sie einen Kanten trockenen Brotes mit etwas Wein hinunter und ließen dann den Boten Gaelaths zu sich bringen.

Der Mann hieß Thefne und war neben Gaelath einer der besten Schiffsführer der Pelthtim.

Was er ihnen dann nach der herzlichen Begrüßung bezüglich der Lage des neuen Stützpunktes zu berichten wusste, klang ihnen in höchstem Maße viel versprechend.

Demnach hatten die Chatti ihnen ein Gelände im Mündungsgebiet eines Flusses zugeeignet, dessen Lagebedingungen für ihre Zwecke als geradezu ideal anzusehen waren. Das Gebiet erstreckte sich großflächig über fruchtbares Schwemmland hinter einer windgeschützten Bucht, die sich wohl ohne großen Aufwand zu einem Hafen umgestalten ließ. Der interessanteste Aspekt ergab sich aber aus der Tatsache, dass man von dort aus, mit günstigem Wind segelnd, in nur zwei Tagen und Nächten das Mündungsgebiet des Hapi erreichen konnte.

»Wie weit liegt der Stützpunkt von unserer derzeitigen Position entfernt?«, wollte Tarkun wissen.

»Knapp drei Tagereisen, Herr!«, antwortete ihm Thefne.

»Was stehen wir dann hier noch herum?«, rief Truns. »Lasst uns die Flotte seeklar machen und so schnell wie möglich unter Segel gehen! Du, Thefne, wirst uns vorausfahren!«

Unter den aufmunternden Befehlen der Bootsmänner lösten darauf die Besatzungen die die Bordwände verbindenden Taue und hissten die Segel, während die Steuerleute die Schiffe vor den Wind und auf ihren neuen Kurs brachten, der bei grob Ost-Nord-Ost anlag.

Kapitel 11

Wie Thefne gesagt hatte, kam am Morgen ihres dritten Tages auf See Land in Sicht.

In der vergangenen Nacht hatte sich allerdings das bis dahin beständig schöne Wetter zunehmend verschlechtert. Der Wind, der anfangs nur böig aufgefrischt war und ihnen nun aus Nordost entgegenwehte, hatte mittlerweile Sturmstärke erreicht und trieb dunkel türmende Regenwolken vor sich her, die ihre nasse Last über dem aufgewühlten Meer entluden.

Da sie sich glücklicherweise schon in Landnähe befanden, konnten sie auf die Kräfte zehrenden Segelmanöver, die auf offener See für das Kreuzen vor einem aus Fahrtrichtung blasenden Wind unabdingbar waren, verzichten. Stattdessen befahlen die Schiffsführer die Segel einzuholen und die Riemen auszubringen.

Unter dem weit ausgreifenden, kräftigen Schlag, mit dem die Männer sich in die Riemen legten und verbissen gegen die schweren, unausgesetzt von schräg voraus über sie hinweg gischtenden Brecher ankämpften, näherte die sich in Kiellinie fahrende Flotte zwar stetig, aber mit quälender Langsamkeit der Küste.

Erst direkt unter Land flaute der Sturm merklich ab, und in den nun ruhigeren Küstengewässern ließ es sich erheblich leichter rudern, sodass sie schon wenig später in die flache Bucht, die sich ihnen unvermittelt an Backbord auftat, hineinfuhren.

Dabei bot sich ihnen ein gleichermaßen unerwarteter wie überraschender Anblick.

Nahezu die ganze Ebene, die sich hinter dem niedrigen und felsig steilen Ufersaum ausbreitete, war übersät mit Zelten und mit Planen bedeckten hochrädrigen Karren, zwischen denen eine kaum überschaubare Anzahl Menschen umherwimmelte.

Am Ufersaum angepflockt lagen die auf den ersten Blick unversehrten Schiffe Gaelaths, deren Besatzungen aber zunächst nicht auszumachen waren.

Auf den Befehl der beiden Mechel hin hatte die Flotte inmitten der Bucht abrupt Halt gemacht und Tarkun als auch Truns brachten ihre Schiffe querab zu dem ebenfalls abgebremst verharrenden Fahrzeug Thefnes.

»Was, bei allen Göttern, ist hier los?«, brüllte Truns erregt zu Thefne hinüber.

»Das kann ich dir beim besten Willen nicht sagen, Herr!«, erwiderte Thefne und breitete hilflos die Arme aus. »Als Gaelath mich aussandte, euch zu finden, waren diese Leute jedenfalls noch nicht da! – Doch seht, da ist er ja selbst! Er winkt uns zu!«

Jetzt konnten Tarkun und Truns auch die riesige Gestalt Gaelaths erkennen, der, umringt von seinen Leuten und ein paar Fremden, neben seinen Schiffen am Ufer stand und ihnen wild gestikulierend verständlich machen wollte, hier anzulegen.

»Ich trau dem Braten nicht«, knurrte Truns und enterte kurzentschlossen auf Thefnes Boot. »Tarkun, ich fahre mit Thefne allein zu meinem Bruder! Mal sehen, was der so zu erzählen hat! Halt du dich jedenfalls bereit zum sofortigen Auslaufen! Falls es sich um eine Falle handelt und ich gezwungen werden sollte, euch zum Anlegen zu ermuntern, werde ich nur mit einem Arm winken! Dann wendet ihr und verschwindet von hier! Wenn allerdings alles in Ordnung ist, winke ich mit beiden Armen.«

Tarkun bestätigte kurz mit einem Kopfnicken, und schon glitt das Boot dem Ufer entgegen.

Als es angelegt hatte, konnte Tarkun beobachten, wie Truns und Thefne gleichzeitig von Bord sprangen und vor Gaelath hintraten. Die beiden Brüder umarmten sich zunächst, um sich dann eine Weile aufgeregt zu unterhalten, wobei Gaelath mehrmals auf die Menge der Zelte und Karren im Hintergrund wies.

Dann wandte sich Truns plötzlich den Schiffen zu und winkte ihnen mit beiden Armen zu, worauf Tarkun erleichtert das Zeichen zur Weiterfahrt gab. Da der kaiähnliche Ufersaum aber nicht mehr genügend Platz für alle bot, kamen die folgenden Schiffe dwars zu den ersten zwanzig, die längsseits am Ufer festgemacht hatten, sodass eine Art Brücke hergestellt wurde, über welche die Besatzungen an Land gehen konnten.

Vorsichtshalber hatte Tarkun den Männern dennoch befohlen, sich zu bewaffnen und vorerst an Bord zu bleiben.

Begleitet von Licinies verließ er sein Schiff und ging, die Hand am Schwertgriff, die wenigen Schritte zu den ihn erwartenden Männern hinüber.

Mit einem kräftigen Händedruck begrüßte er zuerst Gaelath, um sich dann dem Fremden zuzuwenden, der zwischen den Brüdern stand. Auch er war, gleich Gaelath, von hünenhaftem Wuchs. Aus seinem breitflächigen, gutmütigen Gesicht, welches von dem Gestrüpp seines üppigen Vollbartes nahezu vollständig überwachsen war, blitzten über seiner geröteten, pickeligen und etwas zu dick geratenen Nase zwei eisblaue Augen, deren sie umrahmende Lachfältchen davon zeugten, dass ihm oft der Schalk im Nacken saß.

Seine Kleidung kam Tarkun irgendwie vertraut vor und dann auch wieder nicht. Sein Schwert jedoch glich in Form und Länge den ihm bekannten heimischen Waffen in jeder Hinsicht.

»Tarkun! Du wirst es nicht glauben!«, begann Truns lachend seine Ausführungen. »Vor dir steht ein Verwandter! Begrüße Hirume, den König des Volkes der We'ses! Sie haben zwar einen grauenvollen Dialekt, aber sie sprechen eindeutig unsere Sprache. Ihre wie unsere Vorfahren siedelten im Nordland einst einträchtig nebeneinander, bevor die große Flut über uns hereinbrach und alle von dort vertrieb. Doch während unsere Vorfahren den Seeweg nahmen, zogen ihre Altvorderen auf dem viel beschwerlicheren Landweg fort. Sie sind seit vielen Generationen unterwegs und haben immer noch keine neue Heimat gefunden. Hirume meinte vorhin, er betrachtete es als ein schicksalhaftes und Glück verheißendes Omen, dass er mit seinem Volk fast gleichzeitig mit uns hier eingetroffen ist.«

Mit ungläubigem, aber dennoch freudig aufgeregtem Staunen streckte Tarkun Hirume seine Rechte entgegen, die dieser mit seiner knorrigen und schwieligen Hand vorsichtig ergriff.

»Ist es nicht seltsam, Tarkun?«, ließ er seine grollende Bassstimme vernehmen. »Das Meer hat unsere Vorväter einst entzweit! Und nun hat es uns wieder zusammengeführt!«

»Das ist fürwahr eine seltsame, aber zugleich wundervolle Fügung des Schicksals, Hirume!«, bestätigte ihm Tarkun gerührt. »Von nun an, denke ich, werden wir zusammenbleiben und uns wieder eine gemeinsame Heimat schaffen!«

»Da ist übrigens noch jemand, der mit dir zusammenbleiben möchte, Tarkun!«, warf Gaelath mit einem spitzbübischen Grinsen ein. Er wedelte kurz mit der Hand, worauf sich eine weibliche Gestalt aus der im Hintergrund versammelten Menge löste und leichtfüßig auf ihn zuschwebte.

In dem Moment, wo Tarkun sie näher in Augenschein nahm, wurden seine Knie weich, und das Blut schoss ihm heiß in den Kopf. SIE war es! SIE, von der er nur zu träumen gewagt hatte, sie vielleicht irgendwann einmal wiederzusehen, stand nun in strahlendster Leibhaftigkeit vor ihm und lächelte ihn glücklich und verheißungsvoll an.

»Wie denn … Was denn … du?«, stammelte er, wobei ihm das Herz vor Freude bis in den Hals schlug. »Wie kommst du … ?«

Sie legte ihm ihren Zeigefinger zart auf die Lippen und küsste ihn dann leicht.

»Pst!«, flüsterte sie. »Wir haben dafür später noch genügend Zeit! Das ganze Leben, wenn du willst!«

Tarkun schaute sich betreten um, aber er blickte nur in verständnisvolle Mienen, die dieser unverhofften Begegnung mit beifälliger und bewegter Anteilnahme beiwohnten.

»Also, das ist …« Tarkun verstummte, da ihm in diesem Moment siedendheiß bewusst wurde, dass er ja immer noch nicht ihren Namen kannte.

»Ich heiße Tecme und bin die Tochter des Spuriana und der Arantai«, stellte sie sich stattdessen selbstbewusst vor und half ihm so geistesgegenwärtig über die peinliche Situation hinweg.

»Mein Vater ist das Oberhaupt des Ältestenrates der Vulcusu«, erklärte sie weiter. »Unser Volk ist ebenfalls mit euch verwandt, denn auch wir stammen ursprünglich aus dem Nordland und mussten einst unsere Heimat wegen jener großen Flutkatastrophe verlassen. Unsere Vorfahren sind damals über die alte Handelsstraße nach Süden gezogen und trafen dort nach einer lange währenden Suche endlich auf ein weites, fruchtbares und warmes Land, an dessen westlicher Küste wir uns dann niedergelassen haben. Seither leben wir dort friedlich in mehreren dörflichen Gemeinschaften zusammen und ernähren uns von den Früchten unserer Felder und dem Fleisch unserer zahlreichen Viehherden. Das Schicksal hat mich hierher geführt, da es mir bestimmt ist, mit Tarkun eine Familie zu gründen.«

Für eine geraume Weile verharrten die Männer daraufhin in staunendem Schweigen und betrachteten mit ehrfürchtiger Bewunderung die stolze Schönheit der Vulcusierin.

»Welch einen wundervollen und glücklichen Tag dürfen wir heute erleben!«, rief Hirume schließlich in heller Begeisterung aus. »Über all die vielen Jahre, die wir umhergezogen sind, wähnten wir uns als die Einzigen, die der verheerenden Flut entronnen sind. Und nun erfahren wir, dass es auch noch andere unseres Blutes gibt, die getrennt und unwissend voneinander eine neue Zuflucht an entlegenen Orten dieser Erde gefunden haben, die ihr Überleben dauerhaft gesichert hat! Lasst uns diesen Tag, der unsere Stämme nach Generationen endlich wieder vereint sieht, mit einem großen Fest feiern!«

Diese flammenden Worte Hirumes wurden mit einem von allen Seiten aufbrausenden, donnernden Jubel begrüßt. Die Krieger auf den Schiffen warfen ihre Waffen beiseite und stürmten an Land, um gemeinsam mit Gaelaths Leuten den gleichfalls herbeieilenden Männern und Frauen der We'ses entgegenzulaufen und sie in brüderlichem Ungestüm in ihre Arme zu schließen.

Ungeachtet des auf sie herniederprasselnden Regens begannen sie spontan, ihr Fest vorzubereiten. Unter dem Schutz von ledernen Planen wurden unzählige Feuer entfacht, und schon bald stieg allerorten der würzige Duft von geröstetem Fleisch und frisch gebackenen Brotes in den wolkenschweren Himmel empor. Für den größten Teil der weit über tausend Köpfe zählenden Schar der Neuankömmlinge hatte Gaelaths Vorauskommando provisorische, aber dennoch geräumige Unterkünfte errichtet, hölzerne Balkenkonstruktionen, die mit Schilf vom nahen Fluss abgedeckt worden waren und so ausreichend Schutz vor dem widrigen Wetter boten. Für den Rest der Männer sollten zunächst noch die Schiffe als Behausung dienen. Für Truns und Tarkun waren etwas abseits des Lagers zwei großräumige Lederzelte aufgebaut worden, die genug Platz aufwiesen, um dort nicht nur bequem zu wohnen, sondern auch, um sich im größeren Kreise zu besprechen.

Gegen Abend dann hatten sich die Ältesten der We'ses mit ihren Frauen in Truns Zelt eingefunden, um gemeinsam mit Tecme und Tarkun sowie den anderen Führern der Ter'usu und Pelthtim diesen ereignisreichen Tag in einem üppigen Festmahl ausklingen zu lassen.

Lebhaft und bildreich erzählten sie sich gegenseitig von all den Mühsalen und Entbehrungen, die ihre Stämme erdulden mussten, seit sie aus ihrer nordischen Heimat vertrieben worden waren, wobei die We'ses noch am meisten gestraft waren, befanden sie sich doch seitdem auf ewiger Wanderschaft. Ihr Weg hatte sie bislang beständig nach Osten geführt, doch fanden sie dort zumeist nur unwirtliches Land vor, und wenn sie doch einmal auf guten Boden gestoßen waren, wurden sie von der dort ansässigen, kriegerischen Bevölkerung wieder verjagt.

Im vergangenen Jahr nun waren sie unwissentlich in den Machtbereich der Chatti eingedrungen, die ihnen aber daraufhin keineswegs feindselig gegenübergetreten waren, sondern ihnen eine neue, fruchtbare Heimat innerhalb ihres Reiches in Aussicht gestellt hatten, wenn sie sich nur bereit erklären würden, sie bei ihrem Feldzug gegen Khemet zu unterstützen. Dankerfüllt und voll neuer Hoffnung hatten sie dann auch diesen Pakt besiegelt, worauf die Chatti sie angewiesen hatten, zu diesem Ort zu ziehen, um dort den Beginn des Feldzuges abzuwarten.

Nach diesen Ausführungen schauten sich Tarkun und Truns vielsagend an.

»Dieser Hattusili ist gerissener, als ich dachte!«, raunte Truns Tarkun ins Ohr. »Sein Gesandter hat uns seinerzeit auch nicht die leiseste Andeutung gemacht, dass wir hier womöglich auf Stammesverwandte treffen würden!«

»Seid ihr der Meinung, dass wir uns auf irgendeine Weise falsch verhalten haben?«, erkundigte sich stirnrunzelnd Hirume, dem das heimliche Zwiegespräch nicht entgangen war.

»Nein, durchaus nicht!«, suchte Truns geflissentlich die Bedenken Hirumes zu zerstreuen. »Ich äußerte mich nur lobend über die weise Voraussicht des Herrschers von Chattusa, dem es gelungen ist, unsere Völker nach so langer Zeit wieder zusammenzuführen!«

Hierauf begann er den gespannt lauschenden We'ses detailliert zu schildern, wie es zu dem Bündnis zwischen den Seevölkern und den Chatti gekommen war. Gerade wollte er Tarkun auffordern, ihnen zu berichten, was er vor Wilusa erlebt hatte, da trat die Wache ein und flüsterte ihm etwas hinter vorgehaltener Hand zu.

Truns schüttelte erst ungläubig den Kopf, verzog seine Miene allmählich zu einem breiten Grinsen und fing dann laut zu lachen an.

»Wenn man die Dämonen ruft, eilen sie meist herbei!«, feixte er. »Meine lieben Freunde, wir bekommen hohen Besuch! Begrüßen wir also in unserer Mitte den Gesandten seiner chattischen Majestät, Fürst Arsili!«

Arsili schritt gemessen vor den etwas erhöht sitzenden Truns und verneigte sich vor allen Anwesenden.

»Fürst Arsili!«, begrüßte ihn Truns. »Wir freuen uns über deinen Besuch. Du musst über eine übersinnliche

Wahrnehmungskraft verfügen, dass du mich deinen Namen hast nennen hören und gleich darauf hier erschienen bist, denn wisse, die Rede war gerade von dir und deiner ruhmvollen Tat, unser Bündnis geschmiedet zu haben!«

»Auch ich freue mich zu sehen, dass ihr alle wohlbehalten hierher gefunden habt«, erwiderte der Gesandte höflich den Gruß, ohne offenbar die feine Häme in Truns' Worten bemerkt oder beachtet zu haben. »Ich überbringe euch die Grüße meines Herrschers, der euch außerdem zu der gelungenen Wiedervereinigung eurer Stämme beglückwünscht! Ich bitte mir zu verzeihen, es damals in Tar'eses unerwähnt gelassen zu haben, dass wir eine euch verwandte Stammesgruppe in unseren Grenzen beherbergen, aber wir wussten nicht, wie ihr diese Tatsache aufnehmen würdet. Schließlich hätte es ja von unserer Seite aus auch ein Köder sein können, der euch in eine Falle lockt! Nun aber bin ich sehr zufrieden, die Führer der beiden großen Stämme in vertrauter Eintracht beisammen zu sehen!«

»Arsili! Du bist ein Meister der Redekunst!«, sagte Tarkun in gespielter Bewunderung. »Ich glaube, wenn es noch etwas für uns zu lernen gibt, dann dies – und die Kunst der verschwiegenen Diplomatie, die du und deinesgleichen so unnachahmlich beherrscht! Sei uns also willkommen, setze dich zu uns und lass dir von uns in großer Dankbarkeit zutrinken, der du es gefühlvoll verstanden hast, unsere Stämme, die über Generationen hinweg getrennt voneinander waren, behutsam wieder zusammenzuführen!«

Arsili verneigte sich leicht gegen Tarkun, musste jetzt aber doch schmunzeln.

»Ich habe von deinem Mut und vor allem von deinem Großmut vernommen, den du vor Wilusa bewiesen hast!«, sprach er Tarkun etwas später an, nachdem er sich mit seinem Pokal neben ihn gesetzt hatte.

»Ich nehme an, du hast sehr große Ohren oder hast Irinefer getroffen!«

»Letzteres! Er berichtete auch meinem Herrscher von dir und dem todesverachtenden Kampfeinsatz deiner Leute! Das ist immerhin gut zu wissen, denn dann werden die Soldaten des Per-hau allein durch euer Erscheinen in Khemet in Angst und Schrecken versetzt!«

»Damit allein lässt sich aber ein Krieg nicht gewinnen!«, erwiderte Tarkun grimmig. »Ein wenig Verstärkung von eurer Seite könnten wir deshalb gut gebrauchen, oder meinst du, wir holen euch allein die Kastanien aus dem Feuer, während ihr uns in Chattusa seelenruhig dabei zuschaut und, wenn wir scheitern sollten, vor dem Per-hau so tun könnt, als hättet ihr von nichts gewusst!«

Arsili sah ihn darauf zunächst irritiert an, dann aber zog ein feines, wissendes Lächeln um seine Mundwinkel.

»Ich denke, dass ich dir in Sachen Diplomatie kaum etwas beibringen kann, Tarkun. Zumindest kann man dir gegenüber nichts ummänteln oder beschönigen. Du hast nämlich deinen Finger in eine Wunde gelegt, die den chattischen Hof schon seit geraumer Zeit spaltet. Höre also, und ziehe dann selbst deine Schlüsse! Eine nicht unerhebliche Anzahl unserer Heerführer – Mursili eingeschlossen – vertritt in der Tat die Ansicht, euch allein in Khemet kämpfen zu lassen. Wer auch immer in dieser Sache obsiegen wird, so meinen sie, die Chatti werden in jedem Falle die Gewinner bleiben, denn in jedem Falle werden beide Parteien danach so geschwächt sein, dass sie unseren nachrückenden, ausgeruhten und kampfstarken Truppen nicht mehr viel entgegenzusetzen haben werden. Ich gehöre leider zu einer Minderheit, die diese schändliche Absicht aus tiefster Seele ablehnt und viel lieber mit euch zusammen einen ehrlichen Waffengang mit Khemet wagen will. Doch will ich dir auch nicht verhehlen, dass mein Volk sich im Moment diesen Krieg eigentlich gar nicht leisten kann, da es sich seit längerer Zeit schon der Heere des aufstrebenden Assur erwehren muss! Unter diesem Aspekt erscheinen die Gründe Mursilis sogar einigermaßen verständlich, wenn dem nicht die Frage nach Ehre und Bundestreue entgegenstehen würde. Auf beide Begriffe hat mein Volk in der Vergangenheit größten Wert gelegt, doch nun sollen sie, wenn es nach Mursili und seinen Schranzen geht, vergessen werden!«

»So etwas haben Truns und ich schon während deines Besuches in Tar'eses in Erwägung gezogen und haben uns trotzdem auf diesen Feldzug eingelassen. Ich sage dir auch, warum! Wir haben nämlich nicht die geringste Angst vor eurer Armee! Wenn wir in Khemet siegen, wird dieser Sieg vollständig und ohne größere Verluste unsererseits sein, was sich vor Wilusa doppelt bewiesen hat. Solltet ihr uns dennoch in den Rücken fallen, werdet ihr unter unseren Schwertern verbluten. Für den unwahrscheinlichen Fall, dass wir unterliegen, würden wir uns, oder das, was von uns noch übrig ist, den Truppen des Per-hau anschließen und euch zurück nach Chatti jagen! Du siehst, wir sind auf alles bestens vorbereitet! Aber du, wieso spielst du den Laufburschen für einen Herrscher, den du im Grunde deines Herzens ablehnst? Soweit ich weiß, gibt es am chattischen Hof immer die Möglichkeit, einen missliebigen Herrscher zu beseitigen!«

»Stimmt!«, entgegnete Arsili niedergeschlagen. »Nur – ich kann dergleichen in diesem Fall nicht tun oder auch nur veranlassen! Und da ich dir die Gründe dafür, zumindest jetzt, nicht nennen kann, bleibt mir nur, mich zu betrinken, was ich jetzt auch mit deiner Erlaubnis tun möchte!«

Damit versank er in brütendes Schweigen und schaute tief in seinen Becher, den er in immer kürzeren Abständen leerte und sich wieder nachschenkte, bis sein Kopf dumpf mit der Stirn auf die Tischplatte schlug und er wie betäubt für den Rest der Nacht vor sich hin schnarchte.

Tarkun erhob sich darauf von seinem Platz und ging zu Tecme, die gerade mit Hirume und dessen Frau in ein Gespräch vertieft war.

»Entschuldigt, dass ich störe, aber ich wollte jetzt schlafen gehen und …«

»Racvi, Hirume! Ihr verzeiht, dass ich diesen Mann jetzt in sein Bett bringen muss!«, fiel sie ihm lächelnd, aber bestimmt ins Wort. »Denn ich fürchte, er wird nicht mehr in der Lage sein, sein Zelt allein zu finden!«

Sie erhob sich, hakte sich bei ihm ein und zog ihn sanft mit sich nach draußen. Kaum im Freien angelangt, fielen sie sich trotz des unvermindert starken Regens in die Arme und wühlten ihre Lippen so heftig ineinander, dass es auf einmal nach Blut schmeckte.

Darauf fasste sie ihn zwischen die Oberschenkel und drückte, nachdem sie ihn leicht gestreichelt hatte, einmal kräftig zu.

Der Schmerz ließ ihn wieder einigermaßen zur Besinnung kommen.

»Was soll das? Willst du mich entmannen?«

»Ganz im Gegenteil, Liebster! Nur, findest du es spaßig, uns in einer kalten Regennacht auf dem Schlammboden zu wälzen?«

»Warum nicht? Der Regen und der Schlamm würden mir nichts ausmachen!«

»Aber die Kälte!«, grinste sie anzüglich. »Komm jetzt lieber in dein Zelt!«

Im Inneren des Zeltes strahlte die rot glühende Kohle in den vier Bronzebecken, die um die Bettstatt herumstanden, eine angenehme Wärme ab, die die beiden Liebenden rasch durchdrang und sie da weitermachen ließ, wo sie vorhin im Regen notgedrungen aufgehört hatten.

Nach einem tranceartigen, unglaublich intensiven Lusterlebnis lagen sie eine Weile stumm nebeneinander, und Tarkun, der seinen Kopf auf ihre Brüste gelegt hatte, lauschte dem sich allmählich beruhigenden Pochen ihres Herzens, wobei er unbewusst versuchte, seinen Atemrhythmus dem ihren anzupassen.

»Du sagtest heute Morgen, es sei dir vom Schicksal bestimmt worden, mit mir eine Familie zu gründen. Wie wusstest du, dass gerade ich es bin, den du zu suchen hattest, da wir uns doch noch nie zuvor begegnet sind?«, fragte er sie auf einmal leise.

Sie antwortete nicht gleich, sondern spielte mit ihren Fingern weiter in seinem verschwitzten Haar.

»Bist du dir denn sicher, dass ich die richtige Frau für dich bin, nachdem du doch schon so viele vor mir kennen gelernt hast?«, stellte sie die Gegenfrage.

»Seltsamerweise vom ersten Moment an!«, antwortete er, ohne zu zögern. »Deshalb habe ich auch noch bis zum heutigen Tag gelitten, nachdem du – ohne deinen Namen und deine Herkunft zu nennen – verschwunden warst.«

»Siehst du, und genauso bin ich mir gewiss! Allerdings hatte ich den Vorteil, dein Gesicht in meinen Träumen gesehen zu haben!«

»In deinen Träumen?«

»Ja! Vor etwa zwei Sommern hat es angefangen. Immer wieder erschien mir dein Gesicht im Traum, anfangs sehr verschwommen, aber dann von Mal zu Mal deutlicher. Schließlich bin ich zu meiner Mutter gegangen und habe sie um Rat gefragt. Sie sagte mir, dass ich einen heiligen Hain, den zu betreten nur Frauen erlaubt sei, aufsuchen sollte, um vor der dort befindlichen dampfenden Quelle zu fasten und in mich zu gehen. Dies tat ich auch, und irgendwann, es waren, glaube ich, schon drei oder vier Tage vergangen, hörte ich in mir eine kristallklare Stimme, die mir deutlich deinen Namen und deine Herkunft kundtat und mir auftrug, mit dir die Ehe zu schließen, denn unseren Nachkommen sei es bestimmt, dereinst große Städte in meiner Heimat zu gründen und über sie zu herrschen. Danach erwachte ich und war von großer Liebe zu dir erfüllt!«

»Wie gelang es dir, mich zu finden?«

»Das Letzte, was die Stimme zu mir sprach, war: ›Salamis! Du musst nach Salamis fahren!‹ Den Rest kennst du!«

»Aber wenn du mich doch so geliebt hast, warum bist du dann so einfach wieder von mir gegangen, dazu noch ohne mir deinen Namen zu verraten?«

»Nun, ich wusste, du würdest in den Krieg ziehen! Ich wollte deswegen nicht, dass du dich auf irgendeine Weise an mich gebunden fühlst, was deinen Kriegermut mit Sicherheit beeinträchtigt hätte! Außerdem wollte ich dir Zeit geben, dir über deine Gefühle mir gegenüber klar zu werden.«

»Unsinn! Ich habe dein Bild immer in meinem Herzen getragen! Wie bist du eigentlich hierher gekommen?«

»Am Nachmittag des Tages, an dem du mit Ajas nach Wilusa abgesegelt bist, traf Gaelath mit seinen Schiffen in Salamis ein, um seine Vorräte aufzufüllen. Ich bat ihn, mich mitzunehmen, was er auf der Stelle getan hat, wie du feststellen konntest!«

»Du bist nicht nur außerordentlich schön, sondern auch noch von einer voraussehenden Klugheit beseelt, die der meinen wohl weit überlegen ist.«

Sie lachte leise. »Und, beunruhigt dich das?«

»Im Gegenteil! Ich fasse es sogar als ein Kompliment auf, denn schließlich hast du mich zu deinem Mann erwählt!«

»Lass dir das nur nicht zu Kopf steigen, du eitler Mann!«

Er schnellte herum, kniete sich über sie und hielt ihre Handgelenke ausgestreckt auf dem Bett fest.

»Welche Geheimnisse verbirgst du noch vor mir, du Hexe!«, wollte er von ihr wissen, wobei er sich vergeblich bemühte, seiner Stimme einen bedrohlichen Unterton zu verleihen.

»Das, mein Lieber, wirst du wohl mit der Zeit selbst herausfinden. Du musst dich nur weiter so stark und ausdauernd um mich bemühen, wie du es vorhin auf so atemberaubende Art und Weise getan hast!«

Damit entwand sie sich seinem Griff, schlang ihre Schenkel um seine Hüften und brachte sich über ihn. Während sie ihm ihre bebenden Brüste zum Kusse bot, umfasste sie sein vor Erregung fast berstendes Glied und führte es unendlich zärtlich in ihren engen, heißen Schoß ein.

Zeitverloren erklommen sie dann, immer wieder innehaltend und aufs Neue beginnend, unaufhaltsam den von gleißenden Blitzen umzuckten Gipfel ihrer geistigen und körperlichen Lust, und erst als der Morgen graute, glitten sie in einen tiefen, traumlosen Schlaf hinüber.

Kapitel 12

Über ein Jahr war seither vergangen, und aus der anfänglich wirren Ansammlung von Wagen und Zelten hatte sich eine ansehnliche und wohl geordnete, stadtähnliche Siedlung entwickelt, in der neben stabilen Blockhütten auch schon einige aus Lehmziegeln oder Steinen erbaute, großräumige Häuser errichtet worden waren.

Auch der Ausbau der Hafenanlage war zügig vorangeschritten.

Um den unregelmäßig verlaufenden Felsensaum des Ufers vor der Siedlung zu begradigen und zu befestigen, waren davor zunächst dicke, vierkantig zugehauene Stämme palisadenartig in den Boden der Lagune gerammt worden. Danach wurde der dazwischen klaffende Raum mit Kies und Sand aufgefüllt, sodass am Ende eine hölzerne Kaimauer entstanden war, deren obere Begrenzung nur wenig über das Deckniveau der größeren Kampfschiffe ragte.

Stetig trafen Neuankömmlinge sowohl aus Tar'eses wie auch von den Inseln der Sheklu und Sherdanu im Hafen ein. Zumeist waren es Frauen, viele mit ihren Kindern, die nun, da die Siedlung einigermaßen bewohnbar geworden war, wieder an der Seite ihrer

Männer leben wollten. Aber es kamen auch etliche Handwerker, Händler und Bauern, die sich hier mit ihren Familien ein neues und besseres Leben erhofften, nachdem sie erfahren hatten, wie fruchtbar und wie reich an Bodenschätzen dieses Land war.

Jeder Stamm hatte jeweils drei Männer seines Vertrauens gewählt, die zusammen den Ältestenrat des aufblühenden Gemeinwesens bildeten und sich darum kümmerten, dass Recht und Ordnung innerhalb der doch vielschichtigen Bevölkerung gewahrt blieb.

Über ihnen standen nur die fünf Stammesführer, die allein das Recht hatten, über die Vorschläge der Ratsversammlung letztendlich zu befinden. Aber auch sie hatten sich untereinander auf einen aus ihrer Mitte geeinigt, der ihren Beratungen vorstand und das letzte, entscheidende Wort in Angelegenheiten zu sprechen hatte, über die man sich in diesem Kreise nicht einig werden konnte. Es war Hirume, den sowohl Truns und Tarkun als auch Lunus von den Sheklu und Triskes von den Sherdanu einstimmig in dieses schwere Amt berufen hatten.

Einer der ersten Beschlüsse, die von diesen Gremien gefasst wurden, war es, diese Siedlung Tar'eses zu nennen. Diese Entscheidung gründete sich im Wesentlichen darauf, dass zum einen die Mehrzahl der Bevölkerung des alten Tar'eses bereits an diesen Ort umgesiedelt war und aufgrund der viel besseren Lebensbedingungen, die sie hier vorgefunden hatte, auch keine Sehnsucht mehr empfand, jemals an jenen vergleichsweise kargen und unwirtlichen Flecken zurückzukehren. Zum anderen aber wollten sie sich damit die Erinnerung an diese alte Stadt bewahren, die ihren

Vorfahren nach ihrer Vertreibung aus dem Nordland einst eine sichere Zuflucht gewährt hatte. Aber auch die We'ses sprachen sich einhellig für diese Namensgebung aus, da es, wie sie meinten, einzig ihren tar'esischen Brüdern zu verdanken sei, dass es ihnen endlich nach langer, ruheloser Wanderschaft vergönnt war, eine Stadt mit aufzubauen, die ihnen und ihren Nachkommen mit dem sie umgebenden fruchtbaren Weide- und Ackerland eine neue, endgültige Heimat bot.

Den Sherdanu und Sheklu hingegen war es von Anfang an gleichgültig, wie diese Stadt heißen sollte, da sie nach dem Feldzug gegen Khemet sowieso gedachten, wieder zu ihren Inseln zurückzusegeln, und die Achäer hatten es hinzunehmen, da sie bisher noch nicht eingetroffen waren und somit auch keine Stimme dazu abgeben konnten.

Die Euphorie, etwas Neues, Gemeinsames zu schaffen, hatte die Tar'esier und die We'ses rasch zusammenwachsen lassen, sodass sie sich schon bald wieder als ein Volk verstanden, was sie ja ursprünglich auch einmal gewesen waren. Natürlich blieben die beiden Volksgruppen anfangs noch gewissen Eigenarten und Traditionen, die sie über Generationen hinweg geprägt hatten, verhaftet, doch war es jetzt schon abzusehen, dass sich diese Gegensätze im Laufe der Zeit aufheben würden. So hegten beispielsweise die We'ses eine tief verwurzelte Furcht vor dem Meer, wohingegen die Tar'esier, die das Meer ja als ihre zweite Heimat betrachteten, so gut wie keine Kenntnisse von der Landwirtschaft oder der Viehzucht mitbrachten. Auch in ihren religiösen Auffassungen unterschieden sie sich erheblich, denn die We'ses verehrten, wie ihre nordischen Ahnen, immer noch den namenlosen Schöpfergeist und die Mutter Erde und hatten dadurch zunächst große Schwierigkeiten, sich mit dem Götterglauben der Tar'esier auseinander zu setzen.

Doch zeigten sich alle von Anfang an willig, voneinander zu lernen, und im Frühling ihres zweiten Jahres im neuen Tar'eses arbeiteten viele junge Leute der Pelthtim und Ter'usu auf den Feldern der We'ses und umgekehrt hatten mittlerweile nicht wenige Männer der We'ses ihre Scheu vor dem Meer überwunden und auf den Schiffen ihrer seefahrenden Brüder angeheuert.

Dem Beispiel Tecmes und Tarkuns folgend, hatten im vergangenen Jahr noch zahlreiche Frauen und Männer der drei Stämme ihre Liebe füreinander entdeckt und den Bund der Ehe geschlossen, sodass nun schon etliche Mütter ihre Kinder in ihren Armen wiegen konnten oder sie noch unter ihren Herzen trugen.

Doch die ersten Kinder, die in der neuen Heimat das Licht der Welt erblickten, waren die Zwillinge, ein Mädchen und ein Junge, die Tecme im ersten Mond des Frühlings geboren hatte. Wie Tarkun es dem sterbenden Salamisier geschworen hatte, wurde der Knabe Ajas genannt, während Tecme entschied, dass das Mädchen auf den Namen Tarcnai hören sollte.

Die Geburt und die Namensgebung der Zwillinge wie auch all der anderen Kinder, die bis dahin geboren worden waren, wurde mit einem gewaltigen Fest gefeiert, zu welchem sogar Calisnies und Ati aus dem alten Tar'eses angereist kamen, obwohl sie sich, wie die Mehrzahl der älteren Menschen dort, entschlossen hatten, an diesem Ort zu bleiben und zu sterben.

Am Vorabend des Festes trafen die beiden mit Hirume und Racvi zusammen, von denen sie vieles über die alte, fast schon vergessene Religion ihrer Vorfahren erfuhren. Im Gegenzug legten sie ihnen dann ausführlich dar, welche Bedeutung den Göttern in dem durch die Berührung mit den hochkultivierten Südvölkern verfeinerten Glaubensverständnis der Tar'esier beizumessen war.

So fügte es sich, dass Ati und Calisnies einträchtig mit Hirume und Racvi am nächsten Morgen bei Sonnenaufgang vor die andächtig versammelte Menge traten und den Segen und den Beistand des Schöpfergeistes, der Mutter Erde und der Götter, sowohl im Besonderen für die neugeborenen Kinder als aber auch für alle Menschen, die hier eine neue Heimat gefunden hatten, herabflehten.

Nachdem sie darauf auch die Stadt und das Land, die Herden und die Schiffe in die gütige Obhut der Unsterblichen empfohlen hatten, beendeten sie diese feierliche Handlung, indem sie die Götter baten, den Kriegern des Bündnisses den Sieg über Khemet zu schenken. Erst danach verkündete Hirume mit lauter Stimme, dass das Fest nun beginnen möge.

Über vier Tage gaben sie sich dem Rausch des Feierns hin und versuchten darüber zu vergessen, dass die Chatti ihnen dieses Land nicht aus reiner Nächstenliebe überlassen hatten, sondern damit sie einen günstig gelegenen Stützpunkt hätten, der ihnen die Invasion des schwarzen Landes erleichtern sollte.

Doch sollte es nach dem Fest nur noch drei Monde dauern, bis sich der dunkel drohende Schatten des Krieges wieder über den sorglos friedlichen Alltag der Menschen in Neu-Tar'eses zu legen begann. Wie vielen anderen auch war es Tarkun aber in dieser kurzen Zeit vergönnt, ein intensives und unbeschwertes Familienglück mit seiner Frau und seinen Kindern zu erleben.

Es war an einem heißen Nachmittag im Hochsommer, und die Luft stand flimmernd über der Stadt und den Feldern, auf denen die Ähren in goldgelb wogender Üppigkeit der nahen Ernte entgegenreiften.

Tarkun saß gerade mit Tecme bei einem späten Mittagsmahl im schattigen Innenhof seines schmucken kleinen Häuschens am Rande der Stadt, als eine Dienerin einen Boten Truns hereinführte. Der junge Mann wirkte sehr aufgeregt und kam nach einem knappen Gruß auch ohne Umschweife zur Sache.

»Eine Flotte der Achäer ist soeben eingelaufen«, meldete er atemlos. »Mein Herr hieß mich dir ausrichten, dass deine Anwesenheit im Rate deshalb dringend erforderlich sei!« Er verbeugte sich kurz, und schon hastete er wieder davon.

Tarkun schaute ihm stirnrunzelnd hinterher, dann stand er seufzend auf, küsste Tecme auf die Stirn und schickte sich an, dem Boten zu folgen. Bevor er das Innere des Hauses betrat, drehte er sich noch einmal zu seiner Frau um.

»So viel zum Frieden«, sagte er nachdenklich. »Sprechen wir nun vom Krieg!«

Darauf machte er sich eiligen Schrittes auf den Weg zur Ratsversammlung.

Als er dort angelangt war und seinen Platz eingenommen hatte, eröffnete Hirume die Sitzung und teilte den vollzählig erschienenen Ratsmitgliedern und Schiffsführern mit, dass mit den Achäern auch Fürst Arsili an der Spitze einer kleinen chattischen Streitmacht eingetroffen sei und von nun an auch hier verweilen würde, um sich mit ihnen gemeinsam an der weiteren Planung und Durchführung der Invasion Khemets zu beteiligen.

Auf Hirumes Zeichen hin wurden darauf unter dem begeisterten Beifall aller Anwesenden Arsili und der achäische Heerführer in die Mitte der Halle geleitet, wo sie sich höflich vor ihren Gastgebern verneigten.

Beim Anblick des hoch gewachsenen, athletisch gebauten Achäers gefror Tarkun in jähem Erschrecken das Blut in den Adern, und seine Augen weiteten sich in ungläubigem Staunen. Es war, als würde er einem Gespenst gegenüberstehen, denn dieser noch junge Mann glich dem vor Wilusa gefallenen Achilleus bis aufs Haar. Doch noch während er versuchte, seine unter diesem verwirrend emotionalen Eindruck kurzzeitig verloren gegangene Fassung wiederzuerlangen, begann Arsili zu sprechen.

»Im Namen meines Herren Hattusili grüße ich die hier versammelten weisen Väter der We'ses, Ter'usu, Pelthtim, Sherdanu und Sheklu und bedanke mich für den herzlichen Empfang, welchen man uns und unseren achäischen Waffenbrüdern in dieser Stadt bereitet hat. Es ist fast ein Jahr her, seit ich das letzte Mal eure Gastfreundschaft habe genießen dürfen. Als ich damals von euch Abschied nahm, standen hier nur Zelte und ein paar notdürftige Hütten. Fahrende Kaufleute, die zwischenzeitlich nach Chattusa kamen, berichteten mir zwar immer wieder bewundernd, in welch kurzer Zeit sich dieser Flecken zu einer richtigen Stadt mit festen Häusern und einer imposanten Hafenanlage entwickelt hat, doch nun, da ich mich mit eigenen Augen davon überzeugen konnte, muss ich zugeben, dass das, was ich sehe, meine kühnsten Erwartungen noch bei weitem übertrifft! Diese Stadt macht ihrem Namen alle Ehre, denn sie ist wahrhaftig ein prächtiges ›Tor nach Osten‹! Menschen, die solches zustande bringen, wird es, und dessen bin ich mir sicher, deshalb auch nicht schwer fallen, den Riesen am Hapi in die Knie zu zwingen. Doch bevor wir uns diesem Unternehmen widmen, möchte ich euch zunächst meinen Begleiter vorstellen. Heißt also in eurer Mitte Neoptolemos willkommen, den edlen Sohn des Achilleus und Fürst von Phtia!«

Ein bewunderndes und ehrfürchtiges Raunen erhob sich darauf in den Reihen der Ratsmitglieder, hatten sie doch alle schon durch die Erzählungen Tarkuns von dem herausragenden Heldenmut des Achilleus vernommen. Tarkun selber lehnte sich nach diesen Worten befriedigt zurück, legte die Fingerspitzen aneinander und betrachtete den jungen Polemarchen mit wohlwollendem Interesse.

Neoptolemos räusperte sich kurz und ergriff, ermuntert von Hirume, das Wort.

»Auch ich möchte euch Dank sagen für die gastliche Aufnahme, die wir hier erfahren dürfen«, begann er mit einer Stimme zu sprechen, die in ihrem sonoren Klang gänzlich der seines Vaters glich. »Fünfhundert Krieger aus allen Stämmen Achaias sind mir gefolgt, um unserer Bündnisverpflichtung nachzukommen. – Und das ist auch leider alles, was wir für diesen Feldzug aufbieten konnten!«, fügte er in zornigem Bedauern hinzu.

»Ich sah ein zahlenmäßig weitaus größeres Heer vor

Wilusa liegen«, unterbrach Tarkun ihn. »Kann es sein, dass die Wilusier euch am Ende doch noch eine vernichtende Niederlage beigebracht haben? Oder haben die stolzen Achäer so verlustreich gesiegt, dass sie nun einfach nur die Lust an der Kriegsführung verloren haben? Du ehrst das Andenken an deinen edlen Vater, indem wenigstens du den Weg zu uns gefunden hast! Ich will deine Tapferkeit und deine Fähigkeiten als Feldherr in keiner Weise anzweifeln, doch bist du mit Verlaub noch recht jung und scheinst mir wenig Kampferfahrung zu haben. Wo, so frage ich mich, sind die übrigen Fürsten der Achäer? Wo sind Agamemnon, Menelaos, Odysseus und Nestor? Sage mir jetzt nicht, dass sie alle gefallen seien.«

Neoptolemos wandte ihm sein Gesicht zu und bedachte ihn unter hochgezogenen Brauen mit einem langen, staunenden Blick.

»Du musst Tarkun, des Tarkuns Sohn sein!«, stellte er dann achtungsvoll fest. »Deine Taten vor Wilusa werden bis zu diesen Tagen an den Herdfeuern der Achäer gerühmt und besungen. Ich stehe zudem tief in deiner Schuld, da es auch dein Verdienst war, dass der entseelte Leib meines Vaters nicht in die Hände der Feinde gefallen ist. Während der ganzen Fahrt hierher habe ich mir überlegt, wie ich gerade dir mit dieser erbärmlichen Nachricht unter die Augen treten sollte. So werde ich also versuchen, vor dir und diesem hohen Rat zu erklären, weshalb nur ich und diese Fünfhundert mit euch nach Khemet ziehen werden.«

Mit einfachen Worten und ohne etwas zu beschönigen begann er nun zu berichten, was sich nach der Abfahrt Tarkuns vor Wilusa zugetragen hatte. Durch eine

List des Odysseus war die Stadt demnach nur zwei Monde später gefallen und von den siegestrunkenen Achäern bis auf die Grundmauern niedergebrannt worden. Nahezu die gesamte Bevölkerung war in dem Flammeninferno umgekommen, und die wenigen, die dem Feuer entkommen konnten, wurden gnadenlos abgeschlachtet. Unvorstellbare Mengen an Gold und anderen Schätzen hatten sie aus der sterbenden Stadt geraubt und mit dieser reichen Beute ihre Schiffe beladen, die Segel gesetzt und die Heimreise angetreten. Doch vielleicht hatten ihre Gräueltaten, die sie an den wehrlosen Wilusiern verübt hatten, die Götter erzürnt, oder es waren einfach nur die Unbillen des zu dieser herbstlichen Jahreszeit über dem Meer vorherrschenden launischen Wetters, denn kaum dass sie die offene See erreicht hatten, wurden sie von einem über drei Tage fürchterlich wütenden Sturm erfasst, der ihre Flotte auseinander riss und viele Schiffe samt ihren Besatzungen auf den Grund des tobenden Meeres schickte. Nur mit knapper Not war Neoptolemos, der nach dem Tode seines Vaters nach Wilusa geeilt war und an den letzten Kämpfen um die verlorene Stadt teilgenommen hatte, mit seinen Männern und Schiffen diesem verheerenden Unwetter entronnen und unbeschadet in seine Heimat Phtia zurückgekehrt.

Dort erfuhr er nach und nach, wie es den übrigen Fürsten und Kriegern der Achäer ergangen war. Odysseus war auf dem Meer verschollen und Agamemnon, der zwar wieder nach Mykene zurückgelangen konnte, wurde von seiner Frau und deren Geliebtem feige im Bade ermordet. Mehr als ein Drittel des Heeres hatte der Tod auf See ereilt und die, die das Glück hatten, nach Hause zu kommen, waren zumeist körperlich und geistig versehrt.

Nur Nestor und Menelaos, deren Schiffe schon gleich zu Beginn des Sturmes von der übrigen Flotte getrennt worden waren und so gleichsam am Rande des Unwetters weitergesegelt waren, hatten die Heimat ohne Verluste wiedergesehen.

Nestor war es auch gewesen, der Neoptolemos kurze Zeit später aufgesucht und ihn im Namen aller achäischen Fürsten gebeten hatte, der Bündnisverpflichtung nachzukommen und den Feldzug gegen Khemet zu leiten. Dazu hatte er noch etwa dreihundert, zumeist junge und unerfahrene Männer mitgebracht, die er dem Befehl des zunächst heftig protestierenden Phtiers unterstellte. Doch Nestor machte ihm auf seine beredte Weise deutlich, dass es um die Ehre Achaias ging und dass nur er, Neoptolemos, von allen Fürsten der einzige sei, der noch die Jugend und die Kraft besäße, solch ein gewaltiges Unternehmen mit durchzuführen. So hatte er sich schließlich beschwatzen lassen und sich mit seinen eigenen zweihundert Männern auf dieses Abenteuer eingelassen. Während er auf der Suche nach Neu-Tar'eses die hiesige Küste nach Süden entlanggesegelt war, traf er vor zwei Tagen auf Arsili und seine Streitmacht. Nachdem er sie an Bord genommen hatte, war er dann mit Arsilis Hilfe zügig bis hierher gelangt.

»Wenn ihr also willens seid«, schloss er seine Schilderung, »mich und meine Männer trotz dieser Widrigkeiten an eurer Seite zu akzeptieren, so werden wir unser Bestes geben und da kämpfen, wo ihr uns hinstellt!«

Alle schauten daraufhin gespannt zu Hirume und den anderen vier Stammesführern, die nach diesen kühnen Worten begonnen hatten, sich flüsternd miteinander zu beraten.

Es dauerte auch nicht lange, und sie waren sich einig geworden.

»Du hast nicht nur den Mut und die Tapferkeit von deinem Vater geerbt, Neoptolemos, sondern auch dessen großes Herz!«, verkündete Tarkun ihren Entschluss. »Wir wären deshalb töricht, auf deine Unterstützung zu verzichten. Komm also zu uns, und auch du Arsili, und nehmt fürderhin in diesem Rat an unserer Seite Platz, damit wir nun gemeinsam beginnen können, unser großes Vorhaben in die Tat umzusetzen!«

»Doch für heute wollen wir die Beratungen beenden, um zusammen mit unseren neuen Freunden deren Ankunft hier gebührend zu feiern«, fügte Hirume lachend hinzu. »Lasst uns also bei Einbruch der Nacht wieder hier zusammenkommen, dann wird alles für das Fest vorbereitet sein.«

Mit dieser verlockenden Aussicht löste sich die Versammlung auf.

Arsili erhielt fürs Erste Unterkunft bei Hirume, da er es unter seiner Würde fand, bei seinen Soldaten zu lagern. Ganz anders dagegen Neoptolemos! Dieser lehnte nämlich das Angebot Tarkuns, in seinem Haus zu wohnen, rundweg ab, da er es gewohnt war, mit seinen Kriegern zu leben und alles mit ihnen zu teilen.

In dieser Nacht wurde in ganz Neu-Tar'eses gefeiert, doch spürte man, dass die sorglose Leichtigkeit, die sich bei solchen Festen gemeinhin früher oder später einzustellen pflegte, heute gar nicht aufkommen wollte, weil die Leute wussten, dass der Frieden, den sie hier für eine kurze, trügerische Zeit hatten genießen dürfen, vorüber war und die meisten von ihnen nun bald in den Krieg ziehen mussten.

Vor allem den We'ses fiel es schwer, jetzt von diesem Ort wieder Abschied nehmen zu müssen, obwohl sie eigentlich von Anfang an entschlossen gewesen waren, das reiche Khemet zu erobern und sich nach dem Sieg dort endgültig anzusiedeln. Denn nachdem sie hier so unverhofft auf ihre verloren geglaubten Landsleute getroffen waren und gemeinsam mit ihnen diese schöne Stadt aufgebaut hatten, begannen sie sich zunehmend heimisch zu fühlen, sodass sich unter ihnen die Stimmen mehrten, das ursprüngliche Vorhaben aufzugeben und stattdessen an jenem Ort zu bleiben.

Diesem Begehren trat Hirume, gestützt von seinen Ratsmitgliedern, jedoch in den nun folgenden Tagen entschieden entgegen, indem er ihnen deutlich machte, dass dieser äußerst begrenzte Landstrich eine so große und zudem ständig anwachsende Bevölkerung schwerlich auf Dauer ernähren könnte. Außerdem verwies er dabei immer wieder auf die sagenhaften Schätze, welche in Khemet auf sie warteten und sie für die lange Zeit der Armut und Entbehrungen mehr als reichlich entschädigen würden. Dies verfehlte natürlich seine Wirkung nicht, und von der Aussicht auf eine solch glänzende Zukunft beflügelt, schickten sich die We'ses an, sich mit einem geradezu fieberhaften Enthusiasmus für den Zug nach Khemet zu rüsten. Nur ein kleiner Teil von ihnen hatte sich dennoch entschieden, in Neu-Tar'eses zu bleiben. Es waren dies zumeist die älteren

Leute, denen ein erneuter Aufbruch zu beschwerlich erschien. Aber auch etliche junge Paare verzichteten auf die Reichtümer Khemets, da sie den sicheren Frieden, den ihnen dieser Ort bot, für sich und ihre Kinder vorzogen.

Während also die We'ses ihre Wagen für den großen Zug herrichteten, gingen die Seeleute der übrigen Stämme daran, ihre Schiffe gründlich zu überholen und seeklar zu machen.

Täglich trat nun auch der Rat zusammen, um die Invasion Khemets, die ja sowohl über Land als auch vom Meer her erfolgen sollte, in allen Schritten zu planen und zu koordinieren. Es währte dann auch nicht lange, bis das gewaltige Unternehmen, an dem mehr als achttausend Menschen beteiligt waren, seine endgültige Gestalt angenommen hatte. Demnach sollten zunächst die We'ses und das Truppenkontingent der Chatti zu Lande nach Süden gegen die nördlichen Grenzfesten Khemets vorrücken, um dann, nachdem sie diese niedergerungen hätten, weiter bis zu der im Mündungsgebiet des Hapi gelegenen Hafenstadt Buto zu marschieren, wo sie sich mit den dort inzwischen eingetroffenen Flottenverbänden der Verbündeten vereinigen würden. Den Achäern fiel dabei die Aufgabe zu, den Zug der an der Küste marschierenden Landstreitkräfte von der Seeseite zu decken, indem sie mit ihren Schiffen gleichsam in Sichtweite neben ihnen einher segelten, sodass sie immer in der Lage wären, dem Heer im Bedarfsfalle schnelle Waffenhilfe zu leisten.

Arsili, der im Rate immer wieder hervorhob, dass Khemet aufgrund seiner momentanen innenpolitischen Wirren viel zu geschwächt sei, um einem solch massiv vorangetragenen Angriff der kombinierten See- und Landstreitkräfte wirksam zu begegnen, erklärte, das Landheer benötige bei einem zügigen Vormarsch etwa siebzig Tage, um nach Buto zu gelangen. Demzufolge müsste die Flotte also erst zwei Monde später die Anker lichten, um rechtzeitig vor dem Landheer in Buto einzutreffen, es zu nehmen und zu halten.

Wenn dieser Streich erst einmal gelungen sei, so hatte er selbstsicher weiter ausgeführt, könnte die nunmehr vereinte Streitmacht von dort aus – und ohne auf nennenswerten Widerstand zu stoßen – bis nach Uaset, dem Herzen des Reiches, vordringen und dem Perhau letztlich den Frieden diktieren.

Dieser Plan wurde dann auch mit Begeisterung angenommen, und nur wenige Tage später – es war im Morgengrauen des letzten Frühlingstages und ein Mond nach der Ankunft der Achäer – setzte sich der gewaltige Wagentreck der We'ses, beschirmt von Arsilis Truppen, in Bewegung und wälzte sich unaufhaltsam gen Süden, während die Achäer gleichzeitig unter Segel gingen, um sie in langsamer Fahrt auf See zu begleiten.

Mit ihren Frauen und Kindern, mit den Viehherden und all ihrem sonstigen Hab und Gut waren die We'ses aufgebrochen, und so wurde es fast Mittag, bis auch der letzte ihrer Wagen in der flirrenden Staubwolke am Horizont verschwunden war.

»Es ist plötzlich einsam geworden in Tar'eses, findet ihr nicht?«, sinnierte Truns, als er später am Abend dieses Tages mit Tecme und Tarkun zusammensaß und sich an den Resten einer gebratenen Lammkeule gütlich tat, die Tecme zu diesem Mahle eigenhändig mit Wein und würzigen Kräutern zubereitet hatte. »Ich meine, wir sind damals hierher gekommen und trafen unvermutet auf unsere verschollenen Stammesbrüder, die uns mit ihrer bodenständigen und selbstlosen Unbekümmertheit tatkräftig geholfen haben, dieser Stadt Leben einzuhauchen, obgleich sie wussten, dass dies nicht ihre Heimat werden würde. Damit und mit ihrer heiteren und stets zum Besten denkenden Art haben die We'ses selbst mich für eine Zeit vergessen lassen, aus welchem Grunde wir uns eigentlich angesiedelt haben. Und nun, da sie fort sind, fühle ich eine schmerzhafte Leere in mir, statt mich darüber zu freuen, dass das Warten ein Ende hat und wir endlich wieder in See stechen können.«

»Ich kann dir das gut nachfühlen«, sagte Tarkun leise. »Ich habe mich auch an sie gewöhnt, und Hirume und die anderen aus dem Rate werden mir … werden uns fehlen. Auch Neoptolemos und selbst den glattzüngigen Arsili vermisse ich jetzt schon, kaum dass dieser Tag des Abschieds vorüber ist. Und morgen werden uns auch Ati und Calisnies verlassen und nach Alt-Tar'eses zurückfahren. – Aber was soll's?«, fuhr er dann aufmunternd fort, »wir sehen uns ja bald schon wieder! In Buto!«

»Das eben glaube ich nicht!«, widersprach Truns, während sich seine Rechte so fest um den tönernen Becher schloss, dass dieser zerbarst. »Ich habe das unbestimmte Gefühl, dass … ach, ist auch egal!«

Tecme sah Truns daraufhin mit einem seltsam überraschten Blick an, der Tarkun nicht verborgen blieb.

»Wisst ihr beide vielleicht etwas, was ich nicht weiß?«, fragte Tarkun bissig und schaute die beiden abwechselnd an.

»Nein, nein!«, besänftigte ihn Tecme kopfschüttelnd. »Das ist es nicht. Es geht nicht um ein Wissen, sondern um eine unbestimmte Ahnung, und ich war nur erstaunt darüber, dass Truns diese Ahnung offenbar mit mir teilt.«

»Wie auch immer! Das Schicksal hat uns alle in seiner Hand!«, versuchte Tarkun unsicher seine Verwirrtheit zu überspielen. »Das große Abenteuer hat jedenfalls begonnen!«

Zu der gleichen Zeit, während solches im Hause Tarkuns besprochen wurde, lagerte das große Heer einen guten Tagesmarsch südostwärts von Neu-Tar'eses an der Mündung eines schmalen Flusses, dessen flaches Wasser sich hier, von dem nahen, im Norden gelegenen Küstengebirge kommend, träge ins Meer wälzte.

Es war um Mitternacht, und unter dem sternenklaren Himmel träumten die Männer, Frauen und Kinder dem morgigen Tag entgegen. Nur die Wachen hockten dösend um die vielen kleinen Feuer, die innerhalb und um die Wagenburg herum angezündet worden waren und mit ihrem knisternd hellen Flackern dem gleißenden Funkeln der Sterne zu antworten schienen.

In einiger Entfernung vor der Mündung, auf dem glitzernden Meeresspiegel, waren die schattenhaften Umrisse der achäischen Schiffe auszumachen, die zu einem Pulk vertäut, ruhig in der seichten Dünung dümpelten. An einem der Wachfeuer des kleinen chattischen Lagers, welches etwas abseits der Wagenburg am Flussufer aufgeschlagen worden war, erhob sich ein Soldat, räkelte sich und gähnte ausgiebig.

»Werde jetzt mal meine Runde machen«, brummte er seinen Kameraden zu, raffte seine Waffen auf und machte sich auf den Weg.

Er ging eine Weile flussaufwärts, bis er zu einem einsamen Felsblock gelangte, der zur Hälfte in den Fluss hineinragte. Dort legte er seine Waffen nieder, entkleidete sich bis auf den Lendenschurz und ließ sich in das flache, eiskalte Wasser gleiten. Mit ein paar kräftigen Schwimmstößen hatte er das gegenüberliegende Ufer erreicht, wo er zunächst einen Moment im tauigen Grase liegend verharrte. Dann kam er auf die Knie und schaute sich sichernd um. Nachdem er sich vergewissert hatte, dass keiner ihn gesehen hatte oder ihm gar gefolgt war, begann er in tief gebückter Haltung in Richtung eines nah gelegenen Waldstücks zu rennen, welches sich nördlich von ihm vor den felsigen Ausläufern des Küstengebirges abhob. Als ihn endlich die Schatten der Bäume verschluckt hatten, blieb er schwer atmend und mit bebenden Nasenflügeln stehen und blickte sich suchend um.

Plötzlich hörte er unweit vor sich ein leises Rascheln, und gleich darauf schälten sich die Gestalten zweier Männer aus der undurchdringlichen Schwärze, die sich zwischen den dicht beieinander stehenden Bäumen spannte.

»Möge Arinna ewig scheinen!«, wurde er von dem einen flüsternd angesprochen.

»Und Amun seinen Segen spenden!«, vollendete der Chatti hastig den Losungsspruch.

Nun erst trat der Sprecher der beiden Fremden dicht an ihn heran und musterte ihn intensiv aus seinen schwarz umschminkten, mandelförmigen Augen, deren Weiß im Dunkeln unwirklich aufglomm. An seiner Tracht und den goldenen Insignien war unschwer zu erkennen, dass es sich bei diesem athletisch gebauten Mann um einen hochrangigen Soldaten aus der Leibwache des Per-hau handeln musste.

»Ich bin Taru-siluma, geheimer Sendbote seiner Majestät Hattusili. Mit wem spreche ich?«

Der Chatti leckte sich nervös über die Lippen.

»Das tut nichts zur Sache!«, zischte ihn der Mann aus Khemet unwirsch an. »Berichte mir einfach nur, was du herausgefunden hast, und dann sieh zu, dass du wieder in das Lager kommst, bevor deine Landsleute Verdacht schöpfen!«

Derart eingeschüchtert begann der Chatti dem Fremden in abgehackten Sätzen den gesamten Plan der Invasion Khemets offen zu legen und schilderte detailliert die Mannschaftsstärke der daran beteiligten Land- und Seestreitkräfte.

Er war gerade dabei, die Ereignisse der letzten Tage zu schildern, als der Schwarzländer seinem Redefluss mit einer herrischen Geste Einhalt gebot.

»Das genügt!«, sagte er, wobei der kehlige Akzent, mit dem er die an sich schon hart klingenden chattischen Worte aussprach, diesen Befehl besonders bedrohlich klingen ließ.

»Wir werden dich jetzt verlassen und du … du hast uns nie gesehen!«

Damit wandte er sich abrupt um und strebte eiligen Schrittes, gefolgt von seinem stummen Begleiter, dem Waldesinneren zu.

»Mögen wir uns alle bald über den Sieg über die Seebarbaren freuen!«, rief der Chatti den beiden noch hinterher, worauf der Abgesandte des Per-hau stehen blieb und sich provozierend langsam zu ihm herumdrehte.

»Freue dich nicht über das, was noch nicht geschehen ist!«, kam es kalt über seine Lippen.

Noch ehe der Chatti den Sinn dieser Worte begriffen hatte, waren die beiden Männer so schnell verschwunden, wie sie gekommen waren.

Wenig später raste ein leichter, zweispänniger Kampfwagen khemetischer Bauart unter dem peitschenden Knall der Geißel seines Lenkers gen Süden, und um die Lippen des Uhemka, des Befehlshabers der Leibgarde seiner Majestät Ramesses des Dritten, spielte ein grausames, triumphierendes Lächeln.

Kapitel 13

»Wie viele Soldaten haben wir in den nördlichen Garnisonen?«

»Vielleicht zweitausend, vielleicht weniger, Majestät! Sie werden schlecht ernährt und haben schon lange keinen Sold erhalten. Die Moral ist kaum noch vorhanden, und viele laufen davon!«

»Und wie viele Menschen, sagtest du, zählt dieser Treck?«

»Angeblich über sechstausend, wenn Ihr den Worten des Chatti Glauben schenken wollt. Dazu kommen noch vierhundert Tjeker, die den Treck auf ihren Schiffen begleiten.«

Ramesses blickte mit hochgezogenen Augenbrauen in die Runde.

»Ihr habt gehört, was Uhemka uns berichtet hat! Hem'iunu, Irinefer – ich will eure Meinung hören!«

»Nun, Eure Majestät hatte diese Entwicklung sehr weise vorausgesehen und ...«

»Rede mir nicht nach dem Munde, Hem'iunu!«, fuhr ihm Ramesses ungehalten dazwischen. »Als du mir seinerzeit das erste Mal von diesen Dingen erzählt hast, konnte ich nur eine grobe Beurteilung der Lage treffen – und so habe ich einen Fehler in meinen Überlegungen gemacht, aber einen Fehler, der sich korrigieren lässt!«, fügte er mehr zu sich selbst hinzu.

»Verzeiht, Eure Majestät, welchen Fehler habt Ihr gemacht?«

»Ich vergaß, Irinefer, Ihr wart damals ja vor Wilusa! Also, ich bin davon ausgegangen, dass sie die Invasion unseres Landes zeitgleich durchführen würden, sodass wir gezwungen gewesen wären, unsere Truppen im und um das Mündungsgebiet des Hapi zu konzentrieren. Deshalb wollte ich auch den Hinterhalt auf das Landheer der Barbaren bei Gaza legen. Ich habe dabei aber völlig außer Acht gelassen, wie langsam sich ein von Ochsen gezogener Wagentreck bewegt! Demzufolge können sie gar nicht gleichzeitig operieren, sondern zunächst getrennt, wobei der langsamere Teil natürlich gezwungen ist, sich als Erstes in Bewegung zu setzen, um später dann das Angriffsziel gemeinsam zu erreichen! Wie wir nun gerade vernommen haben, ist das Landheer bereits aufgebrochen, während ihre Flotte erst nach drei Mondzyklen den Hafen verlassen wird. Das, meine Herren, verschafft uns nicht nur Zeit, sondern auch einen unerhörten Vorteil!«

»Majestät, ich verstehe nicht …«

»Das kann ich mir denken, Uhemka!«, erwiderte Ranesses und klopfte ihm gutmütig auf die Schulter. »Deswegen bist du auch Befehlshaber meiner Leibwache und kein Heerführer! Irinefer, erklärt Ihr es ihm!«

»Wenn ich Eure Majestät richtig interpretiere, wollt Ihr diesen Umstand zu unseren Gunsten ausnutzen und die nördlichen Garnisonen derart verstärken, dass sie den Vormarsch des Feindes aufhalten und möglicherweise sogar zerschlagen können. Wenn das gelingen sollte, dann wäre ihre Flotte bar jeder Unterstützung, und wir könnten sie im zweiten Schritt endgültig vernichten.«

»Genau das! Nur müssen wir jetzt sehr schnell handeln! Hem'iunu, wie viele Divisionen liegen in Pi-Ramesse?«

Hem'iunu, der von dem strategischen Elan seines Herrschers völlig mitgerissen wurde, strahlte über sein vor Eifer hochrot angelaufenes Gesicht.

»Drei Infanterie, zwei Bogenschützen, zwei Kampfwagen!«, sprudelte es atemlos aus ihm heraus.

»Sehr schön! Das ist vollkommen ausreichend! Irinefer, Ihr übernehmt den Befehl über diese Truppen und marschiert unverzüglich ... hier hin!«

Ramesses wies mit der Spitze seines Stabes auf den stilisierten Umriss einer Stadt, der in der Karte etwas unterhalb der nördlichen Grenzlinie eingezeichnet war.

»Hier, bei Kenepy, stellt Ihr sie! Und wenn Ihr das getan habt, dann kehrt in Eilmärschen nach Buto zurück! Irinefer? – Was ist? Träumst du? Hol deine Leute zusammen, und dann auf nach Pi-Ramesse! Jeder Tag zählt jetzt!«

Nun erst kam Bewegung in den bis dahin wie in Trance erstarrten Irinefer. Er machte auf dem Absatz kehrt und stürmte grußlos aus dem Saal.

Ramesses sah ihm diese Ungebührlichkeit nach, wusste er doch nur zu gut, welche Qualitäten dieser Mann besaß.

»Majestät, verzeiht, aber meint Ihr wirklich, dass Irinefer geeignet wäre, gerade diesen Feind zu schlagen?«, meldete sich Uhemka zögernd zu Wort.

»Wieso? Weil er, wie übrigens auch mein Bruder, dem Feind vor Wilusa unterlegen ist? Gerade das ist es, was ihn für diese Aufgabe prädestiniert! Er wird jetzt erst recht versuchen, diese Scharte an seiner Ehre auszuwetzen, zumal er dafür ungleich mehr Streitkräfte zur Verfügung hat wie vor Wilusa.«

»Und außerdem sind ja fast die Hälfte dieser Sechstausend nur Frauen und Kinder!«, warf Hem'iunu mit einem geringschätzigen Lächeln ein.

Ramesses wirbelte zu ihm herum und sah ihn aus zusammengekniffenen Lidern an.

»Hem'iunu, genau das ist es, was mir Sorge bereitet!«, sagte er betont leise.

Der Feldherr sah ihn überrascht und verständnislos an.

»Ja, begreifst du denn nicht?«, rief Ramesses und breitete beschwörend die Arme aus. »Ich hätte weitaus weniger Zweifel an unserem Sieg, wenn wir es nur mit einer regulären Armee der Chatti oder meinethalben auch mit uns zahlenmäßig überlegenen Barbarenhorden zu tun hätten!

In dem einen wie in dem anderen Fall dürfte sich der Gegner, wenn sich das Schlachtenglück zu unseren Gunsten neigen würde, entweder hinter seine Grenzen zurückziehen, sich ergeben oder aber in heilloser Flucht das Weite suchen. Hier jedoch hat sich ein ganzes Volk auf den Weg gemacht, um sich eine neue Heimat zu erobern! Diese, wie heißen sie noch, ach ja, Weschesch haben also nichts mehr zu verlieren, sondern alles zu gewinnen! Mit ihren Frauen und Kindern im Rücken werden sie sich uns demnach mit aller Entschlossenheit entgegenstellen und mit dem Mut der

Verzweiflung um ihr Überleben kämpfen! Du scheinst vergessen zu haben, dass der Ansturm dieses Volkes schon das Reich der einstmals so mächtigen Chatti in seinen Grundfesten erschüttert hat. Ich kann Hattusili nur beglückwünschen, dass er sich dieser Heuschreckenplage, wenn auch auf unsere Kosten, entledigen konnte.«

»Aus diesem Hattusili werde ich nicht schlau«, knurrte Uhemka und kratzte sich am Kopf. Weshalb sendet er Truppen unter der Führung des Fürsten Arsili zur Unterstützung dieser Wilden gegen uns aus, um sie gleichzeitig an uns zu verraten?«

»Das liegt doch auf der Hand«, entgegnete Ramesses lachend. »Wie wir ja wissen, spielt der Chatti, seiner Not gehorchend, gerade ein doppeltes Spiel. Zu dem Zeitpunkt, als die Nordbarbaren in sein Land einfielen, befand er sich schon im Krieg mit den assyrischen Wölfen, die ihre Fänge bereits in die Flanken des chattischen Löwen geschlagen hatten. Mit Assur, das war ihm klar, ließ sich kein Frieden mehr schließen, also hat er alles darangesetzt, sich mit den arglosen Seevölkern zu verbünden, um sich den Rücken freizuhalten. Gelungen ist ihm dies bekanntlich, indem er ihnen in den wärmsten Farben geschildert hatte, dass es doch für sie viel lohnender sei, weiter nach Süden zu ziehen und sich, statt an den armen, ausgebluteten Chatti, an dem fruchtbaren und zudem märchenhaft reichen Khemet schadlos zu halten. Seine Rechnung ist dabei ganz einfach. Er geht nämlich davon aus, dass dieser Krieg sowohl für uns als auch für die Barbaren so verlustreich enden wird, dass es völlig unerheblich ist, wer als Sieger daraus hervorgeht. In jedem Fall aber könnte er dann in Khemet einmarschieren und ungehindert die Früchte seiner Saat ernten. Er musste es jetzt nur noch schaffen, seine wahren Absichten vor uns, wie auch vor seinen ›Verbündeten‹ zu verschleiern, indem er beiden Seiten seine Loyalität versichert. Wie uns ein Spion aus Chattusa unlängst gemeldet hat, ist Fürst Arsili am Hofe in Ungnade gefallen, und da lag es doch nahe, diesen unbequemen Mann mit ein paar entbehrlichen Truppenverbänden gleichsam als Unterpfand seines guten Willens zu den Seevölkern zu schicken, während er uns gleichzeitig alle Informationen über die geplante Invasion zuspielte. Dieser Verrat an seinen Soldaten bedeutet für ihn nur ein leicht zu verschmerzendes Opfer in dem Spiel, in dem er alles zu gewinnen trachtet!«

Amüsiert betrachtete Ramesses darauf die Mienen seiner Untergebenen, die mit offenen Mündern und atemloser Gespanntheit an seinen Lippen hingen.

Ptahmose, der sich mittlerweile ebenfalls eingefunden hatte, lächelte nur still in sich hinein. *Was für eine Wandlung*, dachte er nicht ohne Stolz bei sich. Er musste sich an all die Jahre erinnern, in denen er Ramesses, als dieser noch der Horus im Nest war, als Lehrer gedient hatte. Es war wahrhaftig nicht leicht gewesen, diesen jungen Prinzen zu unterrichten, der mit flegelhaften Launen und arroganter Faulheit die Geduld seines Mentors stets auf eine harte Probe gestellt hatte. Ganz schlimm wurde es aber, als Ramesses sein Interesse an Frauen zu entdecken begann. Wenn er überhaupt zum Unterricht erschien, dann zumeist viel zu spät und völlig übernächtigt. Selbst die halbherzig und auch nur spärlich erfolgten Machtworte seines Vaters hatten nichts gefruchtet, sondern seine Renitenz im Gegenteil nur noch mehr herausgefordert. Statt sich auf sein schweres und verantwortungsvolles Amt als Per-hau Khemets vorzubereiten und sich mit dem äußerst komplizierten Gesetzeswerk, welches für die Führung dieses großen Reiches unabdingbar war, vertraut zu machen, hatte der junge Herr es vorgezogen, sich die Zeit im Kreise seiner trinkfreudigen Kumpane zu vertreiben und mit ihnen die Straßen Uasets unsicher zu machen. Diese ausschweifende Lebensführung des Prinzen hatte dann schon bald dazu geführt, dass viele hohe Beamte am Hofe, vor allem die hochrangigen Militärs, den Tag zu fürchten begannen, an dem Ramesses die Nachfolge seines Vaters antreten würde. Unter dessen tatkräftiger Regierung hatte sich nämlich das Reich allmählich von dem wirtschaftlichen Chaos zu erholen begonnen, welches mit dem Zusammenbruch der vorangegangenen Herrscherdynastie einhergegangen war.

So geschah es, dass ihn eines Tages ein paar einflussreiche Angehörige des Adels unter der Führung des Hohepriesters des Amun aufgesucht hatten und ihn, den ersten Tja-eti des Reiches, beschworen, den Per-hau, dessen Ohr und Vertrauen er damals als Einziger uneingeschränkt besaß, davon zu überzeugen, anstelle des anscheinend unfähigen und verweichlichten Ramesses, seinen zweitgeborenen Sohn, Men-amun, zu seinem Thronfolger zu erklären.

Dieses Begehren war zu jenem Zeitpunkt nur zu verständlich, denn anders als sein leichtlebiger älterer Bruder schlug er mit seiner zurückhaltenden Besonnenheit und den soldatischen Tugenden ganz nach der

Art seines Vaters. Schon als kleiner Junge fiel er durch Wissbegierigkeit und Lerneifer auf, sodass es für seine Lehrer eine Freude war, ihn zu unterrichten. Vor allem das Heerwesen interessierte ihn, und so nahm er, kaum dass er erwachsen war, an mehreren Feldzügen an der Seite seines Vaters teil, bei denen er ein herausragendes militärisches Talent unter Beweis stellen konnte, während sein Bruder sich im Liebeskampf auszeichnete, den er in zumeist fremden Betten ausfocht.

Aus diesem Grund hatte Ptahmose damals trotz seiner Sympathie für den Kronprinzen tatsächlich eine Weile mit sich gerungen, seinem Per-hau Sethnacht, der außerdem sein Freund gewesen war, diesen höchst gefährlichen Vorschlag des Adels zu unterbreiten, wusste er doch, dass Sethnacht unerklärlicherweise einen Narren an seinem nichtsnutzigen Erstgeborenen gefressen hatte. Nie würde er jenen Abend vergessen, an dem er, wie so häufig, mit Sethnacht allein im Garten des Palastes zusammengesessen hatte, um bei einem Becher Wein unbeschwert zu plaudern und dem Sennet-Spiel zu frönen. Sie hatten schon zwei Spiele beendet, als Sethnacht, der zu diesem Zeitpunkt schon von schwerer Krankheit gezeichnet war, plötzlich mitten in seinem Spielzug innehielt und ihn aus schmalen Lidern unendlich traurig ansah.

»Denkst du auch, dass ich besser daran täte, Ramesses von der Thronfolge auszuschließen und, statt ihn, Men-amun zu meinem Nachfolger zu bestimmen?«, hatte er ihn mit tonloser, brüchiger Stimme gefragt.

Ptahmose war zunächst überrascht gewesen, dass Sethnacht selbst dieses heikle Thema angesprochen und ihm so erspart hatte, seinen Herrscher mit dieser peinlichen Notwendigkeit zu konfrontieren. Doch noch bevor er sich die richtigen Worte für eine angemessene Antwort zurechtlegen konnte, hatte Sethnacht schon wieder das Wort ergriffen.

»Dein Schweigen ist beredt!«, hatte er emotionslos festgestellt. »Also hältst du Ramesses auch für den hoffnungslosen Trunkenbold und Hurenbock, wie es alle am Hofe tun! Das ist allerdings insofern bedauerlich für dich, da du doch sein Lehrer gewesen und nun einsehen musst, dass du gescheitert bist! Aber, so frage ich mich, der ich dich, mein Freund, mit der Erziehung meines erstgeborenen Sohnes beauftragt habe, sollte ich mich so in dir getäuscht haben?«

Diese Worte hatten Ptahmose tief ins Herz getroffen und ihn sein Gewissen erforschen lassen. Die vielen, intensiven Gespräche, die er mit Ramesses geführt hatte, waren ihm in den Sinn gekommen, und dabei war ihm mit einem Male klar geworden, dass er einem fürchterlichen Trugschluss aufgesessen war! Sethnacht und er waren von frühester Jugend an befreundet gewesen, und als er sich jetzt daran erinnern musste, war ihm jäh bewusst geworden, dass auch Sethnacht, bevor er den Thron Khemets bestiegen hatte, bei allen den Anschein erweckt hatte, ein hoffnungslos verkommener Weiberheld zu sein, der überdies auch noch feige war.

Aber von dem Moment an, als er Geißel und Krummstab in den Händen gehalten hatte, war, wie eine Raupe, die sich zum Schmetterling entpuppt, sein wahres Gesicht an den Tag gekommen, und er war gleichsam über Nacht zu dem starken und weitsichtigen Herrscher geworden, der er bis zu seinem Tode geblieben war.

Als ihm diese Parallele nun deutlich geworden war, hatte er Sethnacht mit einem gequält strafenden Blick bedacht, worauf beide in ein herzliches Gelächter ausgebrochen waren.

Nur wenige Monde später war Per-hau Sethnacht zu seiner letzten Reise nach Westen aufgebrochen, und Ramesses war ihm auf den Thron gefolgt. Und wie es sein Vater vorausgesehen hatte, hatte sich der arrogante Pfau binnen kürzester Zeit zum zustoßenden Adler gemausert, der von allen geachtet, aber auch gefürchtet wurde. Mit unglaublichem Ehrgeiz setzte er das Werk Sethnachts, Khemet wieder erstarken zu lassen, fort. Mit strengen Sparmaßnahmen war es ihm in Jahresfrist gelungen, die Staatskassen, die sein Vater völlig leer übernommen hatte, vollends zu füllen und sogar weitere Goldreserven anzulegen.

Und nun, seitdem er wusste, dass Khemet vor einem seine Existenz bedrohenden Krieg stand, plante er mit einem enormen strategischen Geschick die Verteidigung des Reiches.

Nur einmal, als Irinefer von Wilusa zurückgekehrt war und ihm den Tod seines Bruders mitteilen musste, hatte er die Fassung verloren und sich für mehrere Tage in seinen Gemächern eingeschlossen.

Ptahmose seufzte leise und schaute lächelnd zu seinem Schützling, der gerade, die Arme breit auf den Tisch gestützt, vor seinen Feldherren stand und sie mit einem herausfordernden Grinsen ansah.

»Ihr macht auf mich den Eindruck, als ob ihr befürchtet, dass nun das Ende Khemets bevorstünde!«, setzte er seine Rede weiter fort, da niemand nach seinen letzten Ausführungen etwas zu sagen hatte. »Kopf hoch, meine Herren! Hattusilis Traum kann nicht in Erfüllung gehen, weil er sich in einem entscheidenden Punkt seiner Rechnung fürchterlich geirrt hat! Ich habe nämlich dafür gesorgt, dass die Spione aus Chattusa bereitwillig mit allem, was sie wissen wollen, gefüttert werden. Einige mir sehr ergebene Hofbeamte habe ich sogar zum Verrat angestiftet, indem ich ihnen befahl, sich ganz öffentlich über unsere leeren Schatzkammern und über den desolaten Zustand unserer Armee zu beklagen.

Wie ich von unserem Gesandten in Chattusa erfahren habe, hat Hattusili diesen Köder mittlerweile anstandslos geschluckt, und so fürchte ich, dass unserem chattischen Freund dasselbe grausame Schicksal beschieden sein wird, wie vor ihm seinen barbarischen Verbündeten! Statt, wie sie vermuten, einem verlausten und schlecht bewaffneten Heerhaufen gegenüberzustehen, werden sie auf eine disziplinierte und mit den modernsten Waffen ausgerüsteten Armee treffen, die ihnen ohne Zweifel, sei es zu Land oder zu Wasser, völlig überlegen sein wird!«

Es dauerte einen Moment, bis die Männer die Worte ihres Herrschers verinnerlicht hatten, doch dann entspannten sich ihre Gesichtszüge, und ihre Augen begannen unternehmungslustig zu funkeln.

»Verzeiht unseren Kleinmut, Herr!«, beeilte sich Hem'iunu zu sagen. »Aber selbst ich hatte nur ansatzweise davon erfahren, in welchem Maße Ihr diese längst notwendig gewordene Heeresreform durchgeführt habt. Jetzt, da Ihr uns darüber aufgeklärt habt, möchten wir Euch danken und unser Leben in Eure Hände geben! Verfügt über uns, auf dass kein Feind seinen Fuß auf die Erde Khemets setzen wird!«

»Hörte ich da eben einen leisen Vorwurf, Hem'iunu?«, spöttelte Ramesses vergnügt. »Der Per-hau rüstet höchstselbst die Armee auf und lässt seine Feldherren darüber weitgehend im Unklaren! Was soll man dazu sagen? – Aber jetzt mal im Ernst, meine Freunde!«, fuhr er dann wieder sachlich weiter fort. »Uaset wimmelt zurzeit von chattischen Spionen! Es hatte also nichts damit zu tun, dass ich kein Vertrauen zu euch gehabt hätte, sondern ich habe mir nur gedacht, dass, je weniger jeder Einzelne von euch weiß, desto weniger man auch von euch erfahren kann! Nicht dass ich geglaubt hätte, ihr würdet bewusst Verrat begehen, aber ihr kennt das ja: ein bisschen zu viel getrunken, ein bisschen Prahlerei vor den Weibern ... habe ich etwas vergessen? Aber nun zur Sache! Hem'iunu, ich will, dass ihr schon morgen mit der gesamten Armee von hier aufbrecht und nach Buto marschiert. Zum Schutze Khemets bleiben die Division *Re-Harachte* sowie meine Leibgarde zurück. Das Kommando hat Uhemka. Die Regierung des Reiches übernimmt Ptahmose. Ich selbst werde wenige Tage später mit der Flotte, sobald die letzten Schiffe vom Stapel gelaufen sind, gen Buto fahren. Diese Eile ist notwendig, da mir mein Gefühl sagt, dass die Flotte der Seebarbaren eher dort eintreffen wird, als wir es bislang vermuten können. In jedem Fall will ich darauf vorbereitet sein und sie gebührend in Buto empfangen. Beten wir also zu den Göttern, dass Irinefer das Landheer der Barbaren bei Kenepy schlagen wird. Denn dann ist uns der endgültige Sieg über die Seevölker sicher. So, meine Freunde! Wir sehen uns in Buto! Dort gilt es in einer alles entscheidenden Schlacht zu kämpfen, der Schlacht um Khemet!«

»Re'esh Khemet!«

»Freue dich Khemet!«

Aus abertausend Kehlen brauste der mächtige Ruf durch die Straßen Uasets, schwang sich stolz in den blauen Morgenhimmel und begrüßte die strahlend goldene Barke des Ra, welche sich gerade am östlichen Firmament erhoben hatte.

»Freue dich, Khemet, denn unser Herr, der Herrscher beider Länder, Ramesses, geliebt von Ra, geliebt von Amun, möge er ewig leben, macht sich auf, an der Spitze seiner Armeen die Feinde des Reiches zu schlagen!«

Zehn Divisionen, insgesamt zehntausend Mann, standen in exakt ausgerichteten, dichten Kadern vor den Mauern der Stadt und erwarteten die Ankunft ihres obersten Feldherren. Tausendfach brach sich das gleißende Licht der Sonne an den Blättern ihrer rotschäftigen Lanzen und den Klingen ihrer sichelförmigen Schwerter.

Plötzlich erscholl der schmetternde Klang der Signalhörner von den Zinnen der Stadtmauer, und auf dem hohen Turm des Stadttores erschien im Glanz der Insignien seiner unumschränkten Macht der Per-hau Khemets. Augenblicklich warfen sich die Zehntausend sowie die Einwohner Uasets vor ihrem Herrscher in den Staub, streckten die Arme vor und skandierten dreimal voll Ehrfurcht in gedämpfter Monotonie: »Amun-Re!«

Ramesses, der regungslos, die Hände mit Krummstab und Geißel vor der Brust gekreuzt, in aufrechter Haltung verharrte, nahm die Huldigung mit versteinerter Miene und geschlossenen Augen entgegen.

Nachdem sich alle wieder erhoben hatten, herrschte absolute Stille, sodass nur der leise pfeifende Wind, der von der Totenstadt herüberwehte, zu hören war.

Jetzt erst öffnete Ramesses wieder die Augen und ließ seinen Blick eine Weile über seine vor ihm angetretenen Soldaten schweifen, die erwartungsvoll zu ihm heraufschauten.

»Ein übermächtiger Feind schickt sich an, die Grenzen unseres geliebten Landes von der See und vom Lande her zu bedrohen!«, begann er schließlich mit weithin hallender Stimme in die Stille hinein zu sprechen. »Ein Feind, unter dessen rasender Wut schon das stolze Keftiu hinweggefegt wurde und vor dem auch das mächtige Chatti erzittert. Wie die Heuschrecken, die schon so oft in der Vergangenheit über uns hergefallen sind und unsere Getreidefelder kahl gefressen haben, schwärmen jetzt die Nomaden der Meere gegen Khemet, um es zu erobern, es auszuplündern und unser Volk zu versklaven. Doch mit der Hilfe unserer Götter werden wir sie aufhalten und vernichten! Wir werden heute gemeinsam in diesen Krieg ziehen, und wir werden dabei an unsere Eltern und an unsere Frauen und Kinder denken, denen wir dieses traurige Los ersparen wollen! Denkt immer daran, dass ihr den geheiligten Boden Khemets verteidigt, wenn ihr gegen sie kämpft! Tötet sie, bevor sie uns töten! In diesem Krieg wird es kein Erbarmen geben!«

Er hielt inne und breitete segnend seine Arme aus. »Ich, Ramesses, Sohn des Re-Amun, flehe zu den Göttern Khemets, dass sie uns leiten und beschützen und unsere Feinde unter ihren Füßen zertreten! Volk Khemets, höre meinen Schwur: Im Andenken an meine ruhmreichen Vorfahren werde ich nun mit meinen tapferen Soldaten in diese Schlacht ziehen und mit meinem Schwert dem Wüten des Feindes Einhalt gebieten. Entweder kehre ich mit der Sonne unseres Sieges zurück, oder mein Name soll auf ewig dem Vergessen anheim fallen!«

Als er seine Rede beendet hatte, trat nach einer uralten Sitte Hem'iunu als der ranghöchste Truppenführer vor und reckte sein Schwert Ramesses entgegen.

»Wo steht der Feind Khemets, Herr?«, rief er laut. »Wohin sollen die Soldaten Ihrer Majestät ziehen?«

Ramesses wies mit seiner Rechten, die die Geißel umschloss, nach Norden.

»Dort, oh ihr Sandratten Khemets! Der Feind kommt von Norden!«, schrie er traditionsgemäß und mit überschlagender Stimme zurück.

Hem'iunu drehte sich daraufhin zu der waffenstarrenden Front der Soldaten um und nahm einen Bogen, den ihm einer der Schützen reichte. Er legte einen vergoldeten Pfeil auf die Sehne und ließ das Geschoss über die Köpfe der Soldaten in die gewiesene Richtung schnellen.

»Folgt dem Pfeil, Soldaten! Er weist euch den Weg!«

Jetzt erhob Ramesses die rechte Hand und ließ sie gleich darauf wieder ruckartig nach unten schlagen.

In diesem Moment erklangen erneut die Signalhörner, worauf das ganze Heer rasselnd kehrtmachte und sich unter dem dumpf knallenden Rhythmus, den die Trommler, die jeder Hundertschaft vorangingen, ihren kesselförmigen Pauken entlockten, divisionsweise in Marsch setzte.

Zu beiden Seiten der abziehenden Verbände preschten die fünfhundert leichten, zweispännigen Streitwagen einher, deren Hauptaufgabe während des langen Marsches es war, das vorausliegende Gelände weiträumig zu erkunden und die Flanken zu sichern.

Die gesamte Bevölkerung Uasets war mittlerweile aus der Stadt geströmt und begleitete den Abmarsch ihrer Soldaten mit einem immer wieder tosend aufbrandenden Jubelgeheul. Ramesses stand immer noch einsam auf dem Turm, die Arme auf der Brüstung verschränkt, und schaute den in flirrende Staubwolken gehüllten Kolonnen nachdenklich hinterher, als Ptahmose sich neben ihn stellte und für eine Weile das brütende Schweigen seines Herrschers teilte.

»Ich sehe Tränen in deinen Augen, Junge!«, sprach er ihn endlich an. Da er mit Ramesses allein war, durfte er sich dieser vertraulichen Anrede bedienen.

Ramesses wandte sich ihm zu und sah ihn schmerzerfüllt an.

»Mein Bruder hätte dieses Heer führen sollen!«, brach es gequält aus ihm heraus. »Er war der geborene Feldherr. Ich habe gerade daran denken müssen, wie er damals zu seinem letzten Kriegszug aufgebrochen ist. Wie stolz er mit seinem Wagen der Streitmacht vorangefahren ist! Das Gold seiner Rüstung funkelte in der roten Morgensonne! Wie Amun persönlich ist er in die

Schlacht gezogen. Und nun weiß ich noch nicht einmal, wo sie ihn verscharrt haben! Vielleicht wäre er wirklich der bessere Nachfolger meines Vaters gewesen!«

»Der Schmerz über den Verlust deines geliebten Bruders macht dich blind, Ramesses! Ein guter Feldherr ist noch lange kein guter Staatenlenker! Dein Vater wusste das, als er daran festhielt, dich als seinen Erben vorzusehen! Men-amun hat zu keiner Zeit Interesse daran gehabt, sich näher mit der Verwaltung des Reiches zu befassen. Sein Herz schlug bei seinen Soldaten. Er hat mir sogar bei deiner Krönung seine Freude darüber bekundet, dass du dieses Amt übernommen hast!«

Ramesses umfasste die Hände seines alten Lehrers.

»Dies wird der erste Krieg sein, den ich zu führen habe, Ptahmose!«, keuchte er. »Musste es denn ausgerechnet gleich ein Krieg sein, bei dem es um den Bestand unseres Reiches geht?«

»Nun, ich denke, ein Krieg ist ein Krieg! Wichtig ist es, ihn zu gewinnen!«

»Wie könnte ich das, da ich doch keinerlei Erfahrung damit habe?«

»Jetzt belügst du dich aber selbst, mein Junge! Wer hat denn diese exzellente Strategie entworfen, mit welcher wir nun diese Barbaren in unsere Speere rennen lassen? Hast du vergessen, mit welcher Bewunderung und Begeisterung Hem'iunu und die anderen erfahrenen Heerführer deinen Plan angenommen haben? Du solltest auf dich vertrauen – und auf die Fähigkeiten deiner Feldherren, die diesen Plan gewisslich sehr wirksam in die Tat umsetzen werden!«

Ramesses schaute kurz wieder nach den allmählich in der Ferne verschwindenden Truppen, dann wandte er sich um und schlug sich entschlossen mit seiner Geißel gegen den Oberschenkel.

»Du hast Recht, Ptahmose! Ich werde diesen Krieg siegreich beenden – und deshalb werde ich mich jetzt zum Hafen begeben und sehen, wie weit sie mit den restlichen Schiffen sind! Ich will in spätestens vier Tagen auf dem Fluss sein! Ich erwarte dich heute Abend – zum Sennet-Spiel!«

Kapitel 14

Schwarzgraue Qualmwolken stiegen von den verkohlenden Gerippen der Wagen träge in den abendroten Himmel.

Auf dem vom getrockneten, eingesickerten Blut braun gefärbten, einstmals weißen Sandboden lagen ineinander verwoben unzählige Menschen- und Tierkörper, die meisten von ihnen grauenhaft verstümmelt.

Die subtile Stille des Todes lastete über der Walstatt, auf der sich nichts mehr bewegte, und die sanft an den Strand rollenden Wellen des nahen Meeres sangen eine monotone Melodie dazu.

Die Gestalt eines einzelnen Mannes hob sich schattenhaft vor dem Hintergrund des immer noch hellen westlichen Horizontes ab.

Es war Irinefer, der regungslos und schwer atmend auf das entsetzlich stinkende Chaos starrte, welches sich auf dem weiten Gelände vor ihm in scheinbarer Endlosigkeit ausbreitete. Hin und wieder hörte er das leise Schnauben der Pferde seines Streitwagens, welcher mit seinem Lenker in einiger Entfernung hinter ihm auf ihn wartete. Er konnte es einfach immer noch nicht fassen, was sich hier bis in den frühen Nachmittag dieses Tages abgespielt hatte.

Auf Befehl seines Herren, des Per-hau Ramesses, des Dritten dieses Namens, war er mit fünf Divisionen von Pi-Ramesse aus in Eilmärschen an die Nordgrenze des Reiches gezogen, um die Besatzungen der dortigen Grenzfesten gegen den bevorstehenden Angriff eines gewaltigen Barabarenheeres zu entsetzen. Seine Soldaten waren hoch motiviert, und so war es ihnen gelungen, schon nach zwanzig Tagen dort einzutreffen.

Kaum hatte er in den maroden Kasernen die Moral wieder einigermaßen hergestellt und den längst überfälligen Sold in doppelter Höhe ausgezahlt, da meldeten die schnellen Wagenspäher auch schon, dass sich die ungeheure, amorphe Masse des feindlichen Heeres behäbig heranwälzte und sich nur noch drei Tagesmärsche von der Grenze befinden würde.

Nachdem er sich davon überzeugt hatte, dass das Gemäuer der beiden Festungen schon viel zu sehr verfallen war, um es in dieser kurzen Zeit wirksam zu sanieren, hatte er kurzerhand beschlossen, die Festungen aufzugeben und sich mit der Hauptmacht seiner Streitkräfte auf die Höhe der Stadt Kanepy zurückzuziehen.

Zum Scheine hatte er jeweils eine kleine Schar Soldaten in den Festungen belassen, denen er eingeschärft hatte, sich zu betrinken und ihr Äußeres möglichst desolat erscheinen zu lassen. Wenn der Feind sich nähern würde, sollten sie für eine kurze Zeit so tun, als würden sie sich wehren, dann aber sollten sie sich ergeben und dem Gegner vertrauensselig erzählen, dass man sie hier vergessen hätte und seit Jahr und Tag keine Nachrichten, geschweige denn Truppen aus Khemet zu ihnen gekommen seien, um sie abzulösen. Wenn nämlich auf diese Weise der Feind den Eindruck vermittelt bekäme, dass zum einen Khemet zwischen der Nordgrenze und dem Mündungsgebiet des Hapi keine Streitkräfte mehr stationiert hätte und zum anderen es mit der Moral der Soldaten des Per-hau nicht zum Besten stünde, dann würden sich die Barbaren vielleicht in Sicherheit wiegen und unvorsichtig werden.

In der Tat war der Plan gelungen. Die Barbaren hatten die »armen, ausgemergelten« Soldaten ohne Ausnahme laufen lassen, welche sich dann auf dem schnellsten Wege wieder bei Irinefer zur Berichterstattung gemeldet hatten.

Er hatte unterdessen Zeit gehabt, sich in aller Ruhe den Ort auszusuchen, wo er gedachte, sich den Barabaren in den Weg zu stellen. Seine Wahl fiel auf ein weites Gelände, das zum einen vom Meer, zum anderen von der steil ragenden Wand einer küstennahen Bergkette begrenzt wurde. Der Platz war ideal, zumal der Feind gezwungen war, hier durchzuziehen, da er sonst den Kontakt zu der ihn begleitenden kleinen Tjekerflotte verlieren würde.

Dann hatte Irinefer seine Streitmacht aufgestellt. Eine Division Infanterie – es handelte sich dabei um die ehemalige Grenzbesatzung –, verstärkt von Bogenschützen, hatte er zur Deckung seiner rechten Flanke auf die Klippen der Bergkette beordert, um so auch dem Feind den Fluchtweg abzuschneiden. Gleichzeitig bildete diese Truppe seinen rechten Flügel.

Hinter einer Hügelgruppe, die sich im Rücken seines Zentrums befand, hatte er die Streitwagen als Reserve Deckung beziehen lassen.

Das Zentrum selbst bestand aus vier Divisionen, also viertausend Mann Kerntruppen, wobei er die Bogenschützen und die Infanterie in dicht gestaffelten Linien abwechselnd hintereinander aufgestellt hatte.

Dem meerseitig ausgerichteten linken Flügel, etwa neunhundert Mann, hatte er die wichtige Aufgabe zugewiesen, die Tjeker keinesfalls an Land kommen zu lassen, sondern gleichsam einen undurchdringbaren Keil zwischen ihnen und dem Landheer zu bilden.

In dieser Schlachtordnung hatte er sie dann auch vor Morgengrauen dieses Tages in Stellung gehen lassen.

Es war aber erst am frühen Vormittag, als das Heer der Weschesch, wie sie sich selbst nannten, in die Ebene hineinquoll und erkennen musste, dass der Weg nach Süden versperrt war. Da ein Ausweichen unmöglich und der Feind zudem davon überzeugt war, es hier mit eilig herangeführten und daher übermüdeten und schlecht bewaffneten Truppen zu tun zu haben, ging er erwartungsgemäß mit einem aufreibenden Kriegsgeheul aus der Bewegung zum Angriff über.

Doch schon die erste Welle brach unter einem die Sonne verfinsternden wohl gezielten Pfeilhagel zusammen, während die erste Linie der Khemet-Infanterie langsam gegen den Feind vorzurücken begann. Die Bogenschützen schickten dabei pausenlos Salve auf Salve in die dichte Masse der nun wütend heranstürmenden Nomadenkrieger, sodass das Schlachtfeld bald schon mit deren Toten und Verwundeten übersät war, noch bevor es zum eigentlichen Handgemenge gekommen war.

Schließlich waren die Barbaren heran und hatten sich todesverachtend gegen die waffenstarrenden, fest geschlossenen Reihen ihres Gegners geworfen, der aber trotz der ungeheuren Wucht, mit der dieser Anprall erfolgte, zunächst keinen Fußbreit Bodens zurückwich.

Irinefer, nachdem er sich davon überzeugt hatte, dass die Weschesch alle ihre Kräfte ins Feld führten, hatte der ersten Linie daraufhin befohlen, den Feind zum Scheine im Zentrum durchbrechen zu lassen, um ihm dann von beiden Seiten in die Flanken zu fallen, während gleichzeitig die beiden hinteren Divisionen frontal zum Angriff übergehen sollten. Tatsächlich hatten die Barbaren dem vermeintlich fliehenden Feind blindwütig nachgesetzt, sodass die Falle zuschnappte und sie sich unversehens eingekesselt sahen.

In dieser Situation hatten nun auch die Tjeker damit begonnen, mit ihren Schiffen auf den Strand zuzuhalten, um ihren bedrängten Verbündeten zu Hilfe zu eilen.

Doch noch bevor sie nahe genug herangekommen waren, hatten die Bogenschützen des rechten Flügels Schwärme von Brandpfeilen gegen die Schiffe abgeschossen, von denen nicht wenige schon bald darauf Feuer gefangen hatten und lichterloh brannten. Was sich von den Besatzungen an den Strand hatte retten können, wurde von den dort wartenden Truppen gnadenlos niedergemacht. Der Befehlshaber der Tjeker, der sehr rasch hatte einsehen müssen, dass eine sichere Anlandung aussichtslos geworden war, hatte dann auch folgerichtig den Abbruch des Unternehmens befohlen und war mit dem ihm verbliebenen, kläglichen Rest seiner Flotte unter vollen Segeln mit westlichem Kurs aufs offene Meer geflohen.

Unterdessen hatte die Sonne ihren mittäglichen Zenit längst überschritten, doch noch immer tobte die Schlacht mit unverminderter Heftigkeit, obwohl es sich bereits abzuzeichnen begann, dass die Weschesch, trotz ihres unbändigen und ungebrochenen Kampfesmutes, der Übermacht der mit todbringender Disziplin gegen sie vorgehenden Khemet-Soldaten unterliegen würden.

Aber noch einmal, die sichere Niederlage schon vor Augen, hatten sie sich gegen ihr drohendes Schicksal aufgebäumt. Unter Aufbietung ihrer letzten Kräfte war es ihnen mit einer wahnwitzigen Attacke gelungen, den immer enger werdenden Ring, den Irinefers Truppen um sie geschlossen hatten, an einer Stelle zu sprengen und zu ihren zu einem wehrhaften Rund aufgefahrenen Wagen zurückzufluten, wo sie sich sammelten, um sich davor sofort erneut in Schlachtordnung zu formieren.

Nachdem sich Irinefer von seinem ersten Schrecken erholt hatte, war er geistesgegenwärtig mit den arg zusammengeschrumpften Divisionen des Zentrums sowie mit seinem rechten Flügel den Barbaren im Laufschritt nachgerückt, mit der Absicht, sie vor ihrer Wagenburg zu umzingeln und sie endgültig niederzukämpfen. Doch wider Erwarten hatten sie sich zu einem Gegenangriff aufgerafft und rannten, angefeuert von dem frenetischen Gekreische ihrer Frauen und Kinder, todesmutig gegen die sich unbarmherzig nähernde Front ihrer Gegner an.

Dieser unvermittelt vorgetragene Ansturm hatte bewirkt, dass die angreifenden Kader der Khemet-Armee ins Stocken gerieten und sogar teilweise die Flucht ergriffen. In dieser höchst gefährlichen Lage hatte Irinefer dann endlich den Angriff der noch nicht zum Einsatz gekommenen Streitwagen befohlen.

Wie ein donnerndes Ungewitter waren daraufhin die bis dahin hinter den Hügeln verborgenen Streitwagenverbände über das Schlachtfeld bis tief in die Reihen der völlig überraschten Weschesch hineingestoßen und hatten ein fürchterliches Blutbad unter ihnen angerichtet.

Und dann hatten sich die Frauen der Barbaren in heller Verzweiflung mit ihren Kindern von den Wagen herunter in das Schlachtgetümmel gestürzt und waren, mit Schwertern und Messern bewaffnet, zumeist aber nur mit den bloßen Händen ihren bedrängten Männern zu Hilfe geeilt.

Das heldenhafte Beispiel ihrer Frauen hatte den Barbaren noch einmal schier übermenschliche Kräfte verliehen, sodass selbst die Schwerstverwundeten sich wieder aufgerafft hatten und mit irgendwelchen Waffen, die sie blind vom Boden aufklaubten, gegen die unnachgiebig vordrängenden Soldaten Khemets anrannten. Doch ihr Schicksal war besiegelt, obwohl sich die Weschesch bis zuletzt mit tollkühner Verbissenheit dagegen aufgelehnt hatten.

Es war am späten Nachmittag, als sie ihren Widerstand endlich aufgaben und sich ergaben.

Nachdem Irinefer seinen Soldaten befohlen hatte, nun ebenfalls die Waffen ruhen zu lassen und eine geordnete Aufstellung vor der Wagenburg einzunehmen, war er nach vorne gefahren, um sich ein Bild von der Lage zu verschaffen.

Was er zu sehen bekam, hatte sein hartes Soldatenherz zutiefst erschüttert.

Nur etwa zweihundert Männer, Frauen und Kinder der Weschesch hatten das Gemetzel überlebt und standen nun, schmutz- und blutverkrustet, die Waffen immer noch in ihren Händen haltend, dicht aneinander gedrängt vor ihren Wagen.

Und dann geschah das Unfassbare!

Er war gerade von seinem Streitwagen gestiegen in der Absicht, sich dem verlorenen Häuflein, die Rechte zum Friedensgruß erhoben, zu nähern, als plötzlich Bewegung in die bis dahin apathisch verharrenden Barbaren kam. Vor seinen ungläubig blickenden Augen und unter dem entsetzten Aufschrei seiner Soldaten hatten die letzten überlebenden Weschesch damit begonnen, kollektiven Selbstmord zu begehen. Zuerst hatten die Frauen den Kindern die Kehle durchgeschnitten, um ihre entblößten Brüste hernach den Schwertern und Dolchen der Männer preiszugeben, welche sich nach dieser blutigen Arbeit dann selber entleibt hatten.

Das alles war so schnell gegangen, dass Irinefer, dem beim Anblick dieser scheußlichen und für ihn völlig sinnlosen Tat das Blut in den Adern gefroren war, keine Zeit mehr blieb, um dem mörderischen Treiben Einhalt zu gebieten.

Und dann war es vorbei.

Das Volk der Weschesch hatte aufgehört zu existieren!

Er hatte sich übergeben müssen, denn obgleich er als kriegserfahrener Soldat mit dem Tod auf vertrautem Fuße stand und in seinem Leben schon viele grauenvolle Dinge gesehen hatte, so übertraf das, was er heute hatte miterleben müssen, noch bei weitem das Maß an menschenverachtender Brutalität, mit welcher er bislang konfrontiert worden war.

Wie in Trance war er mit seinem Wagen zurück zu seinem Zelt gerast und hatte angefangen, sich zu betrinken. Doch auch das hatte ihm nicht geholfen, die schreckliche Szene, die in seinem Gehirn brannte, aus seinem Gedächtnis zu löschen.

Und so hatte er sich jetzt noch einmal zu diesem Ort begeben, um hier, in der unmittelbaren Nähe des Todes, ganz allein mit sich, diese Eindrücke zu verarbeiten und den Sinn zu begreifen, weshalb diese Menschen so gehandelt hatten.

Nie war er mutigeren Kämpfern begegnet, als diese es gewesen waren, und er hatte sich den Sieg unter schmerzlichen Verlusten erringen müssen. Doch mit dieser Tat war ihm der Triumph seines Sieges genommen worden, da er sich als Mörder fühlte, wiewohl sie sich selbst getötet hatten. Er hatte diesen Letzten ihres Volkes die Freiheit schenken wollen, hätte ihnen sogar angeboten, mit ihm nach Khemet zu ziehen, um sich dort, unter dem Schutze des Per-hau anzusiedeln und ein neues, friedliches Leben zu beginnen.

Doch sie hatten einen anderen, endgültigen Weg gewählt.

Vielleicht war es ihr Stolz, der sie zu dieser aberwitzigen Tat gezwungen hatte.

Gewiss, sie hatten diesen Krieg verloren, was für sie zweifellos eine große Schmach bedeutet hatte.

Aber rechtfertigte das letztlich den Mord an Unschuldigen, an ihren eigenen Kindern?

Dann war es Dummheit, aber ist Stolz nicht auch immer mit Dummheit behaftet?

Er betrachtete die Leichen der gefallenen Barbarenkrieger.

Wie groß diese Menschen waren! Die meisten von ihnen überragten ihn um Haupteslänge, wobei er selbst nicht der kleinste Angehörige seines Volkes war.

Als er heute zum ersten Male die Masse dieser gewaltigen Leiber in der Schlacht auf sich einstürmen sah, hatte sogar ihm das anfangs Furcht eingeflößt, ganz zu schweigen von seinen Soldaten, die unter diesem Eindruck fast in Panik geraten waren.

Wo sie wohl ursprünglich herkamen?

Er wusste wohl, dass sie vor einiger Zeit aus den namenlosen Weiten des Nordens vor den Grenzen der Chatti aufgetaucht waren, nachdem sie über Generationen hinweg als heimatlose Nomaden ziel- und rastlos herumgezogen waren. Doch auch sie mussten einmal irgendwo sesshaft gewesen sein, bevor sie zu ihrer langen Wanderung aufgebrochen waren. Und was hatte sie einst bewogen, ihre alte Heimat zu verlassen? War es Krieg oder Hungersnot?

So viele Fragen, doch die, die sie ihm hätten beantworten können, lagen jetzt tot auf dem Schlachtfeld.

Er kniete sich neben eine junge, flachshaarige Frau, die ihr Kind, ein kleines, vielleicht sieben Jahre altes Mädchen, noch im Tode an ihre zerrissene Brust gedrückt hielt. Die beiden ähnelten mit ihren seltsam ruhigen Gesichtszügen eher Schlafenden als Menschen, die unter Schmerzen gewaltsam getötet worden waren.

Unendlich vorsichtig, wie um sie nicht aus ihrem Schlafe zu wecken, nahm er eine Haarsträhne der Frau mit dem Daumen und dem Zeigefinger seiner Rechten auf und ließ sie langsam zwischen den Fingerspitzen gleiten.

Er hatte gehört, dass es im Norden, bei den Chatti

und Mitanni, Menschen mit solch hellen Haaren gab, aber er hatte noch nie einen gesehen und erst recht nicht berühren können.

Wie weich dieses Haar war! Nicht so hart und rau wie das der Frauen Khemets.

Trotz ihrer Fremdartigkeit und ihrem zwar schlanken, aber großwüchsigen Körper war diese Frau ohne Frage schön.

Wie hatte nur ihre Stimme geklungen, ihr Lachen? Für immer verklungen.

Tränen strömten ihm heiß in die Augen, und seine Mundwinkel zuckten.

Fahrig zog Irinefer sich das Abzeichen seiner Feldherrenwürde, die breitgliedrige, mit roten Edelsteinen besetzte Goldkette, die ihm einst von Osiris Sethnacht verliehen worden war, über den Kopf und legte sie der Frau so um den alabasterfarbenen Hals, dass der stolze Horusfalke mit seinen ausgebreiteten Schwingen den blutverquollenen Einstich über ihrer Brust gnädig bedeckte.

»Dieser Schmuck gebührt mir nicht länger«, flüsterte er und strich der Toten sanft über die Stirn, »denn ich habe dein und deiner Tochter Leben nicht retten können. Euer Tod hat mich zum wahren Verlierer dieser Schlacht gemacht, und diese Niederlage wiegt schwerer als die, welche euer Volk heute erlitten hat. Schlaft jetzt ruhig und seid gewiss, dass Irinefer euer Andenken immer in seinem Herzen bewahren wird.«

Irinefer stand wieder auf und ließ seinen tränenblinden Blick eine Weile über die stumme Walstatt schweifen.

»Hört mich an, ihr dummen Barbaren!«, schrie er

schließlich voller Pein in die hereinbrechende Dunkelheit. »Warum habt ihr das getan? Ihr wäret frei ausgegangen! Warum musstet ihr denn nach all dem auch noch eure Frauen und Kinder morden? Was seid ihr nur für Menschen?«

Schluchzend und am ganzen Leibe fröstelnd, hielt er inne und lauschte in die drückende Stille.

»Was wart ihr bloß für Menschen?«, fügte er mit versagender Stimme hinzu, als er das Schweigen der Toten als Antwort erhielt.

Mit gesenktem Kopf und an allen Gliedern bebend, ging Irinefer wieder zu seinem Gespann und ließ sich zu seinem Zelt zurückfahren, wo er einsam im Wein Vergessen suchte. Niemand von seinen Untergebenen wagte es, den Feldherren in seiner Ruhe zu stören, die er in dieser Nacht nicht finden konnte.

Schon früh am Morgen des nächsten Tages verließ Irinefer sein Zelt, um ein erfrischendes Bad im Meer zu nehmen. Nachdem er sich danach rasiert und eine Kleinigkeit gegessen hatte, befahl er seine Truppenführer zu sich, um von ihnen einen Bericht zur aktuellen Lage zu erhalten.

Das Erste, was er wissen wollte, war natürlich, wie hoch die tatsächlichen Verluste auf beiden Seiten gewesen waren.

»Wir haben etwa viertausend Tote zu beklagen und knapp sechshundert Verwundete, von denen über die Hälfte den morgigen Tag nicht mehr erleben wird!«, erfuhr er von Meket-re, seinem obersten Schreiber. »Von den Barbaren hat keiner überlebt!«, fuhr dieser emotionslos weiter fort. »Unsere Leute zählen noch, aber bis jetzt sind es neunhundertsechzig Frauen und dreitausend vierhundertzwanzig Männer. Außerdem …«

»Sie sollen sofort mit dem Zählen aufhören!«, brüllte Irinefer ihm unvermittelt dazwischen. »Ruft eure Männer auf der Stelle vom Schlachtfeld zurück!«

Eingeschüchtert ob dieses plötzlichen und für sie völlig unverständlichen Zornesausbruchs ihres Herren, stoben die Männer aus dem Zelt, um den Befehl unverzüglich auszuführen.

Irinefer musste sich indes setzen, da ihm speiübel geworden war. Normalerweise machte ihm der Anblick der aufgehäuften rechten Hände und männlichen Geschlechtsteile, welche man den getöteten Feinden abzuschneiden pflegte, um deren genaue Anzahl zu ermitteln, schon lange nichts mehr aus, doch in diesem Falle empfand er es im höchsten Maße abstoßend und entwürdigend. Sein Gewissen war schon genug damit belastet, dass er dieses heldenmütige Volk restlos vernichtet hatte, nun wollte er sich nicht auch noch an den sterblichen Überresten dieser Menschen vergehen, indem er sie auf diese Weise schänden ließ.

Bald darauf kehrten seine Leute zurück und meldeten ihm, dass die Soldaten ihre schmutzige Arbeit eingestellt hätten.

Er bemerkte sehr wohl, dass sein Befehl bei seinen Untergebenen auf missfälliges Unverständnis gestoßen war, denn immerhin erhielten sie alle nach einem solchen Sieg, bis hinunter zum Gemeinen, eine gute, nach Rang gestaffelte Prämie für jeden erschlagenen Feind. Und um diese Prämie gerecht verteilen zu können, war es seit alters her in den Armeen seiner Majestät üblich, jene prägnanten Leichenteile zu sammeln, damit sie unter der Aufsicht der Schreiber, die jeden Feldzug begleiten mussten, um dessen Verlauf für den Per-hau zu dokumentieren, akribisch gezählt werden konnten.

Gereizt schaute Irinefer seine Truppenführer an, denn er hatte nicht vor, sich vor ihnen wegen seiner Entscheidung zu rechtfertigen.

»Falls ihr euch Sorgen um eure Belohnung machen solltet«, sagte er nur, »dann seid beruhigt! Ich werde euch reichlich aus meiner Schatulle entschädigen!«

Mit Genugtuung nahm er die Erleichterung in ihren Zügen wahr.

»Herr!«, meldete sich jetzt Imen-hemet, einer seiner Truppenführer, zögerlich zu Wort. »Da wäre noch etwas! Wir haben einige Gefangene gemacht.«

Überrascht fuhr Irinefer zu ihm herum. »Was sagst du da? Es gibt wirklich noch Überlebende?«

»Ja, Herr! Es sind Chatti. Insgesamt zweiunddreißig Mann, darunter auch ihr Befehlshaber! Sie haben sich uns schon gleich zu Beginn der Schlacht ergeben, nachdem der Rest ihrer Truppe desertiert ist!«

»Kennst du den Namen dieses Befehlshabers?«, fragte Irinefer lauernd.

»Er nennt sich Arsili!«

Ein grausamer Zug spannte sich um Irinefers Mundwinkel. »Ah! Das trifft sich gut!«, sagte er genießerisch. »Führe unseren hohen Gast unverzüglich hierher! Ich will den Kerl vor mir auf seinen Knien sehen! Ihr anderen sorgt unterdessen dafür, dass sich das Heer aufbruchsbereit macht. Noch bevor die Barke Res im

Mittag steht, will ich, dass wir den Rückmarsch nach Buto angetreten haben!«

Die Männer verbeugten sich knapp und kehrten dann eiligst zu ihren Truppen zurück.

Wenig später erschien Imen-hemet wieder mit zwei seiner Soldaten, die den mit seinen im Rücken gefesselten Händen und offensichtlich halb ohnmächtig geschlagenen Arsili an einem groben Strick, den sie ihm um den Hals gelegt hatten, ziemlich unsanft hinter sich herzerrten. Mit einem gezielten Tritt in die Kniekehlen brachten sie ihn zu Fall, sodass er mit einem dumpfen Aufstöhnen zusammensackte und vor Irinefers Füßen zu liegen kam.

Eine geraume Weile betrachtete Irinefer aus halb geschlossenen Lidern das sich in Schmerzen krümmende, verschmutzte Bündel, das einstmals der chattische Gesandte am Hofe des Per-hau Khemets gewesen war. Dann beugte er sich etwas zu ihm hinunter, griff in den von Schweiß verklebten Haarschopf und riss das verquollene, blutunterlaufene Gesicht des Chatti brutal zu sich herauf.

»Fürst Arsili!«, höhnte er. »Wie schön, dass Ihr es einrichten konntet, bei mir vorbeizuschauen! Wie wäre es mit einem Schluck Wein?«

Irinefer nahm seinen gefüllten Becher und schleuderte seinem Gegenüber den Inhalt ins Gesicht. Dann füllte er sich den Becher aufs Neue und nahm einen tiefen Schluck.

»Schmeckt vorzüglich, findest du nicht auch?«, meinte er sarkastisch.

»Warum tust du das?«, kam es jetzt leise und zittrig über die zerfetzten Lippen des Geschundenen.

Irinefer brach in ein kurzes, bösartiges Lachen aus.

»Eine wirklich originelle Frage, Arsili! Sagen wir, ich drücke dir damit meine Gastfreundschaft und meine tief empfundene Hochachtung aus! – Was bildest du dir ein?«, schrie er ihn dann unvermittelt an. »Ich würde dich am liebsten totschlagen wie einen räudigen Hund! – Aber«, fuhr er dann wieder ruhig fort, »aber diesen Gefallen werde ich dir nicht tun! Ich werde dich stattdessen sogar hegen und pflegen, denn du sollst noch leben, wenn du vor die Augen Seiner Majestät treten wirst! Er wird über dich richten, und glaube mir, dir wird ein so langsames und qualvolles Sterben zuteil werden, dass du dir wünschen wirst, lieber hier durch meine vom Zorn geführte Hand mit einem schnellen Tod beglückt worden zu sein!«

»Was lässt dich nur so grausam gegen mich handeln?«, murmelte Arsili. »Ich war im Kampf dein Gegner, aber ist das die Art Khemets, mit einem unterlegenen, hilflosen Kriegsgefangenen umzugehen?«

Irinefer bedachte ihn mit einem geringschätzigen Blick.

»Nein, wahrlich nicht! Es ist die Art und Weise, wie wir mit Hochverrätern verfahren, wenn wir ihrer habhaft werden! Und du, Arsili, hast dich zweifach des Verrates schuldig gemacht, denn du hast nicht nur den Bündnispakt mit Khemet gebrochen, sondern darüber hinaus auch noch das Vertrauen dieser unglückseligen Barbaren missbraucht! Du hast sie zu diesem Krieg angestiftet, indem du ihnen vorgegaukelt hast, Khemet läge schwach darnieder, sodass es ein Leichtes wäre, sich seiner Schätze zu bemächtigen! Und dabei hast du sie nur benutzt, um deine eigenen, niederen Interessen zu verfolgen!«

»Welche niederen Interessen hätte ich wohl, da ich doch nur den Befehl meines Königs ausgeführt habe?«, entgegnete Arsili trotzig.

»Seltsam nur, dass Hattusili uns vor deinen Umtrieben frühzeitig gewarnt, dich und deine chattischen Spießgesellen gleichzeitig des Landesverrates bezichtigt und aus Chatti verbannt hat«, sinnierte Irinefer spöttisch. »Obendrein hat er uns auch noch gebeten, euch auf der Stelle zu töten, wenn ihr in unsere Hände fallen solltet!«

Mit einem Anflug von Mitleid beobachtete er, wie die Züge des ohnehin schon gebrochenen Mannes aschfahl wurden und er leise wimmernd zu weinen begann. Entschlossen trat Irinefer hinter ihn und schnitt ihm die Fesseln durch. Dann füllte er einen Becher mit Wein und reichte ihn Arsili. Dieser nahm das Gefäß dankbar entgegen, führte es mit zitternden Händen zu seinen Lippen und trank es in kurzen, hastigen Zügen leer.

»Zu viel der Ehre für einen Verdammten«, hustete er, da er sich verschluckt hatte. »Doch wäre mir der rasche Todesstoß durch dein Schwert lieber gewesen als dieser Becher Wein!«

Irinefer goss ihm nach und sah ihn nachdenklich an.

»Machen wir uns nichts vor, Arsili!«, sagte er schließlich hart. »Du weißt so gut wie ich, dass dein Herrscher ein doppeltes Spiel getrieben hat! Und Ramesses weiß es auch! Wenn ich dir also schnödes Eigeninteresse vorwerfe, dann doch nur deshalb, weil du dich ganz offensichtlich wider besseren Wissens auf dieses Spiel eingelassen hast, statt dich deinem König zu verweigern!«

»Das wäre mein Tod gewesen!«

»Mit Sicherheit! Nur dass du dann ehrenvoll gestorben wärest! So hast du durch deinen Verrat auch noch ein ganzes, an sich unschuldiges Volk in den Untergang geführt. Und dann hast du etwas getan, was ich weder verstehen noch verzeihen kann! Statt mit den Weschesch gegen uns bis zum bitteren Ende zu kämpfen, ergibst du dich gleich zu Beginn der Schlacht! Was hast du erwartet? Wolltest du mich glauben machen, du wärest von den Barbaren gezwungen worden, mit ihnen zu ziehen? Oder warst du einfach nur feige? In beiden Fällen hast du den Tod doppelt verdient! Ich kannte dich als einen besonnenen, ehrenhaften Mann, und deshalb frage ich mich, was dich so tief hat sinken lassen! Wenn du gewusst hast, dass die Barbaren gegen uns gar nicht siegen konnten, warum hast du nicht dennoch auf ihrer Seite gefochten und dir, als es vorbei war, ihrem Beispiel folgend, ebenfalls das Leben genommen? Auf diese Weise hättest du nicht nur deine Ehre gerettet, sondern vor allem die üble Intrige Hattusilis vollends zunichte gemacht. So aber müssen wir ganz offiziell seinen Unschuldsbeteuerungen Glauben schenken. Warum, Arsili, warum schützt du diesen Versager auf dem chattischen Thron?«

Arsili schwieg darauf eine Weile, während er ganz offensichtlich mit seinen Gefühlen rang. Dann erhob er den Kopf wieder zu Irinefer und sah ihm offen in die Augen.

»Er ist mein Sohn!«, sagte er ruhig. »Hattusili ist mein Sohn!«

»Er ... er ist was?« Irinefer verschlug es die Sprache ob dieser unerhörten Eröffnung.

»Wie kann das ... ich meine, sein Vater war doch ...«

»Der, den er Vater nannte, König Mursili, hatte wenig im Sinn mit Frauen«, begann Arsili leise zu erzählen. »Viel lieber beschäftigte er sich mit hübschen Knaben. So geschah es, dass ich damals Scha-rinna, der ersten Gemahlin des Königs, unverhofft in den Gärten des Palastes begegnet bin. Wir beide entbrannten sofort in heftiger Liebe, die wir danach natürlich nur selten und im Geheimen genießen durften.

Bald darauf wurde sie schwanger, was dem König auch nicht lange verborgen blieb. Ich kann mich noch sehr genau an diesen denkwürdigen Tag erinnern, an dem Mursili mich zu sich rufen ließ. Auch Scha-rinna war anwesend. Ich hatte schon mit meinem Leben abgeschlossen, als der König den übrigen Höflingen befahl, uns drei allein zu lassen. Dann ging er auf mich zu, nahm mich in seine Arme und küsste mich sogar auf die Wangen.

›Du hast dich zwar eines todeswürdigen Verbrechens schuldig gemacht‹, hatte er mir heiter gesagt, ›und unter normalen Umständen würdest du jetzt gepfählt vor dem Tor des Palastes zur Schau stehen, aber da du mir, ohne es zu ahnen, einen großen Dienst erwiesen hast, will ich dich im Gegenteil gebührend belohnen. Du hast mich nämlich der Sorge um meine Nachfolge enthoben. Und selbst wenn dieses Kind ein Mädchen wird, dann bin ich dennoch sicher, dass du nachfolgend auch in der Lage sein wirst, einen Sohn zu zeugen. Durch unser kleines Geheimnis bist du nun gleichsam mein Bruder geworden, doch muss ich dir trotz allem eine Strafe aufbürden, die dich sehr schmerzen wird. Dieses Kind darf nämlich niemals erfahren, wer sein wirklicher Vater ist! Wenn du dem zustimmst, verlässt du diesen Raum als freier Mann, und ich werde dich obendrein noch reich beschenken. Und was dein Verhältnis mit Scha-rinna betrifft, so habe ich nichts dagegen, solange es weiter im Verborgenen bleibt!‹ So sprach er, und ich schwor ihm, über diese Angelegenheit höchstes Stillschweigen zu bewahren. Tatsächlich wurde unser Geheimnis auch nie entdeckt, und die vier Kinder, die Scha-rinna noch nach Hattusili gebar, wurden von Mursili anstandslos als die seinen anerkannt. Nach dem Tode Mursilis bestieg dann auch Hattusili ganz selbstverständlich den Thron und berief mich sogar zu seinem engsten Berater. Dann aber, im letzten Winter, verstarb meine geliebte Scha-rinna, und auf dem Totenbett muss sie Hattusili wohl die ganze Wahrheit gesagt haben, denn seither verfolgt er mich mit seinem Hass. Vielleicht hilft dir das, mein Handeln zu verstehen.«

Irinefer sah ihn eine geraume Weile sprachlos an. Dann aber schüttelte er energisch den Kopf.

»Dein Bericht erklärt zwar einiges, aber ich werde dich trotzdem dem Gericht des Per-hau überstellen. Die Toten da draußen schreien danach! Es mag allerdings sein, dass man dir einen schnellen Tod gewährt. – Wachen! Schafft diesen Mann jetzt wieder zu den anderen Gefangenen, aber behandelt sie ab jetzt gut!«

Nachdem Arsili weggeführt worden war, dachte Irinefer noch einen Moment über das soeben Gehörte nach. Auf der einen Seite rührte ihn das traurige Los des Chatti, aber auf der anderen klagten ihn die vielen Tausende auf dem Schlachtfeld des Mordes an. Er war im Nachhinein froh, dass er Arsili nicht getötet hatte, sondern es Ramesses überließ, dieses Urteil zu fällen.

Dann leerte er mit einem herzhaften letzten Schluck seinen Becher und begab sich zu seinem Streitwagen, der vor dem Zelt auf ihn wartete.

Zufrieden bemerkte er, dass das Heer sich bereits in Marschordnung aufgestellt hatte. Er bestieg den Wagen und hieß den Lenker anfahren. Den Kommandostab in der erhobenen Rechten brauste er dann vor einer Staubwolke an den Reihen seiner Soldaten vorbei und setzte sich an die Spitze der Marschkolonnen.

»Nach Buto!«, schrie er mit überschnappender Stimme und wies mit dem Stab nach Süden. »Nach Buto, meine Kinder!«

Nach einem dreifach gellenden »Amun-Re« setzte sich das immer noch starke Heer in Bewegung und eilte, immer wieder in Laufschritt fallend, gen Süden, um ihrem Herrn Ramesses so schnell als möglich in seiner Bedrängnis beizustehen.

Schon türmten sich im Norden dunkle Wolken am Firmament.

Bald würde der Sturm losbrechen.

Kapitel 15

Die seit zwei Tagen von Südost über das Meer heranjagenden Orkanböen trieben dichte Regenschwaden vor sich her, die sich wie wallende Schleier prasselnd über Neu-Tar'eses legten. Das tobende Unwetter verbannte die Menschen in ihre Häuser, und selbst die so dringend notwendigen Rüstungsarbeiten an den Schiffen mussten eingestellt werden.

An diesem frühen Nachmittag saßen Truns und Tarkun mit Lunus und Triskes sowie mit Licinies und den anderen Schiffsführern beisammen, um zu besprechen, wie sie die durch die Unbillen des Wetters verlorene Zeit am besten wieder aufholen könnten.

Plötzlich stürmte ein völlig durchnässter und augenscheinlich ziemlich aufgeregter junger Mann in den Raum.

»Die Achäer!«, rief er. »Sie …« Er verstummte jäh, als er die missbilligenden Blicke der Anwesenden bemerkte.

»Gemeinhin ist es üblich, sich dem Rate respektvoll zu nähern und erst zu sprechen, wenn man dazu aufgefordert wird!«, wies ihn Tarkun harsch zurecht. »Doch gleichwohl lass uns nun hören, was du uns mitzuteilen hast!«

Der junge Mann bekam ob dieses Tadels einen hochroten Kopf und schaute einen Moment betreten auf seine schlammbedeckten, nackten Füße. Doch dann fasste er sich ein Herz und richtete seinen Blick auf die beiden Mechel.

»Die Achäer sind zurückgekehrt!«, sprudelte es aus ihm heraus. »Sie haben gerade im Hafen festgemacht, und ihr Anführer ist auf dem Weg hierher!«

Für eine geraume Weile herrschte nach diesen Worten Stille, während die Männer untereinander besorgte Blicke wechselten.

»Ich weiß zwar nicht, was das zu bedeuten hat, aber auf jeden Fall nichts Gutes«, raunte Truns Tarkun ins Ohr.

Dieser nickte nur, räusperte sich vernehmlich und wandte sich dann wieder an den Boten.

»Gehe dem Achäer entgegen und führe ihn zu uns herein!«, befahl er, worauf sich der junge Mann kurz verbeugte und nach draußen eilte. Wenige Augenblicke später betrat er, gefolgt von Neoptolemos, den Raum, um sich sogleich wieder wortlos zurückzuziehen.

»Wir heißen den Sohn des Achilleus in unserer Mitte willkommen!«, begrüßte ihn Tarkun gemessen. »Doch gleichermaßen überrascht uns deine unverhoffte Anwesenheit hier, denn wir wähnten dich und die deinen an der Seite der We'ses!«

Mit unbewegtem Gesichtsausdruck ließ Neoptolemos die prüfenden, teilweise aber auch misstrauischen Blicke der vor ihm versammelten Männer über sich ergehen.

»Mit Recht vermutet ihr in mir einen Künder übler Nachricht!«, sagte er dann, wobei sich seine Miene bedeutungsvoll verfinsterte. »Ohne nennenswerten Widerstand überwanden die We'ses die nördlichen Grenzbastionen Khemets, als sich ihnen unerwartet ein übermächtiges Heer des Per-hau unweit der Stadt Kenepy, die wir Byblos nennen, entgegenstellte.«

Mit beredten Worten schilderte Neoptolemos ihnen den Verlauf der Schlacht bis zu dem Zeitpunkt, als er selbst in das Geschehen eingreifen wollte.

»Als wir versuchten, am Strand anzulanden, um ihnen beizustehen, wurden wir mit Brandpfeilen beschossen, und nicht wenige unserer Schiffe wurden rasch ein Raub der Flammen, denn es war tagelang sehr heiß, und das Holz war staubtrocken geworden. Diejenigen von uns, die sich an den Strand retten wollten, wurden von den Kriegern Khemets erbarmungslos erschlagen. So blieb uns nichts anderes übrig, als schnellstens aufs offene Meer auszuweichen, schon um aus der Reichweite ihrer Brandgeschosse zu kommen. Über ein Drittel meiner Flotte habe ich an diesem Tag verloren, und als mir dies gewahr geworden war, habe ich mich entschlossen, hierher zurückzukehren, um mit euch zur See gen Khemet zu fahren.«

»Was kannst du uns über den Ausgang der Schlacht berichten?« Truns Stimme klang heiser.

Neoptolemos schüttelte bedauernd den Kopf.

»Das Letzte, was ich beobachten konnte, war, dass die We'ses von den Schwarzländern zunehmend eingekesselt wurden. Ich fürchte deshalb, Khemet wird den Sieg davongetragen haben!«

»Ich sage, dass du einfach nur feige warst und unsere Freunde im Stich gelassen hast«, zischte Triskes boshaft.

Sofort fuhr die Hand des Achäers daraufhin zum Griff seines Schwertes, doch Tarkun bot ihm mit einer beschwichtigenden Geste Einhalt.

»Was sollte Neoptolemos wohl mit ein paar Hundert tun, was Tausenden nicht gelungen ist, Triskes?«, nahm er den Phtier in Schutz. »Ich finde, dass er das einzig Richtige in dieser Lage gemacht hat, nämlich mit dem Rest seiner Flotte hierher zurückzusegeln und uns über die Niederlage unserer Verbündeten zu unterrichten. Statt uns zu streiten, sollten wir jetzt lieber ernsthaft darüber nachdenken, wie wir weiter vorgehen wollen. Wenn nämlich die We'ses tatsächlich besiegt worden sind – und davon gehe ich einmal aus – dann können wir vom Land aus keine Hilfe mehr erwarten.«

»Tarkun! Bist du blind? Wir sind verraten worden!«, warf Truns zornbebend ein. »Woher, glaubst du, kamen denn auf einmal die überlegenen Truppen Khemets? Wieso sendet der Per-hau eine so große und gut ausgerüstete Streitmacht in den Norden seines Reiches, wenn er nicht genau gewusst hat, dass ihm von dort Gefahr drohen würde? Nein, mein Freund, so, wie es sich ausnimmt, ist Ramesses mit Sicherheit von unserem Plan unterrichtet worden, und von wem, das steht doch außer Frage! Wenn wir also unter diesen Umständen wirklich noch an unserem Vorhaben festhalten wollen, dann müssen wir spätestens in den nächsten zwei Tagen mit allen verfügbaren Schiffen in See stechen, bevor das siegreiche Heer wieder in Khemet eintrifft, was schätzungsweise in etwa dreißig Tagen der Fall sein wird. Da wir davon ausgehen müssen, dass Ramesses kaum den Fehler gemacht haben wird, seine gesamte Armee nach Norden geworfen zu haben, werden wir also bei unserer Ankunft gewiss mit den verbleibenden Streitkräften zu rechnen haben. Wenn wir nun den Angaben, die uns Arsili betreffs der Stärke und Anzahl der Truppen des Per-hau gemacht hat, Glauben schenken, dann dürften uns diese Verbände allerdings zahlenmäßig unterlegen sein, sodass es uns mit dem Überraschungsmoment auf unserer Seite leicht gelingen sollte, sie niederzukämpfen. Ist das erst einmal geschehen, dann stellt auch das aus Norden heranziehende Heer keine Gefahr mehr für uns dar, zumal es aller Wahrscheinlichkeit stark angeschlagen sein wird, denn sie werden sich, wie ich unsere We'ses Freunde kenne, diesen Sieg zwangsläufig nur unter hohen Verlusten erkauft haben.«

Seine Worte lösten die lähmende Spannung, die seit der Ankunft des Neoptolemos im Raum geherrscht hatte.

Alle Anwesenden sprangen spontan von ihren Plätzen auf und begannen hitzig das Für und Wider des unter diesen unvorhergesehenen Umständen völlig neu zu gestaltenden Unternehmens miteinander zu debattieren.

Die beiden Mechel ließen sie zunächst gewähren und besprachen sich ihrerseits mit Neoptolemos, dem man inzwischen einen Stuhl und einen Krug Wein herbeigeschafft hatte. Sie erkundigten sich bei ihm genau über die Ausrüstung und Moral der Khemet-Armee und ließen ihn aus seiner Sicht den taktischen Verlauf der Schlacht bis zu dem Zeitpunkt erklären, an dem er gezwungen war, das Weite zu suchen.

»Khemet ist von inneren Unruhen geschüttelt, und

der Per-hau hat kein Gold mehr, um seine Männer zu bezahlen! Die Truppen sind schlecht bewaffnet und befinden sich in einem desolaten Zustand! Waren das nicht Arsilis Worte?«, höhnte Truns, nachdem Neoptolemos seinen Bericht abgeschlossen hatte. »Welch ein Schwachsinn! Stattdessen haben wir es mit einer hochgerüsteten Armee zu tun, die dazu noch über eine ausgezeichnete Kampfmoral verfügt!«

»Zugegeben, das alles hört sich ziemlich Besorgnis erregend an«, wandte Tarkun nachdenklich ein. »Aber dennoch denke ich, dass unser Vorhaben letztendlich von Erfolg gekrönt sein wird, wenn wir, wie du selbst es vorhin gesagt hast, sofort losschlagen.«

»Also, worauf warten wir dann noch?«, rief Truns und stand entschlossen von seinem Sitz auf.

Mit lauter Stimme verschaffte er sich Gehör bei den immer noch heftig diskutierenden Ratsmitgliedern.

»Wir, die Mechel der Rasunna, haben entschieden«, verkündete er. »In zwei Tagen, mit der ersten Flut, werden wir unsere Schiffe bemannen und auslaufen. Nach Khemet! Verabschiedet euch heute von euren Frauen und Kindern, betet, dass das Wetter sich bessert, und mögen die Götter mit uns sein.«

Damit war es beschlossen, und während die meisten, froh darüber, dass die Zeit des Wartens nun endlich vorüber war, scherzend und lachend davongingen, gab es auch einige, die den Raum in stummer Bedrücktheit verließen. Schließlich waren es nur noch die beiden Mechel, Neoptolemos sowie Triskes und Lunus, die allein zurückgeblieben waren.

»Wir konnten nicht für euch sprechen, Lunus und Triskes!«, erklärte Tarkun. »Aber jetzt frage ich euch, ob ihr euch noch immer unserem Zug anschließen wollt!«

Die beiden sahen sich kurz an, um ihm dann einmütig bejahend zuzunicken.

»Ich will an diesem Fest teilnehmen!«, erwiderte Lunus grinsend. »Und niemand wird mich davon abhalten. Ich liebe solche Spiele, bei denen es heißt: alles oder nichts!«

»Was ist mit dir Neoptolemos? Ich werde es dir nicht verübeln, wenn du, nach allem was du erleben musstest, die Heimfahrt antreten möchtest.«

»Nein, Tarkun! Es wird für mich die größte Ehre sein, dieses Abenteuer an der Seite des Mannes zu erleben, der vordem zusammen mit meinem Vater auf dem Schlachtfeld gestritten hat! Wenige sind wir nur noch, aber du magst immerhin über uns verfügen!«

»Gut gesprochen! Da wir uns also auf diese Weise einig geworden sind, sollten auch wir jetzt von hier aufbrechen und uns um die dringlichsten Vorbereitungen kümmern«, schloss Tarkun die Runde.

Während Lunus, Triskes und Neoptolemos daraufhin voller Tatendrang zu ihren Leuten eilten, um mit ihnen die Schiffe zum baldigen Auslaufen seeklar zu machen, ging Tarkun mit Truns in dessen Haus, wo sie es sich in dem von vier Kohlebecken erwärmten Wohnzimmer bequem machten.

Sie beide wussten, dass dies das letzte vertrauliche Gespräch vor ihrer Abfahrt nach Khemet sein würde.

»Tarkun, mein Freund!«, begann Truns leichthin diese Unterhaltung. »Du hast eine wundervolle Frau und zwei wohl geratene Kinder, die gerade jetzt deiner bedürfen. Warum bleibst du also nicht hier und lässt mich, der ich bar jeden familiären Anhangs bin, diesen Feldzug allein führen?«

»Du weißt, dass das unmöglich ist. Ich kann meine Männer nicht in den Krieg schicken, während ich selbst meinen häuslichen Frieden pflege.«

»War ja nur gut gemeint! Aber im Ernst, so ganz unter uns: Glaubst du nach allem wirklich noch an das Gelingen diese Unternehmens?«

Tarkun knabberte nachdenklich an seinem Daumennagel.

»Wenn du mich das gestern gefragt hättest, wäre meine Antwort ein klares ›Ja‹ gewesen«, sagte er schließlich. »Doch seit heute …«

»Welche Bedenken hast du? Ich meine, noch ist es ja nicht erwiesen, dass die We'ses tatsächlich geschlagen wurden. Und selbst wenn das doch der Fall wäre, wir können jetzt immerhin noch weit über achttausend kampferprobte Krieger ins Feld führen, während der Per-hau den größten Teil seiner Armee wahrscheinlich schon in der Schlacht gegen die We'ses verloren hat, sodass die wenigen Truppen, die er jetzt noch gegen uns aufbieten kann, den unseren in jeder Weise unterlegen sein werden. Außerdem haben wir den Vorteil, uns auf schnellen, kampfstarken Schiffen zu bewegen, die es uns ermöglichen, an ihren Verteidigungslinien, die sie zweifellos im Mündungsgebiet des Hapi aufgestellt haben, einfach vorbeizufahren und tief ins Landesinnere vorzustoßen. Da sie hingegen über keine Schiffe verfügen, könnten sie uns auch nicht wirksam verfolgen, sodass es uns nicht schwer fallen sollte, ihre

Hauptstadt, welche sie, wenn überhaupt, nur mit einer unzureichenden Bedeckung zurückgelassen haben werden, lange vor dem Eintreffen ihres Heeres zu erobern und uns somit die Herrschaft über ihr Reich zu sichern.«

Tarkun blickte ihm daraufhin gerade in die Augen.

»Ich bewundere deinen Optimismus, Truns!«, begann er seine Gedanken offen zu legen. »Und ich verspreche dir, geradezu in Verzückung zu geraten, wenn das alles so geschehen wird, wie du es eben so hoffnungsvoll geschildert hast. Doch scheinst du dabei einen entscheidenden Punkt übersehen zu haben. Du selbst hast doch vorhin zu Recht bemerkt, dass dem Per-hau unsere Pläne entdeckt worden sind. Nach allem, was wir bisher gehört haben, erscheint mir Ramesses keinesfalls der weinselige Schwächling zu sein, für den ihn Arsili uns gegenüber ausgegeben hat! Unterstellt man nämlich, dass er nur wenig später, nachdem wir damals unser Bündnis geschlossen haben, darüber unterrichtet worden wäre, dann hatte er wahrlich genügend Zeit gehabt, sich geeignete Abwehrmaßnahmen zu überlegen. Er wusste also, dass er nicht nur zu Lande, sondern eben auch von der See her bedroht wird. Demzufolge wird er zum einen die Anzahl seiner Truppen und die Produktion seiner Waffenschmieden erhöht haben, zum anderen aber wird er auch, und damit rechne ich, den Bau von Kriegsschiffen befohlen haben!«

»Was werden denn das bloß für Schiffe sein, Tarkun?«, entgegnete Truns lachend. »Also, ich habe mein Lebtag noch kein hochseetüchtiges Schiff aus Khemet gesehen. Wenn die wirklich auf die Idee gekommen sind, uns mit ihren paar Flussschiffen aufhalten zu wollen, dann ist dieser Ramesses in der Tat ein vertrottelter Weinschlauch.«

Tarkun bedachte ihn mit einem seltsam harten Seitenblick.

»Truns, wollen wir für uns alle hoffen, dass du Recht haben wirst«, sagte er leise und bedächtig. »Aber ich habe seit heute Nachmittag ein ungutes Gefühl, welches beharrlich in mir Raum nimmt, wie immer ich auch diese Sache betrachte. Weißt du, dass er jetzt über mehr Krieger verfügt, als wir bislang angenommen haben, das macht mir kein Kopfzerbrechen, denn da denke ich gerade so wie du. Nein, ich glaube, die Gefahr droht uns von dem, was wir am wenigsten von ihnen erwarten: kampftüchtige Schiffe. Ich bin mit deinem Plan ansonsten völlig einverstanden, aber wir sollten dennoch auf der Hut vor dem Unerwarteten sein.«

»Sind wir das nicht immer? Komm, lass uns nach Hause gehen. Ich fange an zu frieren.«

Als Tarkun wenig später sein Haus betrat, fand er Tecme und die Kinder am Herdfeuer sitzend vor. Sie war gerade dabei, die beiden mit einem Früchtemus zu füttern, das ihnen offenbar köstlich zu schmecken schien, denn sie schlangen es gierig in sich hinein und wollten immer noch mehr. Tarkun setzte sich dazu und betrachtete schweigend diese friedvolle Szene.

Aber irgendwann war ihr Heißhunger doch gestillt worden, und Tecme schickte sich an, sie zu Bett zu bringen, worauf Tarkun den kleinen Ajas auf den Arm nahm und seiner Frau ins Schlafzimmer folgte. Gemeinsam legten sie die beiden in ihre hölzernen Bettchen, die Tarkun eigenhändig gefertigt und mit kunstvoll verschlungenen Schnitzereien verziert hatte. Nachdem sie sie zugedeckt hatten, begann Tecme mit ihrer hellen, klaren Stimme leise ein Schlummerlied zu singen. Sie sang ihnen von den vergessenen Zauberwäldern des Nordens, von den Bächen und Auen, den Vögeln und den Wolken. Sie sang von den Ahnen, den mächtigen Seekönigen und den hohen Frauen, vom Meer und vom Wind …

Sanft hatten die beiden dabei ihren Schlaf gefunden und träumten nun selig dem nächsten Tag entgegen.

Tecme und Tarkun verließen darauf auf Zehenspitzen das Zimmer und setzten sich vor dem offenen Feuer an den Tisch, um nun selbst ihr Nachtmahl zu sich zu nehmen. Eine geraume Weile saßen sie so wortlos beisammen, während Tarkun, der lustlos in seinem Essen herumstocherte, seinen trüben Gedanken nachhing.

Schließlich wurde es Tecme doch zu viel. Sie schob entschlossen den Teller von sich, stützte die Ellenbogen auf den Tisch, legte das Kinn auf ihre verschränkten Hände und sah ihrem Mann unter hochgezogenen Brauen intensiv in die Augen.

»Schmeckt dir mein Essen nicht?«, beendete sie provokativ das Schweigen.

»Oh doch, sehr sogar!«, beeilte er sich, sie zufrieden zu stellen, schnitt sich ostentativ ein großes Stück Käse ab, schob es sich in den Mund und begann geflissentlich darauf herumzukauen.

»Ich sehe es dir doch an, dass dir etwas auf der Seele lastet«, drang sie in ihn. »Willst du dich deiner Frau nicht mitteilen?«

Hastig spülte er den letzten Bissen mit einem kräftigen Schluck Wein hinunter, wischte sich über den Mund und fing dann an, ihr alles zu berichten, was sich heute zugetragen hatte.

Als er damit fertig war, schloss sie die Augen und lehnte sich zurück.

»Ich kann deine Sorgen und Befürchtungen durchaus verstehen«, sagte sie und tippte sich mit dem Zeigefinger leicht gegen die Lippen, »doch wie immer dieser Feldzug ausgehen wird, sei gewiss, dass du wieder zu uns zurückkehren wirst!«

»Was macht dich da so sicher?«

»Ich weiß es eben!«, antwortete sie ihm mit einem geheimnisvollen Lächeln, wobei sie ihren nackten Fuß sacht an seinem Bein entlangstreichen ließ. Diese zärtliche Berührung erregte ihn augenblicklich, was ihr auch nicht verborgen blieb.

Sie stand auf, schwebte um den Tisch zu ihm herum, raffte ihren langen Rock und ließ sich mit einer lasziven Bewegung auf ihn herabgleiten. Ihre Lippen verschmolzen zu einem langen, innigen Kuss, während sie gleichzeitig begann, ihren Schoß langsam um sein blutvoll erigiertes Glied kreisen zu lassen.

Er musste gewaltig an sich halten, um dem immer quälender werdenden Druck in seinen Lenden nicht frühzeitig nachzugeben, doch kurz bevor ihm gänzlich die Sinne schwanden, hielt sie unvermittelt mit einem kehligen Stöhnen inne und gab ihn frei.

Sie erhob sich von seinen Oberschenkeln, fasste seine Hände, zog ihn von seinem Stuhl und führte ihn zielstrebig ins Schlafzimmer. Dort löste sie die Fibel, die ihr Kleid auf der rechten Schulter zusammenhielt, sodass es an ihrem makellosen Körper zu ihren Füßen herabfloss. Dann kniete sie sich vor ihm aufs Bett und nestelte ihm den Gürtel und den Rock von seinen Hüften. Nachdem sie ihn mit ihren Händen und Lippen aufs Neue bis nahe an eine lustvolle Ohnmacht getrieben hatte, ließ sie sich zurückfallen, schlang ihm ihre Schenkel um den Hals und zwang ihn auf sich hernieder.

Jetzt konnte und wollte er sich nicht mehr bezähmen. Mit einem heiseren Stöhnen drang er in sie ein, und schon nach wenigen, kraftvollen Stößen schlug der tiefrot wabernde Nebel endgültig über ihm zusammen, sodass er sich konvulsivisch zuckend in ihr verströmte.

Doch noch bevor er seine Besinnung wiedererlangen konnte, hatte sie sich mit einer einzigen, fließenden Drehbewegung rittlings über ihn gebracht, ohne indes dabei sein Glied aus ihrem Schoß zu entlassen. Indem sie ihn mit ihren inneren Muskeln rhythmisch zu massieren begann und dazu noch die Haut seines Oberkörpers unausgesetzt mit ihren harten Brustwarzen streichelte, gelang es ihr schnell, seine gerade verglimmende Glut erneut zu entfachen.

Die ganze Nacht hindurch, wie auch in den zwei darauf folgenden Nächten, gaben sie sich so ihrem ekstatischen Liebesspiel hin und ließen sich, von ihrer unerschöpflichen Fantasie beflügelt, noch viele Male zu den sich dabei immer noch steigernden Höhepunkten ihrer Lust hinaufschwingen.

Als hätten die Götter ein Einsehen gehabt, flaute das Unwetter am frühen Abend des zweiten Tages nach der Ankunft der Achäer merklich ab, und es wurde auch wieder wärmer. In fieberhafter Eile wurde nun letzte Hand an die mittlerweile zum Auslaufen bereit gemachten Schiffe gelegt.

Lebensmittel und Waffen wurden hektisch an Bord verstaut, denn es galt noch vor dem Morgengrauen und mit Einsetzen der ersten Flut in See zu stechen.

Als alle Arbeiten abgeschlossen waren, wurden auf dem großen, freien Platz vor dem Hafen mehrere, in einem lichten Rund angeordnete, riesige Scheiterhaufen entzündet, worum sich bald die gesamte Bevölkerung Neu-Tar'eses versammelte. Inmitten des feurigen Kreises war ein hölzernes Podest errichtet worden, auf welchem die Führer dieses Feldzuges, bekleidet in ihren prunkvollen Waffenschmuck, Platz genommen hatten.

Als nach dem lang gezogenen, dumpf hallenden Klang der gewundenen Bronzehörner endlich Ruhe eingetreten war, erhob sich Tarkun von seinem Sessel, trat an den Rand des Podestes und blickte eine Zeit lang schweigend in die dicht gedrängte und erwartungsvoll zu ihm aufblickende Menge.

»Vor nunmehr fast zwei Sommern sind wir an diesen Ort gekommen« sagte er mit weithin tragender Stimme. »Frauen und Männer der verschiedensten Stämme, die das weite Südmeer bevölkern. Bis dahin haben wir uns über Generationen in unversöhnlicher Feindschaft gegenübergestanden, haben uns untereinander bekriegt und beraubt und uns damit unsägliches Leid zugefügt. Wir haben uns in unserem Wahn sogar dafür gerühmt, wenn wir dem anderen wieder einmal die armseligen Hütten niedergebrannt, seine Frauen geschändet und sein mageres Vieh weggetrieben haben.

Doch was sind wir? Für die alten, reichen Völker des Ostens, wie die Chatti, sind wir nichts weiter als Wilde, und in Khemet gelten wir nur als Nomaden der Meere. Und das ist wahr! Diese Völker haben auf uns zu Recht geringschätzig herabgesehen, da wir durch unsere zermürbenden Kleinkriege heillos zerstritten waren und deshalb für sie auch nie eine ernsthafte Bedrohung darstellten.

Doch dann hat das Schicksal es gefügt, dass die Chatti uns Barbaren gebeten haben, an ihrer Seite gegen das mächtige Khemet in den Krieg zu ziehen. Sie versprachen uns dafür fruchtbares Land, eine neue Heimat und reiche Schätze, Dinge also, von denen wir bis dahin nur zu träumen wagten und die nun Wirklichkeit werden konnten.

Mit diesem großen Ziel vor Augen, haben wir endlich unseren alten Hader beigelegt und uns untereinander, aber auch mit den Chatti verbündet. Gemeinsam haben wir dann diese Stadt gebaut und uns auf dieses gewaltige Unternehmen vorbereitet! Viele Männer und Frauen unserer vormals verfeindeten Stämme haben in dieser kurzen Zeit in Liebe zueinander gefunden, haben geheiratet und Kinder gezeugt!

Wir sind dadurch gleichsam zu einem großen Volk zusammengewachsen, wenn sich auch unsere Nachfahren zukünftig immer noch mit Stolz daran erinnern werden, dass ihre Ahnen einst zu den Sherdanu zählten, zu den Sheklu, den Ter'usu, den Pelthtim, den We'ses und den Achäern!

Heute nun ist der Tag gekommen, an dem unsere Stämme, zu einem Volk vereint, endlich aus dem Dunkel ihres Nomadendaseins hervortreten und mutig gegen die aufstehen werden, die uns bisher in dem unerträglichen Wahn ihrer Größe und Überlegenheit als Wilde verachtet und geschmäht haben.

Morgen Früh wird die mächtigste Flotte in See stechen, die man je auf dem Südmeer gesehen hat! Wir werden nach Khemet segeln und die maßlose Arroganz ihres Gottkönigs in den Staub treten, indem wir seine Heere vernichten und sein Land für uns und unsere Kinder erobern, auf dass wir dort für immer in Frieden und Wohlstand leben können!«

Kaum dass seine Worte verklungen waren, brandete ein donnerndes, nicht mehr enden wollendes Jubelgeschrei aus der Menge auf. In ihrer Euphorie begannen die Menschen spontan zu tanzen und machten alle Anstalten, dieses für sie so bedeutsame Ereignis mit einem lauten, fröhlichen Abschiedsfest zu feiern.

Doch da ließ Tarkun erneut die Hörner ertönen und erhob um Aufmerksamkeit heischend die Arme.

»Es gibt wahrlich keinen Anlass für uns, in dieser Nacht ein Freudenfest abzuhalten!«, rief er ihnen zu, nachdem wieder Ruhe eingekehrt war. »Geht jetzt lieber wieder nach Hause und nehmt im Stillen Abschied voneinander, denn euch steht eine lange Zeit der Trennung bevor, und vielen von euch wird ein Wiedersehen auf immer versagt bleiben! Lasst uns also erst dann feiern, wenn wir siegreich zurückgekehrt sein werden! Nützt die euch verbleibende Zeit, denn morgen vor

Tagesanbruch werden wir mit der ersten Flut auslaufen!«

Derart in Ernüchterung verstummt, löste sich die Menge allmählich auf, und bald schon hatte sich die dumpfe Stille der Nacht über Tar'eses gelegt.

Mit der Flut war im Morgengrauen dichter Nebel über Tar'eses aufgezogen, und es herrschte nahezu Windstille. Die Flotte war seeklar gemacht worden und lag zum Auslaufen bereit. Alle kampftauglichen Männer waren mittlerweile an Bord gegangen, und nur Wenige, zumeist die Älteren oder Versehrten, waren zum Schutze der Stadt zurückgeblieben.

Fast die gesamte Bevölkerung Tar'eses hatte sich im Hafen eingefunden, um ihren Männern, Brüdern und Vätern Lebewohl zu sagen.

Tarkun hatte den Rest der Nacht schlaflos in den Armen seiner Frau verbracht. Wie, als ob es das letzte Mal sein würde, hatten sie sich zunächst einem wilden und wollüstigen Liebesakt hingegeben und sich danach inniglich vor dem langsam verglühenden Feuer über ihre Hoffnungen, aber auch über ihre Sorgen und Ängste ausgetauscht.

Da Tecme mit Einverständnis Truns' die Regierungsgewalt über Tar'eses übertragen worden war, gab es zudem noch vieles, was Tarkun ihr zur Bewältigung ihres verantwortungsreichen Amtes erklären musste. Dann aber, noch bevor es dämmerte, hatte er sich angekleidet und seine ruhig schlafenden Kinder zum Abschied auf die Stirn geküsst.

»Bleib hier!«, hatte er Tecme gebeten. »Es fällt mir

schwer genug, euch hier allein zu lassen! Es wäre mir lieber, dich und die Kinder bei unserer hoffentlich erfolgreichen Rückkehr im Hafen zu sehen!«

Tecme hatte ihm daraufhin ernst und schweigend sein Schwert an seinem Gürtel befestigt und ihn dann mit einem liebevollen und klaren Blick in die Augen geschaut.

»Fahre wohl, mein Herz!«, hatte sie ihm nach einem langen, fordernden Kuss ins Ohr geflüstert. »Unsere Liebe wird uns wieder zusammenführen, selbst wenn unsere Träume scheitern und das Schicksal uns einen anderen Weg gewiesen hat!«

Für einen schmerzvoll kurzen Augenblick hatte er sie noch wie einen Schemen in der Pforte seines Hauses stehen sehen, nachdem er sich auf den Weg zum Hafen gemacht hatte, dann war sie hinter den quellenden Nebelschleiern verschwunden.

Jetzt stand er am Achtersteven seines Schiffes und wartete auf das Signal von Truns und den anderen Stammesführern, dass sie bereit zum Auslaufen seien.

Und dann flammten hintereinander in unterschiedlicher Entfernung über dem schier unübersehbaren Pulk der Schiffe und trotz des Nebels leidlich erkennbar vier Fackeln auf, die das Zeichen zum Aufbruch gaben.

»Klar bei Riemen!«, befahl er heiser. »Und ... pullt!«

Wie auf den übrigen zweihundertdreißig Schiffen nahmen nun die Männer den Schlag auf, und die Steuerleute begannen ihre Fahrzeuge behutsam durch die Nebelbank zu manövrieren, während ihnen von der durch die Dunstschwaden nur schwer auszumachenden Menschenmenge am Hafen die Fetzen eines klagenden Abschiedsliedes hinterhertönten.

Doch schon bald hatte der dicht wabernde Nebel sie verschluckt, und sie ruderten langsam und vorsichtig, ihren Kurs beibehaltend, durch die sich vor ihnen scheinbar endlos erstreckenden, nasskalten Schleier.

Tarkun erschien es wie eine Ewigkeit, doch mit einem Mal begann sich das triste Grau mehr und mehr zu lichten, und er konnte auch wenig später die fahle Scheibe der Sonne über sich erkennen.

Und dann stießen zweihundertdreißig große Kampfschiffe mit über achttausend Mann Besatzung in breiter Front durch die letzten Reste der Nebelbank hinaus auf das offene Meer, wo eine strahlende Morgensonne von einem nahezu wolkenlosen, hellblauen Himmel auf sie herabschien. Gleichzeitig machte sich auch die kräftige Brise bemerkbar, die stetig aus Nordwest herwehte und eine schnelle Fahrt versprach.

Auf allen Schiffen erhob sich bei diesem unerwarteten und hoffnungsvollen Anblick ein lautstarkes Freudengeschrei, während überall die Riemen eingeholt wurden.

»Ein gutes Omen, Licinies!«, sagte Tarkun lachend und schlug ihm auf die Schulter. »Und jetzt lass unsere *Stolz* fliegen!«

»Holt ein Riemen!«, brüllte Licinies. »Klar bei Fallen! Heißt das Segel!«

Überall rauschten nun die großflächigen Segel von den Rahen herab und blähten sich augenblicklich vor dem Wind. Die gewaltige Flotte nahm Fahrt auf und segelte, den Wildgänsen gleich, in Keilformation nach Süden.

Nach Khemet!

[illegible]

[illegible] Schulmeier [illegible]

Während der fast vier Tage dauernden Erörterung [illegible]

[illegible]

[illegible] und [illegible]

[illegible]

[illegible]

Kapitel 16

Vor zwei Tagen war Ramesses mit den Schiffen in Buto eingetroffen.

Während der fast sechs Tage dauernden Fahrt auf dem Hapi hatte er auf eine beeindruckende und ihn gleichermaßen anrührende Weise erfahren können, wie innig sich die Bevölkerung Khemets mit ihrem jungen Herrscher gerade zu dieser schweren Zeit verbunden fühlte. Schneller als der Wind hatte sich nämlich im ganzen Reich die Kunde verbreitet, dass der Per-hau an der Spitze seiner Flotte nach Buto unterwegs war, um die Feinde Khemets zu schlagen.

So durfte er in ergriffenem Staunen erleben, dass, wann immer die Flotte an einer Stadt oder an einem Weiler, und sei er auch noch so unbedeutend und klein, vorbeifuhr, die Menschen in ihrer schönsten Festtagstracht gekleidet die Ufer säumten, ihnen zujubelten und sich, wenn die königliche Prunkbarke an ihnen vorbeiglitt, stumm und demutsvoll in den Staub warfen, um ihrem Herrscher zu huldigen, während die Priester die Gnade der Götter herabskandierten und dabei Unmengen an kostbarem Weihrauch verbrannten, dessen würziger Duft in Schwaden über den Fluss getragen wurde.

Ramesses war schon nahe daran, sich tatsächlich als lebendiger Gott zu fühlen, als die fieberverseuchten, feuchtheißen Sümpfe des Mündungsgebietes mit ihren unzähligen, sirrenden Mückenschwärmen ihn wieder in die Wirklichkeit versetzten und ihn mit ihren brennend juckenden Stichen daran erinnerten, dass er aus Fleisch und Blut bestand.

Doch die Pein hatte ein Ende, als sie schließlich in das weite Hafenbecken von Buto einliefen.

Seither hatte sich die bis dahin eher verträumt beschauliche kleine Hafenstadt mehr und mehr in ein riesiges Heerlager verwandelt. Ramesses hatte mit seinem Stab Quartier in der Residenz seines Statthalters Djeserkaraseneb bezogen, der die Provinz, die das Mündungsgebiet des Hapi umfasste, zu verwalten hatte.

Von dem Zeitpunkt an, an dem Djeserkaraseneb von einem königlichen Boten die Nachricht erhalten hatte, dass sich sein Herrscher höchstselbst auf dem Wege nach Buto befände, hatte der untersetzte, ein wenig zur Körperfülle neigende und daher behäbig wirkende Mann keine Ruhe mehr gefunden. Aber es war ihm trotz der knapp bemessenen Frist gelungen, die gewaltigen Mengen an Lebensmitteln bereitzustellen, die für die Verköstigung der Truppen Ihrer Majestät über einen längeren Zeitraum hinweg dringend erforderlich waren.

An diesem späten Nachmittag jedoch durfte er sich das erste Mal wieder von den Mühen und Aufregungen der letzten Tage erholen. Ramesses hatte ihn und Hem-iunu nämlich eingeladen, mit ihm den Rest des Tages zu verbringen und dem Sennetspiel zu frönen.

Nun saßen sie schon eine ganze Weile im geschmackvoll bepflanzten Garten der Residenz beisammen und waren ganz in ihr Spiel vertieft, sodass sie kaum die leisen, melodiösen Saitenklänge wahrnahmen, welche die drei halb nackten, hübschen jungen Mädchen, die ein wenig abseits von ihnen im Grase hockten, ihren Instrumenten entlockten.

»Ihr habt mich wieder absichtlich gewinnen lassen, mein lieber Statthalter!«, schimpfte Ramesses, bemüht, seine Worte äußerst ungehalten klingen zu lassen. »Wie soll ich Euch fürderhin noch vertrauen, wenn Ihr mir unausgesetzt zu schmeicheln sucht?«

»Hört auf die Worte unseres Herrn, Djeser!«, raunte ihm Hem-iunu augenzwinkernd zu. »Der Per-hau versteht beim Spiel keinen Spaß, und es haben schon viele aus weit nichtigeren Gründen ihren Kopf verloren!«

Als Djeserkaraseneb hierauf alles Blut aus dem Gesicht wich und sich seine Augen vor Schrecken weiteten, konnten Ramesses und Hem-iunu nicht mehr an sich halten und brachen in schallendes Gelächter aus.

Nun verstand der arme Mann rein gar nichts mehr und schaute, am ganzen Leibe zitternd, völlig fassungs- und verständnislos von einem zum anderen. Sein rundes, gutmütiges Gesicht nahm dabei einen derart kindlich hilflosen Ausdruck an, dass es schon wieder komisch wirkte und Ramesses und Hem-iunu sich mit Mühe einen erneuten Lachanfall verbeißen mussten.

»Nehmt einen Schluck von Eurem wundervollen Bier, Djeser!«, rief Ramesses heiter und klopfte ihm aufmunternd auf die Schulter. »Es war nur ein kleiner

Scherz! Doch im Ernst, ich kann es wirklich nicht ausstehen, wenn meine Untergebenen meinen, mir einen Gefallen zu tun, wenn sie mich beim Spiel gewinnen lassen. Für mich ist es nämlich ungemein wichtig, dass meine engsten Vertrauten ihre Meinungen und Ratschläge ehrlich und ungezwungen mir gegenüber äußern, denn ich habe nichts davon, dass mir einer immer nur nach dem Munde redet, weil er etwa befürchtet, meinen Unmut zu erwecken, wenn er fallweise eine mir widersprechende Ansicht vertritt. Und so halte ich es auch beim Spiel. Vergesst einfach für diesen Moment, dass ich Euer Herrscher bin! Das täte im Übrigen auch Eurer Goldschatulle gut, da ich dem ehrlichen Gewinner immer das Doppelte meines Einsatzes auszubezahlen pflege, als Lohn für seine Redlichkeit.«

»Ich danke Euch, Herr!«, brummte Djeserkaraseneb sichtlich erleichtert. »Ich werde Eure Warnung beherzigen, doch seht Euch vor, denn ich habe den Ruf, ein ausgezeichneter Sennetspieler zu sein!«

»Das könnt Ihr ja nun unter Beweis stellen«, entgegnete Ramesses lachend und sammelte die weißen Spielscheiben ein. »Nach der Regel dürftet Ihr, als der Verlierer des letzten Spieles, das neue mit dem ersten Zug eröffnen. Da Ihr Euch aber unlauter verhalten habt, werde ich Weiß nehmen und beginnen! Ich setze, um es interessant zu machen, fünfhundert Deben!«

Der Statthalter musste zunächst schlucken, als er diese ungewöhnlich hohe Summe vernahm, doch dann glomm ein listiges Funkeln in seinen unter schweren Tränensäcken fast verborgenen Augen auf. In aller Ruhe stapelte er seine roten Steine zu einem kleinen Turm, um sich dann entspannt nach hinten zu lehnen.

»Ich setze ... das Doppelte, Eure Majestät«, sagte er gedehnt, während seine fleischigen Lippen sich zu einem maliziösen Grinsen verzogen.

»Bei Amun!«, entfuhr es Ramesses. »Ihr müsst Eurer Sache ziemlich sicher sein, denn immerhin entspricht diese Summe Eurem Jahreseinkommen! Aber daran erkenne ich den leidenschaftlichen Spieler! Ich halte mit, aber nun müsst Ihr Euer Können auch unter Beweis stellen – und diesmal ehrlich, wenn ich bitten darf.«

Das Spiel nahm seinen Lauf, und schon sehr bald zeigte es sich, dass Djeserkaraseneb ein ernst zu nehmender Gegner war, der seine Züge weitsichtig plante und taktisch klug ausführte. Am Ende hatte er das Spiel tatsächlich gewonnen und strich mit einem zufriedenen Grunzen sein wohl verdientes Preisgeld ein.

»Es scheint, ich habe meinen Meister gefunden«, lobte ihn Ramesses neidlos, nachdem er ihm, wie er es versprochen hatte, noch einmal tausend Deben zusätzlich auf den Tisch gezählt hatte. »Und ich hatte immer geglaubt, nur am Hofe verstünde man es, Sennet zu spielen! Ihr seid wahrhaftig ein Mann nach meiner Art, Djeser, und deshalb sollten wir gleich weitermachen, um festzustellen, ob Euch das Glück auch weiterhin begünstigt oder ob Euer Sieg nur eine Laune des Zufalls war. Allerdings sollten wir nun wieder mit vernünftigen Einsätzen spielen, schließlich will ich Euch ja nicht zu einem mittellosen Mann machen. Hemiunu, es ist wieder an Euch, zu spielen. Zeigt diesem findigen Statthalter Euer überragendes Feldherrentalent. Auf Euren Sieg setze ich einhundert Deben, unabhängig von dem, was ihr unter euch einsetzt!«

Doch auch diesmal blieb das Glück auf Seiten Djeserkarasenebs.

»Djeser«, sagte Ramesses, nachdem er zwei weitere Partien gegen ihn verloren hatte. »Ich denke gerade darüber nach, Euch an den Hof nach Uaset zu berufen. Dort könntet Ihr Euch dann als mein oberster Ratgeber für die Finanzen des Reiches bewähren und sie mir mehren, statt sie mir unentwegt mit Eurem spielerischen Talent zu schmälern. Schon wie Ihr das zweifellos nicht einfache Problem gelöst habt, die Versorgung meiner Truppen in so kurzer Zeit sicherzustellen, hat mir allen Respekt abgenötigt. Wir werden uns ernsthaft darüber unterhalten, wenn dieser Krieg zu Ende sein wird. Doch nun sorgt erst einmal dafür, dass Euer Per-hau etwas zu essen bekommt, denn mit knurrendem Magen kann ich nicht weiterspielen.«

Bis tief in die Nacht verweilten sie, nachdem sie sich an einer vortrefflich zubereiteten Speisenfolge erquickt hatten, in dem mittlerweile von Fackeln erleuchteten Garten und gaben sich mit wechselndem Glück dem Spiele hin, wobei sie eifrig dem herrlich kühlen und würzigen Bier zusprachen, welches Djeserkaraseneb nach eigenem Rezept für seinen privaten Bedarf brauen ließ.

Doch irgendwann konnte sich Ramesses nicht mehr konzentrieren, denn das Bier zeigte nun bei ihm mit Macht seine Wirkung.

»Meine Freunde«, brachte er mit schwerer Zunge hervor, während er sich wankend von seinem Stuhl erhob. »Meinethalben mögt ihr noch hier bleiben. Ich, für meinen Teil, werde mich jetzt in mein Bett begeben! Djeser, ich hoffe für Euch, dass ich es nicht leer vorfinden werde, denn was kann es wohl Befriedigerendes für einen Mann geben, als nach einem guten Spiel die Freuden der Lust in dem heißen Schoß einer Frau zu genießen!«

»Bleibt sitzen!«, befahl er noch, als die beiden Männer sich daran machten, vor ihm auf die Knie zu fallen. Dann ging er mit wackligen Schritten davon. Bevor er ins Innere des Hauses trat, drehte er sich noch einmal zu ihnen um.

»Noch etwas!«, rief er. »Falls nicht gerade die Barbaren angreifen oder sonst eine schreckliche Katastrophe über uns hereinstürzt, so möchte ich bis zum Morgen auf keinen Fall gestört werden!«

Es war schon weit nach Mitternacht, als ein einsamer Streitwagen mit rasselnden Rädern und unter dem dumpf klappernden Hufschlag seiner Pferde die breite, mit Steinplatten gepflasterte Rampe zur Residenz des Statthalters von Buto herauffuhr.

Kurz darauf wurde Djeserkaraseneb, der gerade erst zu einem tiefen, traumlosen Schlaf gefunden hatte, vom Befehlshaber seiner Wache geweckt.

»Was gibt es?«, fragte er gereizt, während er sich fahrig die Augen ausrieb.

»Verzeiht, Herr, aber es ist ein Kurier Irinefers eingetroffen mit dringender Botschaft an den Per-hau, möge er ewig leben!«

»Verflucht! Ich … ich kann, ich darf ihn unter keinen Umständen stören. Ist es sehr wichtig?«

»Nun, der Mann wollte sich mir nicht anvertrauen.

Er sagte, dass seine Nachricht nur für das Ohr unseres Herrschers bestimmt sei.«

»Na, großartig! Aber wie auch immer, ich werde mir jedenfalls nicht die Finger verbrennen!«

Der Statthalter dachte einen Moment angestrengt nach.

»Suche Hem-iunu auf!«, entschied er dann. »Überbringe ihm meine besten Empfehlungen und bitte ihn, mich in meinem Arbeitszimmer zu treffen.«

Nachdem der Mann sich entfernt hatte, kleidete er sich hastig an und begab sich eiligst in die genannte Räumlichkeit. Es dauerte auch nicht lange, da betrat Hem-iunu, gefolgt von dem Wachhabenden, das Zimmer und baute sich mit erwartungsvoller Miene vor Djeserkaraseneb auf.

»Nun, was ist es, was Euch so dringlich erscheint, mir meine Nachtruhe zu rauben?«, fragte er und runzelte missmutig die Stirn. »Von Eurem Mann hier war ja vorab nichts zu erfahren.«

»Führe den Boten jetzt zu uns«, wandte sich Djeserkaraseneb zunächst an den Wachhabenden, um sich dann wieder, nachdem sie allein waren, Hem-iunu zu widmen.

»Es handelt sich um eine heikle Angelegenheit, Herr«, begann er umständlich zu erklären. »Gerade eben ist nämlich ein Bote Irinefers angekommen, der eine wohl äußerst wichtige Nachricht dem Per-hau persönlich überbringen soll! Nun habt Ihr ja selbst gehört, dass Seine Majestät unter gar keinen Umständen gestört werden will. Und da habe ich mir gedacht, dass es das Beste sei, Euch zu informieren, damit Ihr die Sache in die Hand nehmt.«

In diesem Augenblick wurde der Bote hereingeführt, und Hem-iunu erkannte in ihm sofort einen der höheren Truppenführer Irinefers.

Der Mann war völlig übernächtigt. Seine Augen waren stark gerötet, und sein ganzer Körper war mit hellem, feinen Wüstenstaub überzogen.

»Wie heißt du und was ist dein Auftrag?«, fragte Hem-iunu ihn knapp.

Jetzt erst kam Leben in die bis dahin apathisch verharrende und schwer atmende Gestalt des noch jungen Kriegers, und er verbeugte sich tief.

»Paschedu, Führer der ersten Hundertschaft im Regiment des Chnum und Adjutant meines Herren Irinefer!«, sprudelte es abgehackt über seine spröden, aufgerissenen Lippen. »Ich … ich habe unserem Perhau, möge er ewig leben, eine Botschaft von höchster Wichtigkeit zu überbringen, und nur ihm selbst darf ich berichten!«

»Weißt du, wen du vor dir hast?«, fragte ihn Hem-iunu mit einem gefährlichen Unterton in seiner Stimme.

»Selbstverständlich! Ihr seid Hem-iunu, der Oberbefehlshaber Seiner Majestät!«

»Und reicht das nicht aus, dass du mir sagst, was dir aufgetragen wurde?«

Paschedu schloss für einen Moment die Augen, atmete tief durch und schüttelte dann energisch den Kopf.

»Nein, Herr! Mein Befehl war eindeutig!«

»Dann wirst du dich bis zum Morgen gedulden müssen, denn Ihre Majestät schläft und möchte nicht gestört werden!«

In dem abgehärmten Gesicht Paschedus erschien ein verzweifelter Ausdruck.

»Das … das ist unmöglich«, flüsterte er heiser. »Bitte, Herr, meine Botschaft duldet keinen Aufschub.«

Hem-iunu konnte sich unschwer vorstellen, welch ungeheurem inneren Konflikt Paschedu gerade ausgesetzt war. Einerseits hatte er klare Anweisungen erhalten, andererseits sah er sich jetzt zwei einflussreichen alten Männern gegenüber, die einen sehr viel höheren Rang als sein Herr Irinefer einnahmen und die nun von ihm verlangten, gegen seinen Befehl zu handeln.

Er sah den jungen Mann mitleidig an, seufzte leise und zuckte dann ergeben mit den Schultern.

Nachdem er noch einen raschen Blick mit Djeserkaraseneb gewechselt hatte, schaute er Paschedu offen in die Augen.

»Also gut, mein Junge!«, sagte er freundlich. »Ich werde unseren Herren wecken! Ich hoffe nur, dass deine Botschaft dies auch rechtfertigt, sonst wird es uns übel ergehen!«

Sprach's und machte sich auf den Weg zu Ramesses' Schlafgemach.

Djeserkaraseneb hatte Paschedu eben einen Becher Bier eingeschenkt, den dieser in hastigen Zügen leerte, als plötzlich ein wütendes Gebrüll durch die Gänge der weitläufigen Residenz hallte. Nur wenig später betrat Ramesses den Raum und blickte mit vor Zorn geschwellter Stirnader auf den vor ihm auf den Fliesen ausgestreckten Paschedu hinab.

»Steh auf, Mann!«, schrie er ihn an. »Möge Amun dir gnädig sein, wenn das, was du mir zu berichten hast, nur Lappalien sind!«

Paschedu kam schnell auf seine zitternden Beine, vermied es aber, seinen Herrscher anzusehen.

»Euer ergebener Diener Irinefer hat mich ...«

»Verdammt, das weiß ich mittlerweile! Komm zur Sache! Übrigens weiß ich auch, dass ich der Per-hau bin und ewig leben möge!«

Paschedu nahm sich daraufhin zusammen und schaute Ramesses nicht ohne ein wenig Trotz ins Gesicht.

»Eure Majestät, ich melde Euch die völlige Vernichtung des Landheeres der Nordbarbaren! Außer einigen wenigen Chatti haben wir keine Gefangenen gemacht. Mein Feldherr rückt in Eilmärschen nach Buto vor und wird wohl in den nächsten acht Tagen hier eintreffen!«

Ramesses taumelte daraufhin einige Schritte rückwärts und ließ sich in einen zufällig dort stehenden Stuhl fallen.

»Noch einmal«, murmelte er entgeistert, wie zu sich selbst. »Irinefer hat ... er hat sie wirklich geschlagen? Ich glaube es nicht.«

Er fasste sich an die Schläfen und massierte sie, als ob er einen starken Kopfschmerz vertreiben wollte. Dann sprang er unversehens wieder auf und stellte sich vor den immer noch bebenden Paschedu.

»Du sagst die Wahrheit, nicht wahr?«, zischte er, packte ihn an den Schultern und schüttelte ihn. »Sag, dass du die Wahrheit sprichst!«

»Ja, Eure Majestät!«, stammelte Paschedu voller Angst. »Es ist die Wahrheit!«

»Gab es arge Verluste?«

»Über die Hälfte unserer Truppen ... Es war furchtbar!«

Ramesses entspannte sich zusehends, und er löste seinen harten Griff, während sein Gesicht einen mitleidsvollen und betroffenen Ausdruck annahm.

Er trat einen Schritt zurück, streifte einen schweren goldenen Ring, in den ein selten großer Rubin gefasst war, vom Finger und drückte ihn dem verblüfften jungen Truppenführer in die Hand.

»Nimm das als Lohn für deine gute Botschaft«, sagte er sanft und schlug ihm anerkennend gegen den rechten Oberarm. Dann verfinsterte sich sein Gesicht wieder, und er wandte sich abrupt Hem-iunu und Djeserkaraseneb zu.

»Seht Ihr nicht, was dieser hervorragende Krieger geleistet hat, hm?«, schnaubte er. »Noch immer ist er mit Staub besudelt und hat wahrscheinlich seit Tagen nichts gegessen! Ich will, dass ... wie heißt du noch?«

»Paschedu, Eure Majestät«, hauchte der Angesprochene atemlos,

»Sehr schön! Also, ich will, dass es Paschedu an nichts mangelt, solange er hier verweilt! Lasst ihn baden und gebt ihm reichlich zu essen und zu trinken und ...«, bei diesen Worten grinste er genießerisch, »schickt ihm eine von den Frauen, die Ihr mir heute zugedacht habt, in sein Zimmer. Er soll erfahren, dass sein Herrscher gute Dienste seiner Untergebenen zu würdigen weiß! – Was ist, Djeser? Schaut nicht so blöde drein! Tummelt Euch und kümmert Euch darum, dass mein Befehl ausgeführt wird!«

Nur einen Augenblick später war der Statthalter mit seinem Schützling verschwunden und Ramesses mit Hem-iunu allein.

»Ich möchte Eure Majestät beglückwünschen ...«

»Hem-iunu! Lästert nicht die Götter! Es war Irinefer, der uns diesen Sieg beschert hat, und er hat dabei über die Hälfte seiner Männer eingebüßt. Aber immerhin ist unsere rechte Flanke frei, und das ist schon eine Menge wert. Jetzt können wir nur hoffen, dass Irinefer vor dem Angriff der feindlichen Flotte hier eintrifft, um uns noch zu verstärken.«

»Auf der anderen Seite, sollte der Angriff in den nächsten Tagen stattfinden, dann könnte Irinefer ihnen wie eine stille Reserve in den Rücken fallen und sie verwirren, wenn er später kommt.«

»Hm! Auch wieder wahr! Das erscheint mir sogar die bessere Variante zu sein. Aber darüber reden wir morgen noch. Legt Euch wieder hin, die Nacht ist bald vorbei, und Ihr werdet Euren Schlaf brauchen!«

Damit verließ er nachdenklich das Zimmer und ließ einen ebenso nachdenklichen Hem-iunu zurück, der mit einem Male überhaupt keine Lust verspürte, wieder schlafen zu gehen.

Hem-iunus düstere Ahnung sollte schneller Wirklichkeit werden, als er selbst es geglaubt hätte, denn kaum erschien die rosenfarbige Bugwelle, mit der Res Barke ihre Fahrt am östlichen Firmament begann, da gellten plötzlich die Signalhörner auf den der See zugewandten Mauern und Türmen Butos in nicht enden wollender Folge auf.

Ungewaschen, ungeschminkt und nur mit einem einfachen Tuch um die Hüften bekleidet raste Ramesses kurz darauf, begleitet von Hem-iunu, mit seinem Streitwagen vor die Stadt zum Strand.

Sie erklommen eine hohe Düne und spähten in das diffuse Grau, das immer noch über dem ruhig anbrandenden Meer lag.

Und dann sahen sie die Schiffe.

Erst waren es nur einige wenige, die sie deutlich ausmachen konnten, doch dann schälte sich dahinter allmählich die ungeheure, dunkle Masse der feindlichen Flotte aus dem frühmorgendlichen Dunst und näherte sich in breiter Front unaufhaltsam der Küste.

»Was für ein Anblick, Hem-iunu«, flüsterte Ramesses schwärmerisch. »Obwohl er mir Angst macht, ist er unbeschreiblich schön. Mit ihren hellen Segeln gleichen sie riesigen, wundervollen Seevögeln, die mit ausgestreckten Schwingen über die Wasser gleiten.«

»Majestät, verzeiht, aber es sind wohl doch eher Raubvögel, oder?«

»Du bist fantasielos! Aber du hast Recht! Kommt, oberster Feldherr Meiner Majestät, wir wollen unser Spiel machen. Die da«, wies er mit der Rechten zu der Flotte, »haben soeben ihren ersten Zug getan.«

Die beiden fuhren wieder zur Residenz, wo sie zunächst ein Bad nahmen und sich danach ankleideten.

Währenddessen hatte Hem-iunu schon alle seine Truppenführer in das Arbeitszimmer des Statthalters befohlen, welche sich nun, als Ramesses und Hem-iunu nach einem kargen Frühstück endlich den Raum betraten, vor ihrem Herrscher auf die Knie warfen.

»Kommt, steht wieder auf! Spart Euch das Zeremoniell für die Siegesfeier auf, Männer!«

Das aufmunternde, fröhliche Lachen, das die Worte ihres Herrschers begleitete, steckte die altgedienten Soldaten, die sich zunächst überrascht und betreten angesehen hatten, während sie sich zögerlich erhoben, nach und nach an und löste so die angespannte Stimmung im Raum vollständig auf.

»Beginnt ihnen Euren Plan darzulegen, Hem-iunu! Ich will einfach nur Zuhörer sein!«, forderte Ramesses ihn auf und stellte sich wie einer ihresgleichen zwischen die Truppenführer.

Als Erstes berichtete Hem-iunu ihnen von Irinefers Sieg, was von allen mit einem befreienden Ausatmen und mit einem geraunten »Amun sei Dank!« kommentiert wurde.

Dann erklärte er ihnen die momentane Lage anhand einer sehr präzise gezeichneten Karte, welche die weitere Umgebung Butos im Mündungsgebiet wiedergab.

»Der Feind hat nur die Möglichkeit, auf diesen zwei Flussarmen in das Mündungsgebiet vorzustoßen«, führte er, seinen Kommandostab als Wegweiser benutzend, aus. »Auf diesem, der von Requot kommt, und jenem, der direkt durch Buto fließt. Alle anderen Flussläufe sind entweder zu schmal oder zu flach für ihre Schiffe. Ich nehme an, dass sie als Erstes Buto werden einnehmen wollen, um sich eine Basis zu schaffen, von der aus sie ihre weiteren Operationen planen und durchführen können. Wir werden ihnen den Gefallen tun und Buto nur zum Schein verteidigen, sodass es ihnen bald in die Hände fällt. Aber das wird sie auch für eine gewisse Zeit aufhalten, die Zeit nämlich, die wir brauchen, um unsere Kräfte in eine taktisch günstige Position zu bringen. Wie ihr seht, ist die gesamte Umgebung Butos bis tief in den Süden ein einziges, geschlossenes und mit hohem Schilf bewachsenes, undurchdringliches Sumpfgebiet, welches zudem noch von unzähligen kleinen Flussläufen durchzogen wird, die jedoch alle, ob von links oder rechts kommend, in den Hauptarm des Hapi einmünden.

In diesem Gebiet hier«, und dabei wies er mit seinem Stab auf eine mit einem roten Kreis umgebene Stelle, »werden wir auf sie warten. Unsere Kampfbarken werden sich in den links und rechts des Flusses befindlichen Seitenarmen verbergen, während unsere Landtruppen überall innerhalb dieses Geländes in Stellung gehen, es zum einen nach außen hin abriegeln und zum anderen gegen jeden an den Ufern abgesetzten Feind verteidigen. Wir haben den Vorteil, dass wir jeden Fußbreit dieses unwegsamen Geländes kennen, unser Gegner hingegen, so er wahnsinnig genug ist, Landstreitkräfte einzusetzen, wird sich hoffnungslos in den Sümpfen verirren und so leicht niederzukämpfen sein. Sobald also die feindliche Flotte diesen Teil des Flusses passiert, werden unsere Schiffe von allen Seiten auf sie eindringen, ihnen vorne und hinten den Weg versperren und sie in einen Nahkampf verwickeln, dem sie unterliegen müssen, da ihre großen Schiffe nicht mehr wirksam manövrieren können. Das wär's im Groben. Gibt es noch Fragen?«

»Ja, Herr«, meldete sich Rech-mire, der Befehlshaber der Division des Ptah, zu Wort. »Wieso gehen wir davon aus, dass der Angriff des Feindes ausgerechnet hier erfolgen wird? Ich meine, es könnte doch durchaus sein, dass wir vor Buto nur einen unbedeutenden Teil der gegnerischen Flotte gesichtet haben, die uns ablenken soll, während ihre Hauptmacht über Pi-Ramesse ins Landesinnere vorstößt?«

»Diese Möglichkeit haben wir am Anfang unserer

Planung schon in Betracht gezogen«, klärte ihn Ramesses auf. »Doch haben wir sie dann auch schnell wieder verworfen. Der Feind ist von den Chatti wahrscheinlich auf das Genaueste über die örtlichen Gegebenheiten des Mündungsgebietes informiert worden. Daher weiß er, dass der einfachste und damit für ihn vorteilhafteste Weg, ins Landesinnere vorzustoßen, die alte Handelsroute zu Wasser über Pi-Ramesse wäre. Der Mündungsarm dort ist breit und tief genug für ihre Schiffe, sodass sie sich gut entfalten können. Außerdem weist das Gelände um Pi-Ramesse ideale Bodenbedingungen für einen Angriff zu Lande auf, denn es ist weit und übersichtlich und vor allem nicht sumpfig. Mit Recht wird er also davon ausgegangen sein, dass wir seinen Angriff auch genau dort erwarten und deshalb alles, was wir haben, notwendigerweise dorthin geworfen haben. Er wird wohl auch mittlerweile von der katastrophalen Niederlage seiner Verbündeten erfahren haben, sodass er nun von dieser Seite keine Unterstützung mehr zu erwarten hat. Wenn er also unsere gesamte Armee um Pi-Ramesse versammelt wähnt, dann wird er sich unter diesen Umständen für die einzige, ihm noch verbleibende Alternative entschieden haben, nämlich den unbequemeren, aber für ihn sichereren Weg über Buto zu wählen. Ich gebe natürlich zu, dass wir unseren Gegner auch auf gefährliche Weise hätten unterschätzen können, denn wenn er in seinen taktischen Überlegungen auf die gleichen Lösungen wie wir gekommen wäre, dann hätte er seine Flotte unbeirrt gegen Pi-Ramesse fahren lassen und sich damit einen kriegsentscheidenden Vorteil errungen. Bis wir nämlich von hier aus in der Lage gewesen wären, ihm in den Weg zu treten, hätte er bereits große Landgewinne gemacht und wäre wahrscheinlich noch vor uns in Uaset gewesen. Aber, wie wir sehen, ist dem glücklicherweise nicht so, und der Feind ist gerade dabei, in unsere Falle zu tappen!«

Da es danach keine weiteren Fragen mehr gab, begann Hem-iunu damit, jeden einzelnen Truppen- und Schiffsführer in seine zukünftige Kampfstellung einzuweisen, die er nach dieser Besprechung unverzüglich mit seinen ihm unterstellten Einheiten zu beziehen hatte. Als dies geschehen war und alle mit ihren Befehlen davongeeilt waren, blieben Ramesses und Hem-iunu noch eine Weile beisammen und unterhielten sich ungestört.

»Meint Ihr, wir haben uns richtig entschieden, Hem-iunu?«, fragte Ramesses und wirkte auf einmal unendlich müde.

»Guter Herr! Mehr als das konnten wir nicht tun! Alles Weitere liegt in den Händen der Götter!«

Ramesses wanderte rastlos um den Tisch herum, wobei er sich fortwährend mit seinem Ebenholzstab gegen den Oberschenkel schlug. Dann blieb er unvermittelt stehen und sah seinem Oberbefehlshaber scharf in die Augen.

»Geradeheraus, Hem-iunu! Was sollen wir Eurer Meinung nach tun, wenn wir trotz allem gegen sie versagen?«

Um Hem-iunus Mundwinkel erschien ein feines, wissendes Lächeln.

»Eine Armee ist immer so stark wie der, welcher sie führt, Herr! Ihr seid stark, und deshalb werden wir den Feind schlagen. Eure Soldaten lieben Euch und sind bereit, ihr Leben für Euch hinzugeben. Denkt an Irinefer! Auch er hat das scheinbar Unmögliche zuwege gebracht, und zwar nur deshalb, weil er seinen Per-hau zutiefst verehrt. Ptahmose war ein guter Lehrmeister, und Euer Plan beweist, dass Ihr ein gelehriger Schüler wart. Es ist alles so eingetroffen, wie Ihr es vorausgesagt habt, und Euer Vater, zu dessen engsten Freunden ich die Ehre hatte zu zählen, hätte sich keine bessere Strategie ausdenken können. Seid also guten Mutes, und führt Eure Soldaten beherzt in die Schlacht, dann werden wir auch gewiss den Sieg davontragen. Wenn wir also gegen sie versagen, dann nur, weil Ihr vor Euch versagt habt!«

Ramesses nickte stumm.

»Geht nun zu Euren Truppen, Hem-iunu! Ich werde die Barken gegen den Feind führen. Wenn Amun es will, sehen wir uns morgen wieder. In Buto, nach der Schlacht!«

Kapitel 17

»Das wäre geschafft! Dort, hinter diesen Dünen, liegt Buto!«

Tarkun, der neben Truns auf dem Vorschiff der *Stolz der Ter'usu* stand, nickte nur und zog sich den Mantel fester um die Schultern. Die Sonne war noch nicht aufgegangen, und der feuchtkalte Morgendunst, der zu dieser frühen Zeit über dem Meer lag, ließ ihn frösteln.

Sie hatten die knapp sechs Tage und Nächte währende Fahrt von Neu-Tar'eses bis hierher bei gutem Wind und beständigen Wetterbedingungen ohne Probleme bewältigt, und unter der kundigen Führung von Lunus und Triskes war die Flotte auch sehr zielgenau hier angekommen.

Tarkun spähte kurz zu dem Toppsgasten hinauf, doch der gab kein Zeichen, dass er irgendwelche gegnerische Aktivitäten an der Küste beobachten würde.

»Dieser Flussarm scheint mir doch ziemlich eng zu sein«, stellte er mit Unbehagen fest. »Wir können ihn höchstens mit zwei Schiffen nebeneinander versetzt und in Linie befahren. Wollen wir hoffen, dass wir keine unliebsame Überraschung erleben. Wenn die uns an den Flussufern auflauern sollten, könnte das ziemlich brenzlig für uns werden.«

»Nun sei doch nicht so pessimistisch«, munterte ihn Truns auf. »Die Truppen des Per-hau erwarten uns, wenn überhaupt, an einem Ort, der weit von hier entfernt ist, und außerdem ist doch bislang auch sonst alles glatt gegangen.«

»Ja, bis hierher! Nur kann man davon nicht ableiten, dass uns das Glück auch weiter so begünstigt.«

»Ach, vermiese mir doch bitte meine Stimmung nicht mit deiner Schwarzseherei! Ich sage dir, was wir tun werden! Wir werden in Abänderung unseres Planes die kleinen, wendigen Boote der Sherdanu und Tjeker als Erste hineinfahren lassen, als Vorhut sozusagen. Und dann werden wir im Abstand mit unseren großen Fahrzeugen folgen. Auf diese Weise werden wir vor etwaigen Hinterhalten genug gefeit sein, zumal die Entfernung zur Stadt sehr gering ist. Die ahnen ja nicht, dass wir ausgerechnet hier unseren Angriff auf Khemet beginnen. Du wirst sehen, dass wir Buto schon genommen haben werden, bevor die sich den Schlaf aus den Augen gerieben haben.«

»Hm, gut! So werden wir es machen! – Licinies, bring uns querab zu Lunus und Triskes!«

Wenig später dümpelte das Flaggschiff neben den Booten der beiden Seehäuptlinge. Nachdem Tarkun und Truns ihnen ihre Aufgabe erklärt hatten, nahm der Verband der Sheklu und Sherdanu Fahrt auf und hatte bald darauf die Mündung des Flussarmes passiert.

Tarkun wartete noch einen Moment ab, dann gab er ein Zeichen an die hinter ihm liegenden Schiffe, die sich unter Weitergabe dieses Zeichens zu einer Linie formierten und langsam, Tarkuns Boot folgend, auf die Mündung zusteuerten.

Sie waren gerade hineingesegelt, als die Sonne aufging und die weiß getünchten Mauern und Türme Butos in feuerrotem Licht erglühen ließ.

Gleichzeitig sahen sie aber auch, dass diese Wehranlagen bemannt waren, denn überall blitzten Waffen über den Brüstungen.

Wie sie es zuvor in ihrem Plan festgelegt hatten, lief nun ein großer Teil der Schiffe an das seichte, vor der Stadt gelegene Ufer, um Truppen abzusetzen, während der Rest der Flotte schnell in das Hafenbecken Butos einfuhr und an den Kaimauern festmachte.

Jetzt erst, als sowohl die vor der Stadt angelandeten Einheiten als auch die, welche im Hafen über die Bordwände gequollen waren, zum Angriff übergingen, begannen sich die die Stadt verteidigenden Soldaten zu wehren. Kaskaden von Steinen, Pfeilen und Speeren flogen auf die mit Macht gegen die Tore und Mauern anbrandenden Krieger der verbündeten Stämme, doch schon bald zeichnete es sich ab, dass die Kräfte der Verteidiger, die den Angreifern offenbar zahlenmäßig weit unterlegen waren, diesem massiven Ansturm nicht lange würden widerstehen können.

Schon waren unter den Axthieben und Rammen zwei Tore zerborsten, und die Krieger stürmten mit einem ohrenbetäubenden Triumphgeheul und ohne auf viel Gegenwehr zu stoßen in die Stadt.

So kam es, dass, noch bevor die Sonne ihren mittäglichen Stand erreicht hatte, ein Melder zu Tarkun, der das Kampfgeschehen mit einer kleinen Schar Bewaffneter von einem der Stadt nahe gelegenen Hügel überwachte, gerannt kam und ihm die Einnahme Butos verkündete.

»Truns lässt euch außerdem ausrichten, dass er den Statthalter des Per-hau gefangen genommen hat!«, fügte er am Ende seines knappen Berichtes noch atemlos hinzu. »Er bittet euch deshalb, zu ihm zu kommen, um mit ihm die bedingungslose Übergabe der Stadt entgegenzunehmen! Ich werde euch führen!«

Während Tarkun kurz darauf mit seinen Leuten durch die breiten Gassen der Stadt schritt, stellte er zu seinem Erstaunen fest, dass er bis auf die wenigen Toten und Verwundeten beider Seiten, die dort allenthalben herumlagen, sonst keinen Menschen zu Gesicht bekam. Vielleicht, so dachte er bei sich, hielten sie sich aus Angst vor den Eroberern in ihren Häusern verborgen, oder aber sie hatten die Stadt frühzeitig verlassen und waren geflohen. Das Letztere würde allerdings bedeuten, dass sie schon lange vorher von dem bevorstehenden Angriff gewusst haben mussten, denn ansonsten wäre die Flucht so vieler Menschen bei der Schnelligkeit, mit welcher die Flotte die Stadt erreicht hatte, nicht unbemerkt geblieben. Dies, zusammen mit der seiner Meinung nach allzu leicht und auch viel zu schnell erfolgten Einnahme der an sich sehr wehrhaften Stadt, ließ in ihm mit einem Male die flaue Ahnung aufkeimen, dass sie gerade dabei waren, in einen groß angelegten Hinterhalt zu geraten.

Er musste sich unbedingt darüber Klarheit verschaffen, und so beschleunigte er seinen Schritt, um sich so schnell wie möglich mit Truns auszutauschen. Er fand ihn mit den anderen Stammesführern in einem großen, hohen Zimmer im prachtvollen Haus des Statthalters von Buto.

»Ah, da bist du ja endlich!«, begrüßte ihn Truns

strahlend und überschwänglich. Dann wies er auf einen untersetzten, dicklichen und kahlköpfigen Mann, der mitten im Raum würdevoll auf einem Lehnstuhl thronte. »Ich möchte dir Djeserka … kara, na ja, auf jeden Fall den Statthalter des Per-hau in Buto vorstellen, der die Güte hatte, uns als seine geehrten Gäste willkommen zu heißen!«

»Truns, und auch ihr anderen!«, erwiderte Tarkun harsch. »Ich möchte euch kurz sprechen! Allein!«

Nachdem sie sich in den Garten, der sich an diesen Raum anschloss, zurückgezogen hatten, teilte Tarkun ihnen seine Beobachtungen und Befürchtungen unumwunden mit, worauf die Mienen aller, bis auf Truns', einen Ausdruck ernster Besorgnis annahmen.

»Also wirklich, Tarkun, meinst du nicht, dass das ein bisschen weit hergeholt ist?«, versuchte Truns spöttisch lachend die Bedenken seines Freundes zu zerstreuen. »Anstatt dich über unseren Erfolg, der allein auf die überlegene Schlagkraft unserer Truppen zurückzuführen ist, zu freuen, willst du uns davon überzeugen, dass uns der Per-hau diese herrliche Stadt gleichsam als Köder hingeworfen hat, nur um uns in Sicherheit zu wiegen, damit wir bei unserem weiteren Vorstoß ohne Arg in seine bereits gestellte Falle laufen. Na gut! Fragen wir doch einfach unseren Gastgeber, wo seine Bevölkerung abgeblieben ist.«

Sie begaben sich wieder in den Raum und stellten sich um den Gefangenen, der immer noch teilnahmslos auf seinem Stuhl saß.

Lunus, der wohl auch schon zu Anfang als Übersetzer fungiert hatte, begann in der kehligen Sprache Khemets auf ihn einzureden. Nach einem langen und heftig geführten Wortwechsel wandte sich der Sheklu wieder gleichmütig seinen in gespannter Erwartung harrenden Verbündeten zu.

»Um es kurz zu machen«, sagte er in seinem schnarrenden Akzent, »er meint, dass der Per-hau vor einiger Zeit schon alle wehrfähigen Männer bis auf die zur Verteidigung notwendigen Soldaten nach Pi-Ramesse beordert hat. Die Frauen und Kinder hingegen seien, wie überall entlang dieser Küste, weit ins Landesinnere geschickt worden, um sie vor etwaigen feindlichen Übergriffen zu schützen.«

»Da hörst du es, Tarkun!«, rief Truns triumphierend. »Du hast dir umsonst deine schwarzen Gedanken gemacht! Alles hat eine natürliche Erklärung!«

Tarkun gab sich daraufhin zwar fürs Erste geschlagen, aber das unbestimmbare Gefühl, dass hier irgendetwas nicht mit rechten Dingen zuging, verließ ihn nicht ganz.

»Also schön!«, seufzte er. »Trotzdem bin ich der Ansicht, dass wir unsere Schiffe wieder bemannen und unseren Vormarsch unverzüglich weiter fortsetzen sollten, denn wer sagt uns, dass es dem mir wenig Vertrauen einflößenden Diener des Per-hau nicht doch gelungen sein könnte, rechtzeitig vor unserem Angriff einen Boten zu seinem Herrn zu entsenden, der ihn von unserem freundlichen Besuch in Buto unterrichtet? Je schneller wir wieder von hier verschwinden und weiter ins Landesinnere vorstoßen, desto größer wird die Distanz zwischen der Khemet-Armee und uns!«

»Einverstanden!«, entgegnete Truns. »Aber was ist mit der Stadt? Ich meine schon, dass wir sie nicht unbesetzt zurücklassen sollten, zumal sie uns durch ihre strategisch günstige Lage den Rücken freihalten kann.«

»Wir lassen fünfhundert Mann hier zurück. Das sollte reichen, Buto für uns zu halten«, schlug Tarkun vor.

»Sehr gut! Dieser Meinung bin ich auch!«, stimmte ihm Truns zu. »Dann werden wir jetzt zum Sammeln blasen und wieder abrücken. Wer soll die Schutztruppe führen?«

»Ich dachte an Licinies. Er ist erfahren und umsichtig und versteht es darüber hinaus, bei unvorhergesehenen Ereignissen gedankenschnell zu improvisieren.«

»Eine hervorragende Idee! Es gibt wirklich keinen besseren Mann für diese verantwortungsvolle Aufgabe. Da jetzt alles zufriedenstellend geklärt worden ist, sollten wir uns wieder zu den Schiffen begeben und alles für den Aufbruch vorbereiten. Was diesen kleinen dicken Mann hier betrifft, so werde ich mich seiner annehmen. Er wird auf meinem Schiff eine kostenlose und zweifellos unvergessliche Reise auf diesem schönen Fluss erleben dürfen! Sage ihm das, Lunus!«

In der Tat schien der Statthalter nicht gerade erfreut über das Angebot zu sein, denn er fing heftig zu zetern an und sträubte sich mit Händen und Füßen gegen die beiden Krieger, die ihn gleich darauf packten und zu Truns' Schiff zerrten.

Während Truns sich darum kümmerte, dass die immer noch am Ufer liegenden Schiffe wieder bemannt und zur Flussmitte gerudert wurden, ging Tarkun eilig in den Hafen und wies Licinies in seine neue Aufgabe ein. Dieser murrte zwar anfangs, da er nur sehr unwillig seinen angestammten Platz am Ruder der *Stolz der*

Ter'usu aufgab, aber schließlich fügte er sich dem Befehl seines Mechel.

Tarkun überantwortete ihm elf Schiffe mit ihren Besatzungen, um damit Buto als rückwärtige Bastion zu sichern und zu halten. Dann gab er der restlichen Flotte den Befehl zum Auslaufen, worauf die Schiffe mit Riemenkraft in Kiellinie folgend das Hafenbecken verließen und sich vor die bereits auf dem Fluss wartenden Einheiten setzten.

Die kräftige Brise ausnutzend, die vom Meer zu ihnen herüberwehte, gingen sie unter Segel, und in schneller Fahrt folgten sie dem Flussarm weiter nach Süden. Doch am späten Nachmittag dieses ereignisreichen Tages flaute der Wind merklich ab, sodass sie gezwungen waren, die Segel zu reffen und die Riemen auszubringen. Noch eine Weile ruderten sie in der vor Hitze stehenden, schwülfeuchten Luft weiter, bis Tarkun und Truns kurz vor Einbruch der Dunkelheit die Flotte beiderseits einer lang gestreckten, breiten Sandbank, die sich mitten im Fluss erhob, vor Anker gehen ließen. Dieser Tag war für alle äußerst anstrengend gewesen und das Rudern in der für sie ungewohnten Hitze hatte die Männer zusätzlich stark erschöpft.

Als die Besatzungen damit anfangen wollten, Feuer auf der Sandbank zu entzünden, um das mitgeführte Fleisch darüber zu braten, untersagte ihnen Tarkun dies, da er befürchtete, dass der Rauch und der Schein so vieler Feuer über eine weite Entfernung hinweg nicht unbemerkt bleiben würde.

Von allen Schiffen sprangen nun die Männer übermütig lachend und johlend in den Fluss, um sich im Wasser abzukühlen und sich den Schweiß vom Körper zu waschen. Doch es dauerte nicht lange, da erschollen von überall her entsetzte Hilferufe, und das grässliche, markerschütternde Geschrei von Menschen in Todesnot. Der Grund dafür waren riesenhafte, an Eidechsen erinnernde Tiere, welche sich blitzschnell von beiden Ufern des Flusses ins Wasser gleiten ließen und die sich verzweifelt wehrenden Männer mit ihren zahnbewehrten langen Schnauzen angriffen und unter Wasser zu ziehen suchten. Jeder, der es noch konnte, verließ fluchtartig das Wasser, während andere mit Speeren und Pfeilen von den Booten aus versuchten, den albtraumhaften Bestien den Garaus zu machen und ihre Kameraden zu retten. Aber für die meisten kam die Hilfe zu spät, und die träge dahinfließenden Fluten färbten sich allmählich rot.

Doch kaum waren sie dieser Gefahr entronnen, da kündigte sich schon die nächste Plage an. Mit Einbruch der Dämmerung erschienen nämlich gewaltige Schwärme von Mücken über dem Fluss und fielen über die entnervten Besatzungen her, sodass Tarkun und die anderen Stammesführer sich schweren Herzens nun doch dazu entschlossen, Feuer anzünden zu lassen, um sich mit dem Qualm der unzähligen Quälgeister wenigstens halbwegs zu erwehren.

Es stellte sich aber bald heraus, dass diese Maßnahme völlig wirkungslos blieb. Im Gegenteil schienen die Tiere von dem flackernden Licht nur noch mehr angezogen zu werden, sodass man die Feuer schnell wieder löschte.

Am Ende saßen oder lagen alle dick bis über den Kopf in ihre Mäntel und Decken eingemummt und zumeist schweigend auf den Planken ihrer Schiffe und versuchten, ein wenig Schlaf zu finden, was in dieser Nacht allerdings kaum jemandem gelang.

»Unsere Eroberung Khemets fängt ja sehr viel versprechend an, meint ihr nicht auch?«, bemerkte Tarkun trocken. »Es scheint, dass selbst die Tiere dieses verfluchten Landes ihrem Per-hau beistehen, uns zu bekämpfen.«

Neoptolemos, Lunus und Triskes, die mit ihm und Truns auf dem Achterdeck seines Schiffes hockten, zogen es vor, darauf zu schweigen, zumal sie viel zu sehr damit beschäftigt waren, die lästigen kleinen Blutsauger totzuschlagen, die sich ohne Unterlass auf ihren Gesichtern und Händen festsetzten.

»Ehrlich gesagt, wären mir die Soldaten Ramesses lieber als diese heimtückische Brut! Wenn die dich mit ihren Pfeilen stechen, dann bist du zumindest tot und bräuchtest dich nicht von diesem grauenvollen, brennenden Jucken quälen zu lassen«, knurrte Truns nur und schlug sich wieder einmal auf die Wange. »Ich wünschte nur, diese Nacht wäre schon vorüber und wir könnten dieser ungezieferverseuchten Hölle endlich entfliehen!«

»Wohin?«, fragte Tarkun bittersüß. »Etwa wieder nach Hause?«

»Um nichts in der Welt, Mechel Tarkun!«, ließ sich Triskes da vernehmen. »Für die Schätze, die uns in Uaset erwarten, ertrage ich gerne ein paar Mückenstiche, auch wenn ich mich deswegen für einige Tage kratzen muss.«

Das klang so komisch, dass sie alle lachen mussten.

»Triskes hat Recht«, gluckste Truns. »Wenn ich allein an die Frauen Khemets denke ...! Die werden uns mit ihren Künsten sicherlich unsere Schmerzen und Entbehrungen überreichlich vergessen machen, wenn wir erst einmal in ihren Betten liegen.«

»Du denkst auch immer nur an das Eine, hm?«, spöttelte Tarkun. »Aber bis dahin ist es noch ein dornenreicher Weg, mein Freund, das kann ich dir versichern!«

»Oh verzeih mir, guter Tarkun! Ich vergaß, der stolze Herr der Ter'usu ist ja glücklich verheiratet und hat jeder Lebensfreude abgeschworen! Mann, du erinnerst mich immer mehr an meinen ach so tugendhaften Bruder Gaelath!«

»He!«, brachte sich da Neoptolemos, welcher den anderen bis dahin nur als wortkarger und ernster Charakter aufgefallen war, lebhaft in das Wortgeplänkel ein. »Du bist ein Schandmaul, Truns! Wisse, dass auch ich eine wunderbare Frau an meiner Seite weiß, die im hell besonnten Phtia meiner Rückkehr ungeduldig entgegenharrt! Nicht der lasterhaften Weiber wegen bin ich nach Khemet gezogen, sondern um die Bündnistreue zu erfüllen, die die Fürsten der Achäer euch einst geschworen hatten.«

»Und um dir Schätze zu gewinnen, die dein darbendes Volk aus seiner Armut führen sollen!«, ergänzte Truns zynisch. »Aber muss man deshalb gänzlich auf die kleinen, harmlosen Freuden, die das Leben dem Sieger bietet, verzichten?«

»Truns, mäßige dich!«, mahnte Tarkun. »Unser Freund ist noch jung und hat viele lobenswerte Ideale, wie sie übrigens auch sein Vater hatte. Aber lass ihn uns doch von seiner schönen Heimat erzählen, die wir ja nicht kennen. Auch möchte ich von Triskes und Lunus erfahren, was bei ihnen zu Hause für Traditionen und Gebräuche gepflegt werden. Was wissen wir schon voneinander? Die Nacht währt noch lange, und an Schlaf ist sowieso nicht zu denken. Also lasst uns gegenseitig die Geschichten und Legenden unserer Völker erzählen, dann vergeht die Zeit bis zum Morgen leichter!«

Und so begannen sie sich zum ersten Male, seit sie ihr Bündnis vereint hatte, untereinander ausgiebig in ihren Erzählungen und Erinnerungen auszutauschen, und lernten dabei vieles, was sie bisher befremdend getrennt hatte, besser zu verstehen.

Schließlich aber kündigten blasse, rosagraue Streifen am östlichen Horizont den neuen Tag an.

»Es ist so weit, Freunde!«, beschloss Tarkun die Runde. »Bald wird die Sonne aufgehen. Lasst uns von hier aufbrechen. Triskes und Lunus, ihr werdet wieder die Vorhut übernehmen. Truns und ich fahren nebeneinander vor unseren Schiffen hinter euch her, und Neoptolemos übernimmt die Nachhut.«

Bald darauf befand sich die Flotte wieder auf dem Fluss.

Es herrschte fast völlige Windstille, und deshalb mussten die Schiffe wieder mit Muskelkraft bewegt werden. Trotzdem ging es anfangs gut voran, da die Männer froh waren, endlich von den Mücken befreit zu sein. Als die Sonne dann am Himmel stand, wurde es schnell noch heißer, als es während der Nacht gewesen war. Dazu fuhren sie auch noch durch eine seltsam beklemmende Landschaft.

Die beiden Ufer wurden, so weit man blicken konnte, von einem undurchdringlichen Schilfwald gesäumt, dessen Rohre mehr als zehn Ellen über ihre Köpfe ragte und vor welchem jene schrecklichen Bestien, mit denen sie gestern auf so grausame Weise Bekanntschaft gemacht hatten, in Haufen mit aufgesperrten Mäulern träge in der Sonne dösten.

Es mussten sich wohl Sümpfe in diesem Dickicht befinden, denn es roch modrig, und hin und wieder hörte man das Quaken von Fröschen und das schrille Schlagen der Sumpfvögel. Ansonsten aber lag nur eine dumpf brütende Stille über dem Schilf.

Über ihnen ein fahlblauer, wolkenloser Himmel, aus welchem die Sonne gnadenlos auf die schweißüberströmten Leiber der sich im Takt bewegenden Ruderer herunterbrannte.

Die Luft stand stickig über dem Wasser, und nach jeder kleinen Biegung hofften sie, dass sich das Röhricht endlich vor ihnen öffnen würde und sie wieder freie Sicht hätten, doch ein Ende dieses auf eine Furcht einflößende Weise eintönigen Schilflandes schien sich vorerst nicht abzuzeichnen.

Sumpfland, weit südlich von Buto, am Vormittag desselben Tages.

»Ihr seid unkonzentriert, Hem-iunu! Ihr werdet diese Partie verlieren!«

»Herr, wie soll ich mich konzentrieren, wenn der Feind jeden Moment kommen kann?«

»Noch ist von ihm nichts zu sehen. Also, was seid Ihr so angespannt?«

»Eure Majestät, in dieser Schlacht geht es immerhin um den Sieg oder Untergang unseres Volkes! Da darf doch selbst ein alter Soldat wie ich unruhig werden.«

»Merkwürdig nur, dass ich, der junge Per-hau, überhaupt nicht aufgeregt bin. Die Mücken letzte Nacht und das müßige Herumsitzen hier in dieser fürchterlichen Hitze – das sind Dinge die mir auf die Nerven schlagen. Nicht aber diese Wilden. Ihr seid am Zug!«

In diesem Augenblick kam ein kleines Boot eilig längsseits der königlichen Barke gerudert, und ein Soldat enterte über die Bordwand. Nachdem er dem Befehlshaber des Schiffes seine Nachricht übergeben hatte, trat dieser vor seinen Per-hau hin und räusperte sich vernehmlich.

»Was gibt's?«, fragte Ramesses, ohne vom Spielbrett aufzublicken.

»Herr, sie kommen! Unser rückwärtiger Posten hat sie gesichtet. Sie werden wohl bald hier sein.«

Hem-iunu wollte daraufhin aufstehen, doch ein Wink seines Herrn ließ ihn sich wieder setzen.

»Ich habe Euch nicht erlaubt, Euch von hier zu entfernen, Hem-iunu! Erst werden wir in aller Ruhe dieses Spiel beenden, dann kümmern wir uns um den Feind.«

Während all seine Truppenführer, die die beiden umstanden, Mühe hatten, ihre Fassung zu bewahren, spielte Ramesses seelenruhig seine Partie mit Hem-iunu zu Ende. Dann erhob er sich und reckte sich.

»Hem-iunu, Ihr könnt Euch jetzt zu Euren Divisionen an Land begeben. Ihr anderen, bis auf meine Schiffsführer, folgt ihm! Ich wünsche Euch gutes Gelingen und den Schutz der Götter! Und gebt Acht auf Euch, mein alter Freund!«

Mit einer tiefen Verbeugung verließen die Männer schleunigst das Schiff, um ihre Truppen an beiden

Ufern des Flusses ihre endgültige Aufstellung nehmen zu lassen.

An dieser Stelle war der Fluss ziemlich breit und flach. Auch mündeten in der näheren Umgebung mehrere kleine Flussläufe von rechts und links kommend in den Hauptarm, worin sich die Kampfbarken des Per-hau versteckt hielten. Entlang der beiden Uferstreifen standen, im dichten Röhricht verborgen, die in jeweils drei Reihen gestaffelten Linien der Bogenschützen. Hinter ihnen hatte man das Gelände, so weit es die Sümpfe zuließen, weitflächig gerodet, um Platz für die Infanterieeinheiten zu schaffen, die sich dort nun in dichten Kadern aufstellten.

Etwas weiter südlich lief das Schilfgebiet in einer weiten, grasbewachsenen Ebene aus. Dort hatten sich die Streitwagendivisionen formiert, um jeden Feind, der zu Land beiderseits des Flusses aus dem Schilf hervorbrechen würde, anzugreifen und zu zerschlagen.

Ramesses hatte den ersten Zug getan und seine Steine auf dem Feld verteilt. Das tödliche Spiel konnte beginnen.

Am späten Vormittag auf dem Fluss, unweit nördlich der Stellungen der Khemet-Armee.

»Diese Hitze bringt mich noch um!«, fluchte Truns zu Tarkun hinüber. »Wann sind wir bloß endlich aus diesem verfluchten Schilf heraus? Ich möchte wieder freie Sicht haben, damit ich ausmachen kann, wohin ich eigentlich fahre!«

»Die Windstille macht mir größere Sorgen«, gab Tarkun zurück. »Wenn wir hier angegriffen würden, wären wir nahezu manövrierunfähig. Dieser Fluss ist verdammt schmal!«

»Da hast du Recht! Nur gut zu wissen, dass aus diesen elenden Schilfwäldern heraus kaum ein Angriff erfolgen kann, dafür ist es viel zu sumpfig.«

»Hoffentlich! Schau da voraus! Der Fluss scheint breiter zu werden!«

»Na wunderbar! Vielleicht haben die Götter meine Gebete erhört und ...«

Weiter kam er nicht, da um sie herum die Luft auf einmal von dem lang anhaltenden, tief röhrenden Klang zahlloser Widderhörner erfüllt war. Gleichzeitig brandete das infernalische Stakkato dumpfer Trommelschläge aus dem Röhricht hervor. Damit einher ging das sirrende Zischen tausender Pfeile, die von allen Seiten auf sie abgeschossen wurden.

Noch ehe sie überhaupt begreifen konnten, wie ihnen geschah, waren die Decks der Schiffe bereits übersät mit Toten und verzweifelt schreienden und röchelnden Verletzten, die sich in ihrem Blut wälzten.

»Eine Falle!«, brüllte Truns bleich und entgeistert. »Wir sind in eine Falle geraten!«

»Du merkst auch alles!«, knurrte Tarkun zu sich selbst. »Nehmt die Schilde über den Kopf, und die, die noch können, sollen sich in die Riemen legen!«, schrie er dann seiner Besatzung zu. »Los, Männer, pullt, was das Zeug hält! Wir müssen hier weg!«

Er packte selbst die Ruderpinne, da sein Steuermann gerade tot zusammengebrochen war. Doch in diesem Moment schnellten die wendigen Kampfbarken des Per-hau aus ihren Verstecken hervor, schnitten der Flotte von hinten und vorne den Weg ab und drängten sich von allen Seiten zwischen die hilflos ineinander treibenden und zum Teil schon brennenden Schiffe ihrer Feinde.

Dann hörte der todbringende Pfeilhagel schlagartig auf, und mit einem ohrenbetäubenden Geheule enterten die Khemet-Krieger die Schiffe, wo sie sich sogleich in Scharen auf die immer noch in lähmendem Entsetzen erstarrten Krieger stürzten und sie mit ihren scharfen Sichelschwertern erbarmungslos niedermähten.

Längst hatte Tarkun den Überblick über das Kampfgeschehen verloren. Er konnte nur noch schemenhaft wahrnehmen, was sich auf dem Deck seines Schiffes abspielte, und kämpfte ansonsten um das eigene, nackte Überleben. Mit Schild und Schwert stand er mit dem Rücken zum Achtersteven und hieb und stach in kalter Trance in die weiß beschurzten, braunen oder schwarzen Leiber und Gesichter der unausgesetzt auf ihn einstürmenden Khemet-Leute, deren blutüberströmte Leichen sich um ihn zu stapeln begannen. Auch seine Besatzung hielt sich tapfer, doch einer nach dem anderen sank unter den scharfen, von allen Seiten auf sie herabfahrenden Klingen der Angreifer zu Tode getroffen auf die von den Unmengen vergossenen Blutes glitschig gewordenen Planken dahin.

Gerade hatte Tarkun eine tiefe Wunde an seinem rechten Oberarm erhalten und konnte nur noch mit Mühe sein schartig gewordenes Schwert führen, als er mit ansehen musste, dass nun auch der letzte Mann seiner Besatzung sterbend zusammenbrach. Mit einem gellenden Wutschrei sprang er, das Schwert stoßbereit vor sich haltend, gegen die ihn umzingelnden

Schwarzländer, die aber plötzlich aus einem unerfindlichen Grund vor ihm zurückwichen.

Verwirrt und mit einem Male unendlich müde, stützte er sich schwer atmend auf seinen Schild und blickte gehetzt und mit blutunterlaufenen Augen um sich. Wie aus weiter Ferne drang der Kampfeslärm in sein ermattetes Gehör, und dann bemerkte er, dass jemand durch die Reihen der sich ehrfurchtsvoll auf die Knie werfenden Khemet-Krieger schritt und sich vor ihn hinstellte.

Der Mann mochte etwas jünger als er gewesen sein und war, wie die meisten seines Volkes, um eine Haupteslänge kleiner als Tarkun. Er war mit einem blütenweiß plissierten, knielangen Rock bekleidet, und seine Füße steckten in vergoldeten Sandalen. Um seine Handgelenke trug er zwei bis zur Mitte der Ellenbogen reichende Armschienen aus purem Gold. Über seinen Schultern lag ihm ein ovales, vergoldetes Lederstück, und auf dem Kopf trug er einen hohen, nach oben sich leicht verbreiternden, abgerundeten Goldhelm.

Das fein geschnittene Gesicht wirkte auf Tarkun nicht unsympathisch, doch spürte er auch, dass diesem Fremden, der ihn gerade mit seinen mandelförmigen, geschminkten Augen abschätzend musterte, trotz seiner Jugend ein selten machtvolles Charisma zu Eigen war.

Tarkun war so fasziniert von dem Anblick des Fremden, dass er gar nicht wahrnahm, wie ein Krieger neben ihn getreten war und ihm den Schaft seiner Lanze in die Kniekehlen hieb, sodass er lang vor die Füße des Mannes hinschlug. Augenblicklich war ein anderer über ihm und fesselte seine Arme hinter dem Kopf über Kreuz zusammen. Als er wieder hochschaute, war der Fremde verschwunden, und zwei Soldaten brachten ihn wieder auf die Beine.

Inzwischen hatten die Schwarzländer die Riemen seines Schiffes bemannt und ruderten es ans Ufer. Das Letzte, was er noch sehen konnte, bevor man ihn vom Schiff herunterführte und zu den übrigen Gefangenen, die sie mittlerweile gemacht hatten, brachte, war, dass es Truns mit einem Teil der Flotte, darunter auch Sheklu und Sherdanu, offenbar gelungen war, das gegenüberliegende Ufer zu erreichen und die dort stehenden feindlichen Truppen in Kämpfe zu verwickeln, denn heftiger Schlachtenlärm drang von dort zu ihm herüber.

Für ihn war dieser Krieg jedoch vorerst zu Ende, und er fügte sich zutiefst gedemütigt und bar jeder Hoffnung in sein Schicksal.

Auf der Befehlsbarke des Per-hau, kurz vor Beginn der Schlacht.

»Jetzt gilt es, Ruhe zu bewahren. Wir greifen erst auf mein Zeichen an!«

Ramesses schaute Monthemhet, den Befehlshaber seiner Flotte, aufmunternd an.

Sie standen nebeneinander am Bug der königlichen Prunkbarke, die mit vierzig weiteren Kampfschiffen gut getarnt in einem der kleinen Seitenarme des Flusses bereitlag.

»Da kommen sie«, flüsterte Monthemhet. »Soviel ich sehen kann, sind dies die Schiffe der Sherdanu und

Sheklu. Ich erkenne sie an der Bauart, denn ich bin ihnen schon des Öfteren auf dem Meer begegnet.«

»Sehr schön! Warten wir noch, bis sich die großen Schiffe zeigen, dann schlagen wir los!«

Es dauerte eine ganze Weile, bis der über hundert Einheiten zählende Verband der Sheklu und Sherdanu vorbei war, dann aber kamen mit einigem Abstand die ersten Schiffe der Nordbarbaren herangerudert.

Mit ihren hohen, vogelkopfgeschmückten Steven, der eleganten Form ihrer Rümpfe und den langen, im Rudertakt schwingenden Riemen erweckten sie bei ihren Betrachtern den Eindruck, als seien es riesige Seevögel, die mit sanftem Flügelschlag majestätisch über dem Wasser schwebten.

»Bei Amun!«, entfuhr es Ramesses bei diesem beeindruckenden Anblick. »Schon als ich sie vor der Küste kommen sah, erschienen sie mir gewaltig. Jetzt aber, so nah vor mir, raubt mir ihre Furcht einflößende Größe und Schönheit schier den Atem! Auf dem offenen Meer würde ich nur sehr ungern eine Auseinandersetzung mit ihnen wagen wollen! Seht Ihr diesen gefährlichen, doppelten Rammsporn an ihrem Bug?«

»Unglaublich!«, pflichtete Monthemhet ihm bei. »Derartiges habe ich noch nie zu Gesicht bekommen! Ich bin nur heilfroh, dass wir den Vorteil haben, sie nichts ahnend zu überraschen, aber es wird auch so nicht leicht werden, sie zu überwältigen.«

Ramesses ließ die ersten zwanzig Schiffe passieren, dann hob er die Hand mit seinem Stab, worauf ein hinter ihm stehender Krieger sein Widderhorn an die Lippen setzte und gespannt auf das Zeichen seines Herrschers wartete. In dem Moment, als Ramesses mit der

Hand nach unten schlug, blies der Mann lange und kräftig in das Horn, und sogleich wurde sein Signal aus nah und fern beantwortet und an die Truppen weitergegeben. Gleichzeitig dröhnten auch die Kriegstrommeln laut auf, das Zeichen für die Bogenschützen, dem Feind den todbringenden Willkommensgruß des Perhau zu übersenden.

Kurz darauf war vom Fluss her ein immer lauter werdendes, wütendes Brüllen zu hören, in welches sich mehr und mehr das markerschütternde Geschrei der sterbenden und verwundeten Feinde mischte. Als Ramesses beobachtete, dass die Fahrt der gegnerischen Schiffe ins Stocken geriet und sie zum Teil ruder- und steuerlos ineinander trieben, wandte er sich zu Monthemhet um.

»Es ist so weit! Gebt das Zeichen zum Angriff unserer Flotte!«

Wieder stieß der Krieger in sein Horn und gab das verabredete Signal an die verstreut wartenden Verbände weiter, während die vierzig Kampfbarken, die hier versammelt waren, sich in Bewegung setzten und mit höchster Geschwindigkeit aus dem Seitenarm zur Flussmitte hinausschossen.

»Monthemhet, bringt uns weiter nach vorne, bis zur Mündung dieses Seitenarmes! Ich muss mir ein Bild von der Lage verschaffen!«, befahl Ramesses, als er sah, dass seine Soldaten auf die feindlichen Schiffe kletterten.

»Herr! Davon rate ich ab! Ihr könntet Euch in zu große Gefahr begeben und riskiert dabei unter Umständen Euer Leben!«

»Tut, was ich Euch gesagt habe! Wenn meine Sandratten schon für mich ihr Leben riskieren, dann werde ich mich nicht feige verkriechen!«

Schulterzuckend kam Monthemhet dem Gebot seines Herrschers nach und ließ das Schiff nach vorne rudern.

Dort angekommen, erblickte Ramesses direkt vor sich ein besonders großes Schiff der Nordbarbaren, auf welchem seine Soldaten gerade dabei waren, den verzweifelten, aber zugleich auch allmählich erlahmenden Widerstand der Besatzung zu brechen. Dann spähte er flussabwärts und stellte zu seiner Befriedigung fest, dass, soweit er es beobachten konnte, alle Feindschiffe, bis auf die, welche als brennende Hulks auf dem Fluss trieben, von seinen Soldaten erfolgreich angegriffen wurden und einige sich sogar schon in ihrem Besitz befanden.

Als er darauf nach Süden schaute, musste er allerdings zu seinem Schrecken erkennen, dass ein nicht unbeträchtlicher Teil der gegnerischen Flotte offenbar unbehelligt am jenseitigen Ufer angelandet war. In unübersehbarer Anzahl stürmten die riesenhaften Krieger mit ihren eigentümlichen, an Federkronen erinnernden, oder auch hörnerbewehrten Helmen über die Bordwände und drangen in das hinter dem ausgedünnten Schilfdickicht befindliche Gelände vor.

»Jetzt mögen die Götter Hem-iunu beistehen! Hoffentlich kann er gegen diese entfesselte Gewalt bestehen!«, sagte Ramesses besorgt. »Und ich kann ihm noch nicht einmal Unterstützung schicken, da wir nicht wissen, wie viele von diesen Barbaren an den von hier aus nicht einsehbaren Stellen entlang des diesseitigen Flussufers an Land gegangen sind!«

»Hem-iunu ist ein begnadeter Feldherr, Eure Majestät! Er wird sie mit dem, was ihm zur Verfügung steht, schlagen, dessen könnt Ihr sicher sein!«, versuchte ihn Monthemhet zu beruhigen.

»Wir werden sehen! Jetzt aber will ich dieses Schiff vor uns besteigen, denn es scheint, dass seine Besatzung von den unseren niedergerungen worden ist!«

In der Tat war der Kampf an Bord zum Erliegen gekommen, und nur ein einsamer Krieger, dessen hohe Gestalt vor dem hinteren, schwanzförmigen Steven aufragte, wehrte sich noch standhaft gegen die Übermacht seiner Feinde.

Als Ramesses wenig später das Deck des gegnerischen Schiffes betrat, bot sich ihm ein grauenvoller Anblick. Überall häuften sich bis zur Unkenntlichkeit verstümmelte Tote, und um ein Haar wäre er auf den dick mit Blut verschmierten Planken gestrauchelt. Sein Magen krampfte sich zusammen, und er musste an sich halten, um sich nicht zu übergeben. Dann richtete er sein Augenmerk auf den blutüberströmten Krieger, wie er sich gerade mit einem wütenden Aufschrei und offensichtlich unter Aufbietung seiner letzten Kräfte auf die ihn umringenden Gegner stürzen wollte.

»Lasst von ihm ab!«, schrie Ramesses. »Ich will ihn lebend!«

Jäh fuhren die Männer erschreckt zu ihm herum und ließen sich sogleich demutsvoll vor ihrem Per-hau auf die Knie fallen.

Der Barbar indes ließ sein Schwert sinken und stützte sich erschöpft auf seinen runden Schild.

Ramesses ging auf ihn zu, stellte sich direkt vor ihn und betrachtete ihn eine geraume Weile. Bewundernd glitt sein Blick an der hünenhaften Gestalt des Kriegers herab.

Wie groß diese Menschen sind, dachte er bei sich. *Und was für Kämpfer!*

Er überschlug grob die Anzahl der Toten, die um den Fremden herumlagen, und kam auf etwa dreißig. Unter der Kruste geronnenen Blutes, die über dem Gesicht des Mannes lag, erkannte Ramesses dennoch dessen edle Züge, die er äußerst ansprechend fand und die ihm sonderbarerweise irgendwie vertraut vorkamen.

In diesem Augenblick brachte ein gezielter Hieb eines Khemet-Kriegers den Riesen zu Fall, und zwei andere stürzten sich auf ihn, um ihn zu fesseln. Ramesses wandte sich daraufhin angewidert ab, denn das brutale und unrühmliche Verhalten seiner Leute gegenüber diesem zweifellos tapferen Barbaren hatte ihn peinlich berührt. Als er zu seinem Boot zurückging, fiel sein Blick noch einmal auf die Leichen dieser eigenartigen Riesen, und für einen kurzen Moment keimte so etwas wie Mitleid und Anteilnahme für diese wilden Seevölker in ihm auf.

Welch ein unfassliches Schicksal hatte diese Menschen über einen so langen Zeitraum in rast- und zielloser Unruhe über Länder und Meere getrieben, nur um sie hier, unter der sengenden Sonne Khemets und fern ihrer vielleicht schon vergessenen Heimat, ihr klägliches Ende finden zu lassen?

Er nahm sich vor, mit diesem Gefangenen zu sprechen, wenn dieser Krieg vorbei war, um auf seine vielen Fragen Antwort zu erhalten.

Südliche Ausläufer des Schilfgeländes, jenseits des Flusses, am frühen Nachmittag desselben Tages.

Sie waren umstellt!

Truns blickte heftig atmend auf das sich vor ihm erstreckende, weite und offene Grasgelände, auf welchem in einiger Entfernung die dichten Pulks der feindlichen Streitwagenverbände gerade ihre Angriffsformation einnahmen.

Hinter den eigenen, schon arg zusammengeschmolzenen Kriegerscharen der Ter'usu, Pelthtim, Sheklu und Sherdanu, die sich hier verzweifelt um ihn drängten, rückten unnachgiebig die ebenfalls angeschlagenen, gleichwohl aber überlegenen Truppen des Per-hau gegen sie vor.

Er hatte den alleinigen Befehl übernehmen müssen, da Lunus gefallen und Triskes schwer verletzt auf dem Schlachtfeld zurückgeblieben war. Und welches dunkle Schicksal Tarkun nach dem völlig überraschend erfolgten Angriff ereilt hatte, wusste er nicht. Er hatte zuletzt nur noch mitbekommen, dass Tarkuns Schiff von den gegnerischen Kampfbarken angegriffen und geentert wurde. Er selbst hatte zu diesem Zeitpunkt alle noch verfügbaren Schiffe gemeinsam mit den auf dem Fluss zurückweichenden Einheiten der Sherdanu und Sheklu das westliche Ufer anlaufen und die Besatzungen an Land stürmen lassen.

Dort waren sie dann aber unvermittelt auf starke, kampfbereite Truppen der Khemet-Armee gestoßen und, ohne sich ordnen zu können, aus der Bewegung zum Angriff übergegangen.

Die darauf mit erbitterter Härte geführte Schlacht wogte lange ohne einen erkennbaren Ausgang hin und her, aber schließlich war es die erbarmungslos auf sie herabbrennende Sonne, welche den für beide Seiten verlustreichen Tag zu Gunsten der Khemet-Leute entschied. Unter der für sie ungewohnten, mörderischen und schweißtreibenden Hitze erlahmten die Kräfte der verbündeten Stämme zusehends, sodass ihr Kampfgeist regelrecht verglühte und ihr Widerstand hoffnungslos zusammenbrach. Dies rasch erkennend, hatten die feindlichen Truppen in breiter Front damit begonnen, sie wie Spreu im Wind vor sich her bis zu dieser Stelle zu treiben, wo ihnen nun die Reihen der Streitwagen den weiteren Fluchtweg endgültig versperrten.

Truns überlegte fieberhaft, was er tun könnte, um dem drohenden Unheil doch noch zu entgehen, aber wohin er sich in seiner Not auch wandte, der waffenstarrende Kreis der Feinde hatte sich lückenlos um sie geschlossen und wurde immer enger.

»Es gibt für uns nur noch zwei Möglichkeiten«, sagte er schließlich bitter zu den ihn umstehenden Unterführern. »Wir ergeben uns – oder wir wagen den Durchbruch zwischen den Streitwagen, denn das erwarten sie am wenigsten! Was meint ihr?«

»Angriff, Herr!«, erwiderten sie dumpf. »Lieber sterben, als in die Hände des Feindes zu fallen!«

»So sei es! Dann macht euch bereit! Seht ihr, dort links vor dem Fluss scheinen sie nicht sehr dicht zu stehen. Auf mein Zeichen stürmen wir dagegen vor!«

Als er die Männer wieder bei ihren Leuten wusste, gab er das Zeichen und unter Aufbietung ihrer letzten Kräfte rannten sie gegen die nun auf sie zurasenden Streitwagen an.

Eine schwarze Pfeilwolke senkte sich, von den Wagen abgeschossen, mit einem pfeifenden Zischen todbringend auf sie herab, bevor die herandonnernde Flut der Pferdeleiber über ihnen zusammenschlug.

Wie blind hieb und stach Truns um sich und spürte auch oft das fatale Nachgeben des Fleisches, wenn seine Klinge in den Leib eines Gegners fuhr, doch irgendwann fühlte er einen kurzen, kräftigen Schlag in seinem Nacken, und es wurde Nacht um ihn.

Als er wieder erwachte, lag er gefesselt im Gras. Er hob leicht seinen schmerzenden Kopf und musste zu seiner tiefen, leidvollen Bestürzung feststellen, dass nur wenige seiner Leute diese Schlacht überlebt hatten. Alle übrigen übersäten die Walstatt mit ihren Leichen, und unzählige Khemet-Krieger waren gerade damit beschäftigt, diesen Toten die rechte Hand und die Geschlechtsteile abzuschneiden und sie in Körben zu sammeln.

Dann umfing ihn wieder eine gnädige Ohnmacht.

Auf der Befehlsbarke des Per-hau, später Nachmittag desselben Tages.

»Euer Sieg ist vollkommen, Herr!« Monthemhet strahlte vor Begeisterung. »Unsere Kampfbarken haben jeden Feind aufgebracht, vernichtet oder gefangen genommen! Gerade ist auch Hem-iunu eingetroffen und bittet, zu Euch vorgelassen zu werden!«

»Ich bitte darum!«, rief Ramesses heiter und füllte drei Becher Wein.

Einen Lidschlag später trat Hem-iunu vor seinen Herrscher und fiel vor ihm auf die Knie.

»Wie die Schnitter bei der Ernte haben Eure Soldaten den Feind niedergemäht!«, verkündete er demütig. »Die barbarischen Invasoren haben ihr frevlerisches Unternehmen mit ihrem Leben bezahlt, und wir haben nur wenige Gefangene gemacht, zumeist ihre Führer, die nun Eurem harten Gericht überstellt werden.«

Ramesses war für einen Moment überwältigt, und Tränen stiegen ihm in die Augen.

»Amun sei Dank!«, hauchte er und schloss ergeben die Augen.

»Erhebt Euch, mein Freund, und kommt zu mir«, forderte er ihn dann gerührt auf. »Auch Ihr, Monthemhet, kommt und trinkt mit mir auf unseren Sieg!«

Die beiden Männer nahmen die Becher aus der Hand ihres Per-hau entgegen und tranken sie mit ihm gemeinsam in einem Zuge leer.

»Haben wir schwere Verluste hinnehmen müssen?«, fragte Ramesses besorgt, nachdem er Wein nachgeschenkt hatte.

»Weit weniger, als ich anfänglich befürchtet hatte, Herr!«, beruhigte ihn Hem-iunu mit fröhlicher Gelassenheit. »Die Überraschung der Feinde war so nachhaltig, dass sie kaum Gegenwehr geleistet haben. Nur eine größere Anzahl ihrer Krieger, denen es trotz allem gelungen war, an dem jenseitigen Ufer anzulanden, hatte meinen Truppen eine Zeit lang gewaltige Schwierigkeiten gemacht, bis sie, von der Hitze zermürbt, nach Süden zu fliehen begannen und damit direkt in die Streitwagen Ihrer Majestät hineinrannten. Es war ein schreckliches Gemetzel, was wir unter ihnen angerichtet haben, doch konnten wir glücklicherweise ihren Führer, einen tollkühnen Menschen, lebend gefangen nehmen.«

»Wo wir gerade von Tollkühnheit sprechen«, warf Monthemhet ein. »Einer meiner Truppenführer hat mir vorhin von einem kleinen, nur etwa vierhundert Mann starken Verband der Tjeker berichtet, der wohl die Nachhut der Seevölkerflotte gebildet hat. Auch sie konnten geschlossen das Ufergelände erreichen, stellten sich uns sofort zum Kampf, und nur mit viel Glück und unserer Übermacht war es unseren Truppen am Ende gelungen, sie niederzuringen. Diese Tjeker haben sich jedenfalls mit außergewöhnlicher Tapferkeit gegen ihr Schicksal aufgelehnt, und nur knapp fünfzig von ihnen haben diesen Kampf überlebt, darunter auch ihr Häuptling, ein noch sehr junger, aber löwenhaft streitender Krieger.«

Ramesses ließ sich in seinen Sessel fallen, verschränkte die Arme und starrte nachdenklich auf den ruhig strömenden Fluss.

»Seltsam«, sagte er dann. »Auch ich habe einen ihrer Anführer kämpfen sehen. Ganz allein hat er am Ende auf seinem Schiff gestanden und hatte schon dreißig der unseren erschlagen. Erst mein Erscheinen hat ihn so verwirrt, dass wir seiner habhaft werden konnten! Welch eine ungeheure, lebendige Kraft und welch edler Kampfesmut wurden hier sinnlos vergeudet! Aber wer kennt schon den Willen der Götter? Wie auch immer, der Sieg ist unser. Bereitet nun alles zum Rückmarsch nach Buto vor! Sobald Irinefer dort eingetroffen sein wird, werden wir Heerschau halten und unseren Sieg gebührend feiern!«

Auf diesen Befehl machten sich die Truppenführer unverzüglich daran, ihre Streitkräfte zu Land und auf dem Fluss zu sammeln und sich auf den Marsch zurück nach Buto zu begeben.

Es stellte sich schon bald heraus, dass die Soldaten des Per-hau doch immerhin mehr als dreitausend Gefangene der Seevölker gemacht hatten. Diejenigen von ihnen, die weitgehend unversehrt geblieben waren, wurden unter schwerer Bewachung auf dem Landweg nach Buto geführt, die Übrigen wurden auf ihre eigenen Schiffe gepfercht, welche dann später von den Kampfbarken Khemets flussabwärts geschleppt wurden.

Während all dies veranlasst wurde und Ramesses mit Hem-iunu und Monthemhet geruhsam seinen Wein genoss, erschien vor ihnen plötzlich der Befehlshaber der Leibwache des Per-hau und bat, Meldung machen zu dürfen. Der Mann wirkte verstört, und Ramesses runzelte ob dieser unwillkommenen Störung die Stirn.

»Was bringt ihr uns, Mersuanch?«, fragte er gereizt. »Ich hatte doch befohlen, uns für die nächste Zeit nicht zu behelligen!«

»Herr, bitte verzeiht, aber wir haben einen Mann aufgegriffen, der behauptet ... nun, der ... der sagt, er sei der ... der Statthalter von Buto!«

Ramesses Augen verengten sich, und er beugte sich leicht vor.

»Wen, bitte, habt ihr aufgegriffen? Holt mir diesen Statthalter vor mein Angesicht! Wollen wir doch einmal sehen, wer sich dessen brüstet!«

Auf ein Zeichen Mersuanchs führten zwei seiner Leute den schwer atmenden und völlig verschmutzten Djeserkaraseneb vor seinen Herrscher.

Im ersten Moment war Ramesses verblüfft, ihn ausgerechnet hier wiederzusehen, doch dann konnte er sich sein Lachen nur mit Mühe verbeißen.

»Wie, mein teurer Djeser? Sind Eure Ohren so groß, dass Ihr schon von unserem Sieg vernommen habt? Und dann seid Ihr sogleich quer durch die Sümpfe hierher geeilt, um Eurem Per-hau zu huldigen? Das nenne ich wahre Treue!«

»Herr, Ihr dürft meiner nicht spotten!«, entgegnete er mit trotziger Demut. »Wie Ihr es befohlen habt, habe ich mich dem Feind ergeben und ihm verraten, dass Ihr bei Pi-Ramesse stehen würdet. Dann aber haben mich diese Wilden auf eines ihrer Schiffe gezerrt und mich gezwungen, sie zu begleiten. So wäre ich um Haaresbreite Euren Pfeilen zum Opfer gefallen.«

Ramesses sah ihn darauf ernst an.

»Ich wollte Euch nicht verspotten, Djeser!«, sagte er. »Auch Ihr habt Euer Leben für mich riskiert. Das erkenne ich an. Ihr, wie auch alle Übrigen meiner Getreuen, werdet für die Dienste, die Ihr mir geleistet habt, noch reich belohnt werden. Aber nun, da Ihr Euch so unvermutet zu unserer Runde gesellt habt, sollten wir die Gelegenheit wahrnehmen und uns bis zu unserer Abfahrt nach Buto dem Sennetspiel widmen. – Mersuanch, hole uns zwei Spielbretter und die Steine dazu! Und vergiss den Wein nicht!«

Als er wenig später die Partie gegen Djeserkaraseneb mit seinem ersten Zug eröffnete, tat er es in dem beglückenden und atemberaubenden Bewusstsein, dass er zuvor mit seinem letzten Zug ein in seiner Tragweite weitaus größeres Spiel gewonnen hatte:

Die Schlacht um Khemet!

Kapitel 18

Vier Tage waren seit der großen Schlacht in den Sumpfländern vergangen.

Beim Herannahen der siegreichen Khemet-Armee hatte sich Licinies entschlossen, auf jeglichen Widerstand zu verzichten und Buto kampflos zu übergeben.

Er und seine fünfhundert Krieger wurden zu den anderen Gefangenen gebracht, die auf einer freien Fläche vor der Stadt unter strenger Bewachung lagern mussten. Doch keiner von ihnen dachte an Flucht, zu tief saß ihnen der Schrecken der erlittenen Niederlage in den Gliedern. Gebrochenen Mutes und in dumpfer Teilnahmslosigkeit hockten sie dicht gedrängt zusammen und harrten ergeben ihrem weiteren, ungewissen Schicksal entgegen.

Truns und Tarkun hatte man gesondert in einem kleinen, nur von einem schmalen Fenster erhellten Nebengelass der Residenz des Statthalters untergebracht, um sie zu verhören, aber bisher hatte sich keiner gefunden, der die Sprache der Seevölker beherrschte, was Ramesses zunehmend ungehalten werden ließ.

Am frühen Abend des gestrigen Tages war Irinefer mit seinen Truppen endlich in Buto eingetroffen und mit ihnen Arsili, der, wie Ramesses zu seiner Freude erfahren hatte, sich mit den Barbaren verständigen konnte. Deshalb ließ er den Chatti auch gleich am nächsten Morgen vor sich führen.

»Ah, der edle Arsili! Wie nett von Euch, mich mit Eurem Besuch zu beehren!«, höhnte er, als er die ausgezehrte Gestalt des einst so stattlichen Mannes vor sich knien sah. »Höre mir jetzt gut zu, du fluchwürdiger Sohn einer Ratte! Dass dein Kopf noch auf deinen Schultern sitzt und du nicht nach eurer Landessitte auf einen Pfahl gespießt auf dem Marktplatz von Buto zur Schau gestellt wurdest, verdankst du allein der Tatsache, dass du die Zunge der Barbaren sprichst. Du wirst mir also alles wortgetreu übersetzen, was ich sie fragen und sie mir antworten werden. Wenn du das zu meiner Zufriedenheit tust, dann werde ich darüber nachdenken, dir einen leichten Tod zu schenken. – Bringt jetzt die beiden Anführer hierher!«

Als Tarkun und Truns wenig später hereingeführt wurden und mit auf den Boden gesenkter Stirn vor Ramesses knieten, entfloh Irinefers Lippen ein leiser Ausruf der Überraschung.

»Was habt Ihr, Irinefer?«, wandte sich Ramesses an seinen Feldherren. »Ihr macht mir den Eindruck, als würdet Ihr diese Barbaren kennen!«

»In der Tat, Eure Majestät, allerdings nur einen von ihnen! Der Schwarzhaarige da ist nämlich jener hochherzige Mann, der uns vor Wilusa das Leben gerettet und uns die Freiheit geschenkt hat. Er heißt Tarkun und ist der Fürst der Turuschu, einem der Stämme der Seevölker! Der andere aber ist mir unbekannt!«

Ramesses Augen verengten sich darauf, und er ließ

seinen Blick eine Weile nachdenklich auf Tarkun ruhen.

»Arsili, sage den beiden, dass sie aufstehen sollen!«, befahl er dann. »Und nehmt ihnen die Fesseln ab.«

»Ich will jetzt auch den Namen des zweiten Mannes erfahren!«, forderte er den Chatti auf, nachdem Truns und Tarkun sich erhoben hatten.

»Er heißt Truns und ist das Oberhaupt der Pelthtim, Herr!«, antwortete ihm Arsili.

»Sehr schön! Nun frage den Mann, der sich Tarkun nennt, weshalb die Stämme der Seevölker über Khemet hergefallen sind!«

Während Arsili übersetzte, trafen sich die Blicke Tarkuns und Ramesses, tauchten prüfend ineinander ein, wobei ein jeder versuchte, die Persönlichkeit des anderen richtig einzuschätzen.

Tarkun hatte in Ramesses natürlich sofort jenen charismatischen Mann wiedererkannt, dem er nach dem Kampf auf seinem Schiff begegnet war, und so war er auch nicht sonderlich erstaunt, als er von Arsili erfuhr, dass er dem Per-hau Khemets gegenüberstand. Sein Instinkt gebot ihm, diesem jungen Herrscher offen und freimütig die Beweggründe zu schildern, aus welchen heraus sie sich entschlossen hatten, Khemet mit Krieg zu überziehen. Ohne etwas zu beschönigen, führte er dann rückhaltlos aus, warum sie sich mit den Chatti verbündet hatten, und machte dabei auch unumwunden deutlich, dass es vor allem die Verlockung der unermesslichen Reichtümer Khemets gewesen war, der sie letztendlich erlegen waren.

»So seid ihr nichts anderes als gemeine Piraten, die nur darauf aus waren, unsere Schätze zu rauben!«, stellte Ramesses mit schneidender Stimme fest, als Tarkun seine Rede beendet hatte.

»Wir sind, seit wir denken können, nichts anderes gewesen!«, begegnete Tarkun gleichmütig dem Anwurf des Per-hau.

»So? Und wie habt ihr vordem gelebt?«

Irritiert schaute Tarkun zu Ramesses, doch in dessen Miene las er weder Spott noch Häme, sondern er schien im Gegenteil ernsthaftes Interesse an der Beantwortung dieser Frage zu haben. Erst zögerlich, dann aber immer flüssiger, erzählte er von der Vergangenheit seines Volkes bis zu dem Zeitpunkt, da sie sich in Alt-Tar'eses niedergelassen hatten.

Das zog sich lange hin, denn Ramesses unterbrach ihn häufig, um sich Einzelheiten, die für ihn unverständlich oder einfach nur fremd waren, näher erläutern zu lassen.

»Du sagtest, dass deine Mutter aus Khemet stammen würde. Wie kommt es dann, dass du unsere Sprache nicht sprichst und so gar nichts über unser Land weißt?«, wollte Ramesses schließlich von ihm wissen. »Und wieso hattest du keine Skrupel, die geheiligte Heimat deiner Mutter zu schänden?«

»Meine Mutter starb, als ich noch sehr klein war«, klärte ihn Tarkun auf, und in seiner Stimme schwang eine leise Bitterkeit. »Ich erinnere mich kaum noch an sie und auch nicht mehr an die Geschichten, die sie mir einst wohl erzählt haben muss.«

»Gleichwohl ist es ein abscheulicher und unverzeihlicher Frevel, sich mit Feuer und Schwert ausgerechnet an der Heimat deiner Mutter zu vergehen, die dich unter Schmerzen geboren hat! Zur Hälfte fließt unser

Blut in deinen Adern, und dennoch hast du nicht davor zurückgeschreckt, das Blut deiner Verwandten zu vergießen!«

Tarkun zog es vor, dazu zu schweigen, hielt aber dem verächtlichen Blick, mit dem Ramesses ihn dabei bedachte, unbeeindruckt und emotionslos stand.

»Schafft sie mir jetzt aus den Augen!«, befahl Ramesses darauf kalt. »Für heute ist wahrlich genug geredet worden. Morgen, nach der Heerschau, werde ich endgültig über ihr weiteres Schicksal entscheiden.«

Als Tarkun danach zusammen mit Truns und Arsili wieder in die enge, stickig heiße Kammer, die ihnen als Kerker diente, eingesperrt worden war, kauerte er sich in einer Ecke auf den Boden und lehnte sich gegen die Wand. Man hatte ihnen etwas zu essen und drei Krüge Bier bereitgestellt, doch während Truns und Arsili sich mit Heißhunger darüber hermachten, wollte Tarkun keinen Bissen zu sich nehmen und nippte nur geistesabwesend an dem Bier.

»Was ist los mit dir, Tarkun?«, sprach ihn Arsili an. »Das schmeckt gut, und du hast doch seit heute Morgen nichts mehr zu dir genommen.«

Doch Tarkun sah ihn nur kurz an, schüttelte den Kopf und starrte dann wieder wortlos auf die ihm gegenüberstehende Wand, auf der sich der Streifen hellen Sonnenlichts, welcher durch das einzige kleine Fenster schräg in die Mitte des Raumes fiel, wie ein Hoffnungsschimmer abbildete.

»Lass ihn, Arsili!«, sagte Truns. »Das war wirklich nicht einfach für ihn, diesem Per-hau über so eine lange Zeit hinweg Rede und Antwort zu stehen. Also, ich bin nur froh, dass er mich nicht beachtet hat. Aber nun zu dir, mein chattischer Freund. Ich war doch einigermaßen erstaunt, dich heute Morgen hier wiederzusehen, und dazu noch sehr lebendig! Möchtest du uns nicht einiges Aufmunterndes aus deinem aufregenden Leben erzählen? Zum Beispiel etwas über deinen kleinen Ausflug mit den We'ses, hm?«

In Truns Worten lag eine unverhohlene Drohung.

Arsili zuckte wie unter einem Peitschenhieb zusammen und wurde plötzlich leichenblass.

»Es war … war grauenhaft!«, stöhnte er leise auf und schlug sich die Hände vors Gesicht. »Sie waren auf einmal da, versperrten uns den Weg, und dann …« Weiter kam er nicht, denn er verkrampfte sich und fing hemmungslos an zu weinen.

»Nimm dich zusammen, Mann!«, entgegnete Truns und packte sein Gegenüber an den Schultern. »Wir wollen alles wissen. Rede – sonst, bei allen Göttern, werde ich dich zu deinen Ahnen schicken, bevor es Ramesses tut!«

Stammelnd und mit vor Schluchzen häufig versagender Stimme begann er von der Schlacht bei Kenepy zu berichten und schilderte in allen Einzelheiten, mit welcher Todesverachtung die We'ses sich am Ende selbst ausgelöscht hatten.

Für eine geraume Weile lastete danach die bedrückende Stille eines Grabes in dem Halbdunkel ihres Gefängnisses, und in Tarkuns und Truns' fahlen Gesichtern spiegelte sich das schiere Entsetzen über das soeben Gehörte.

»Und es gab wirklich keine Überlebende?«, flüsterte Tarkun schließlich heiser.

Arsili schüttelte nur verneinend den Kopf.

Truns richtete sich auf und stellte sich so unter das Fenster, dass die roten Strahlen der gerade untergehenden Sonne in sein Gesicht schienen.

»Warte nur, Hirume!«, murmelte er in sich hinein. »Ich denke, wir werden mit euch schon morgen in einem besseren Leben vereint sein!«

Ramesses stand mit auf dem Rücken verschränkten Armen im Durchgang zum Garten der Residenz Djeserkarasenebs und sah ganz in sich versunken zu, wie die Barke Res langsam am westlichen Firmament verschwand. Hinter ihm, in dem schon von Kohlebecken erleuchteten Speisesaal, saßen neben dem Statthalter nur noch Irinefer, Monthemhet und Hem-iunu um den Tisch und warteten schweigend darauf, dass ihr Herrscher sich wieder zu ihnen gesellen würde. Keiner wagte zu sprechen, sie achteten vielmehr respektvoll darauf, Ramesses in seiner Meditation nicht zu stören. Nach dem letzten, feurigen Auflodern des göttlichen Gestirns drehte er sich abrupt zu ihnen herum, nahm wieder seinen Platz ein und goss sich Wein in eine alabasterne Trinkschale. In einem einzigen, hastigen Zug stürzte er das süße Getränk hinunter und schenkte sich sofort selbst wieder nach, noch ehe die Sklavin Gelegenheit bekam, ihrer Pflicht nachzukommen.

»Ich werde ... sie ziehen lassen!«, verkündete er hustend, da er sich am Wein verschluckt hatte.

Alle, bis auf Irinefer, schauten ihn darauf völlig entgeistert an.

»Eure Majestät! Ich ... ich ... na ja, ich verstehe nicht recht«, entfuhr es Djeserkaraseneb. »Diese Barbaren sind in unser Land eingefallen, um es zu erobern und auszurauben. Dieses Verbrechen kann nur durch ihren Tod gesühnt werden.«

»Herr, ich teile die Ansicht Djeserkarasenebs«, trat Hem-iunu seinem Vorredner eifrig zur Seite. »Diesen Krieg haben wir nur mit übermenschlicher Anstrengung und schweren Verlusten errungen. Wenn ihr diesen Bastarden nun die Freiheit schenkt, wer sagt uns, dass sie es, wenn sie wieder erstarkt sind, nicht noch einmal versuchen werden? Und denkt auch an Euer Volk! Es will diese mörderischen Bestien bestraft sehen, um sicher zu sein, dass diese Gefahr ein für alle Mal gebannt ist.«

Ramesses nickte gelassen und scheinbar anerkennend in die Runde, trank von seinem Wein und lehnte sich dann mit geschlossenen Augen zurück.

»Sehr schön!«, sagte er in gedehnter Arroganz. »Ich bin außerordentlich beeindruckt von dem, was ihr gegen meinen Entschluss vorzubringen hattet. Natürlich konnte ich nicht erwarten, dass ihr begreift, weshalb ich mich so entschieden habe, aber dafür bin ich nun einmal der Per-hau, und ihr seid nur meine beflissenen Untergebenen. Hat sonst noch jemand etwas Schlaues in dieser Angelegenheit vorzubringen? – Nein? Wunderbar! Dann möchte ich Irinefer bitten, seine Meinung zu äußern, denn es scheint, dass seine Gedankengänge weiter gespannt sind als die euren!«

Irinefer räusperte sich darauf verlegen, ergriff aber dann beherzt das Wort.

»In der Tat bezweifle ich, dass es zu irgendjemandes Fromm und Nutzen wäre, wenn wir morgen Tausende gefangener Barbaren hinrichten würden. Es ist meines Erachtens schon zu viel Blut vergossen worden. Zugegeben, sie hatten die Absicht, unser Land zu erobern, aber haben wir in der Vergangenheit nicht auch oft genug unsere Heere in Marsch gesetzt, um unsere Nachbarn zu bekriegen, zu unterwerfen und tributpflichtig zu machen? Waren unsere Beweggründe, diese Feldzüge zu führen, damals etwa ehrenvoller? Außerdem sollten wir uns doch einmal vor Augen führen, weshalb sie sich ausgerechnet Khemet als Ziel ihrer Invasion ausgesucht haben! Ich habe ihnen in zwei Schlachten gegenübergestanden, und deswegen glaube ich, dass ich durchaus in der Lage bin, mir ein Bild von ihnen zu machen, das ihnen gerecht wird. Es sind arme Nomaden, die über Generationen hinweg umhergezogen sind, um sich eine neue Heimat zu suchen. Dieses harte und unstete Leben hat sie nachhaltig geprägt und sie unter anderem zu hervorragenden Kriegern werden lassen, zugleich aber haben sie sich dennoch einen einfachen, kindlich unverdorbenen Charakter behalten, welcher zudem mit einer aus unserer Sicht übertriebenen Ehrvorstellung behaftet ist. Wenn ich zum Beispiel daran denke, dass die Krieger, die jetzt über uns hergefallen sind, dieselben gewesen sind, die mir und meinen Soldaten vor Wilusa das Leben gerettet und die Freiheit geschenkt hatten. Bei Kenepy dann haben sie sich lieber freiwillig das Leben genommen, als ihren Stolz und ihre Ehre zu verlieren und in unsere Gefangenschaft zu geraten.

Diese für uns so fremd gearteten Menschen treffen nun auf die Chatti, die sie natürlich gleich, die Gelegenheit beim Schopfe packend, mit den traumhaftesten Versprechungen gegen uns aufgewiegelt haben.

Was wussten diese aus dem kühlen Norden stammenden Riesen schon von unserem Land, außer dass es unermesslich reich sein sollte? Nehmen wir allein die hier herrschende Hitze, die selbst wir bisweilen als unerträglich empfinden! Wie Hem-iunu uns beredt geschildert hat, war es doch hauptsächlich eben dieser Hitze zu verdanken, dass die gewaltigen Krieger so schnell ihrer Kampfkraft verlustig gegangen waren, sodass wir sie letztendlich besiegen konnten!

Diese verhängnisvolle Erfahrung mit der Natur unseres Landes als auch der demütigende Schock, den sie bei ihrer unverhofften, vollständigen und verlustreichen Niederlage erlitten haben, dürfte sie wohl für alle Zeiten davor zurückschrecken lassen, Khemet noch einmal anzugreifen! Wir sollten deshalb Gnade vor Recht ergehen lassen und uns einem besiegten Feind gegenüber nicht minder ehrenhaft verhalten, wie dieser Tarkun es damals mit mir und meinen Leuten getan hat!«

Amüsiert beobachtete Ramesses daraufhin, wie sich die drei anderen Würdenträger nach diesen Worten untereinander betreten und verunsichert ansahen, und ihre düsteren Mienen verrieten ihm, dass sie keineswegs die Ansicht Irinefers teilten, sondern im Gegenteil angestrengt darüber nachdachten, wie sie ihren Herrscher doch noch davon überzeugen könnten, die Gefangenen hinrichten zu lassen.

»Ihr braucht euch nicht länger meinen Kopf bezüglich des Schicksals der Barbaren zu zerbrechen!«, verkündete er schließlich lachend, während er von seinem Sessel aufsprang und um den Tisch herumzulaufen begann. »Mein Entschluss steht fest! Ich werde sie morgen nach der Heerschau in die Freiheit entlassen! Und …«, und dabei ließ er seinen Stab auf die Tischkante knallen, »ich gehe sogar noch einen Schritt weiter. Wie Irinefer richtig bemerkt hat, handelt es sich bei diesen Menschen um bewundernswerte und unerschrockene Kämpfer. Warum sollte ich mir diese einzigartige Fähigkeit nicht zu Nutze machen? Ich gedenke nämlich einen Friedensvertrag mit ihnen zu schließen und ihnen darüber hinaus anzubieten, sich in unseren dünn besiedelten Nordprovinzen niederzulassen. Dort könnten sie ihre Äcker bestellen oder mit den paar Küstenstädten, die es dort gibt, Seehandel treiben, ganz wie es ihnen beliebt. Ich entbinde sie auch von jeglicher Tributpflicht, verlange aber dafür, dass sie das Grenzgebiet zu den Chatti im Auge behalten und es nötigenfalls gegen etwaige Übergriffe unserer geschätzten Freunde verteidigen. Darauf werden sie mit Gewissheit eingehen, denn ich denke, nach dem, was sie hier erleben mussten, werden sie mit Freuden jede sich bietende Gelegenheit dazu benutzen, um sich bei ihren einstigen Verbündeten für deren guten Rat auf das Herzlichste zu bedanken! Ihr seht, ich halte mich nur an eine Grundregel im Sennetspiel, die bekanntlich erlaubt, einen gewonnenen Königsstein umzudrehen und ihn gegen den anderen einzusetzen! Nun, was sprecht ihr?«

Für einen Moment starrten die vier Männer ihren Per-hau verständnislos an, als wollten sie ihren Ohren ob des soeben Gehörten nicht trauen, dann aber, als diese verblüffend einfache und vorausschauende Lösung, die dem genialen Plan Ramesses innewohnte, mit all ihren für Khemet so günstigen Vorteilen in ihren

Verstand gedrungen war, klärten sich ihre Gesichter schlagartig auf, und sie brachten ihre Bewunderung dafür lautstark zum Ausdruck.

»Dennoch fürchte ich, dass die getreuen Untertanen Eurer Majestät nicht gänzlich auf das Schauspiel Eures Triumphzuges und der damit einhergehenden Hinrichtung ihrer Feinde verzichten werden wollen!«, gab Djeserkaraseneb zu bedenken und dämpfte damit fürs Erste wieder ein wenig die begeisterte Stimmung der übrigen Anwesenden.

»Was seid Ihr nur für eine unverbesserliche Sumpfeule, Djeser!«, schalt ihn Ramesses mit gespielter Strenge. »Die getreuen Untertanen Meiner Majestät werden schon auf ihre Kosten kommen, da seid ganz unbesorgt. Sie werden ihren geliebten Per-hau an der Spitze seiner ruhmreichen Truppen in Uaset einziehen sehen, und ganze Berge abgeschnittener Leichenteile werden sie davon überzeugen, dass ihr Herrscher Tausende von Barbaren erschlagen und einen glorreichen Sieg errungen hat! Und gleichsam als glanzvollen Höhepunkt bieten wir ihnen dann auch noch ein Vergnügen der besonderen Art: die öffentliche Enthauptung der chattischen Gefangenen! Ihr müsst doch zugeben, dass das ein wahrhaft imposantes Schauspiel sein wird!«

Der Statthalter gab sich daraufhin geschlagen und fiel mit den anderen in ein befreiendes Gelächter ein.

Nun wurde auf sein Geheiß das Essen hereingetragen, und während aus dem Garten dazu sanftes und heiteres Harfenspiel erklang, begannen sich Ramesses und sein Gefolge, umhegt von girrenden, nackten Sklavinnen, an den erlesen ausgesuchten Speisen zu laben.

Sie besprachen gerade einige Einzelheiten für die am nächsten Tag stattfindende Heerschau, als sich Ramesses plötzlich gegen die Stirn schlug und sich lauthals lachend zurücklehnte.

»Djeser!«, rief er und wedelte mit der Rechten in dessen Richtung. »Ihr seid wirklich einmalig! Euer Einwand, den Ihr vorhin vorgebracht habt, Ihr erinnert Euch? Es waren Eure Worte, die mir gerade geholfen haben, unseren Frieden mit den Barbaren zu schließen, ohne dass wir oder sie das Gesicht dabei verlieren. Ihr habt doch angemahnt, dass mein Volk möglicherweise die Hinrichtung unserer Gefangenen zu sehen wünscht! Nun, unsere Sandratten sind doch das Volk! Also werden wir sie die Gefangenen hinrichten lassen, wenn auch nur symbolisch.«

»Herr, ich verstehe nicht recht«, brachte Hem-iunu gepresst hervor, nachdem ihm, wie auch den übrigen, ganz offenbar der Bissen Entenfleisch im Halse stecken geblieben war.

»Holt mir diesen Ter … Turuschu-Fürsten und Arsili herbei!«, ordnete Ramesses an. »Spätestens nach dieser Unterredung werdet Ihr wissen, was ich morgen zu tun gedenke.«

Nachdem man die beiden Gefangenen hereingeführt hatte, beugte sich Ramesses zunächst kurz zu Irinefer.

»Wie heißt der Turuschu noch?«

»Tarkun, Eure Majestät!«

»Arsili! Von dir will ich jetzt nichts sehen, sondern nur hören, was du uns übersetzen wirst«, wies er dann den Chatti an. »Stell dich hinter meinen Sessel und sage Tarkun, dass er sich neben mich setzen soll! Ich möchte ein wenig mit ihm plaudern!«

Eine Sklavin reichte Tarkun einen mit Wein gefüllten goldenen Becher und setzte danach eine mit mundgerecht geschnittenen Stücken Fleisch gefüllte Schale vor ihn hin.

»Lasst es Euch schmecken, Fürst Tarkun!«, ermunterte ihn Ramesses. »Mein Statthalter hier – Ihr kennt ihn ja bereits –, ist berühmt für seine gute Küche. Ich möchte Euch nun mit den zwei anderen Herren am Tisch bekannt machen, denn auch Irinefer ist ja kein Fremder für Euch. Links von mir sitzt mein Oberbefehlshaber Hem-iunu und Euch gegenüber Monthemhet, der Befehlshaber der Flotte.«

Tarkun wusste nicht, wie ihm geschah, und blickte hilflos zu Arsili.

»Ihr braucht Euch nicht zu fürchten, denn Ihr seid heute Abend nicht Gegenstand unseres Spottes, sondern unser geehrter Gast!«, beruhigte ihn Ramesses. »Beachtet diesen Chatti nicht, er ist nur Eure und meine Zunge. – Also, Tarkun, Fürst der Turuschu, was würdet Ihr davon halten, wenn ihr alle morgen wieder in die Freiheit segeln dürftet?«

Arsili übersetzte wortgetreu und ließ auch die gegen ihn gerichtete, abfällige Bemerkung nicht aus.

Tarkuns Augen verengten sich zu schmalen Schlitzen.

»Ihr treibt ja doch Euren Spott mit mir, Per-hau von Khemet«, erwiderte er misstrauisch. »Wenn Ihr Euren Spaß mit mir haben wollt, dann befehlt mir doch gleich, hier zu Eurer Belustigung Purzelbäume zu schlagen.«

Ramesses schaute ihn nachsichtig an.

»Tarkun, nichts liegt mir ferner, als einen tapferen

und heldenmütigen Kämpfer, wie Ihr es ganz ohne Zweifel seid, in der peinvollen Schmach seiner erlittenen Niederlage mit meinem Hohn noch weiter zu demütigen«, sagte er dann ruhig. »Im Ernst, ich möchte wirklich einen Friedensvertrag mit Euch schließen und Euch und Eurem Volk dazu noch eine neue Heimat schenken, wenn Ihr wollt. In jedem Falle aber dürft Ihr morgen dieses Land wieder als freie Männer verlassen, denn ich habe nicht vergessen, dass ich in Eurer Schuld stehe, da Ihr Euch vor Wilusa gegenüber meinen Leuten so ehrenhaft verhalten habt.«

Tarkuns Gedanken wirbelten durcheinander. Das Angebot kam so überraschend und erschien ihm so ungeheuerlich, dass er es einfach nicht glauben wollte. Er musterte Ramesses noch einmal argwöhnisch, doch erkannte er recht bald, dass dieser Mann zu seinem Wort stehen würde.

»Ihr meint es wahrhaftig ernst«, kam es schließlich rau aus seiner ausgedörrten Kehle.

»In der Tat!«, bestätigte ihm Ramesses freundlich und erhob seinen Becher. »Lasst uns also auf unser Bündnis trinken.«

Wie in Trance ergriff nun auch Tarkun sein Gefäß, führte es an die Lippen und wollte trinken, doch seine Hand zitterte dabei so sehr, dass er die Hälfte seines Weines vor dem Mund auf seine Oberschenkel verschüttete.

»Verzeiht mir … es … es tut mir Leid«, murmelte er verlegen und wischte sich fahrig mit dem Handrücken über den Mund.

»Das muss Euch nicht peinlich sein, Fürst Tarkun«, beschwichtigte ihn Ramesses verständnisvoll. »Vergesst nicht, dass Ihr den sicheren Tod von Euch und Eurem ganzen Volk vor Augen hattet, und nun erfahrt Ihr ganz unverhofft, dass Euch nicht nur das Leben geschenkt wird, sondern darüber hinaus auch noch die Freiheit. Ich vermute, dass ein jeder in dieser Situation Schwierigkeiten haben dürfte, seiner Bewegungen Herr zu bleiben. Seht den vergossenen Wein als Dankopfer an die Götter und versucht es jetzt aufs Neue. Und danach kostet auch von dem wundervollen Entenbraten!«

Gemeinsam leerten sie dann ihre Becher, und Tarkun wollte sich gerade in seiner neu erwachten Lebensfreude über die herrlich duftenden Speisen hermachen, die vor ihm auf dem Tisch standen, da hielt er jäh inne und wandte sich wieder Ramesses zu.

»Herr, Euer Angebot betrifft doch alle Eure Gefangenen, wenn ich das richtig verstanden habe?«, fragte er vorsichtig nach.

»Nein, Fürst Tarkun! Es gilt nur für die Stämme, die wir Seevölker nennen. Die Chatti allerdings werde ich ihrer gerechten Strafe zuführen.«

»Ich verstehe!«, schluckte er und vermied es, sich nach Arsili umzuschauen. »Aber dann möchte ich Euch bitten, dass Ihr auch Truns, den Fürsten der Pelthtim, an diesen Gesprächen teilnehmen lasst, denn er ist mir gleichgestellt und für sein Volk ebenso verantwortlich wie ich für das meine! Desgleichen halte ich es für ratsam, in Erfahrung zu bringen, ob die Stammesführer der Tjeker, Sherdanu und Sheklu die Schlacht überlebt haben, und sie hierher bringen zu lassen.«

»Selbstverständlich! Das soll sofort geschehen! – Irinefer, ihr kümmert Euch darum! Und hört Euch bei den Stämmen um, ob es in ihren Reihen jemanden gibt, der unsere Sprache spricht!«

Als man Truns, der als Erster kam, einen Platz an dem Tisch zugewiesen hatte, blickte er Tarkun völlig entgeistert und fragend an, doch dieser gebot ihm mit einer kurzen Geste, sich noch ein wenig zu gedulden. Es verging aber noch eine geraume Zeit, bis auch die Übrigen ausfindig gemacht und in den Saal geleitet worden waren. Zwar war Tarkun sehr erleichtert, als er feststellen konnte, dass Neoptolemos die Kämpfe nahezu unversehrt überstanden hatte, aber für die Sheklu und Sherdanu kamen zwei Männer, die ihm gänzlich unbekannt waren.

Sie hießen Kestes und Fluvus und erklärten, dass sie zu den Sprechern ihrer Stämme gewählt worden waren, nachdem Lunus und Triskes auf dem Schlachtfeld geblieben waren. Arsili hatte dies kaum zu Ende übersetzt, da wandte sich Kestes mit einem feinen Lächeln unvermittelt an Ramesses und begann flüssig in der Sprache Khemets zu reden. Der Wortwechsel währte nur kurz, doch Tarkun konnte ihm nicht folgen, da Arsili verstummt war. Noch bevor er sich zu dem Chatti umdrehen konnte, hörte er, wie der Sherdanu selbstbewusst verkündete, dass die Dienste Arsilis nun nicht mehr vonnöten seien, da er jetzt ausersehen war, an dessen Stelle zu treten.

Im gleichen Moment wurde Arsili von den Wachen gepackt und aus dem Saale gezerrt.

Schon wollte Tarkun aus seinem Mitleid heraus aufspringen und gegen dieses brutale Vorgehen protestieren, da spürte er den harten Griff Truns' um sein Handgelenk.

»Sei vernünftig, Tarkun!«, zischte Truns, den Tarkun zwischenzeitlich grob über den Entschluss Ramesses informiert hatte. »Dies ist ein toter Mann! Du wirst ihn nicht retten können!«

»Mechel Tarkun!«, vernahm er dann wie aus weiter Ferne die unpersönliche Stimme Kestes'. »Der Per-hau Khemets eröffnete mir gerade, dass Ihr uns etwas von höchster Wichtigkeit mitzuteilen habt!«

»Du steckst jetzt in der Klemme, Kestes!«, rief er ihm hochgradig erregt zu. »Ich traue dir nämlich nicht! Sag ihm das, und dann werden wir ja sehen!«

Der Sherdanu erblasste, und auch Ramesses blickte verwundert zwischen den beiden hin und her. Doch dann schien er intuitiv zu ahnen, um was es ging, und bevor Kestes den Mund aufmachen konnte, hatte Ramesses schon ein paar befehlende Worte gesprochen, worauf einer der Wachen das Schwert zückte und es Kestes an die Kehle hielt.

Noch einmal entspann sich ein kurzes Gespräch zwischen Ramesses und Kestes, wobei Tarkun hörte, dass sowohl Kestes als auch Ramesses mehrfach das Wort »Freund« in seiner Muttersprache benutzten.

Offenbar zufrieden gestellt wandte sich Ramesses mit strahlenden Augen wieder Tarkun zu, wies mit dem Zeigefinger gegen seine Brust und sagte laut und deutlich: »Freund!« Auf sein Zeichen hin begann Kestes dann, vor Todesangst schlotternd, das zu übersetzen, was Ramesses ihm zuvor aufgetragen hatte.

»Der Per-hau erkennt Euch, Mechel Tarkun, als seinen Semer, seinen vertrauten Freund an!«, krächzte er. »Wenn ich auch nur ein Wort von Euch falsch übersetze, wird mein Kopf fallen! – Bitte, Herr«, flehte er, »Ihr dürft mir vertrauen!«

»Das will ich für dich hoffen, Sherdanu!«, ermahnte ihn Tarkun. »Ich werde euch jetzt mitteilen, was der Per-hau in seiner Gnade uns gegenüber beschlossen hat.«

Nachdem Tarkun ihnen das Angebot Ramesses unterbreitet hatte, schauten sie diesen zunächst nur in stummer Fassungslosigkeit an, doch dann war es ihnen anzusehen, wie sie innerlich in Jubel ausbrachen und sich nur mühsam beherrschen konnten, ihrer Freude über ihr wiedergeschenktes Leben lautstark Luft zu machen.

»Was ist das für ein Land, das der Per-hau uns zu überlassen gedenkt, und wo liegt es genau?«, wollte Truns begeistert wissen, als sie sich wieder einigermaßen gefasst hatten .

»Es zieht sich nordostwärts von hier entlang der Küste bis etwa zu der Stadt Kenepy und grenzt im Norden an die Chatti, im Osten an Assur«, klärte ihn Hem-iunu auf. »Das Land ist fruchtbar, aber nur sehr spärlich besiedelt. Die Einwohner, die Chabiri, sind zumeist Nomaden.«

Im Folgenden gingen Hem-iunu und Irinefer ausgiebig auf die natürliche Beschaffenheit dieses Landes ein und priesen immer wieder aufs Neue die milde Witterung und die fruchtbaren Böden, die sie dort vorfinden würden.

»Also, das hört sich doch alles sehr viel versprechend an«, entschied Truns am Ende vergnügt. »Ich für meinen Teil werde meinem Volk raten, dieses großherzige Angebot anzunehmen und sich dort eine neue Heimat zu suchen. Wie denkt ihr darüber?«

»Meine Heimat ist Phtia!«, sagte Neoptolemos bestimmt. »Und dorthin werde ich auch wieder zurückkehren!«

»Auch die Sherdanu und Sheklu werden zu ihren Inseln segeln, wo ihre Frauen und Kinder auf sie warten!«, verkündete Kestes einhellig mit Fluvus. »Doch möchten wir unsere Bündnistreue mit Khemet dadurch beweisen, dass wir in Zukunft unsere jungen Krieger für eine angemessene Zeit im Heere des Perhau dienen lassen.«

»Was ist mit Euch, Fürst Tarkun?«, fragte Ramesses und legte ihm die Hand auf die Schulter.

»Ich weiß es noch nicht, Herr!«, erwiderte Tarkun nachdenklich. »Außerdem möchte ich eine solch schwer wiegende Entscheidung nicht über die Köpfe meines Stammes hinweg fällen. Mit Eurer Erlaubnis würde ich deshalb zunächst zu dem Ort, den uns die Chatti überlassen haben, zurückkehren und mich mit den Stammesältesten beraten. Allerdings muss ich Euch gestehen, dass ich aufgrund der leidvollen Erfahrungen, die dieser unselige Kriegszug mit sich geführt hatte, zu der Überzeugung gelangt bin, mein Volk in ein Land weit im Nordwesten zu führen, denn dort, so hat man mir erzählt, würden Menschen leben, die uns verwandt sind und welche sicher überglücklich wären, ihre lang schon verschollen geglaubten Brüder und Schwestern wieder in ihre Arme schließen zu dürfen. Zu was auch immer wir uns aber letztendlich entschließen werden, niemals wieder werden die, die Ihr Seevölker nennt, Euren Frieden bedrohen, sondern Euch als treue Bundesgenossen zur Seite stehen.«

»Wohl gesprochen, Semer Tarkun!«, erwiderte Ramesses und nickte ihm beifällig zu. »So soll es geschehen! Damit wäre unser Bund geschlossen, und ich werde Euch morgen nach der Heerschau in die Freiheit entlassen. Zuvor jedoch, und das ist die einzige Bedingung, die ich Euch stelle, müsst ihr morgen ein für Euch peinliches Zeremoniell über Euch ergehen lassen, das ich Euch zu meinem persönlichen Bedauern leider nicht ersparen kann. Nach dem Gesetz Khemets bin ich gezwungen, Euch alle ohne Ausnahme hinrichten zu lassen. Ich werde dem Willen meines Volkes insofern Genüge tun, dass ich morgen meinen Soldaten den Befehl geben werde, alle Gefangenen zu enthaupten, wenn auch nur zum Scheine. Ihr, wie auch all Eure Krieger, werdet also vor mir niederknien, und neben einem jeden von Euch wird einer meiner Soldaten stehen, welcher Euch auf mein Zeichen hin das Schwert so über den Nacken zieht, dass Ihr eine leichte Schnittwunde erhaltet und Euer Blut zur Sühne in die Erde Khemets sickert. Lässt Euer Stolz es zu, sich dem zu unterziehen?«

Die Betroffenen verständigten sich daraufhin gegenseitig wortlos mit einem zustimmenden Nicken, worauf Tarkun dann für die anderen wieder das Wort an Ramesses richtete.

»Wir werden diese Bedingung klaglos annehmen, Herr! Obgleich dieser demütigende Akt uns unsere Niederlage noch schmerzhafter erleben lässt, als sie es ohnehin schon ist, und wir es in unserer Schmach auch eher vorgezogen hätten, unter Euren Klingen tatsächlich zu sterben, so entscheiden wir uns jetzt für das Leben und hoffen, dass unser Blut, das morgen vergossen wird, uns mit dem Volke Khemets versöhnt. Immerhin werden wir fürderhin ein Zeichen in unserem Nacken tragen, welches uns zeitlebens mahnen wird, dass wir tot waren, aber durch die Gnade und die Weisheit des Per-hau wiedergeboren wurden.«

»Dann mögt Ihr jetzt als freie Männer zu Euren Leuten gehen, um ihnen die freudige Nachricht zu übermitteln und sie auf den morgigen Tag vorzubereiten!«

Nachdem Tarkun mit den anderen den Raum verlassen hatte, blickte Ramesses zufrieden lächelnd in die Runde.

»Ihr habt sie wahrhaftig gezähmt, Eure Majestät!«, zollte Djeserkaraseneb ihm Beifall. »Ich hätte nie geglaubt, dass diese Barbaren sich in ihrem unbändigen Stolz darauf einlassen würden.«

»Es ist nur schade, dass sie für Euer Majestät Angebot, das Chabiriland zu besiedeln, kaum Interesse gezeigt haben«, wandte Hem-iunu bedauernd ein.

»Da bin ich aber ganz anderer Meinung«, widersprach ihm Ramesses. »Habt Ihr nicht das Leuchten in den Augen dieses Truns bemerkt? Ich möchte wetten, dass er mich gleich morgen bitten wird, ihm und seinem Volk dort Zuflucht zu gewähren.«

»Was hat den Turuschu vorhin nur so gegen den Sherdanu empört?«, wollte Monthemhet wissen.

Ramesses zog die Augenbrauen hoch und trank genüsslich von seinem Wein.

»Das Gleiche wie mich!«, sagte er dann. »Dieser Sherdanu ist nicht nur anmaßend und arrogant gegen seine Verbündeten aufgetreten, sondern hat dazu noch auf eine widerwärtig kriecherische Art und Weise versucht, sich bei mir anzubiedern. Aus dieser Mischung erwächst Verrat und Intrige, und beides ist mir verhasst! Fürst Tarkun hingegen ist ein Mann von seltener Lauterkeit und hohem Ehrgefühl und hat deshalb den Charakter dieses Sherdanu, obwohl er ihn offenbar heute zum ersten Male zu Gesicht bekommen hatte, sofort richtig einzuschätzen gewusst. Er hat ihm nicht getraut und wollte sein Leben nicht in die Hände einer solchen Kreatur geben. Und da ich das genauso empfand, habe ich den Sherdanu nachdrücklich davon ›überzeugt‹, wahrheitsgemäß zu übersetzen. Es ist aber auch wirklich zu dumm, dass ich auf einen Übersetzer angewiesen bin, wenn ich mich mit Tarkun unterhalten möchte, denn ich bin ihm freundschaftlich zugetan und würde ihn gerne noch eingehender kennen lernen.«

»Es ist schon außerordentlich bewundernswert, mit welch weitsichtigem Feingefühl Eure Majestät es verstanden hat, diese wilden und stolzen Krieger für sich einzunehmen, ohne dass sie oder wir dabei das Gesicht verloren haben. Habt Ihr Euch dieses taktische Geschick ebenfalls beim Sennetspiel erworben?«

»Nein, Djeser, Ihr alter Schmeichler!«, gab Ramesses ihm lachend zur Antwort. »Bei der Löwenjagd!«

Kapitel 19

Schon mit dem Sonnenaufgang des nächsten Morgens hatte man die dreitausend Gefangenen aus ihrem Lager auf die weite, grasbewachsene Ebene geführt, die sich von Buto entlang des Flussufers nach Norden bis zur Küste erstreckte. Dort ließ man sie in langen Reihen und mit gefesselten Händen hintereinander niederknien, während die Truppen des Per-hau um sie herum Aufstellung nahmen. Auch hatte sich die gesamte Bevölkerung Butos, die, nachdem sie von dem großen Sieg über die Barbaren gehört hatte, wieder eiligst in die Stadt zurückgekehrt war, auf dem Blachfeld eingefunden, um ihrem göttlichen Herrscher, den sie noch nie leibhaftig gesehen hatte, in seinem glorreichen Triumphe zu huldigen.

Zuletzt fuhren nun auch die Streitwagenverbände in breiter Front heran und formierten sich vor den Gefangenen zu einem offenen Karree.

Plötzlich erklang von den Mauern der Stadt her der lang gezogene, dröhnende Signalruf der Widderhörner, und kurz darauf marschierte in feierlich gemessenem Schritt, der mit einem langsamen, dumpfen und harten Trommelschlag begleitet wurde, eine Hundertschaft der Leibwache des Per-hau in Viererreihen aus dem Tor. Den Männern folgte die Schar der zu diesem

Anlass prunkvoll in Gold und Weiß gekleideten hohen Würdenträger, die Priester, Beamte und Truppenbefehlshaber.

Ganz zum Schluss erschien der von zwei weißen, nervös tänzelnden und mit blauen und goldenen Federn bekrönten Pferden gezogene königliche Streitwagen, den Ramesses mit eigener Hand lenkte. Hinter ihm lief taumelnd ein einzelner Mann, offenbar auch ein Gefangener, der mit einem langen Strick, welchen man um seinen Hals geschlungen hatte, an den Wagen angebunden war.

Als Zeichen seiner Herrscherwürde trug der Per-hau über seinem blaugold gestreiften Kopftuch ein goldenes, edelsteinbesetztes Diadem, an dessen Stirnseite sich neben dem Kopf der Geiergöttin Nechbet das Schlangenhaupt der Göttin Buto, nach welcher diese Stadt benannt wurde, hervorreckte. Wie Tarkun später erfuhr, galt Nechbet als die Schutzgöttin des südlichen Teils von Khemet, während Buto den Norden symbolisierte. Beide Landesteile hatten frühere Herrscher irgendwann einmal zu einem Reich vereinigt, sodass die beiden Göttinnen nun gemeinsam über das Wohlergehen ihrer Länder wachten. Außerdem hatte er sich einen stilisiert aus Goldblech geflochtenen Knebelbart unter das Kinn gebunden, den zu tragen allein den Herrschern Khemets vorbehalten blieb.

In dem Moment, als dieser Zug aus dem Tor schritt, warfen sich sowohl die Bevölkerung Butos wie auch die Krieger des Per-hau zu Boden und skandierten vielstimmig den Namen ihres höchsten Gottes, Amun-Re.

Direkt vor Tarkun, der neben Truns mit den anderen Stammesführern in einigem Abstand vor seinen Kriegern kniete, brachte Ramesses sein Gespann zum Halten, und das Trommeln hörte mit einem letzten, wirbelnden Takt auf.

Als Tarkun einen kurzen Blick nach oben wagte, nahm er zu seinem nicht geringen Erstaunen wahr, dass es sich bei dem Gefangenen, den Ramesses hinter seinem Wagen hergeführt hatte, um Arsili handelte, der jetzt keuchend und schweißüberströmt in demütiger Haltung neben den Pferden stand.

Auf den Befehl Hem-iunus hin erhoben sich nun alle, bis auf die Gefangenen, und harrten stumm mit ehrfürchtig gesenkten Häuptern dem, was als Nächstes geschehen würde.

In die atemlose Stille hinein hob Ramesses die Hand. Sogleich kam Bewegung in die bis dahin wohl geordnet dastehenden Reihen seiner Truppen, und bald war neben jeden Gefangenen ein Krieger mit seinem blanken Sichelschwert getreten.

Nachdem wieder Ruhe über dem Platz lag, hub Ramesses mit kräftiger, volltönender Stimme zu sprechen an.

»Volk von Khemet!«, begann Arsili zu übersetzen, als Ramesses ihn in seiner ersten Redepause dazu aufforderte. »Hört die Worte eures Per-hau! Die dunklen Wolken des Krieges hatten sich über Chattusa gegen uns aufgetürmt, und aus ihnen brachen grausame und wilde Barbarenhorden hervor, die mit einer gewaltigen Streitmacht zu Lande und zu Wasser über uns gekommen sind, um den Krieg nach Khemet zu tragen und zu brennen, zu morden und zu rauben. Schon viele alte und blühende Reiche, wie das der einstmals das Meer beherrschenden Kefter, wurden unter ihrem Ansturm erbarmungslos zerschlagen. Selbst die kriegerischen Chatti erbebten in Furcht, und nur ein Bündnisvertrag, den sie mit ihnen gegen uns schlossen, rettete sie vor der Wut der Barbaren.

Als ich Uaset mit meiner Armee verließ, um mich ihnen entgegenzuwerfen, habe ich geschworen, diese tödliche Gefahr von Khemet abzuwenden oder meinen Namen auf immer dem Vergessen anheim fallen zu lassen.

Heute aber verkünde ich euch meinen Sieg über diese schrecklichen Nomaden der Meere.

In zwei großen Schlachten habe ich die übermächtige Flut der Feinde vernichtend geschlagen, sodass ihre kühne Hoffnung, unser geheiligtes Khemet zu erobern, an den Speerspitzen meiner tapferen Soldaten auf immer zerschellt ist.

Die Götter Khemets haben mich unsere Feinde strafen lassen, und die, die mir lebend in die Hände gefallen sind, habe ich als Gefangene mit mir geführt.

Seht, sie liegen hier vor euch im Staub, meiner Rache hilflos preisgegeben.

Doch obwohl sie den Tod verdient haben, werde ich Gnade walten lassen und ihnen das Leben schenken, denn ich bin nicht nur furchtbar in meinem Zorn, der mich unter ihnen hat wüten lassen wie der große Wüstenlöwe unter den Herden, sondern ich bin auch gerecht und habe nicht vergessen, dass sie die Krieger meines Bruders Men-amun nach ihrer Niederlage vor Wilusa verschont und ihnen erlaubt haben, in allen Ehren wieder nach Khemet zu ziehen.

Auch sind diese Barbaren nicht die wirklich Schuldigen an diesem Krieg, waren es doch die Chatti, die sie mit unserem Gold verführt, gegen uns aufgehetzt und sie schließlich noch an uns verraten haben.

Und deshalb werden es die elenden Gefangenen Chattis sein, die in Uaset meine grausame Rache zu spüren bekommen und nach unsäglichen Qualen vor den Toren der Stadt, auf Pfähle gespießt, ihr Leben aushauchen.

Dennoch werden auch die Barbaren unter meinem Schwerte bluten, damit unsere Gefallenen versöhnt werden und die Erde Khemets, die sie mit ihrem Angriff besudelt haben, gereinigt wird.

Ich werde ihnen mein unauslöschliches Zeichen in ihre Nacken brennen, welches sie auf immer an ihren fluchwürdigen Frevel erinnern wird und sie es nie wieder wagen werden, gegen meine Macht aufzustehen!«

Nach dieser Rede stieg Ramesses von seinem Wagen, ging mit federnden Schritten zu den fünf Stammesführern und stellte sich vor sie hin. In seiner Rechten hielt er eine vergoldete Streitkeule, mit welcher er ihnen nun nacheinander, beginnend mit Tarkun, leicht auf den Kopf schlug.

»So wie ich diese da geschlagen habe, werde ich auch künftig jeden Feind Khemets erbarmungslos mit eigener Hand erschlagen!«, rief er danach. »Und nun, Krieger Khemets, lasst die Gefangenen ein letztes Mal erfahren, wie scharf eure Klingen sind!«

Auf sein Zeichen hin legten die Soldaten ihre Schwerter auf die Nacken der Gefangenen und ließen sie rasch durch das darunter sofort aufklaffende Fleisch gleiten.

Als das geschehen war, bestieg Ramesses wieder seinen Wagen und schaute eine Weile stumm auf die Gefangenen hinab.

»Erhebt euch jetzt, Krieger der Turuschu, der Pelischtim, der Tjeker, Sheklu und Sherdanu!«, befahl er dann. »Der Tod hat euch berührt, und euer Verbrechen ist gesühnt. Erhebt euch als Freie in ein freies, neues Leben. Männer, befreit sie von ihren Fesseln.«

Ganz benommen und wie, als ob sie es nicht begreifen konnten, dass sie noch immer unter den Lebenden weilten, standen sie langsam und zögerlich auf und blickten verstört um sich.

»Volk von Khemet!«, ließ sich da wieder die Stimme Ramesses vernehmen. »Tot waren sie und sind nun neu geboren worden. Begrüßt jetzt die tapferen Krieger der Seevölker als unsere Verbündeten, die uns ab heute unerschütterlich zur Seite stehen werden!«

Aus tausend Kehlen schwang sich darauf ein befreiender, tosender und nicht enden wollender Jubel in den blauen Himmel, in welchen nach und nach auch die ehemaligen Gefangenen einfielen.

»Fürst Tarkun! Ich lasse jetzt meine Männer abrücken und fahre zurück in die Residenz«, ließ Ramesses ihm durch Arsili mitteilen, als die tumultartigen Sympathiekundgebungen sich etwas gelegt hatten. »Ihr könnt Euch ab sofort frei bewegen und Eure Schiffe zur Abfahrt vorbereiten, doch möchte ich Euch und Fürst Truns bitten, mich aufzusuchen, sobald Ihr Eure Leute eingewiesen habt.«

Er nickte ihnen einen kurzen Gruß zu, hob die Hand und unter dem darauf erneut einsetzenden Schlag der Trommeln zogen die Krieger in wohl geordneten Verbänden in ihre Feldlager ab, während Ramesses mit Arsili, den er der Einfachheit halber diesmal neben sich auf dem Wagen stehen ließ, seinen Pferden die Geißel zu spüren gab und ohne begleitende Eskorte in vollem Galopp zurück in die Stadt raste.

»Was für ein seltsamer Mann!«, bemerkte Truns, während er dem Davoneilenden bewundernd nachblickte und sich vorsichtig mit den Fingern über die schmerzende Nackenwunde tastete. »Bis vorhin war ich davon überzeugt, dass er uns doch noch einen Kopf kürzer machen lässt! Und dann so etwas. Wer hätte das gedacht?«

»Ich«, entgegnete ihm Tarkun trocken. »Schon als ich ihm das erste Mal begegnete, wusste ich, dass diesem jungen Herrscher jegliche Art von hinterhältiger Tücke fremd sein musste, denn es hätte nur eines Winkes von ihm bedurft und seine Männer hätten mich in Stücke gehauen.«

»Nun, er hat vielleicht gleich den Anführer in dir erkannt und wollte deinen Tod erst bei seiner Siegesfeier sehen!«

»Das ist ja wohl müßiges Gerede, Truns! Dieser Mann ist alles andere als wankelmütig. Wenn er wirklich von Anfang an darauf aus gewesen wäre, uns nach seinem Siege hinrichten zu lassen, dann hätte er das auch veranlasst. Nein, ich denke, dass er sehr genau wusste, wer sein wahrer Feind ist, was er uns ja auch unmissverständlich vor Augen geführt hat. Denk auch nur daran, wie schnell er reagiert hat, als ich mich gegen Kestes verwahrt habe. Ramesses hat eine seltene Menschenkenntnis, die sich schon allein darin beweist, dass er uns, indem er uns die Freiheit schenkt, gleichzeitig zu seinen Verbündeten erklärt. Spätestens nachdem ihm Irinefer berichtet hat, mit welch kompromissloser Todesverachtung die We'ses selbst ihrem Leben ein Ende gesetzt hatten, wird er erkannt haben, welch große Bedeutung wir der Kriegerehre beimessen, und das hat er zu seinem und zu unserem Vorteil genutzt. Zum einen war ihm demnach klar, dass er uns keinen größeren Gefallen hätte tun können, als uns zu töten. Zum anderen hätte er zu Recht befürchten müssen, dass wir selbst Hand an uns gelegt hätten, wenn er uns mit dem verachtenden Mitleid des Siegers einfach in die Freiheit entlassen hätte.

So aber hat er einen anderen, weiseren Weg gewählt.

Durch unser Blut, das er gerade bei dieser Scheinhinrichtung verströmen ließ, hat er dem Willen seines Volkes Genugtuung verschafft und gezeigt, dass er ein machtvoller Herrscher ist, der jede Bedrohung für sein Reich abzuweisen vermag.

Er hat uns in diesem Moment aber auch im Hinblick auf unsere Ehre als seine Feinde sterben und uns danach wieder, von aller Schmach geläutert, zu einem neuen Leben auferstehen lassen.

Indem er uns dann auch noch zu seinen Verbündeten erklärte, hat er uns vollends rehabilitiert und uns zudem gegenüber seinem Volk in die Pflicht genommen, ohne uns das aber wirklich abzuverlangen. Ich weiß nicht, wie du darüber denkst, doch dieser junge König nötigt mir gehörigen Respekt ab!«

»Mir auch«, entgegnete Truns grinsend. »Und deshalb werde ich ihn nachher auch darum ersuchen, mich mit meinem Volk in dem von ihm so gelobten Grenzland ansiedeln zu dürfen. Und wenn er uns das gewährt, dann würde ich keinem Chatti raten, diese

Grenzen zu überschreiten, denn es würde für ihn den sicheren Tod bedeuten!«

»Das ist genau das, was Ramesses bezweckt«, gab Tarkun sarkastisch zurück. »Er weiß unsere kriegerischen Talente nicht nur zu würdigen, sondern versteht sie auch sinnvoll für sich zu nutzen! Aber das wirst du ja bald selbst erfahren!«

Inzwischen hatten sich nun auch Neoptolemos, Fluvus und Kestes mit ihren Schiffsführern in einigem Abstand um sie versammelt und schauten sie erwartungsvoll an, ohne indes ihr vertrauliches Gespräch belauscht zu haben. Auch näherten sich gerade Gaelath und Licinies der kleinen Gruppe.

»Ah, Bruderherz!«, rief Truns ihm freudig entgegen. »Gut, dass du kommst! Tarkun und ich sind gleich zum Per-hau befohlen worden. Ich möchte spätestens morgen Abend auslaufen. Wir brauchen mindestens dreißig Schiffe für unsere Leute. Lass sie seeklar machen, repariere sie, wenn nötig mit dem Material aus den havarierten Booten, aber ich will morgen mit euch in See stechen! Du weißt, was du am Ende mit den übrig gebliebenen Schiffen zu tun hast?«

»Ja, Truns!«, bestätigte Gaelath nur, wischte sich eine Träne aus dem Auge und stapfte wenig später mit den überlebenden Pelthtim in Richtung Hafen davon.

»Da fällt mir ein, dass ich dir noch etwas Erfreuliches mitzuteilen habe«, sagte Tarkun und winkte gleichzeitig Licinies herbei.

»Du machst mich neugierig, mein Freund! Gerade heute bin ich sehr empfänglich für angenehme Neuigkeiten. Also, was sprichst du?«

»Nun ich habe meine Ter'usu befragt, ob sie auch

gerne in das uns zugewiesene Land fahren würden, mit dem Ergebnis, dass sich etwa vierhundert Mann, darunter nicht wenige, deren Familien noch in Tar'eses sind, dafür ausgesprochen haben. Wenn du also einverstanden bist, werde ich veranlassen, dass sich die Männer in Kürze bei dir melden.«

»Natürlich! Ich bin für jede Verstärkung dankbar! Aber wirst du das nicht bedauern?«

»Nein, Truns! Für sie ist ein lang ersehnter Traum in greifbare Nähe gerückt. Ich kann es ihnen nicht verdenken, wenn sie jetzt die Gelegenheit wahrnehmen, sich unter deiner Führung eine neue Heimat zu erobern. Im Übrigen weiß ich sie in deinen Händen gut aufgehoben. – Licinies, du hast es gehört! Geh jetzt zu den Männern und macht euch dann zum Hafen auf. Auch wir werden morgen von hier aufbrechen.«

»Verzeiht, ihr Herren!«, meldete sich da Fluvus zu Wort und trat mit Neoptolemos und Kestes zu ihnen heran. »Wir sind schon bereit zum Auslaufen. Falls nichts dagegen spricht, würden wir uns jetzt gerne von euch verabschieden. Für uns gibt es hier nichts mehr zu tun.«

Tarkun nickte nur leicht und sah sie mit verständnisvollem Mitleid an. Von den ursprünglich vierhundert Achäern waren knapp fünfzig übrig geblieben, und auch die Sheklu und Sherdanu hatten fast drei Viertel ihrer Krieger, einschließlich ihrer Führer, eingebüßt.

»Geht in Frieden, Freunde!«, sagte er dann bitter. »Vielleicht, dass wir uns dereinst in besseren Zeiten wiedersehen!«

Die drei verbeugten sich knapp und gingen dann eilig davon.

»Neoptolemos!«, rief ihm Tarkun, einer plötzlichen Eingebung folgend, nach. »Komm bitte noch einmal zu mir. Ich hätte da noch eine Bitte an dich!«

Der Phtier kehrte zu Tarkun zurück und schaute ihn fragend an.

»Mein Freund, könntest du deine Abreise nicht auf morgen verschieben, denn ich wollte dir vorschlagen, dass du uns nachher noch zu Ramesses begleitest. Ich habe das Gefühl, dass er sich gerne mit dir unterhalten würde, auch wenn er das noch nicht weiß!«

»Ich verstehe nicht ganz. Was sollte der Per-hau für ein Interesse an mir haben?«

»Warten wir es einfach ab! Ich bin mir jedoch sicher, dass es dir nicht zum Nachteil gereichen wird!«

Neoptolemos warf ihm einen letzten prüfenden Blick zu.

»Gut! Ich werde mit euch gehen«, seufzte er ergeben. »Ich werde nur noch meinen Männern Bescheid geben und mich dann wieder hier mit euch treffen.«

»Und du, was wirst du tun?«, fragte Truns, als sie wieder allein waren.

»Ich habe es ja schon einmal angedeutet. Ich werde mit all denen, die es wünschen, nach Westen in die Heimat Tecmes segeln. Dort, so glaube ich, werden die Ter'usu endlich ihren Frieden finden, denn das Volk, dem Tecme angehört, ist, wie du weißt, mit dem unseren verwandt und wird uns mit offenen Armen empfangen.«

»Das hoffe ich für dich. Ich jedoch bin es endgültig müde, mit meinem Stamm in einem Drecksnest wie es Alt- oder Neu-Tar'eses nun mal ist, zu leben und räubernd über die Meere zu irren. Ramesses gibt uns die

Möglichkeit, dass wir uns unter seiner Schutzherrschaft ein eigenes Land erobern und besiedeln, und dieses Land befindet sich hier, in unmittelbarer Nachbarschaft zu den großen, reichen Ländern des Ostens. Wir werden von ihnen lernen, Städte zu gründen, von denen aus wir mit ihnen Handel treiben werden, der uns sicher bald zu großem Wohlstand und Ansehen gelangen lässt.«

»Eine reizvolle Perspektive, in der Tat! Doch nach all den schmerzvollen Erfahrungen, die ich in diesem Teil der Welt erfahren musste, kann ich mir beim besten Willen nicht vorstellen, hier zukünftig mein Dasein zu fristen. Die Völker des Ostens – vor allem Khemet – werden mir immer in ihrer Mentalität fremd und unverständlich bleiben, sodass ich mich niemals richtig heimisch fühlen könnte, und auch für sie werden wir wohl immer die wilden, primitiven Barbaren bleiben, die einst mit Feuer und Schwert über sie hergefallen sind. Nein, ich sehe unsere Zukunft im Westen. Das Land, aus dem Tecme stammt, liegt irgendwo nördlich der Inseln der Sherdanu. Es soll dort weite Wälder und viel fruchtbares Acker- und Weideland geben, und das Wetter ist mild, so als ob es immer Frühling wäre. Auch gibt es dort nur wenig Menschen, die vereinzelt und über das ganze Land verstreut in kleinen dörflichen Gemeinschaften leben. Sag selbst, ob das nicht Anreiz genug ist, dort einen neuen Anfang zu machen?«

»Das erinnert mich doch sehr an die Erzählungen, mit denen uns die Alten an die Heimat unserer Vorfahren erinnert haben, bevor sie von dort vertrieben wurden. Warum fährst du dann nicht gleich wieder zu den

Küsten des Nordmeeres und suchst das legendäre Land unserer Ahnen?«

»Wer weiß, was wir dort vorfinden werden, Truns? Ich habe mich tatsächlich einmal mit diesem Gedanken getragen, doch bin ich wieder davon abgekommen, da ich glaube, dass es damals für alle Zeiten von der Großen Flut verschlungen wurde. Es ist ein Ort des Todes, und nicht zufällig ist es hernach von unseren Altvorderen gemieden worden. Aber da die Heimat Tecmes, wie du ganz richtig erkannt hast, doch in vielerlei Hinsicht dem vergessenen Land unserer Väter ähnelt, erscheint es mir eine Glück verheißende Alternative zu sein, meine Ter'usu gerade dorthin zu führen.«

»Wenn ich dich so schwärmen höre, Tarkun, komme ich in Versuchung, meinen Entschluss noch einmal zu überdenken«, sinnierte Truns jetzt doch ein wenig unsicher geworden. »Aber nein!«, sagte er dann, wobei seine Stimme wieder einen festen Klang erhielt. »Es bleibt dabei! Ich werde das Angebot Ramesses annehmen und mein Glück im Osten versuchen. Und wenn ... Ah, da kommt ja unser junger achäischer Freund!«, rief er und lenkte so erfolgreich von dem ihm unliebsam gewordenen Thema ab.

Gemeinsam machten sie sich nun auf den Weg in die Stadt, um der Einladung Ramesses' Folge zu leisten.

Als sie die Residenz des Statthalters betraten, wurden sie von einer ganzen Schar halb nackter Dienerinnen in Empfang genommen, die sie in einen lichten Raum führten, wo ein großes, mit heißem, süßlich duftendem Wasser gefülltes Becken in den Boden eingelassen war. Dort wurden sie von den Mädchen gebadet und danach am ganzen Körper mit wohlriechenden Ölen gesalbt.

Nachdem sie sich dieser äußerst angenehmen Prozedur unterzogen hatten, lagen blütenweiße, gestärkte Leinentücher für sie bereit, die ihnen von kundigen Händen nach Landessitte bis zu den Knien um die Hüften geschlungen wurde.

»Ich glaube zu träumen!«, rief Neoptolemos, der sichtlich um seine Fassung rang, begeistert aus. »Vorhin lagen wir noch im Schmutz und jetzt ... Ich fühle mich wie neugeboren!«

»Du weißt gar nicht, wie Recht du damit hast«, entgegnete ihm Truns sarkastisch. »Aber nun beruhige dich wieder, sonst steigt dir das alles noch zu Kopf, und du verlierst den Verstand. Den aber wirst du heute noch brauchen, vermute ich.«

In diesem Augenblick erschien ein männlicher Bediensteter, der ihnen respektvoll bedeutete, ihm zu folgen.

Er geleitete sie in den Garten, wo sie von Ramesses und seinem Gefolge bereits erwartet wurden. Die Männer saßen ausgelassen bei Wein und Bier zusammen und unterhielten sich angeregt, während sie sich, jeweils zu zweit, an einer Art Brettspiel vergnügten, welches den drei Neuankömmlingen jedoch gänzlich unbekannt war.

Neben Ramesses stand, etwas im Hintergrund, Arsili, der, obwohl man offensichtlich auch ihm ein gründliches Bad hatte angedeihen lassen, immer noch einen ziemlich angeschlagenen und gequälten Eindruck vermittelte.

Als Ramesses und seine Würdenträger ihrer Ankunft gewahr wurden, verstummten die Gespräche, und aller Aufmerksamkeit richtete sich auf sie. Ramesses sprach einige Worte zu Arsili, wonach dieser sie auch sogleich zu übersetzen begann.

»Der Per-hau Khemets drückt Euch durch mich seine Freude aus, Euch hier willkommen heißen zu können. Er bittet Euch, bei ihm Platz zu nehmen und Euch als seine geehrten Gäste zu betrachten!«

Sie setzten sich zur Linken des Per-hau, und sogleich erhielten sie von den eilfertig, aber nicht aufdringlich um sie herumtanzenden Sklavinnen eine goldene Trinkschale. Dann zeigte man ihnen zwei Kannen, die eine aus Gold, die andere aus Silber.

»In der goldenen Kanne ist Wein, in der anderen Bier«, sagte Arsili. »Ihr dürft wählen.«

Nachdem ihnen das Getränk ihrer Wahl eingeschenkt worden war und sie gemeinsam mit den anderen Anwesenden auf das Wohl Ramesses getrunken hatten, wandte dieser sich unerwartet direkt an sie.

»Ich grüße meine Freunde und wünsche ihnen Frieden«, sagte er betont langsam und nahezu akzentfrei in ihrer Sprache.

Die drei sahen sich verblüfft an, dann erinnerte sich Tarkun, dass Ramesses ihn am gestrigen Abend »Semer« genannt hatte.

»Per-hau Semer Tarkun Mechel Turuschu«, radebrechte er und meinte damit, dass Ramesses der verehrte Freund Tarkuns, des Fürsten der Ter'usu sei, wobei er absichtlich die hier übliche Aussprache des Namens seines Volkes benutzte. Kaum hatte er das gesagt, brachen Ramesses und seine Begleitung in schallendes Gelächter aus.

Tarkun, der glaubte, einen Fehler gemacht zu haben, schaute irritiert zu Arsili.

»Ihr habt das Wort ›Semer‹ gebraucht, Tarkun«, klärte dieser ihn rasch auf. »Es bedeutet nicht einfach nur ›Freund‹! Allein dem Per-hau steht es zu, dieses Wort zu benutzen, denn es bedeutet genau genommen ›Freund des Per-hau‹ oder auch ›Mann des Hofes‹. Indem Ihr das gesagt habt, habt Ihr den Per-hau gleichsam zu Eurem Vasallen gemacht. Ihr könnt Euch glücklich schätzen, dass der Per-hau Humor hat und es Euch nicht verübelt.«

»Bitte, sagt ihm, dass mir das Leid tut«, bat Tarkun ihn.

»Ich habe schon verstanden, was Ihr zum Ausdruck bringen wolltet«, übersetzte Arsili ihm die Antwort Ramesses. »Aber in einer Hinsicht wäre ich wirklich gerne Euer Vasall. Ich kenne nämlich keinen Mann, der sich so gut auf den Schwertkampf versteht wie Ihr. Da wäre ich gerne Euer Schüler. Und glaubt mir, würdet Ihr länger bleiben, ich würde bei Euch in die Lehre gehen.«

In diesem Moment beugte sich Monthemhet zu Ramesses und flüsterte ihm etwas ins Ohr.

»Monthemhet hat mir gerade berichtet, dass dieser junge Tjeker auch ein ausgezeichneter Fechter mit tadellosem Mut sein soll. Wie ist noch sein Name?«

»Neoptolemos, Sohn des Achilleus, Fürst von Phtia!«, kam Neoptolemos Tarkun selbstbewusst zuvor.

Ramesses Augen wurden plötzlich sehr schmal, und er sog vernehmlich die Luft ein.

»Wie, sagtet Ihr, heißt Euer Vater?«, fragte Ramesses dann mit eisiger Stimme nach.

»Achilleus, Herr!«, wiederholte Neoptolemos unbekümmert, dem die bedrohliche Veränderung in der Stimme des Per-hau offenbar nicht aufgefallen war.

Darauf entspann sich ein kurzes, halblaut geführtes Zwiegespräch zwischen Ramesses und Irinefer, währenddessen Tarkun dem Phtier einen kurzen, warnenden Blick zuwerfen konnte.

Er befürchtete schon, dass es doch ein Fehler gewesen war, Neoptolemos mit hierher kommen zu lassen, da bemerkte er zu seiner Erleichterung, dass die Züge Ramesses allmählich wieder weich wurden und sogar eine Spur von Traurigkeit annahmen.

»So seid Ihr der Sohn des heldenhaften Mannes, dem es gelang, meinen Bruder zu töten!«, stellte Ramesses dann ruhig und auch ein wenig bewundernd fest. »Ich muss zugeben, dass ich zuerst zornig und hasserfüllt gegen Euch war, als ich diesen Namen hörte, doch Irinefer hat mir gerade noch einmal genau geschildert, was damals vor Wilusa geschah, und mir dabei bestätigt, dass Euer Vater meinen Bruder Men-amun in einem ehrlich geführten Zweikampf besiegt hat. Außerdem, so gab er mir zu verstehen, war es ja wohl der Geist Eures Vaters, welcher, kurz danach ebenfalls zu Tode gekommen, Fürst Tarkun beseelt hat, Irinefer und seinen Soldaten das Leben zu retten, als man sie anlässlich der Leichenfeier Eures Vaters hinschlachten wollte. Auf diese Weise haben sich die beiden Helden noch über den Tod hinaus versöhnt, was mir wieder meinen Frieden gibt und meine Rache vergessen lässt.«

Ramesses zog einen Ring von seinem Finger und reichte ihn an den Phtier.

»Nehmt diesen Ring«, sagte er freundlich. »Mein

Bruder gab ihn mir, bevor er nach Wilusa aufbrach. Legt ihn auf das Grab Eures Vaters als Zeichen dafür, dass der Per-hau Khemets keinen Groll mehr gegen ihn hegt, sondern sich seiner immerdar in Achtung erinnern wird.«

»Das werde ich gerne tun«, erwiderte Neoptolemos ehrfurchtsvoll. »Doch lieber würde ich ihn behalten und ihn als Andenken Eures Großmutes, den ihr nicht nur mir, sondern auch meinem Vater gegenüber bewiesen habt, tragen und ihn, wenn meine Zeit gekommen ist, an meinen Sohn weitergeben, damit nie vergessen wird, welch seltsame Fügung des Schicksals meine Familie einst mit dem mächtigen Herrscher Khemets verbunden hat.«

Nach diesen in schlichter Höflichkeit vorgebrachten Worten Neoptolemos ließ Ramesses seinen Blick lange in staunender Bewunderung auf ihm ruhen.

»Keiner darf es mehr vor mir wagen, diese Menschen als Barbaren zu beschimpfen!«, wandte er sich dann leise und ernst an seine Würdenträger. »Dieser junge Tjekerfürst trägt mehr edlen Anstand und artige Gesinnung in sich als die meisten Hofleute in Uaset. Ist einem Per-hau wohl jemals mehr Ehre von einem Fremden zuteil geworden als von diesem Mann, der dazu auch noch ein besiegter Feind ist? – Verfügt über den Ring, wie es Euch beliebt, Fürst von Phtia«, richtete er sich wieder laut an Neoptolemos und ließ Arsili weiter übersetzen. »Nehmt ihn im Bewusstsein, dass Ihr und die Euren stets willkommen seid in Uaset. Ich hoffe, dass Euch Euer Weg einmal dorthin führen wird, denn ich möchte Euch wiedersehen. Das gilt auch für Euch, Tarkun und Truns. Wie habt Ihr Euch übrigens nun entschlossen, Fürst Truns? Wollt Ihr von mir mit diesem Land belehnt werden?«

»Ja, Herr! Mein ganzes Volk verlangt danach. Wir sind Euch dankbar, dass wir durch Euch eine neue Heimat bekommen und werden sie für Euch erblühen lassen und vor jedem Feind verteidigen!«

»Das habe ich erwartet und bereits eine Schriftrolle für Euch vorbereiten lassen. In ihr bestätige ich Euch den Anspruch auf dieses Land und überdies auch noch meinen Schutz. Empfangt nun dieses Schreiben aus meinen Händen und betrachtet Euch fortan als mein Stellvertreter in dieser Provinz.

Irinefer wird morgen mit Euch segeln und Euch den Weg dorthin weisen. Sobald Ihr angekommen seid, mögt Ihr ihm ein Schiff zur Verfügung stellen, das ihn nach Pi-Ramesse bringt, von wo aus er mit einem unserer Boote weiter nach Uaset fahren wird. Habt aber vor allem ein Auge auf die Küstenstädte wie Sur! Es sind gute Kaufleute, aber, oder gerade deshalb, oft säumig, ihre Steuern zu entrichten!«

Truns kniete vor Ramesses nieder, nahm die Schriftrolle entgegen und drückte ihm noch einmal tief bewegt seine Dankbarkeit aus.

Dann stand er wieder auf und bat ihn durch Arsili, sich nunmehr entfernen zu dürfen, da er den Tag noch nutzen wollte, um die Arbeiten an den Schiffen zu überwachen. Auch setzte er ihn davon in Kenntnis, dass er gedachte, die überzähligen und havarierten Schiffe zu verbrennen und zu versenken. Ramesses stimmte dem zu, da er, wie er sagte, keine weitere Verwendung für die Fahrzeuge hätte, und entließ ihn dann, nicht ohne ihn aufgefordert zu haben, des

Abends wieder seine Gastfreundschaft zu genießen.

Als Tarkun und Neoptolemos nun die Gelegenheit ergriffen und den Wunsch äußerten, sich ebenfalls zurückziehen zu dürfen, gewährte es Ramesses nur dem Phtier, da er sich noch ein wenig mit Tarkun allein unterhalten wollte.

Nachdem Truns und Neoptolemos gegangen waren, erhob sich Ramesses und bedeutete Tarkun und Arsili, ihm in das Innere der Residenz zu folgen, die anderen blieben im Garten zurück.

Im Arbeitszimmer Djeserkarasenebs machten sie es sich dann bequem, und Ramesses eröffnete das Gespräch, indem er Tarkun fragte, ob er an seinem Entschluss, mit seinem Volk nach Westen zu ziehen, festhalten würde.

Tarkun bejahte es und legte ihm die Gründe genauso ausführlich dar, wie er es zuvor bei Truns getan hatte.

»Das ist wirklich bedauerlich«, seufzte Ramesses am Ende und schien darüber ehrlich enttäuscht zu sein. »Ich hätte es gerne gesehen, wenn Ihr Euch hier, im Mündungsgebiet, ansiedeln würdet. Dann könntet Ihr mich oft bei Hofe besuchen und mir mit Eurem Rat zur Seite stehen, denn Männer wie Euch findet man selten in Khemet. Obwohl ich Euch kaum kenne, fühle ich mich sehr wohl in Eurer Nähe und würde unsere Freundschaft genießen. Ich schätze Eure kompromisslose Offenheit und Euren unbeugsamen Charakter. In Uaset bin ich fast ausschließlich von speichelleckenden Kreaturen umgeben, die mir nach dem Munde reden, weil sie sich persönliche Vorteile davon erhoffen. Nur sehr wenigen Menschen kann ich dort vertrauen und muss doch ein großes Reich regieren.«

»Majestät, seid versichert, dass Ihr in Truns einen Gefolgsmann gefunden habt, der Euch ebenso treu und unerschütterlich dienen wird, wie ich es tun würde«, erwiderte Tarkun, den die Zuneigung Ramesses zutiefst berührte. »Wir sind wie Brüder aufgewachsen, und er ist in seinem Wesen ähnlich geartet wie ich. Außerdem bewundert er, der er selbst ein erfahrener Kriegsherr ist, Euch wegen Eures kriegerischen Geschicks, obgleich es uns zum Nachteil gereicht hat. Indem Ihr ihm und seinem Volk dazu noch gestattet habt, sich in Eurem Machtbereich eine neue Heimat zu schaffen, könnt Ihr voll und ganz auf seine uneingeschränkte Loyalität zählen.«

»Ihr habt Recht, Tarkun«, lenkte Ramesses ein. »Doch ist es das Blut Eurer Mutter, was Euch von ihm unterscheidet und mich für Euch einnimmt. Für einen Moment hatte ich gehofft, dass Ihr Euch hier heimisch fühlen könntet, denn immerhin stammt Eure Mutter aus Khemet. Wie hieß sie nur?«

»Iineferti, Herr. Aber wie ich es schon erwähnte, habe ich kaum eine Erinnerung an sie, außer an ihre großen, wundervoll sanften Augen.«

»Sie war sicher von ungewöhnlicher Schönheit, wie ihr Name schon sagt. Wisst Ihr, in welchem Teil meines Landes sie geboren wurde?«

»Soviel ich weiß, in der Gegend um Pi-Ramesse.«

»Hattet Ihr vorher nie das Verlangen, die Heimat Eurer Mutter auf eine weniger kriegerische Weise zu erkunden?«

»Nein, seltsamerweise nicht, obwohl ich allen

Grund dazu gehabt hätte, denn wenn ich mich jetzt so recht entsinne, da war … hm.«

Tarkun verstummte und versank in der Flut seiner Erinnerung, die plötzlich über ihn hereinbrach.

Ramesses beobachtete ihn mit wachsendem Interesse und fieberte gespannt seinen nächsten Worten entgegen.

»Was wolltet Ihr mir sagen, Tarkun?« Die Stimmen Ramesses und Arsilis drangen wie aus weiter Ferne in sein Ohr und schreckten ihn aus seinen Gedanken auf.

»Verzeiht, Herr, aber ich war noch ein Kind, als ich von dieser alten Legende, die sich um einen meiner Vorfahren rankt, gehört habe. Es war zu der Zeit, als unsere Stämme noch friedlich an der Küste des Nordmeeres lebten und mit Bernstein handelten. Damals fuhren unsere Händler mit ihrer kostbaren Ware bis nach Khemet, um sie dort gegen Gold und andere Güter einzutauschen. Mein Ahnherr, er hieß Tarkon, war auch ein solcher Händler, und bei seiner ersten Reise nach Khemet hatte das Schicksal ihn ausersehen, den Thron und das Leben des damals regierenden Per-hau zu retten. Dabei half ihm unter anderem dessen Schwester, die er dann heiratete und mit sich in seine nordische Heimat führte. Eine merkwürdige Geschichte, nicht wahr?«

Während Tarkun dies emotionslos erzählte, stieg die Spannung Ramesses bis ins Unerträgliche. Alles Blut war aus seinem Gesicht gewichen, und am Ende starrte er Tarkun aus vor Erregung geweiteten Augen an.

»Erinnert Ihr Euch noch an den Namen dieses Perhau und an den seiner Schwester?«, flüsterte er mit versagender Stimme und leckte sich nervös über die Lippen.

»Ja, Herr. Euer Vorgänger damals nannte sich Imenhotep, später dann Echen-aten. Seine Schwester, meine Ahnfrau, hieß Hetep-ibes.«

Wie vom Donner gerührt verharrte Ramesses darauf eine lange Zeit bewegungslos auf seinem Stuhl, nicht fähig, auch nur ein Wort über seine bebenden Lippen zu bringen. Dann aber sprang er unvermittelt auf, kniete sich vor Tarkun hin und umfasste dessen Handgelenke.

»Ich habe es geahnt, mein Bruder«, wisperte er fassungslos, während die Tränen in seine Augen quollen. »In deinen Adern fließt das gleiche Blut wie in den meinen. Es ist das heilige Blut des Amun-Re, von dem alle bisherigen Herrscher Khemets abstammen und welches sich seit Bestehen des Reiches über zahllose Generationen hinweg bis zu mir weiter vererbt hat. Von den schwersten Flüchen des Gottes wird derjenige getroffen, der es vergießt! Ich habe es heute, wenn auch unwissentlich, getan. Wirst du mir dennoch verzeihen, denn nur dann werde ich von der Rache Res verschont bleiben.«

Nun war es Tarkun, der Mühe hatte, seine Fassung zu bewahren, als er sich ganz allmählich der Ungeheuerlichkeit dessen bewusst wurde, was Ramesses ihm soeben entdeckt hatte. Mit weichen Knien stand er auf und zog Ramesses dabei mit zu sich herauf.

Sie umarmten sich innig, dann traten sie, sich um die Unterarme haltend, jeweils einen Schritt zurück und ließen ihre Blicke ineinander eintauchen. Plötzlich schien alles um Tarkun in dichtem Nebel zu versinken, und gleichzeitig bemerkte er, wie sich das Antlitz Ramesses zu verändern begann, als ob sich eine schemenhafte Maske darüber legte, die aber immer klarere Züge annahm, bis er in das entrückt wirkende Gesicht eines Mannes schaute, das ihm sowohl fremdartig wie aber auch vertraut vorkam. Doch schon verschwamm es wieder, um sich gleich darauf mit leicht veränderten Zügen aufs Neue zu bilden. Instinktiv wusste Tarkun auf einmal, dass er in die Gesichter all der Herrscher Khemets blicken durfte, die vor Ramesses den Thron dieses großen, alten Reiches innehatten. In einer nicht enden wollenden Folge erschienen sie vor seinem geistigen Auge. Einige hatten nur das Knabenalter erreicht, andere zeigten sich von der Last des Alters gezeichnet. Die meisten aber waren in der Blüte ihres Lebens abberufen worden. In ihren Mienen spiegelte sich Ernst und Würde, Askese und Ausschweifung, bisweilen aber auch lasterhafte Grausamkeit und verachtende Arroganz.

Und dann war es vorbei.

Der Nebel löste sich auf, und es war wieder Ramesses, der mit geschlossenen Augen vor ihm stand.

Sie lösten sich voneinander, setzten sich wieder hin und gaben sich für eine geraume Zeit schweigend ihren Gedanken hin, wobei sie nur ab und zu an ihrem Wein nippten.

Schließlich aber erhob sich Ramesses und verließ den Raum, um ihn wenig später mit einem länglichen, von einem Tuch umhüllten Gegenstand in seinen Händen wieder zu betreten.

»Ich habe hier etwas, das dir gehört, Tarkun«, sagte Ramesses lächelnd und schlug das Leinentuch auf. »Es ist dein Schwert! Ich habe es an mich genommen, als man dich damals auf deinem Schiff zu Boden warf.«

Tarkun betrachtete die Waffe eine Weile nachdenklich, doch rührte er sie nicht an.

»Behalte es, Herr!«, entschied er dann nicht ohne Wehmut. »Es soll dich an deinen Sieg über die Nomaden der Meere erinnern, aber auch an mich und unser beider Geheimnis, was sich uns heute auf so wundersame Weise offenbart und uns in brüderlicher Freundschaft verbunden hat. Vielleicht werden wir uns in diesem Leben nie mehr wiedersehen, aber wir werden uns dadurch stets nahe sein.«

»Dann danke ich dir für dein wertvolles Geschenk und werde es immer in Ehren tragen. Gibt es einen Wunsch, den ich dir erfüllen kann?«

»Ja, schenke Arsili das Leben. Ich denke, er hat genug gelitten.«

Ramesses nickte bedächtig und wandte sich dem Chatti zu, dem die Verblüffung über das, wessen er gerade Zeuge geworden war, immer noch im Gesicht geschrieben stand. Ramesses wechselte ein paar Worte mit Arsili, die dieser danach für Tarkun sinngemäß zusammenfasste.

»Der Per-hau hat zwar deiner Bitte entsprochen und mir erlaubt, weiterzuleben, aber ich habe ihm gesagt, dass ich es aufgrund der Schuld und der Schande, die auf mir lastet, vorzöge zu sterben. Ich habe ihn jedoch gebeten, mir einen sanften Tod zu gewähren. Aber es gibt dazu noch einen anderen, genauso schwerwiegenden Grund, der mich schon vor längerer Zeit mit meinem Leben hat abschließen lassen. Allein Irinefer kennt ihn, denn ich habe mich ihm nach dem Untergang der We'ses anvertraut. Du musst dich also an ihn wenden, wenn du etwas darüber erfahren möchtest, da ich nicht mehr davon sprechen will.«

Tarkun und Ramesses sahen sich darauf nur schulterzuckend an und verständigten sich auf diese Weise, den Willen Arsilis zu respektieren.

Die drei Männer gingen nun wieder zu den anderen in den Garten zurück, wo Ramesses die verbleibende Zeit bis zu dem für den Abend anberaumten Festessen nutzte, um Tarkun in die Regeln des Sennetspieles einzuführen. Kurz vor Beginn des Essens stellte sich dann auch Truns wieder ein, der Tarkun davon in Kenntnis setzte, dass die Arbeiten an den Schiffen nahezu abgeschlossen seien, sodass sie morgen wie geplant auslaufen könnten. Neoptolemos wie auch die Sheklu und Sherdanu wären bereits abgefahren.

Das Festmahl dann wurde für Tarkun und Truns zu einem unvergesslichen Erlebnis, und sie bekräftigten vor ihren Gastgebern immer wieder, dass sie noch niemals zuvor derart köstlich zubereitete Speisen hatten genießen dürfen.

Zwar gestaltete sich die Unterhaltung mit ihren Tischnachbarn etwas schwierig, da die beiden Rasunna ja auf die Übersetzungskunst Arsilis, der während der gesamten Zeit klaglos hinter ihren Stühlen stand, angewiesen waren, aber dennoch kamen einige für beide Seiten interessante und fruchtbare Gespräche zustande, welche in vielerlei Hinsicht zum besseren Verständnis der ehemals verfeindeten Völker beitrugen.

Aber dann, der Abend war schon weit fortgeschritten, geschah etwas, was sich bis dahin keiner aus dem adligen Gefolge des Per-hau jemals auch nur ansatzweise vorzustellen gewagt hätte, da es auf eine eklatante, ja sogar unerhörte Weise mit den uralten, gottgegebenen Gesetzen und Traditionen Khemets brach.

Ramesses, der etwas erhöht am Kopfende der Tafel saß, befahl nämlich unvermittelt, dass alle nunmehr schweigen sollten. Augenblicklich erstarben alle Gespräche, und auch die Musiker ließen ihre Stimmen und Instrumente verstummen.

Dann hieß er Tarkun und Arsili vor ihn zu treten, doch als sie sich vor ihm niederknien wollten, bedeutete er Tarkun, dass er stehen bleiben möge.

»Ihr Edlen Khemets, hört den Willen eures Per-hau!«, begann er seine Rede. »Dieser Mann, den ihr hier vor mir seht, ist mit großer Heeresmacht in unser Land gekommen, um uns zu bekriegen. Doch mit Hilfe der Götter haben unsere Truppen die schreckliche Bedrohung noch einmal abwenden können und einen gewaltigen Sieg errungen. Der Feind hat sich uns ergeben und geschworen, nie wieder das Schwert gegen Khemet zu führen. Darüber hinaus hat er mit uns ein dauerhaftes Bündnis geschlossen, nachdem ihm bewusst geworden war, dass er von seinen ehemaligen Verbündeten, den Chatti, verraten wurde. Heute nun habe ich ein höchst aufschlussreiches Gespräch mit Fürst Tarkun geführt, während dem sich die Götter uns auf eine wundersame Weise offenbart haben. Aufgrund dieser schicksalhaften Offenbarung habe ich mich entschlossen, dem Fürsten eine Ehrung zuteil werden zu lassen, mit der in seltenen Fällen nur die Angehörigen der höchsten Adelskreise Khemets für ihre Verdienste um das Reich vom Per-hau persönlich ausgezeichnet werden.«

Er hielt inne und griff in eine reich mit Intarsien verzierte Holzschatulle, die ein neben ihm kniender Diener ihm geöffnet entgegenhielt. Er entnahm ihr ein aus vier schweren, massiven Goldketten netzartig gefügtes Pektoral, welches an den Verknüpfungsstellen mit kostbaren Edelsteinen besetzt war und vor der Brust ein goldenes Falkensymbol aufwies, in dessen ausgespannte Schwingen kleine, geschliffene blaue Steine wie Federn eingelassen waren. Diesen prunkvollen Schmuck legte er Tarkun um die Schultern und wies ihn an, sich jetzt neben ihn zu stellen.

»Mit der mir von den Göttern verliehenen Macht erhebe ich Tarkun, Fürst der Turuschu, in den Stand eines Prinzen von Khemet und erkläre ihn zum Mitglied der königlichen Familie«, verkündete er laut. »Fallt vor ihm auf die Knie und huldigt ihm, wie es ihm gebührt!«

Die im Saale versammelten Würdenträger hatten den Worten ihres Herrschers in atemloser Spannung gelauscht, aber als sie dann seinen für sie ungeheuerlichen und unfasslichen Beschluss vernahmen, verharrten sie zunächst wie gelähmt auf ihren Stühlen und starrten sich gegenseitig ungläubig und zum Teil auch entsetzt an.

Tarkun, den diese unverhoffte Ehrung ebenfalls völlig überrumpelt hatte, blickte Hilfe suchend zu Truns hinüber, der aber selbst, von dem Geschehen betäubt, nur mit offenem Munde dasaß, unfähig, seine fraglos widersprechenden Gefühle zum Ausdruck zu bringen.

Es war Hem-iunu, der gerade noch rechtzeitig die anschwellende Zornesader auf der Stirn seines Herrn bemerkte und die Situation, die allmählich peinlich zu werden drohte, geistesgegenwärtig rettete.

»Ihr habt gehört, was Ihre Majestät uns befohlen hat!«, rief er, während er sich zu Boden warf. »Ehrt den neuen Prinzen von Khemet!«

Der Bann war gebrochen, und alle folgten seinem Beispiel und fielen vor Ramesses und Tarkun auf die Knie.

Da ihr würdeloses Verhalten, welches sie ihm und Tarkun gegenüber so offenkundig gezeigt hatten, seinen Unmut erweckt hatte, beließ Ramesses sie länger, als es statthaft gewesen wäre, in ihrer Demutshaltung, dann aber erlaubte er ihnen gnädig, wieder aufzustehen und ihre Plätze einzunehmen.

»Ich brauche meine Entscheidungen vor euch nicht zu rechtfertigen«, sagte er danach versöhnlich. »Dennoch werde ich es euch zu gegebener Zeit begründen. Das Fest mag nun weiter seinen Lauf nehmen.«

Darauf setzte die Musik wieder ein, und auch die Tischgespräche kamen, wenn auch schwerfällig, wieder in Fluss, aber die heitere, ausgelassene Stimmung, wie sie es vor diesem folgenschweren Ereignis gewesen war, wollte sich nicht mehr so recht einstellen. Tarkun merkte sehr wohl, dass man ihn jetzt mit einer gewissen Scheu und einer Spur Misstrauen beäugte, und selbst Truns erschien ihm irgendwie befangen, doch nahm er sich vor, dem keine Beachtung zu schenken, da er das Land morgen ohnedies für immer verlassen würde.

Kurz nach Mitternacht ließ er Ramesses durch Arsili bitten, sich verabschieden zu dürfen, worauf ihn Ramesses noch einmal zu einem letzten Zwiegespräch in einen Nebenraum führte.

»Der Sturm des Krieges hat dich über das Meer zu

mir gebracht, der sanfte Wind des Friedens wird dich morgen wieder über das Meer von mir fortwehen«, begann Ramesses ihm sein Herz auszuschütten. »Viel zu kurz währte die Zeit, die wir miteinander verbringen durften, und wir hätten doch noch so vieles voneinander lernen können. Wäre ich nicht der Per-hau, ich würde ohne zu zögern mit dir fahren, schon allein um die Welt außerhalb der Grenzen Khemets, deine Welt also, kennen zu lernen. Aber ich bin ein Gefangener meines Volkes, und dieses Abenteuer wird mir wohl auf immer versagt bleiben. Die Menschen in Khemet fürchten das Meer, musst du wissen. Es ist ihnen unheimlich und unberechenbar, genau wie die unendlichen Sandwüsten, die mein Land umgeben. Viele, die sich dort hinaus gewagt haben, sind verschollen, und die wilden Wüstennomaden greifen uns beständig aus dem Nichts heraus an, um sich an unserem Wohlstand zu bereichern, so wie ihr es getan habt. Doch gibt es etwas, was euch von diesem Raubgesindel unterscheidet. Ihr habt niemals die Hoffnung aufgegeben, euer Nomadendasein zu beenden und euch eine eigene, neue Heimat zu suchen, in der ihr in Frieden leben könnt. Und deshalb ist mir auch bewusst, dass du und die deinen sich niemals hier bei uns heimisch fühlen könnten, denn ihr müsstet euch an ein Leben anpassen, welches dem euren nicht gerecht wird. So kann ich dir nur wünschen, dass du und dein Volk in jenem fernen westlichen Land, in dem deine Frau geboren wurde, das Glück findet, von dem ihr so lange geträumt habt.«

Tarkun wusste darauf zunächst nichts zu erwidern, denn diese in melancholischer Freimütigkeit vorgebrachten Worte hatten ihn tief in seiner Seele getroffen.

»Herr, mein Volk und ich verdanken dir unser Leben«, brachte er dann nur noch heiser hervor. »Wie könnten wir das jemals vergessen? Das und die Ehre, die du mir heute zum Missbillen deiner Edlen hast angedeihen lassen, sind Grund genug, dass ich und meine Nachkommen sich deiner immer in Hochachtung und Liebe erinnern werden. Lebe wohl, Ramesses, hier trennen sich unsere Wege! Noch vor dem Morgengrauen werden wir in See stechen, damit dir und mir ein schmerzlicher Abschied in der Öffentlichkeit erspart bleibt.«

Ramesses begleitete ihn noch bis zum Tor, wo sie sich noch einmal brüderlich umarmten, dann schritt Tarkun in die Nacht hinaus.

»Tarkun, ich wollte dir noch sagen, dass Imenhotep, der dritte dieses Namens, dessen Blut in dir fließt, ein großer Herrscher war, dem ich nachzueifern suchte, hörst du …?«, rief er ihm noch hinterher, doch die Dunkelheit hatte ihn bereits verschluckt.

Kapitel 20

Sechs Sommer waren seit jenen Ereignissen ins Land gezogen.

Während Tarkun direkt wieder nach Neu-Tar'eses gesegelt war, hatten Truns und seine Pelthtim erfolgreich in dem Land, welches ihnen Ramesses übereignet hatte, Fuß gefasst.

An der geschützten Bucht, in der sie damals vor Anker gegangen waren, als sie es, von Irinefer geführt, zum ersten Mal betreten hatten, war mittlerweile eine ansehnliche, kleine, mit hohen Mauern und Türmen bewehrte Stadt entstanden, die sie Aseri-kolon, Stadt der Götter, genannt hatten.

Gleich zu Anfang hatte Truns auch die Familien seines Stammes aus Neu-Tar'eses nachkommen lassen, war aber selbst nicht mehr dorthin gefahren. Nun lebten mehr als fünftausend Menschen in Aseri-kolon, und ständig wurden es mehr.

Nur Truns blieb unverheiratet, wenn er sich auch ständig mit wechselnden Gespielinnen umgab, die ihm seine Jugend erhielten, wie er zu behaupten pflegte, wenn man ihn darauf ansprach. Truns war in dieser Zeit überhaupt sehr umtriebig gewesen und hatte beste Beziehungen zu den nördlichen, ebenfalls am Meer gelegenen Städten wie etwa Kenepy oder Sur geknüpft und mit ihnen eine Art Handelsbündnis geschlossen.

Besonders Sur, welches sich fast in direkter Nachbarschaft zu ihnen befand, erwies sich als guter Geschäftspartner. Wie es Ramesses damals gesagt hatte, waren die Bewohner der Küstenstädte hervorragende Kaufleute, und so hatten sie schnell erkannt, dass die Schiffe der Pelthtim mit ihren Hochseeeigenschaften den ihren weitaus überlegen waren. Truns war deshalb mit dem Rat der Handelsgilde von Sur übereingekommen, dass er ihnen die Kunst, solche Schiffe zu bauen, gerne vermitteln lassen würde, wenn sie den Pelthtim im Gegenzug großzügige Handelskonzessionen abtreten würden.

Es gab nämlich eine Ware, die, wie vordem der Bernstein, in Khemet oder Assur mit Gold aufgewogen wurde. In den Gewässern vor Sur wurden kleine Meeresschnecken gesammelt, die, wenn man sie ausdrückte, einen übel riechenden, grünlichen Tropfen abgaben, der sich aber, etwa auf ein Stück Wolle geträufelt, im Sonnenlicht rasch zu einem herrlichen, tiefroten Farbton wandelte. Damit wurden die Stoffbahnen aus Leinen oder Wolle eingefärbt, aus denen dann die Schneider in Uaset, Assur oder Chattusa kostbare Gewänder für die Reichen fertigten.

Aufgrund dieser Handelsbeteiligung hatte sich Aseri-kolon – so, wie es Truns sich erträumt hatte –, in kürzester Zeit zu einer wohlhabenden Stadt entwickelt. Aber im Gegensatz zu den alteingesessenen Bewohnern der Küstenstädte, die sich kaum für das wenig besiedelte Hinterland interessierten, hatten die Pelthtim schon früh damit begonnen, es zu erforschen und, wenn nötig, zu erobern. Die Menschen, die dort zumeist als Hirten, Bauern und Fischer lebten, wurden Chabiri genannt und hatten dem Vordringen der Pelthtim von Anfang an erbitterten Widerstand geleistet.

Sie wagten zwar nie eine offene Feldschlacht – dazu waren sie zu schlecht bewaffnet, und es fehlte ihnen auch die Erfahrung, gegen eine kriegserprobte, überlegen gerüstete Streitmacht anzutreten –, aber sie griffen immer wieder unvermutet, zumeist des Nachts, aus dem Hinterhalt an, töteten ein paar Krieger und verschwanden dann wieder, so schnell, wie sie gekommen waren.

Truns hatte mehrmals vergeblich versucht, sich mit den Anführern der Chabiri auf einen für beide Seiten akzeptablen Frieden zu einigen, doch sie gingen gar nicht erst darauf ein und verlangten halsstarrig, dass es erst dann Frieden geben würde, wenn sich die Pelthtim zur Küste zurückzögen und ihnen das Land überließen. Sie sagten ihm, dass ihnen ihr Gott Jahwe dieses Land einst zu Eigen gegeben habe und keine Götzendiener auf ihm duldete.

So hatte Truns den Befehl an seine Truppen gegeben, gegen die Chabiri mit aller Härte vorzugehen und sie niederzumachen, wo immer man ihrer habhaft würde, was dazu führte, dass sich die Chabiri noch enger zusammenschlossen und sogar einen obersten Anführer über ihre zwölf Stämme wählten.

Dieser Mann hieß Scha'ul und war ebenso schlau wie rücksichtslos.

Wie Kundschafter an Truns berichteten, begann er sogar damit, eine Armee nach dem Vorbild der Pelthtim aufzustellen, die sich an geheimen, immer wieder wechselnden Orten auf den Krieg vorbereitete.

Wie immer Truns es auch anfing, es wollte ihm nicht gelingen, diesen Scha'ul zu stellen und sich seiner Person zu bemächtigen. Wenn er einmal glaubte, ihn und seine Kämpfer umstellt zu haben, waren sie schon in dem unwegsamen, bergigen Hinterland entkommen.

Es war Frühling, und das Heer der Pelthtim lagerte zusammengezogen in seinen befestigten Unterkünften vor der Stadt und wartete schon seit einiger Zeit auf einen neuen Einsatz.

Das war die unerfreuliche Lage, als Truns den Kriegsrat, wie schon so häufig während der vergangenen Tage, in sein Haus in Aseri-kolon einbestellt hatte, um mit ihm einen Weg zu finden, wie man mit diesem Problem ein für alle Mal fertig werden könnte.

Die Stimmung im Rate war gereizt, und bei den meisten lagen die Nerven blank, denn während die einen für ein sofortiges Losschlagen plädierten, rieten die anderen beständig dazu, so lange abzuwarten, bis sich eine wirklich günstige Gelegenheit bot, den geisterhaften Gegner nicht nur ausfindig zu machen, sondern ihn auch so zu überraschen, dass ihm keine Fluchtmöglichkeit mehr blieb.

»Wenn es nach mir ginge, würde ich unsere Truppen das ganze verfluchte Land durchkämmen lassen und jedes Dorf und jedes Haus samt ihren nach Schaf stinkenden Bewohnern niederbrennen!«, ereiferte sich Laris, einer der Feldoberen, der sich schon einige Male von den Chabiri hatte übertölpeln lassen, und ballte die Fäuste.

»Das bedeutet, dass du auch ihre Frauen und Kinder

massakrieren willst, nicht wahr?«, entgegnete ihm Gaelath süffisant.

»Ganz genau! Anders ist diesen Leuten offenbar nicht beizukommen. Ich sage, die ganze Brut sollte mit Stumpf und Stiel ausgerottet werden. Wo keine Frauen mehr, da auch kein Nachwuchs!«

»Wenn du oder sonst einer von euch das jemals wagen sollte, bekommt er es mit mir zu tun!«, brüllte ihn Gaelath darauf unbeherrscht an. »Wir sind Krieger und keine Schlächter!«

»Beruhige dich, Bruder«, besänftigte ihn Truns. »Das wird auch nicht geschehen, dennoch ist das, was Laris gesagt hat, nicht so ganz von der Hand zu weisen, wenn auch nicht mit diesen Konsequenzen. Wenn wir nämlich ihre Frauen und Kinder zusammentreiben und in unseren Gewahrsam nehmen würden, hätten wir ein Faustpfand, mit dem wir Scha'ul gewiss in die Knie zwingen könnten.«

»Ja, und dann lässt du sie alle wieder frei, und das Ganze beginnt von vorne«, höhnte Caie, der die Meinung Laris' vertrat. »Du solltest sie doch gut genug kennen, um zu wissen, dass sie nie aufgeben werden uns zu trotzen.«

»Meiner Meinung nach wäre es das einzig Richtige, vermehrt Späher auszusenden, damit wir endlich in Erfahrung bringen können, wo sie sich versteckt halten. Eine Ansammlung so vieler Männer kann doch auf Dauer nicht verborgen bleiben«, schlug Gaelath vor.

»Das denke ich auch«, pflichtete Truns ihm bei. »Mit eurem Einverständnis werde ich das sofort veranlassen.«

Die anderen nickten zustimmend mit dem Kopf,

worauf Truns einen Melder zum Heer sandte, welcher den Truppenführern die entsprechenden Befehle überbrachte, die diese auch sogleich in die Tat umsetzten.

»Nehmen wir an, wir könnten sie dadurch wirklich zu einer offenen Feldschlacht stellen und, was sehr wahrscheinlich ist, auch nachhaltig schlagen. Glaubst du, ihr Widerstand wäre dann auf immer gebrochen?«, fragte Gaelath und sah seinen Bruder zweifelnd an.

Truns fuhr sich durch sein schon leicht angegrautes Haar und dachte einen Moment nach.

»Schwer zu sagen. Fürs Erste ganz sicher, aber was danach kommt …? Ich fürchte, in dem Punkt hat Laris Recht. Wir werden uns also für diesen Fall etwas ausdenken müssen, was ein nochmaliges Aufflackern ihrer Kampfeslust schon im Keime unterbindet und ihnen auf Dauer jede Hoffnung nimmt, gegen uns irgendwann doch noch zu bestehen.«

In diesem Augenblick war vor dem Haus aufgeregtes Stimmengewirr zu hören, und kurz darauf betrat der Melder den Raum, den Truns vorhin weggeschickt hatte.

»Was machst du für einen Lärm, Mann?«, herrschte ihn Truns, ungehalten über die Störung, an. »Ich hoffe du hast einen guten Grund, einfach hier hereinzustürmen!«

»Verzeiht, Herr!«, entschuldigte er sich und bekam einen hochroten Kopf. »Aber die Chabiri kommen! Sie ziehen gerade von den Bergen in die Ebene herunter!«

Die Ratsmitglieder schauten sich ob dieser unerwarteten Nachricht verblüfft an.

»Jetzt mal langsam!«, versuchte Truns einen kühlen

Kopf zu behalten. »Haben unsere Kundschafter ihre Anzahl ermitteln können?«

»Ja, Herr! Es sind ungefähr eintausend Kämpfer, vielleicht auch mehr!«

»Das ›mehr‹ interessiert mich dabei am meisten«, knurrte Gaelath und schlug missmutig mit der flachen Hand auf den Tisch.

»Also, entweder sind sie wahnsinnig geworden, oder sie kommen, um sich zu ergeben«, sagte Laris lachend. »Hat man das schon gesehen? Die Schafhirten wagen sich aus ihren sicheren Verstecken und greifen den Löwen vor seiner Höhle an. Ich kann das nicht glauben.«

»Ich bis jetzt auch nicht«, erwiderte Truns. »Aber eben weil es so abwegig erscheint, macht es mir Sorge!«

Truns erhob sich und ging eine Weile im Raume auf und ab. Dann blieb er unvermittelt vor dem Melder stehen.

»Befehl an die Truppenführer! Alles bereitmachen zum Ausrücken! Wir kommen sofort nach! Fort mit dir!«

Wortlos stürzte der Mann davon, während Truns sich mit einem wölfischen Grinsen zu den anderen umwandte.

»So, meine Freunde, jetzt wollen wir doch mal sehen, weshalb Scha'ul sich herabgelassen hat, uns mit seinem Besuch zu beehren. Gaelath, führe die Truppen, so schnell es geht, zu dem breiten Bach, der die Ebene durchquert. Dort werden wir sie erwarten.«

Nachdem alle gegangen waren, ließ er es sich nicht nehmen, sich mit seiner derzeitigen Geliebten einem kurzen, aber sehr intensiven Liebesakt hinzugeben, um sich dann in aller Ruhe seine Rüstung anzulegen.

Auf seinem prächtigen Streitwagen, den Ramesses ihm geschenkt hatte, als er ihn das letzte Mal in Uaset besucht hatte, fuhr er dann aus der Stadt und setzte sich neben Gaelath, der wie immer zu Fuß ging, an die Spitze des Heeres, welches zu diesem Zeitpunkt bereits schon über die Hälfte des Weges zurückgelegt hatte.

»Willst du nicht einmal zu mir auf den Wagen steigen, Gaelath?«, rief er ihm zu. »Dann können deine Krieger dich doch viel besser sehen!«

»Können sie auch so«, brummte er vergnügt zurück und spielte damit auf seinen gewaltigen Körperbau an, der die an sich schon groß gewachsenen Pelthtim um Haupteslänge überragte.

Nach einer Weile hatten sie den Bach erreicht, und das Heer nahm seine Schlachtformation ein. Ramesses hatte Truns seinerzeit mit Irinefer auch einige militärische Berater an die Seite gestellt, die seine Krieger, welche ja bis dahin so gut wie keine Erfahrung im Landkampf hatten, auf das Beste ausgebildet hatten.

Und so stellte sich das Heer der Pelthtim auch heute wieder nach dem erprobten Vorbild der Khemet-Armee auf.

Die vorderste Linie bildeten die Bogenschützen, die in drei langen, hintereinander versetzten Reihen standen. Dahinter schlossen sich die zu rechteckigen Blöcken formierten Hundertschaften der Infanterie an, die ebenfalls hintereinander auf Lücke gestaffelt waren.

Der Feind war zwar noch nicht direkt zu sehen, aber

eine hoch wirbelnde, helle Staubwolke kündigte sein Herannahen an.

Schließlich aber waren sie da.

In Rufweite vor dem jenseitigen Ufer des Baches hatten sie Halt gemacht, und als der Staub verweht war, waren sie deutlich zu erkennen.

Es war eine amorphe Menschenmasse, die da laut schreiend und gestikulierend vor ihnen stand.

Wie Truns beobachten konnte, waren einige von ihnen, wahrscheinlich ihre Anführer, mit Waffen gerüstet, die sie ursprünglich irgendwelchen unglücklichen Pelthtim vom Leib gezogen hatten, doch die meisten von ihnen trugen primitive Lanzen, Beile oder einfach nur Knüppel in ihren Händen.

»Das … das sind doch keine Krieger, Männer!«, schrie Gaelath bei diesem jammervollen Anblick und bog sich wie mit ihm alle seine Männer vor Lachen. Auch Truns und die anderen Heerführer wechselten nur schulterzuckend einige vielsagende und mitleidige Blicke.

»Mir jagen sie Angst ein, Mechel Truns! Soll ich nicht lieber den Rückzug befehlen?«, fragte Laris mit gespielter Besorgnis.

»Selbstverständlich! Ich bitte doch sehr darum, edler Laris«, antwortete er um Ernst bemüht, dann aber konnten sie beide auch nicht mehr an sich halten und fielen in das immer lauter aufbrandende Gelächter ihrer Truppen ein.

Da löste sich eine einzelne Gestalt aus dem Pulk des Gegners und ging an das Bachufer, wo sie ostentativ langsam ihre Waffen ablegte. Dann watete sie durch das schmutzigbraune Wasser, das an dieser Stelle ziemlich flach war. Der Mann kam zielstrebig auf Truns zu, blieb in einigem Abstand respektvoll vor ihm stehen und wartete geduldig, bis sich der Heiterkeitsausbruch seiner Feinde wieder gelegt hatte.

»Mein König Scha'ul bittet Truns, den Feldherren der Philischtim, um eine Unterredung«, vermeldete er selbstbewusst seine Botschaft. »Ihr seid doch Truns?«

Truns musterte den jungen Mann eingehend. Er mochte nicht mehr als zwanzig Sommer gesehen haben und war von schmaler, hagerer Statur. Seine asketischen Gesichtszüge, die zum großen Teil von einem wuchernden schwarzen Vollbart bedeckt waren, wurden von einem Wust dichter Locken in derselben Farbe umrahmt, und über der leicht hakelnden Nase loderten ein Paar dunkle Augen in fanatischem Feuer.

»Wie heißt du?«, wollte Truns wissen und bediente sich unwillkürlich der Chabirisprache, die er nach all den Jahren in diesem Lande ganz leidlich beherrschte.

»Avram ben Jhizaak, Herr!«

»Gut, Avram ben Jhizaak, dann richte deinem König aus, dass ich bereit bin, mich mit ihm zu treffen. Hat dein Herr auch gesagt, wo diese Unterredung stattfinden soll?«

»Ja, Herr! Seht Ihr diesen mächtigen Felsblock dort am Oberlauf des Baches? Er befindet sich außerhalb der Schussweite unserer beiden Heere, sodass Ihr keinen Hinterhalt zu befürchten habt. Mein König wird sich dort einfinden, wenn ich ihm Eure Einwilligung überbracht haben werde.«

Truns vergewisserte sich kurz, ob die Angaben Avrams bezüglich der sicheren Entfernung vor der jeweils gegnerischen Reichweite zutreffend waren, und sah sie zu seiner Befriedigung bestätigt.

»Ich werde dorthin kommen«, teilte er Avram seinen Entschluss mit. »Doch werde ich zwei Bewaffnete mit mir nehmen!«

»Wie Ihr beliebt, Herr! Mein König jedoch wird allein und ohne Waffen kommen, denn er vertraut dem Schutze Jahwes«, erwiderte er gelassen und ging, ohne ein noch weiteres Wort zu verlieren, davon.

Tatsächlich lenkte kurze Zeit danach ein Mann seinen klobigen Streitwagen in Richtung des Felsens, worauf auch Truns, auf seine Eskorte verzichtend, zu der bezeichneten Stelle fuhr. Er war sehr gespannt darauf, diesem König der Chabiri nach einer so langen Zeit endlich einmal von Angesicht zu Angesicht gegenüberzustehen. Als er dort ankam, war Scha'ul schon abgestiegen und lehnte lässig an dem Felsen.

»Heil dir, du König der Chabiri!«, begrüßte er ihn, seine Pferde zügelnd. »Bist du gekommen, mir deine Unterwerfung anzubieten?«

Scha'ul zog es vor, den spöttischen Gruß zu ignorieren, und wartete stattdessen schweigend, bis Truns ebenfalls abgestiegen war und sich mit einem herablassenden Lächeln, die Fäuste in die Hüften gestemmt, vor ihm aufgebaut hatte.

Für eine geraume Weile schauten sich die beiden Männer nur abschätzend an. Schon von ihrem Äußeren vermittelten sie dem Betrachter einen Eindruck, wie er unterschiedlicher nicht sein konnte.

Zum einen Truns, muskulös und athletisch, in seinem blendend weißen, nach der Mode Khemets plissierten Leinenrock, dem Bronze glänzenden Brustharnisch und dem vergoldeten Federkronenhelm, der ihn noch größer erscheinen ließ, als er es ohnehin schon war, und zum anderen Scha'ul, der sich gegen ihn eher schlicht und unscheinbar ausnahm.

Er war einen halben Kopf kleiner als Truns, von schlanker, gut proportionierter Figur und war etwa gleichen Alters. Bekleidet war er mit einem einfachen, aus rot gefärbter Wolle gewebten Obergewand, welches ihm bis zu den Knöcheln fiel und an den Hüften von einem schmucklosen Ledergürtel umschlossen wurde.

Die hohe Stirn und seine großen langwimprigen Augen über der leicht gebogenen, fleischigen Nase, wie auch seine weichen Züge, die aber zum Teil unter einem gepflegten Vollbart verborgen waren, verliehen seinem länglichen Gesicht einen schwermütigen Ausdruck. Sein langes, schwarzlockiges Haupthaar, welches wie auch der Bart schon mit vielen grauen Strähnen durchsetzt war, hatte er im Nacken zu einem wulstigen Knoten zusammengewunden.

»Nein, Philischtim, ich bin nicht gekommen, mich dir zu unterwerfen«, begann er schließlich mit einer voll tönenden, sonoren Stimme zu sprechen. »Ich bin auch nicht gekommen, um meine Leute gegen euch in die Schlacht zu führen. Ich wollte dich lediglich einmal persönlich kennen lernen und dir bei dieser Gelegenheit einen Vorschlag unterbreiten.«

Truns lachte kurz auf.

»Chabiri! Du vergisst dich! Du bist nicht in der Position, mir Vorschläge zu unterbreiten! Ich brauche nur die Hand zu heben, und deine lächerliche Schafhirtenarmee ist ein Fraß für die Geier!«

Scha'ul nickte leicht mit dem Kopf und blickte ihn unverwandt an.

»Das mag wohl sein«, gab er sanft zu. »Doch nach uns werden andere kommen, die unsere Plätze einnehmen, und das Morden ginge weiter. Die nächtlichen Brandanschläge auf eure Magazine und Kornspeicher, Krieger, die von ihren Patrouillen nie mehr zurückkehren! Glaubst du, dass uns das Freude bereitet? Während wir solches zu tun gezwungen sind, veröden unsere Äcker, verwildern unsere Herden, und unsere Frauen und Kinder erkennen nicht mehr ihre Männer und Väter, da sie sich fern von ihnen in den Bergen verstecken müssen. Das ist auf Dauer doch wohl weder für euch noch für uns ein wünschenswerter Zustand.«

»Da bin ich völlig deiner Meinung! Warum tust du dir und deinem armen Volke also nicht etwas Gutes und beendest euren sinnlosen Widerstand? Unterstelle dich jetzt freiwillig unserer Macht, und ich garantiere dir für die Zukunft, dass es ein erträgliches Los sein wird, das ihr zu tragen habt!«

Wieder schüttelte der Chabiri mit dem Kopf.

»Du verstehst mich nicht, Philischtim«, sagte er geduldig. »Wir werden uns euch niemals beugen, denn wir haben einen mächtigen Verbündeten!«

»Oh, nun wird mir wahrlich Angst und Bange! Und wer, bitte, ist dieser geheimnisvolle Irre, der sich mit euch Gesindel verbündet haben will?«

»Es ist Jahwe, der allmächtige, einzige Gott, der mein Volk einst aus der Knechtschaft Khemets befreit hat«, erklärte Scha'ul ihm nachsichtig. »Er hat uns in dieses gelobte Land geführt und es uns und unseren Nachfahren auf ewig zum Besitz gegeben. Und deswegen werden wir unseren Besitz bis zum letzten Blutstropfen verteidigen! Wir werden euch mit seinem Beistand so lange bekämpfen, bis ihr dieses Land wieder verlassen werdet, und wenn es auch über Generationen hinweg währen sollte.«

Zum ersten Mal, seit sie das Gespräch begonnen hatten, fühlte Truns nach diesen schlichten Worten so etwas wie Betroffenheit. Eine bis dahin nie gekannte Furcht durchfuhr ihn plötzlich, krampfte sich eiseskalt um sein Herz und schnürte ihm die Kehle zu. Ihm wurde jäh bewusst, dass dieser Mann es absolut ernst meinte mit dem, was er sagte.

»Wir ... wir könnten eure Frauen und Kinder töten!«, bäumte er sich noch einmal auf. »Damit hättet ihr keine Zukunft mehr, und dein Volk würde auf kurz oder lang dem Vergessen anheim fallen.«

»Ich weiß, dass es unter euch nicht wenige gibt, die diese Schändlichkeit befürworten. Doch du, der du ihr Fürst bist, wirst das nicht zulassen, dessen bin ich gewiss, sonst wäre ich ja auch nicht hier. Ich habe mich in der Vergangenheit genau über dich erkundigt, Truns. Du bist rücksichtslos gegen uns vorgegangen, wie auch wir es getan haben, aber du hast dich nie dazu hinreißen lassen, dich an Wehrlosen und Unschuldigen zu vergreifen. Und das sagt mir, dass du im Grunde zwar ein harter, aber auch ein ehrenhafter Gegner bist. Du bist genauso wenig ein Unmensch, wie ich es bin. Du denkst zum Wohle deines Volkes, wie ich es tue. Wir können diesem unseligen Blutvergießen ein Ende bereiten, wenn wir jetzt beide unsere Vernunft walten lassen.«

Truns sah ihn aus zusammengekniffenen Lidern an,

während er versuchte, seine Gedanken in geordnete Bahnen zu lenken.

»Deinen Vorschlag«, murmelte er schließlich. »Ich will ihn hören!«

»Ein Zweikampf! Dein bester Mann gegen den meinen!«

Truns wollte seinen Ohren nicht trauen, doch dann begann dieser ungeahnte Gedanke in ihm eine hoffnungsvolle Gestalt anzunehmen.

»Und welche Folgen hätte dieser Zweikampf für den jeweiligen Gewinner oder Verlierer?«, fragte er lauernd.

»Nun, sollte dein Kämpfer gewinnen, dann würden wir uns für die nächsten sieben Erntezeiten in das Innere unseres Landes zurückziehen und euch mit keinen Anschlägen mehr behelligen, es sei denn, ihr versucht über die Berge gegen uns vorzugehen. Wenn allerdings unser Kämpfer sich als siegreich erweist, dann treten wir euch zwar den Küstenstreifen um Aseri-kolon ab, verlangen aber eine Zusicherung, dass ihr für den gleichen Zeitraum auf jegliche weitere Gebietsforderung verzichtet.«

Diese Bedingungen waren nicht unbillig und nötigten Truns eine gewisse Hochachtung vor seinem Gegner ab.

»Es sei so, wie du sagst«, befand er dann auch und reichte ihm die Hand. »Möge das Schicksal zwischen uns entscheiden. Willst du einen besonderen Tag bestimmen, oder lassen wir es hier und jetzt geschehen?«

»Mein Streiter ist bereit, warum also warten?«

»Gut denn! Mein Mann wird ihn an der Stelle erwarten, an der dein Unterhändler den Bach durchquert hat.«

Darauf bestiegen sie wieder ihre Wagen und jagten zu den ihren zurück.

Nachdem Truns Gaelath und die anderen Truppenführer von seiner Übereinkunft mit Scha'ul unterrichtet hatte, meldete sich sein Bruder spontan zu Wort.

»Ich werde für unsere Sache kämpfen, oder kennst du einen Besseren?«

Darauf sahen sich alle Beteiligten an und fingen fürchterlich zu lachen an.

»Nein, Gaelath«, erwiderte Truns und rang nach Luft. »Ich denke, damit wäre unser Problem gelöst.«

So war es also entschieden, und wenig später hatte sich Gaelath in voller Rüstung am verabredeten Ort eingefunden. Am gegenüberliegenden Bachufer war ein halbwüchsiger, schmalbrüstiger Knabe dabei, Steine aufzulesen und sie in einer ledernen Tasche an seinem Gürtel zu verstauen.

»Wo ist euer Held, der es gegen mich aufnehmen will?«, brüllte Gaelath unwillig zur anderen Seite hinüber, wo sich die Scharen der Chabiri erwartungsvoll versammelt hatten.

Da richtete sich der Knabe auf und wandte ihm sein von dunklen Locken umflortes Gesicht zu.

»Ich, David, werde es sein, den du fürchten musst!«, rief er und legte behände einen flachen Stein in die Lasche seines Schleuderriemens, den er zuvor flugs von seinem Handgelenk gezurrt hatte.

»Das ist doch wohl ein Scherz!«, protestierte Gaelath zornbebend. »Was seid ihr nur für Memmen, dass ihr ein Kind gegen mich in den Kampf schickt? Nein, für mich ist diese Angelegenheit zu unseren Gunsten erledigt, oder ihr wählt euch schnell einen ebenbürtigen Gegner für mich aus!«

Gaelath hatte kaum zu Ende gesprochen, da hatte der Knabe schon seine Schleuder benutzt, und der flache Kiesel schoss pfeifend durch die Luft.

Der Stein traf Gaelath mitten auf die Stirn.

Mit einem ungläubig staunenden Gesichtsausdruck stand der Riese noch für einen Moment auf seinen säulenartigen Beinen, dann kippte er vornüber und schlug mit einem dumpf metallischen Scheppern auf den Boden.

Doch noch bevor sich Truns und seine Pelthtim von ihrem lähmenden Entsetzen, das sie in diesem unerwarteten Moment durchzuckt hatte, erholen konnten, war der Knabe schon über dem Besinnungslosen, hatte dessen breites Schwert ergriffen und ihm mit mehreren Hieben den Kopf abgehackt. Triumphierend hob er das blutende Haupt in die Höhe.

»Philischtim!«, schrie er. »Jahwe hat entschieden! Seht, euer Krieger starb durch meine Hand! Zieht euch nun zurück, wie es vereinbart wurde, sonst wird euch der Zorn unseres Gottes noch heftiger treffen!«

Truns wandte sich daraufhin schreckensbleich an seine Truppenführer.

»Rückzug nach Aseri-kolon!«, befahl er apathisch. »Und nehmt den Leichnam meines Bruders mit euch. Dieser Krieg ist für sieben Jahre beendet!«

»Herr, wir können den Feind jetzt angreifen und vernichten! Wir sind in der Überzahl!«, gab Laris verständnislos zu bedenken.

»Ich bin der Mechel der Pelthtim!«, spie Truns mit Tränen erstickter Stimme vor ihm aus. »Mein Wille ist Gesetz! Also tut, was ich euch sage!«

Dann hastete er auf seinen Streitwagen, peitschte seine Pferde und raste, von seinem Schmerz getrieben, über die Ebene in die Stadt zurück.

Scha'ul hielt sich während der vereinbarten Frist an sein Versprechen, wie auch Truns, der jedoch im achten Jahr, kurz nach Ablauf der Frist, in den Armen seiner Geliebten einen überraschenden, aber lustvollen Tod fand.

Unter Laris, der ihm im Amt folgte, flammten die Kämpfe wieder auf, doch der unausgesetzte Widerstand, den die Chabiri ihm leisteten, ließ ihn am Ende zu der Erkenntnis gelangen, dass es sich besser anlassen würde, sich auf den Seehandel zu beschränken, anstatt das Land eines Volkes zu erobern, das sich nie in sein Schicksal fügen würde.

Im Laufe der Zeit gründeten sie noch vier weitere Städte an der Küste, aber sie hatten es aufgegeben, das Chabiriland nach ihrem Willen zu befrieden.

Stattdessen verschmolzen sie immer mehr mit den Bewohnern der nördlichen Küstenregion um Sur und nahmen irgendwann auch deren Namen an.

Gemeinsam traten sie die machtvolle Nachfolge des untergegangenen Kefterreiches an und eroberten sich Handelsniederlassungen, die überall um das Südmeer verstreut waren.

Ihre Schiffe beherrschten die Meere und fuhren weit, weit nach Westen ...

Doch zu dieser Zeit wurden sie schon Phoiniki genannt.

Epilog

Nachdem die letzten Pelthtim Neu-Tar'eses verlassen hatten, kehrte zwar wieder Ruhe ein, aber es war eine kalte und öde Ruhe. Mehr als die Hälfte der einstigen Bevölkerung war entweder weggezogen oder tot. Sturm und Wind, die hier sehr häufig waren, wehten mit einem hohlen Pfeifen durch die leeren Häuser, die immer mehr verfielen.

Neben Tarkun und Tecme, die mittlerweile vier Kinder hatten, lebten nur noch knapp zweitausend Ter'-usu an diesem Ort. Zehn Sommer waren seit jenen Tagen in Khemet vergangen. Die Leute lebten von der Fischerei und der Landwirtschaft, hatten aber auch damit begonnen, einen bescheidenen Handel aufzubauen.

Tarkun vermied es immer häufiger, außer Haus zu gehen, da er, wie er meinte, die gequälten und vorwurfsvollen Blicke der vielen Frauen, deren Männer in Khemet geblieben waren, nicht mehr ertragen konnte.

Aber in Wahrheit war es anders.

Natürlich herrschte über einen langen Zeitraum hinweg Trauer in Neu-Tar'eses, denn immerhin waren mehr als die Hälfte der Männer gefallen. Doch aus den Kindern von damals waren mittlerweile junge Erwachsene geworden, die nun ihrerseits damit begannen, Familien zu gründen, und das Leben hatte sich längst schon wieder normalisiert.

Es war der Schmerz über die vielen Toten, die, wie er glaubte, er ganz allein auf dem Gewissen hatte.

Dazu kam, dass die Ter'usu sich trotz der langen Zeit an diesem Ort nicht heimisch fühlen konnten, was Tarkun ebenfalls als einen allgemeinen stillen Vorwurf gegen ihn auffasste.

Anfangs, kurz nachdem er aus Khemet zurückgekehrt war, hatte er im Rate vorgeschlagen, Tar'eses aufzugeben und in die Heimat seiner Frau auszuwandern, aber damals saß allen noch der Schock der erlittenen Niederlage in den Knochen, sodass sie sich nicht auf ein neues, fragwürdiges Abenteuer einlassen wollten, sondern lieber hier blieben, wo sie sich einigermaßen sicher fühlten. Aber in der letzten Zeit wurden doch immer mehr die Stimmen derer laut, die von diesem unwirtlichen, abgelegenen Ort wegziehen wollten. Auch Tecme drängte ihn, nun endlich in ihre Heimat zu fahren, da sie sich mit den Kindern unter den ihren wohler fühlen würde.

So kam es, dass Tarkun sich gleich zu Beginn des Sommers entschlossen hatte, dieses Thema im Rate noch einmal anzusprechen. Es war eine lange und zähe Verhandlung gewesen, denn es gab genauso viele, die sich dafür aussprachen, wie dagegen. Endlich aber war es Tarkun, der kurzerhand entschied, dass er in jedem Falle fahren würde, und jeder, der wolle, könne mit ihm segeln. Immerhin fanden sich fast fünfhundert Männer, Frauen und Kinder, die sich ihm anzuschließen gedachten.

Und dann, an einem strahlenden Sommermorgen, nur zehn Tage nach dem Beschluss, lagen die fünfzehn Schiffe seeklar im Hafen bereit.

Für die, die zurückblieben, war es ein leidvoller Tag, wussten sie doch, dass es ein Abschied für immer war. Auch die, die Tar'eses verließen, blickten ein wenig wehmütig auf ihre Landsleute zurück, die sich vollständig auf dem Hafenplatz versammelt hatten, um ihnen Lebewohl zu sagen. Auf der anderen Seite blickten sie jedoch wie befreit und mit freudiger Hoffnung in eine viel versprechende Zukunft, denn Tecme hatte ihnen immer wieder die landschaftlichen Reize ihrer Heimat in den glühendsten Farben ausgemalt. Derart eingestimmt, stachen sie mit südwestlichem Kurs in See, und schon bald war Neu-Tar'eses und die Küste am Horizont verschwunden.

Als sie wenige Tage später auf der Höhe der Insel Salamis fuhren, wurde Tarkun von der schmerzlichen Erinnerung an seinen unglücklichen Freund eingeholt, und er gedachte seiner, indem er sich, allein am Vordersteven sitzend, heillos betrank.

Wetter und Wind blieben ihnen während der ganzen Reise günstig gesonnen, und nur einmal, in der engen Meeresstraße zwischen der Insel der Sheklu und dem ihr gegenüber liegenden Festland, wurden sie von einem Sturm überrascht, der ihnen so heftig entgegenschlug, dass sie für zwei Tage und Nächte gezwungen waren, die Küste des Festlandes anzusteuern und in einer halbwegs geschützten Bucht Zuflucht zu suchen.

Dann klarte es aber wieder auf, und sie konnten ihre Reise vor einem kräftig aus Süd blasenden Wind fortsetzen. Nachdem sie den südlichen, kapähnlichen Ausläufer des Festlandes passiert hatten, schwenkten sie nach der Weisung Tecmes auf einen nördlichen Kurs ein. Noch einen Tag und eine Nacht segelten sie so in Sichtweite der sich an Steuerbord hinziehenden Küste des Festlandes, und Tecme wurde zusehends aufgeregter, je näher sie ihrer Heimat kamen.

Dann, am nächsten Morgen, hatten sie endlich ihr Ziel erreicht.

»Dort, Tarkun!«, rief Tecme, die neben ihrem Mann und dem getreuen Licinies am Ruder der *Stolz der Ter'usu* stand, mit einem Male aus, während ihr Freudentränen über die Wangen rannen. »Siehst du den Berg, der über der Küste ragt? Wenn wir an ihm vorbei sind, lasse die Schiffe an den Strand laufen. Hinter den Hügeln, eine halbe Tagesstrecke zu Fuß, werden wir auf das Dorf meiner Leute stoßen!«

Nachdem sie die mächtige Landmarke querab hinter sich gelassen hatten, befahl Tarkun beizudrehen und die Schiffe in den seichten Gewässern vor dem Strand ankern zu lassen. Das Ufergelände bot bis zu den Hügeln Platz genug, um hier ein erstes, provisorisches Lager zu errichten, um von dort dann weiter das Landesinnere zu erkunden.

Vor allem die Kinder genossen es, endlich wieder festen Boden unter den Füßen zu spüren, und sie rannten glücklich schreiend und lachend zwischen den Erwachsenen umher, die schon emsig damit begonnen hatten, die ersten notdürftigen Unterkünfte für die Nacht zu bauen.

Um diese Arbeiten zu sichern und um sich einen ersten Eindruck von dem Gelände hinter den Hügeln zu verschaffen, machten sich Tarkun, Tecme und die übrigen Schiffsführer auf den Weg und hatten bald auch den Kamm der flachen und mit hohem Gras bewachsenen Bodenerhebungen erklommen.

Bei dem Anblick, der sich ihnen nun bot, stockte ihnen der Atem.

Hinter den Hügeln erstreckte sich eine gewaltige Ebene, die, so weit das Auge schweifte, mit saftigem Gras und einer farbenfrohen, zumeist roten und blauen Blütenpracht bedeckt war. Dazwischen fanden sich immer wieder kleine Pinienhaine und lichte Laubwälder. Ganz in dem durch den mittäglichen Sonnenglast flimmernden Hintergrund erhoben sich die schneebedeckten Gipfel einer riesigen Gebirgskette.

Der angenehm würzige Duft von unzähligen Gräsern, Blüten und Kräutern stieg ihnen in die Nasen, und die Luft war erfüllt von dem vieltönigen Summen, Sirren und Zirpen der Bienen, Hummeln und Zikaden, die hier einen reichlich gedeckten Tisch fanden.

Abgesehen davon, dem Lärm am Strand und dem hellen Gezwitscher der Vögel, die sich jubilierend in den blauen Himmel zu den träge dahinziehenden Wolken emporschwangen, ging von dem Land eine wundervolle Ruhe und Beschaulichkeit aus.

In tiefen Zügen sogen sie die warme, betörend herbsüßlich riechende Luft in ihre Lungen und konnten ihr Glück kaum fassen, dass dieses liebliche Land nun zu ihrer Heimat werden sollte.

»Da kommen ja Menschen auf uns zu!«, machte Licinies seine Gefährten plötzlich aufmerksam.

In der Tat verließ gerade eine Gruppe von fünf Männern eiligen Schrittes ein größeres Waldgebiet, welches sich rechts von ihnen bis zum Mittelgrund der Ebene hinzog. Gekleidet waren sie in bunt gefärbte, kurze Wolltuniken, nur einer von ihnen, ein Greis mit schlohweißem, langem Haar und einem ebensolchen Bart, der rüstig mit einem Stab einherging, trug ein langes, fließendes Gewand aus weißer Wolle.

»Das ist ja mein Vater!«, schrie Tecme da freudig auf und rannte mit glänzenden Augen den Abhang hinunter, um sich kurz darauf in die Arme des alten Mannes zu werfen.

Tarkun und die anderen folgten ihr langsam und blieben dann achtungsvoll vor den Fremden stehen. Wie schon damals, als er Hirume das erste Mal gesehen hatte, kam Tarkun deren Kleidung eigentümlich vertraut vor. Höflich wartete er, bis der Greis das Wort an ihn richten würde, und betrachtete seinen Schwiegervater stattdessen eingehend.

Spuriana musste weit über siebzig Sommer erlebt haben, dennoch hielt er sich bemerkenswert aufrecht, und nur die vielen, scharfen Falten seines von der hiesigen Sonne gebräunten Gesichtes sowie die mageren, blauädrigen Hände zeugten von seinem hohen Alter. Unter den buschigen weißen Augenbrauen lagen zwei schmale, mandelförmige Augen, deren helles Blau mit dem Teint seiner Haut und der Farbe seiner Haare apart kontrastierte.

»Ich freue mich, dass es mir doch noch vergönnt ist, den Mann meiner geliebten Tochter und Vater meiner Enkel in die Arme schließen zu dürfen«, wandte sich Spuriana nun mit vor Rührung brüchiger Stimme an Tarkun und umfing ihn väterlich. »Allerdings haben uns die Götter eure Ankunft für diesen Sommer angekündigt, und so haben wir täglich Beobachter auf diesen hohen Berg dort hinten gesandt, die uns unverzüglich melden sollten, wenn eure Schiffe sich unserer Küste nähern würden. Heute Morgen nun war es endlich so weit, und so sind wir hierher geeilt, um euch bei uns willkommen zu heißen.«

Von diesen herzlichen und warmen Worten überwältigt, beugte Tarkun vor ihm das Knie und küsste ihm die Hand.

»Habt Dank, mein Vater«, flüsterte er rau, während eine ungeheure Erleichterung in ihm Raum nahm und in einer Flut von Tränen ungehemmt über seine Wangen rann.

Der alte Mann zog ihn wieder sanft zu sich empor und schaute ihn aufmunternd, aber auch ein wenig verschmitzt an.

»Ich denke, dass ihr alle Hunger haben werdet, nach dieser langen Fahrt«, vermutete er zu Recht. »Gerade die Frauen und Kinder bedürfen jetzt der Ruhe und der Speisung unter einem gastlichen Dach. Versammele also dein Volk und folge mir in unser Dorf, wo alles schon vorbereitet ist, euch zu bewirten. Außerdem bin ich begierig, meine Enkel zu sehen.«

Ohne noch darüber nachzudenken, nahm Tarkun den Vorschlag Spurianas dankbar an und wies Licinies an, die Leute hierher zu führen, jedoch eine Wache bei den Schiffen zu belassen.

Es verging dann zwar noch eine ganze Weile, aber schließlich kamen die Ter'usu über die Hügel gezogen, vorneweg Licinies, der die beiden kleineren Kinder Tecmes und Tarkuns, die auf die Namen Larth und Thefani hörten, an den Händen gefasst hatte, während

Ajas und Tarcnai ihrem Großvater ungestüm entgegenliefen.

Wer mag wohl die unsagbare Freude des betagten Mannes beschreiben, als seine Enkelkinder sich zum ersten Mal in seinem Leben in seine Arme schmiegten und er den Duft ihrer Haare riechen durfte, was seiner Frau Aranthai, deren Tod er seit zwei Jahren zu beklagen hatte, leider versagt geblieben war?

Seltsamerweise zeigten die beiden Jüngsten dabei gar keine Scheu, was vielleicht daran lag, dass ihnen ihre Mutter in der Vergangenheit schon so viel Aufregendes und Interessantes aus Spurianas Leben erzählt hatte.

Auf jeden Fall wollten sie gar nicht mehr von seiner Seite weichen, und der Alte musste ihnen während des ganzen Weges zurück ins Dorf Geschichten aus der Vergangenheit erzählen.

»Hat es denn nie Krieg bei euch gegeben?«, wollte Ajas ungläubig zwischendurch einmal von ihm wissen.

»Nein, mein Junge«, antwortete Spuriana ihm milde lächelnd. »Wir kennen das Wort, doch haben wir ihn nie erlebt.«

Hinter ihnen gingen Hand in Hand Tecme und Tarkun, die, gleich den anderen, die ihnen folgten, immer wieder, wie um die sie umgebende Natur nicht zu stören, leise Rufe staunender Bewunderung ausstießen, während sie ihren Weg durch diese anmutige Landschaft nahmen.

Als sie schließlich in das Dorf kamen, wurden sie von dessen Bewohnern mit herzlicher Begeisterung empfangen, und es war wirklich so, als ob sich Verwandte, die lange Zeit voneinander getrennt waren, nun endlich wieder zusammen fanden.

Die einfachen, weiß getünchten Lehmhütten mit ihren hohen Schilfdächern, die in einer weiten Talsenke in einem offenen Rund zusammenstanden, waren mit Girlanden aus bunten Feldblumen geschmückt, und über allem lag der Duft von frisch gebackenem Brot und gebratenem Ziegenfleisch. Es lebten hier knapp sechshundert Menschen, und alle hatten an diesem Tag ihre Festtagstracht angelegt.

Auf einer Wiese vor dem Dorf waren die Kochfeuer entzündet worden, über denen sich das Fleisch der geschlachteten Tiere an Spießen drehte. Dort lagerten sie sich zusammen mit den Ter'usu an den langen, hölzernen Tischen, die man zu diesem Anlass eiligst gezimmert und in mehreren Reihen nebeneinander aufgestellt hatte.

Aus großen, irdenen Krügen, die man zum Zwecke der Kühlung in das kiesige Bett des nahe vorbeifließenden Baches gesenkt hatte, schöpften sie ihren Gästen Wein, den sie an den sanft ansteigenden Flächen der Hügel, die das Tal umgaben, anbauten.

»Eine Prophezeiung aus alter Zeit hat sich heute erfüllt!«, begann Spuriana seine Begrüßungsrede, als sich alle versammelt hatten. »Und eine lange, mühevolle Wanderung ist nun zu Ende gegangen, die ihren Anfang nahm, als die große Flut unsere gemeinsamen Vorfahren aus dem Nordland vertrieben hat.

In alle vier Winde wurden sie damals zerstreut, und über Generationen irrten sie heimatlos von Ort zu Ort und wähnten sich als die einzigen Überlebenden dieser alles verschlingenden Katastrophe.

Nachdem wir hierher gelangt und sesshaft geworden waren, kam ein weiser Mann von den Latini, mit denen wir bis heute in friedlicher Nachbarschaft leben, zu uns und lehrte uns, zukünftige Geschicke und den Willen der Götter anhand des Vogelfluges und der Lebern geschlachteter Opfertiere voraussagen zu können. Dabei erfuhren wir, dass, wenn dereinst ein Adlerpaar sein Nest über der Höhle einer säugenden Wölfin erbauen würde, der Tag nicht mehr fern sei, an dem unsere verschollenen Schwestern und Brüder zu uns finden würden.

Vor einem Mond haben wir nun die Adler und die Wölfin gesehen, und wir haben uns bereitgemacht, euch bei uns aufzunehmen. Wir haben Bauholz geschlagen und neue Felder und Weingärten angelegt, um euch den Beginn eures Lebens mit uns zu erleichtern. Und so heißen wir euch noch einmal ganz herzlich willkommen und freuen uns auf eine gemeinsame, glückliche Zukunft.«

Von diesen Worten in ihrem Innersten berührt, brachen die Ter'usu befreit in Tränen aus und umarmten und küssten sowohl sich untereinander als auch ihre Gastgeber, deren Gefühle ebenso aufgewühlt waren.

Nachdem Tarkun, nur mühsam seine Fassung wahrend und in seiner Rede deshalb mehrmals stockend, seine tief empfundene Dankbarkeit zum Ausdruck gebracht hatte, nahm das Feiern seinen Lauf. Es wurde ein stilles Fest, das in heiterer Besinnlichkeit begangen wurde.

Die Menschen hier, welche über Generationen ein Leben in bescheidener Zurückgezogenheit und ausschließlich geprägt von Ackerbau und Viehzucht geführt hatten, lauschten mit offenen Mündern und Ohren den für sie unfasslichen Geschichten und

Abenteuern, die ihnen ihre seefahrenden Vettern bis in die Nacht hinein immer wieder aufs Neue erzählen mussten.

Sie vermochten kaum zu glauben, wie groß die Welt außerhalb ihres Landes war und wie viele fremde und auch kriegerische Völker in ihr lebten.

Irgendwann, lange nach Mitternacht, stahlen sich Tarkun und Tecme heimlich davon und spazierten auf einen der das Tal umstehenden Hügel, wo sie sich in dem duftenden, hohen Gras niederließen.

Nachdem sie sich, umgeben von der lauen Nachtluft, einem innigen Liebesspiel hingegeben hatten, lagen sie eng umschlungen auf dem Rücken und betrachteten schweigend und versonnen den sich über ihnen spannenden, funkelnden Sternenhimmel.

»Tarkun«, sagte sie auf einmal leise, richtete sich halb auf und blickte mit feucht glänzenden Augen auf ihn hinab, »das Kind, welches wir eben gezeugt haben, wird in eine Heimat geboren, die es nie wieder verlassen muss. Wie mein Vater es gesagt hat: Die lange Wanderschaft der Ter'usu hat hier ihr endgültiges Ende gefunden.«

»Ja, Tecme, wir sind zu Hause.«

Es folgten viele glückliche Jahre, in denen die Ter'usu lernten, wie man den Pflug zu führen hatte und Weinberge bestellt, während sie die Vulcusier mit der Kunst der Seefahrt vertraut machten.

Schon im ersten Jahr nach ihrer Ankunft übergab Spuriana, der wenig später verstarb, sein Amt mit der einstimmigen und freudigen Einwilligung seines Ältestenrates an Tarkun, welcher daraufhin als Erstes vorschlug, die beiden Stämme nunmehr zu einem werden zu lassen und sich einen gemeinsamen Namen zu geben.

Man einigte sich einhellig dahingehend, den Namen Ter'usu beizubehalten, damit die bewegte und weitaus aufregendere Geschichte dieses Stammes nicht in Vergessenheit geraten sollte.

Einmal noch segelte Tarkun später mit Ajas und Larth nach Alt-Tar'eses, um seinen Söhnen den Ort zu zeigen, an dem er seine Kindheit verbracht hatte. Zu seinem Erschrecken kam er in eine sterbende, verfallene Stadt, in der nur noch wenige, zumeist sehr alte Menschen lebten, die sich seiner kaum erinnerten und in ergebener Lethargie auf ihren Tod warteten. Als er sie wieder verließ, tat er es in der wehmütigen, aber auch hoffnungsvollen Gewissheit, dass die wilden Zeiten der einstigen Nomaden der Meere unwiederbringlich der Vergangenheit angehörten …

Dreißig Jahre nach der Schlacht von Buto, im gleichen Jahr, in dem sein damaliger Widersacher und späterer Freund Ramesses, den er nie wiedergesehen hatte, ermordet wurde, schloss Tarkun für immer die Augen.

Tecme folgte ihm nur wenige Monde später nach.

Unter Ajas, der nach dem Tod seines Vaters zum Mechel der Ter'usu gewählt wurde, hatte sich die aufblühende Siedlung zu einer richtigen Stadt entwickelt, der er zum Andenken an seine Ahnen den Namen Tarchnal gab.

Als er starb, ging die Regierungsgewalt in die Hände seines Sohnes über, den er zu Ehren seines Vaters wiederum Tarchun genannt hatte.

Die Bevölkerung war nun schon so stark angewachsen, dass es von Jahr zu Jahr schwerer wurde, sie ausreichend zu ernähren.

Also empfahl Tarchun in Abstimmung mit dem Ältestenrat, dass ein Teil der Bewohner Tarchnals die Stadt verlassen, und sich in dem nahezu menschenleeren Umland geeignete Orte suchen sollte, an denen sie neue Städte gründen könnten, um dort, in enger Anlehnung zu Tarchnal, ein eigenständiges Leben zu führen.

Damit sie aber niemals vergäßen, dass sie zu einem einigen Volk gehörten, schlug ihnen Tarchun vor, sich fortan gemeinschaftlich Rasunna zu nennen, da er sich noch sehr gut daran erinnern konnte, wie ihm sein Großvater einst erzählt hatte, dass auch die Ter'usu sich zusammen mit den legendären Pelthtim so zu bezeichnen pflegten.

So ward es beschlossen, und die, die sich dazu bereit erklärt hatten, zogen aus, um neue Städte zu gründen.

Doch ihre Geschichte wird weitere Schriftrollen füllen, die aber noch zu schreiben sind …

Nachwort

Die Ereignisse, die in dem vorliegenden Band der *Bernstein-Saga* geschildert werden, setzen etwa zweihundert Jahre nach denen ein, die im ersten Band, *Die Kinder der Sonne*, erzählt wurden, knüpfen aber inhaltlich an diese an.

Der Leser wird in den mediterranen Raum des zwölften vorchristlichen Jahrhunderts versetzt, in eine Zeit, die man in der Archäologie als die »Dark Ages«, die dunklen Jahrhunderte also, zu bezeichnen pflegt, da es nur sehr unzureichende wissenschaftliche Erkenntnisse über das gibt, was sich im westlichen Teil Europas während dieser Epoche ereignet hat.

Als gesichert gilt lediglich, dass sich damals im Westen aus bislang noch nicht gänzlich geklärten Gründen ungezählte namenlose Völkerschaften in Bewegung gesetzt hatten, um in mehreren Wellen unter anderem den hochzivilisierten nahöstlichen Kulturraum zu überfluten. Dieser Raum wurde zu jener Zeit maßgeblich von drei großen und mächtigen Reichen geprägt, nämlich dem der Hethiter, der Ägypter und der Minoer.

Im Gegensatz zu den Ägyptern und Hethitern, die von Natur aus reine Landmächte darstellten, beherrschten die Minoer unangefochten von Kreta aus nahezu das gesamte Mittelmeer und übten mit ihrem Seehandel ein uneingeschränktes Monopol aus.

Nach einigen dramatischen militärischen Auseinandersetzungen, mit denen die Ägypter und die Hethiter immer wieder um den Besitz der nordsyrischen Provinzen stritten und die nach der Schlacht von Kadesch 1285 v. Chr. mit dem Friedensvertrag zwischen Pharao Ramses II. und dem hethitischen König Suppiluliuma beigelegt wurden, entstand nun ein ausgewogenes Kräfteverhältnis zwischen diesen drei Mächten, da die Minoer einerseits keinerlei Interesse an einer terrestrischen Ausdehnung ihres Reiches hatten und andererseits den Ägyptern und Hethitern die Seefahrt im Grunde immer fremd blieb.

Die Ägypter betrieben zwar am Roten Meer in begrenztem Umfang Seehandel und waren wohl auch unter Hatschepsut bis nach Südafrika gefahren, doch geschah dies immer in Küstennähe, da die ägyptischen Schiffe aufgrund ihrer Konstruktion, die sich aus dem Bau von Flussschiffen herleitete, nur sehr bedingt hochseetüchtig waren.

Etwa zwischen 1500 und 1400 v. Chr. erschienen gleichsam als Vorboten jener großen Völkerwanderung die ursprünglich aus dem westlichen Donaugebiet stammenden Dorer in Griechenland und gründeten die Burganlagen von Mykene, Sparta und Tyrins. Von dort aus setzten sie irgendwann um 1400 v. Chr. nach Kreta über und löschten mit einem Schlage die strahlende Handelskultur der Minoer aus.

Gleichzeitig drangen auch vermehrt seefahrende, ebenfalls aus dem Norden stammende Völker in das

Mittelmeer vor und begannen zu Ende der Regierungszeit Ramses II. (1270-1224 v. Chr.) vermehrt die ägyptischen Handelsniederlassungen im Nildelta anzugreifen. Er, wie auch sein Sohn Merenptah, versuchten dieser immer ärger werdenden Plage Herr zu werden, aber es blieb erfolglos, da sich die Fremden nach ihrem geglückten Piratenstreich schnell wieder in die Weiten des Meeres zurückzogen und nicht verfolgt werden konnten.

Während der schweren, bürgerkriegsähnlichen Wirren, die in Ägypten mit dem Wechsel von der neunzehnten zur zwanzigsten Dynastie (um 1186 v. Chr.) einhergingen und die das Land an den Rand des Zusammenbruchs führten, geriet nun auch das einst so militärisch gefürchtete Reich der Hethiter zunehmend in Bedrängnis.

Die Hethiter standen schon seit längerer Zeit in heftigen Abwehrkämpfen mit ihren immer stärker werdenden assyrischen Nachbarn, als nun auch noch die gewaltige Flut der aus dem Westen kommenden, mit den Dorern verwandten Nomadenstämme über sie hereinbrach.

Diesem machtvollen Ansturm erlagen sie, und ihr Reich wurde nach dem Abzug der Barbaren, die ihren Zug danach weiter nach Süden fortsetzten, zu einer leichten Beute der Assyrer.

Die damals bekannte Welt, oder das, was davon noch übrig war, hielt daraufhin den Atem an, denn, und das war klar, ihr nächstes Ziel konnte nur Ägypten sein.

Ramses III. (er und alle ihm folgenden Ramessiden der zwanzigsten Dynastie sind nicht verwandt mit dem berühmten zweiten Ramses!), der gerade erst den

Thron von seinem Vater Sethnacht geerbt hatte, erkannte die Gefahr, die ihm nicht nur zu Lande, sondern auch von der See her drohte, und begann, trotz zerrütteter Staatsfinanzen, fieberhaft die Kriegsmaschinerie Ägyptens anzuwerfen.

In einer ersten großen Landschlacht gelang es ihm, den heranrückenden Feind südlich von Byblos (ägypt. Kenepy) aufzuhalten und zu vernichten. Auf einem der Flussarme des Nildeltas schlug er die zweite, entscheidende Schlacht gegen die Flotte der Seevölker, wie sie von den Ägyptern genannt wurden, und besiegte sie vollständig.

In monumentalen Reliefs, die sich über die gesamte Fläche der Wände seines Totentempels in Medinet Habu ziehen, hat er seinen überragenden Sieg mit Wort und Bild für die Nachwelt verewigt. Dieses berühmte Seeschlachtrelief ist auch das einzige Zeugnis, das uns Auskunft über die Ereignisse jener Zeit gibt.

Mit der den Ägyptern eigenen hochstaplerischen Genauigkeit lesen wir heute, auf welche Art und Weise Ramses die Feinde seines Reiches bezwungen hat. Und diese Feinde treten uns auch aus den Nebeln der Vergangenheit plastisch gegenüber. Sie werden im Schnitt einen Kopf größer als die Ägypter dargestellt, und das gewiss nicht nur, um den zweifellos hart errungenen Sieg durch den Furcht einflößenden Riesenwuchs der Barbaren vielleicht noch ruhmvoller erscheinen zu lassen.

Laut der Beschreibung waren die Seevölker, neben ihrem titanischen Äußeren hellhäutig und hellhaarig, was im Übrigen auf ihre nordische Herkunft hindeutet.

Im Nachwort zu meinem ersten Buch dieser Saga, *Die Kinder der Sonne*, bin ich näher auf diese verblüffende These eingegangen und habe die Ausrüstung und die Schiffe der Seevölker mit Fundmaterial aus Nordeuropa vergleichend beschrieben.

Die Ägypter haben aber auch, und das ist für dieses Buch von besonderem Interesse, die Stammesnamen der Seevölker überliefert. Es sind dies also die Turuschu, Weschesch, Pelischtim, Tjekeru, Sheklu und Sherdanu. Die letzten beiden Stämme können unschwer als Sizilier und Sarden identifiziert werden, bei den anderen ist das etwas schwieriger.

Die Tjeker habe ich mit den Achäern gleichgesetzt, was man ja irgendwie noch etymologisch nachvollziehen kann, wenn man bedenkt, dass die Ägypter die Aussprache dieses Namens nur lautlich aufgenommen haben. Möglicherweise nannten sich die Achäer damals archaisch Etscherkoi, was nicht ganz von der Hand zu weisen ist, da es auch bis Homer im griechischen Raum Lautverschiebungen gab.

Was die Pelischtim betrifft, so können wir mit Sicherheit davon ausgehen, dass es sich dabei um die biblischen Philister handelt, zumal ja deren Körpergröße dort ebenfalls hervorgehoben wurde.

Tatsächlich hatte Ramses III. einem Teil der besiegten Seevölker gestattet, sich auf seinem Reichsgebiet anzusiedeln, und zwar in der Gegend um Gaza, was im Übrigen neben Askalon und Asdod eine philistische Stadtgründung ist.

Ich werde darauf aber noch einmal zurückkommen.

Bleiben die Weschesch und Turuschu.

Die Turuschu sind nach meiner These, die der geneigte Leser ebenfalls im ersten Band beschrieben findet, die späteren Tusci/Etrusker, was ja auch spätestens im Epilog dieses Buches zum Ausdruck kommt.

Die Weschesch hingegen werden wohl nie zugeordnet werden können, weshalb ich ihre Existenz auch in diesem Buche auf so tragische Weise habe auslöschen lassen. Dafür, dass es sich so zugetragen haben muss, wie ich es geschildert habe, spricht allerdings einiges, was in Medinet Habu zu lesen ist.

Der ungeheure Kampfesmut, das todesverachtende Eingreifen der Frauen in die Schlacht bis hin zum schicksalsergebenen Selbstmord wird dort in trauriger Akribie wiedergegeben und erinnert fatal an das tragische Ende der Kimbern und Teutonen, die eintausend Jahre später bei den Schlachten bei Vercellae und Aquae Sextiae von dem römischen Feldherrn Marius vernichtend geschlagen wurden.

Überhaupt drängt sich hierbei ein unübersehbarer Vergleich zwischen dem Zug der Seevölker und der lange nach den Kimbern und Teutonen einsetzenden germanischen Völkerwanderung auf, und nicht nur allein aufgrund ihrer Herkunft. In beiden Fällen brachen wilde, heimatlos gewordene Stämme unvermittelt über einen wohlgeordneten Kulturraum herein und verbreiteten Angst und Schrecken. Die ungezügelten Horden wurden von rücksichtslosen Warlords geführt, die nur auf ihren eigenen Vorteil bedacht waren. So wie das glänzende Rom durch die Goten seinen Todesstoß erhielt, so brachen letztendlich auch die Hethiter wie auch die anderen kultivierten Völker der Levante unter dem Ansturm der Seevölker zusammen.

Troja oder Wilusa, wie es die Hethiter genannt

haben, war zu dieser Zeit eine mächtige Handelsmetropole, die unangefochten den Zugang zum Schwarzen Meer beherrschte und es dabei zu ungeheurem Reichtum gebracht hatte, wovon Hattusa profitierte, denn Troja war sein Vasall. Das Blut der Minoer noch an den Händen, machten sich die dorischen Achäer, die ja zu den Seevölkern gezählt wurden, auf, sich nun auch noch diesen goldenen Apfel in ihr unersättliches Maul zu stopfen.

Homer, der bekanntlich vierhundert Jahre nach diesen Ereignissen gelebt hat, ist es zu verdanken, dass wir heute wissen, was sich damals vor Troja abgespielt hat. Es war ein blutiger Raubkrieg, eine Piraterie, der das geschwächte Hethiterreich ohnmächtig zusehen musste.

Ich habe deshalb nicht zufällig die trojanische Episode in meinen Roman eingefügt, weil sie nicht nur ein Bestandteil der Seevölkerinvasion darstellt, sondern auch deutlich macht, wie sehr die beiden damaligen Großmächte bemüht waren, trotz ihrer schwelenden Feindschaft der gemeinsamen Gefahr Einhalt zu gebieten.

In der Ilias tritt ja der Held Memnon an die Seite der Trojaner, laut Homer ein Prinz aus Äthiopien. Nun fragt man sich natürlich, was das mit Ägypten gemein hat, außer, dass es auch in Afrika liegt. Dieser auf den ersten Blick unverständliche Umstand erfährt erst dadurch eine plausible Erklärung, da Homer, der im achten vorchristlichen Jahrhundert lebte, wusste, dass die damaligen Herrscher des Nillandes äthiopischer Herkunft waren und er somit ganz natürlich Ägypten mit Äthiopien gleichgesetzt hatte. Tatsächlich aber erfolgte der gewaltsame Fall Trojas (i. e. Troja, Schicht VII), um 1200 v. Chr., also noch zu Lebzeiten Pharao Ramses III.

Ich habe deshalb angenommen, dass sich der griechisch verballhornte Name Memnon zu dem ägyptischen Namen Men-amun ableiten lässt, was vor diesem Hintergrund doch einigen Sinn macht. Ich habe mich übrigens bemüht, in die Troja-Kapitel die neueste Forschung einfließen zu lassen, deren Ergebnisse aber zum Teil immer noch nicht ganz ausgewertet worden sind.

Bisher hat man – grob gesehen – nur die ehemalige Oberstadt, die Akropolis Trojas mit dem Königspalast ausgegraben. Aber allem Anschein nach war die Stadt viel größer, als bisher vermutet wurde.

So beschreibe ich sowohl die mit großer Sicherheit versandete Unterstadt mit dem Binnenhafen als auch die fünfhundert Meter lange Treidelrinne, die man durch den vorgelagerten Fels zum Hafen geschlagen hat und die dazu diente, Schiffe gleichsam über Land in den Hafen zu ziehen, da die Wasser- und Windverhältnisse es den damaligen Schiffen sehr häufig nicht gestatteten, in die Dardanellen einzufahren, wohl aber immer heraus. Dass ein solch technisches Wunderwerk in der Antike durchaus zu bewerkstelligen war, bezeugt u.a. der Treidelweg am Isthmus von Korinth.

Dem humanistisch gebildeten Leser wird vielleicht aufgefallen sein, dass ich mir in meiner dichterischen Freiheit erlaubt habe, Tarkun als den Bruder des telamonischen Ajax auszugeben, denn bei Homer heißt dieser Bruder Teukros und tritt mit ihm zum Beispiel bei den Leichenspielen des Achilleus an. Aber mit ein bisschen gutem Willen wird zu einem guten Zwecke aus Tarkun eben Teukros.

Auch finden wir in der Ilias, dass Achilleus durch einen Giftpfeil, den Apollon in seine Ferse schoss, ums Leben kam.

Da die Griechen als notorische Aufschneider solche »Unfälle« immer gern den Göttern in die Sandalen geschoben hatten, habe ich mich für eine weit realistischere Variante entschieden. Man findet ja nicht zufällig in vielen Kulturen die Allegorie Giftpfeil = Schlange.

Dass es um Troja giftige Schlangen gibt und gab, steht außer Frage. Vielleicht ist der große Held im Kampfeseifer versehentlich einem solchen Reptil auf den Schwanz getreten. Aber das ist natürlich viel zu profan, denn wir wissen ja, große Helden sterben nie an Schlangenbissen, sondern exklusiv durch die Hand schmollender Götter ...

Lassen Sie mich an dieser Stelle noch etwas in eigener Sache zu dem Thema dichterische Freiheit schreiben.

Ich habe mich nun einmal dazu entschlossen, historische Romane zu verfassen, die dazu dienen sollen, dem Leser die immer noch nebulöse und zumeist seelenlos erscheinende Vor- und Frühgeschichte Westeuropas mit buntem Leben zu füllen. Die Schwierigkeit besteht nur darin, dass etliche der dort beheimateten Völker entweder keine Schrift hatten, wie etwa die Kelten, oder eine Schrift besaßen, sich aber einer nicht indoeuropäischen Sprache bedienten, wie eben die Etrusker, deren überlieferte Texte wir zwar lesen, zum größten Teil aber nicht verstehen können.

In dem Falle der Kelten und Etrusker gibt es zwar einige antike Historiker, wie Herodot oder Plutarch, die uns Berichte über diese Völker hinterlassen haben, welche für uns aber eben doch nur aus zweiter Hand sind.

Die Handlung des vorliegenden Romans, wie vor allem auch die des ersten Bandes, *Die Kinder der Sonne*, ist nun, abgesehen von den in Ägypten spielenden Komponenten, in jener vorgeschichtlichen Epoche Westeuropas angesiedelt, die wir Bronzezeit nennen. Aus dieser Zeit gibt es keine schriftlichen Zeugnisse, sodass wir allein auf die reichen archäologischen Bodenfunde angewiesen sind, wenn wir uns eine einigermaßen schlüssige Vorstellung vom damaligen Leben unserer Vorfahren machen wollen.

Das verführt einen Autor historischer Romane natürlich geradezu, seiner Fantasie freien Lauf zu lassen, was aber insofern problematisch ist, da er sich zwangsläufig in Gefahr begibt, in jene Sparte der Literatur abzudriften, die man im Allgemeinen als Fantasy zu bezeichnen pflegt. (Nicht zufällig adaptieren diese Romane fast immer die heroischen Mythen der Kelten und Germanen, die ja zumeist in der Bronzezeit ihren Ursprung haben.)

So habe ich es beispielsweise weitgehend vermieden, auf religiöse Rituale einzugehen, da sie nicht in Gänze überliefert sind. Bronzezeitliche Artefakte, wie der Sonnenwagen von Trundholm, lassen zwar gewisse Rückschlüsse auf einen monotheistischen Sonnenkult zu, aber das ist natürlich nicht vollständig zu beweisen.

Die Glaubensvorstellung der Etrusker hingegen ist uns einigermaßen geläufig, und deshalb konnte ich mir erlauben, sie in einem begrenzten Maße in die Handlung einfließen zu lassen.

Wenn ich mich also als Autor ernsthaft daran wage, einen Roman über diese Epoche zu schreiben, begebe ich mich nolens volens auf die schmale Gratwanderung zwischen Fantasie und kühler Wissenschaft. Zum einen möchte ich dem Leser ein möglichst spannendes und lebensnahes Bild dieser Zeit vermitteln, zum anderen darf ich mich nicht allzu weit von dem Boden der momentanen wissenschaftlichen Erkenntnisse entfernen, um auch in den Augen meiner geschätzten Kollegen noch einigermaßen glaubwürdig zu erscheinen.

Gerade was die Seevölkerinvasion betrifft, tappen die Archäologen zu meinem Schriftstellerglück zurzeit noch weitgehend im Dunkeln, da es, abgesehen von dem Siegesbericht Ramses III. in Medinet Habu, nichts gibt, was außerhalb Ägyptens von diesem welterschütternden Ereignis Zeugnis ablegt. Deshalb war es für mich nicht nur äußerst reizvoll, sondern sogar zwingend notwendig, mich meiner dichterischen Freiheit zu bedienen, um, fußend auf der sehr einseitig verfassten Selbstbeweihräucherung Ramses III., die Toten wieder zum Leben zu erwecken und sie für sich sprechen zu lassen.

Dieser nur etwa achtzig Jahre währende Zeitraum, in welchem die Seevölker wie aus dem Nichts auf der Weltbühne erschienen, um ihren gewaltigen Eroberungszug aufzunehmen, war eine der schillerndsten und bewegtesten Perioden, die die Menschheit je erlebt hat, und lässt sich, wie schon erwähnt, am ehesten mit den chaotischen Zuständen vergleichen, die mit dem Beginn der germanischen Völkerwanderung des vierten nachchristlichen Jahrhunderts in Europa herrschten.

Es waren ja nicht nur die heimatlos gewordenen Nordleute, die mit ihren langen, von Ochsen gezogenen Wagentrecks schwerfällig gen Süden und Osten fuhren, sondern ihnen voraus schwärmten die Scharen ihrer jungen Krieger, die, angeführt von ruhm- und beutelüsternen Condottieri, immer wieder marodierend über die jeweils ansässige Bevölkerung herfielen, um zu rauben und zu morden. Das beste Beispiel dafür liefern die dorischen Achäer, die, zwar schon wieder sesshaft geworden, mit einer unglaublichen Brutalität Kreta und im Weiteren auch Troja und die übrige Levante verheert haben. Die Turuschu und Pelischtim waren Piraten reinsten Schlages, und noch in der klassischen griechischen Zeit waren die Etrusker für ihr gnadenloses Freibeutertum bekannt und gefürchtet.

Da stellt sich natürlich die Frage, wie es Ramses III. gelingen konnte, dieser Bedrohung Einhalt zu gebieten.

An sich wären die zu Lande daherziehenden Massen der Barbaren schon an den Hethitern gescheitert, doch diese waren zu jenem Zeitpunkt durch die Assyrer schon so geschwächt, dass sie keinen Widerstand mehr zu leisten vermochten. Wir können davon ausgehen, dass Ramses durch die Hethiter sehr genau über das Vorgehen der Seevölker informiert war, sodass er genügend Zeit hatte, geeignete Abwehrmaßnahmen zu ergreifen.

Wenn man den Text von Medinet Habu aufmerksam studiert, fällt auf, dass der Sieg über das Landheer der Seevölker bei Byblos allein durch die überlegene Bewaffnung und die eiserne Disziplin der ägyptischen Truppen errungen werden konnte. Dass der Pharao die kriegsstarke Flotte der Nordleute bezwingen konnte, verdankte er jedoch zwei Verbündeten nicht menschlicher Natur: der Hitze und dem Wind.

Als die feindliche Flotte in das Nildelta einfuhr, kam eine absolute Windstille auf, sodass die großen, zum Fahren unter Segel gedachten Schiffe der Seevölker nahezu manövrierunfähig wurden. Die wendigen Kampfbarken des Pharao, die extra für die Bewegung auf dem Fluss, das heißt zum Rudern konzipiert waren, hatten deshalb leichtes Spiel mit den hilflos dahindümpelnden Feindschiffen.

Auf dem Seeschlachtrelief kann man gut sehen – und auch lesen –, wie die ägyptischen Boote von allen Seiten heransausen und die wehrlosen Barbaren unausgesetzt mit Pfeilen und Speeren traktieren. Als es dann zum Nahkampf kam, erlahmten die Kräfte der Nordleute zusehends unter der für sie ungewohnten und unerträglichen Hitze. So wie Napoleon und Hitler dem russischen Winter unterlagen, so besiegelte die Hitze Ägyptens das Schicksal der Seevölker.

Zum Schluss möchte ich noch auf einige Punkte eingehen, die meines Erachtens noch einer näheren Erklärung bedürfen.

1) Das Abschneiden der linken Hände und der Genitalien der gefallenen Gegner sowie das nachherige Einsammeln dieser Körperteile durch die ägyptischen Truppen entspringt nicht etwa der kranken Fantasie des Autors, sondern war bei den Ägyptern nach einer gewonnenen Schlacht durchaus üblich, denn es diente dazu, die genaue Anzahl der getöteten Feinde zu er-

mitteln, wie es unter anderem auch in Medinet Habu sehr anschaulich dargestellt wird.

2) Die Person des Neoptolemos, Sohn des Achilleus, hat bei Homer nur einen kurzen Auftritt am Ende seiner Ilias. Im Gegensatz zu Odysseus, Menelaos und Agamemnon verliert sich allerdings seine Spur danach. Nun wissen wir, dass Homer die Begebenheiten, die in der Ilias geschildert werden, bereits als tradiertes Heldenepos vorgefunden hat, was er dann als eine Art Neuauflage dichterisch überarbeitet hat. Die Odyssee hingegen ist ganz sein Werk, mit dem er vor allem das tragische Schicksal des Odysseus, wie aber auch das seiner Mitstreiter Menelaos und Agamemnon seiner Zeit gemäß weiter gesponnen hat.

Das wird zum Beispiel daran deutlich, dass die Helden der Ilias sich unbekümmert nackt zeigen, auch vor Frauen, wohingegen Odysseus seine Blöße bedeckt, als er am Strand der Phäaken der Königstochter Nausikaa begegnet. Es sind immerhin vierhundert Jahre, die Homer von dem Krieg um Troja trennen.

Ich habe nun etwas Ähnliches wie er getan, ohne mir anzumaßen, mich mit ihm zu vergleichen. So wie er das Schicksal des Odysseus besungen hat, habe ich versucht zu erzählen, wie es Neoptolemos nach dem Fall von Troja möglicherweise ergangen ist.

3) Wie schon angedeutet, hat Ramses III. einem Teil der Seevölker angeboten, sich im Einflussgebiet Ägyptens anzusiedeln. Fakt ist, dass zumindest die Pelischtim, die biblischen Philister also, darauf eingegangen sind. Als sie in das heutige Palästina, dessen Namen sich von ihnen ableitet, kamen, trafen sie auf zwei sehr unterschiedliche Bevölkerungsgruppen. Zum einen

waren es die semitisch-kanaanitischen Bewohner der Handel treibenden Küstenstädte, wie Tyros, Sidon und Byblos, zum anderen die seit etwas mehr als hundert Jahre dort lebenden Juden, welche aber ursprünglich mit diesen verwandt waren. Letztere waren streng monotheistisch orientiert und empfanden die Anwesenheit der polytheistischen Eindringlinge als unzumutbar, zumal die Pelischtim immer wieder Anstalten machten, sich ihres Landes zu bemächtigen, worauf die Bewohner der Küstenstädte bislang verzichtet hatten, da sie sich ganz ihrem aufstrebenden Seehandel widmeten.

Die Juden organisierten mit der Zeit einen Widerstand gegen die Philister, welcher ihnen über lange Jahre arg zu schaffen machte. Einer dieser Guerillaführer war Scha'ul, der biblische Saul. Er war es, der die bis dahin getrennt voneinander operierenden Widerstandskämpfer der jüdischen Stämme einigte und sich zum ersten Mal einer offenen Feldschlacht mit den Philistern stellte. Durch den in der Bibel geschilderten Zweikampf zwischen David und Goliath kam es wohl aber zunächst nur zu einer Pattsituation. Diese Auseinandersetzung erfolgte historisch allerdings zu einem weit späteren Zeitpunkt, als ich ihn angesetzt habe, aber es erschien mir wichtig, diese entscheidende Episode, die für mich noch ein Nachklang der Seevölkerzeit ist, in meinen Kontext aufzunehmen. Die Philister gaben jedenfalls mit den Jahren ihre Eroberungspläne auf und assimilierten sich im Laufe der Zeit mir den Küstenbewohnern, mit denen sie verschmolzen und als Phönizier wieder in das Licht der Geschichte traten.

Abschließend möchte ich all denen, die Anstoß daran nehmen könnten, dass ich die homerischen Helden oder den mächtigen Pharao allzu weltlich gezeichnet habe, zurufen, dass sie alle keine Götter, keine Sagengestalten und keine marmornen Standbilder waren, sondern Menschen aus Fleisch und Blut, die auch ihre kleinen oder großen Fehler hatten …

Glossar

Wie schon im vorangegangenen Band habe ich es auch hier wieder so gehalten, dass ich, so weit es möglich war, nur Personennamen und Ortsbezeichnungen benutzt habe, die uns aus dieser Zeit überliefert sind. So wird man vergeblich die Worte »Ägypten« oder »Nil« suchen, da sie zu jener Zeit noch gar nicht existierten. Die altägyptischen Namen dafür sind »Khemet« und »Hapi«.

Da die Übersetzung des Wortes »Khemet« schlicht »Schwarzes Land« lautet, taucht im Text bisweilen die Bezeichnung Schwarzländer für die Ägypter auf. Sie selbst kannten keine nationale Eigenbezeichnung wie etwa »Ägypter«, allenfalls sagten sie »Mensch/Menschen aus Khemet«.

Einer gewissen, wenn auch nicht ganz von der Hand zu weisenden Spekulation unterliegt aber sicher die Wortspielerei um Tar'eses.

Natürlich gab es diesen Ort an der Mündung des Guadalquivir, und wissenschaftlich wird er Tartessos genannt, was mit dem biblischen Tarschisch im Übrigen gleichzusetzen ist.

Da ich davon ausgehe, dass die Urahnen der Etrusker aus dem Norden stammen und mit einem der Teilstämme der Seevölker, nämlich den Turuschu, identisch sind, ergibt sich eine verblüffende lautmalerische Übereinstimmung mit dem Stammesnamen und den beiden Ortsbezeichnungen Tarschisch und Tarsus in Kleinasien (siehe dazu auch Band 1, *Die Kinder der Sonne*).

Unterstellt man den Ägyptern gewisse Ausspracheschwierigkeiten fremder Begriffe (nicht jeder von uns kann z.B. das englische »th« aussprechen!), kommt man auf die Form, die ich auch in meinem Buch verwendet habe, nämlich Ter'usu oder Tur'usu. Dabei fällt die lautliche Ähnlichkeit mit den Ortsbezeichnungen Tar-t-essos (Tar-schisch/sis) und schließlich Tar-sos geradezu ins Auge.

Da auch die Existenz dieser Städte für diese Epoche bestätigt ist, lag es nahe, die Verbindung so herzuleiten, wie ich es in diesem Roman getan habe, wobei ich das bitte nicht als wissenschaftliches Faktum verstanden haben will.

In diesem Zusammenhang möchte ich auch kurz auf die Stadt Askalon eingehen, die ich im Text Aseri-kolon genannt habe. Hierzu sei erklärt, dass das etruskische Wort für Götter »aiseri« heißt. So habe ich mir, meiner These folgend, erlaubt, Askalon in diesem Sinne zu interpretieren und die »Stadt der Götter« daraus zu machen.

Was die Pelthtim betrifft, so habe ich mich ebenfalls an der altägyptischen Bezeichnung orientiert, die da Pilischtim lautet, was ja auch von den Chabiri, i. e. Juden/Hebräer, fast gleichlautend übernommen wurde (Philischtím).

Für die We'ses gilt grob das Gleiche. Ich habe das

ägyptische Weschesch reduziert, auch und gerade um die Stammesverwandschaft zu den Ter'usu hervorzuheben.

Bei der Wahl der Personennamen für die We'ses, Pelthtim und Ter'usu, habe ich mich einer etwas modifizierten Form früher etruskischer Namen bedient, wie etwa Tarkun selbst, der im Etruskischen später Tarchunies, lat. Tarquinius, heißen wird.

Die Namen der in diesem Roman vorkommenden Ägypter sind, mit wenigen Ausnahmen, für die zwanzigste Dynastie belegt. Es sind dies alles Männer, deren Gräber in der Totenstadt zu Theben bewundert werden können.

Als Verehrer des großen Homer und aus Liebe zur altgriechischen Sprache habe ich die Namen der Achäer so belassen, wie Homer sie besungen hat.

Das Verzeichnis ist wie folgt gegliedert: Zuerst werde ich alle Begriffe, darunter auch die geografischen, behandeln. Im zweiten Teil werde ich dann die Personen, geordnet nach Völkern und Stämmen aufführen.

A) BEGRIFFE (allgemein)

a) geografisch:

Aseri-kolon: Stadtgründung der → Pelthtim im Gebiet um Gaza

Buto: ägyptische Hafenstadt im Nildelta

Chatti: Hethiter

Chattusa: Hauptstadt der → Chatti

Hapi: der Nil

Kenepy: ägypt. für Byblos

Khemet: Ägypten

Pi-Ramesse: von Ramses II. gegründete Stadt

im östlichen Nildelta

Salamis: Insel im Norden des heutigen saronischen Golfes; Heimat des → Ajas

Sheklu: Sizilien/Sizilianer

Sherdanu: Sardinien/Sarden

Sur: das heutige Tyros

Alt-Tar'eses: Tartessos, vorgeschichtl. Stadt an der Mündung des Guadalquivir

Neu-Tar'eses: das heutige Tarsus an der türkischen Südküste

Tarchnal: etr. für Tarquinia; die erste, von Tarchunies gegründete Stadt des späteren etruskischen Städtebundes

Uaset: ägypt. Name Thebens; heute Karnak und Luxor

Vulcusi: Tecmes Stamm, siedelte in der heutigen Toskana um das spätere Tarquinia; nach ihnen wurde die Stadt Vulci benannt[1]

Wilusa: Troja oder auch später Ilion; wichtige antike Handelsstadt an den Dardanellen

b) Sachbegriffe:

Mechel (rasnal): einer der Titel der etruskischen Herrscher; hat die Bedeutung von »Fürst«

[1] Mit dem Zusammentreffen der Ter'usu und der Vulcusi auf italischem Boden habe ich symbolhaft eine heute sehr ernst zu nehmende These bezüglich der Wurzeln der Etrusker dargestellt. Nach der herkömmlichen Auffassung wähnt man die Ursprünge der Etrusker im kleinasiatisch-ägäischen Raum, was meiner Ansicht nach auch in gewisser Weise stimmt. Auf der anderen Seite gibt es auch Etruskologen, die behaupten, dass die Etrusker schon immer in Norditalien ansässig, also autochthon gewesen wären. Neuerdings nun werden Stimmen laut, die sowohl dem einen wie dem anderen zustimmen und eine Synthese von beidem in den Raum stellen. Dieser Synthese bin ich mit dem vorliegenden Roman gefolgt.

Per-hau: (i. e. ägypt.: »Großes Haus«, »Pharao«); Titel der ägyptischen Könige

Polemarch: griech. für »Kriegsherr« oder »Feldherr«

Sesh: ägypt. für »Schreiber«

Shefdew : ägypt. für »Schriftrolle«

Tja-eti: ägypt. Titel; bedeutet »Wesir«

B. PERSONENNAMEN:

a) Ägypter:

Djeserkaraseneb: Statthalter in → Buto; unternimmt eine unfreiwillige Nilreise

Hem-iunu: Oberster Feldherr des Pharao; exzellenter Stratege

Irinefer: Oberbefehlshaber der ägypt. Nordarmee; hat einen sensiblen Kern

Men-amun: ägypt. Prinz und Bruder des Pharao; fällt vor → Wilusa

Monthemhet: Kommandeur der ägyptischen Flotte

Ptahmose: Oberster Ratgeber (= Wesir) des Pharao; war dessen Lehrmeister

Ramesses III.: ugs. Ramses (ich halte mich nur an Hieroglyphenschreibweise der Kartusche; B. v. M.); recht unkonventioneller Pharao; schlägt die Seevölker

Sethnacht: Ramses' verstorbener Vater

Uhemka: diensteifriger Unterfeldherr

b) Achäer:

Achilleus: Sohn des Peleus und der Göttin Thetis; strahlendster Held der Achäer; Fürst von

Phtia; stirbt im Kampf durch einen Schlangenbiss in seine Ferse

Agamemnon: stolzer und eitler oberster Heerführer der Achäer vor → Wilusa/Troja

Ajas: Fürst von Salamis, Blutsbruder → Tarkuns; wird von → Odysseus betrogen und begeht Selbstmord

Diomedes: fast ebenso stark wie → Achilleus; rivalisiert mit ihm

Menelaos: Fürst von Sparta und Bruder des → Agamemnon; ist plump und verschlagen; hat sich seine Frau wegnehmen lassen

Myrmidonen: eigentl. griech.: »Ameisen«: Eliteeinheit des → Achilleus

Neoptolemos: Sohn des → Achilleus; mutiger Kämpfer

Nestor: Fürst von Pylos; ältester und weisester der achäischen Feldherrn

Odysseus: Fürst von Ithaka; schlau und intrigant

Tekmessa: Lebensgefährtin des → Ajas

C. Pelthtim, Ter'usu, Vulcusier, We'ses:

Ajas: Sohn des Tarkun und seiner Frau → Tecme

Aranthai: Vulcusierin; Frau des → Spuriana und Mutter → Tecmes

Gaelath: Bruder des → Truns; Schiffsführer der Pelthtim; sehr kinderlieb

Hirume: Ältester der We'ses; stirbt bei → Kenepy

Larth: zweiter Sohn des → Tarkun (ein sehr verbreiteter Name)

Licinies: Oberster Schiffsführer der Ter'usu und getreuer Gefolgsmann → Tarkuns

Racvi: Frau → Hirumes

Spuriana: Ältester der Vulcusier und Vater → Tecmes

Tarkun: Mechel der Ter'usu; wird später Prinz von Ägypten

Tarcnai: erste Tochter → Tarkuns

Tecme: Vulcusierin. Frau des → Tarkun

Thefani: Tochter Tarkuns

Thefne: zweiter Schiffsführer des → Truns

D. Übrige Personen:

Arsili: Gesandter des chattischen Hofes; vermittelte das Bündnis zwischen den → Chatti und den Seevölkern; wurde von seinem König → Hattusili verraten

Fluvus: letzter Anführer der → Sheklu, nachdem → Lunus gefallen war

Hattusili: durchtriebener König der → Chatti

Kestes: letzter Anführer der → Sherdanu, nachdem → Triskes gefallen war; macht sich leicht unbeliebt

Lunus: erster Anführer der → Sheklu, fällt bei → Buto

Triskes: erster Anführer der → Sherdanu, fällt bei → Buto

Nordwesteuropa im 14. Jh. v. Ch.: In einem kleinen Dorf an der Küste fristen die Bewohner ihr Leben mit dem Handel von Bernstein, welches zu jener Zeit von den Hochkulturen des südöstlichen Mittelmeerraumes geradezu mit Gold aufgewogen wurde. Tarkon, der älteste Sohn einer der angesehendsten Familien des Dorfes, begibt sich auf die abenteuerliche Reise in das Land der Pharaonen. Doch es sind nicht nur Handelsinteressen, die ihn antreiben: Er hofft auch, seinen Vater zu finden, der von der letzten Reise nicht nach Hause zurückgekehrt ist und seitdem als verschollen gilt …

ISBN 3-404-14570-4

BASTEI LÜBBE